OBRAS DO AUTOR

O MULO
UTOPIA SELVAGEM

O MULO

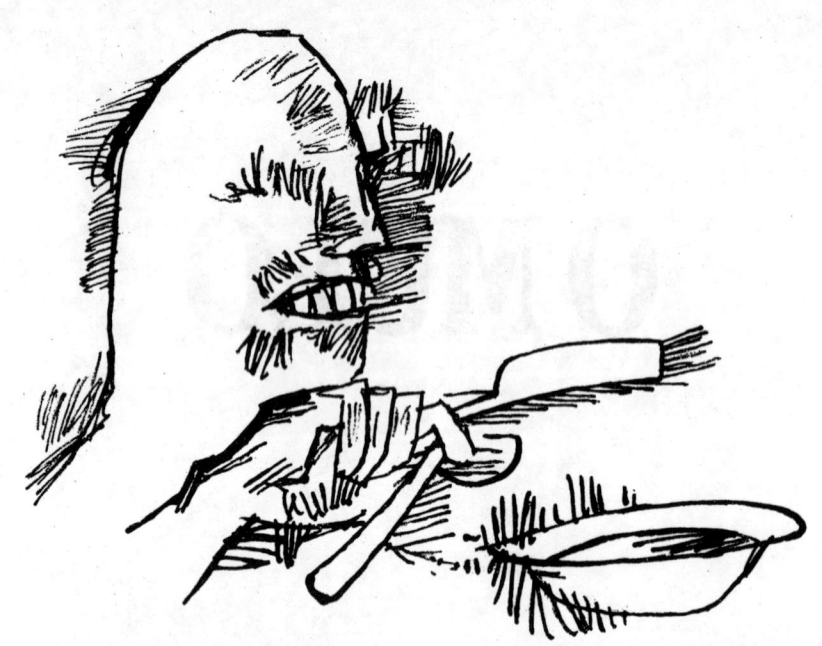

Darcy Ribeiro

O MULO

ROMANCE

2.ª EDIÇÃO

```
CIP-Brasil. Catalogação-na-fonte
Sindicato Nacional dos Editores de Livros, RJ.
R368m    Ribeiro, Darcy: O Mulo — romance /
         Darcy Ribeiro. 2ª ed. 1987 — Rio de
         Janeiro: Editora Record, 1987.

              1. Romance brasileiro I. Título
                     CDD — 869.93
81-0386            CDU — 869.0(81)-31
```

Copyright © 1981, by Darcy Ribeiro

Direitos desta edição reservados pela
DISTRIBUIDORA RECORD DE SERVIÇOS DE IMPRENSA S.A.
Rua Argentina 171 — 20921 Rio de Janeiro, RJ — Tel.: 580-3668

Impresso no Brasil

PEDIDOS PELO REEMBOLSO POSTAL
Caixa Postal 23.052 — Rio de Janeiro, RJ — 20922

A Cláudia

Iluminam O MULO
*as litografias de Poty da série
"A visita do velho senhor"*

Sumário

Esse escrito de meu punho e letra *11*
Escapando da mão morta do Lopinho *61*
Saí das Cagaitas, meio fugido *111*
Fui pra guerra de carona *163*
Caí no mundo, fugindo de mim *203*
É hora de falar da mula-sem-cabeça *265*
Viajando naqueles sem-fim *333*
Saí, assim, em busca de mim *399*
Isso não é nenhuma confissão *465*

Esse escrito de meu punho e letra

Esse escrito de meu punho e letra é minha confissão e testamento. Aqui confesso meus pecados muitos ao sacerdote da Santa Madre Igreja de Nosso Senhor Jesus Cristo que há de me ler e perdoar.
Peço a ele, ao senhor seu padre, a absolvição de meus pecados muitos que não tenho merecida, mas espero alcançar. Hei de alcançar, mais por suas virtudes de sacerdote e seus poderes de confessor, do que por minha contrição e arrependimento. O senhor verá pelos pecados, tantos, desta minha vida que careço de absolvição para enfrentar, no Outro Mundo, Quem me pedirá contas.
Ao senhor, seu padre, a quem meu compadre Militão há de buscar e encontrar para a entrega desses papéis; ao senhor, meu confessor, eu designo e nomeio meu principal herdeiro e meu único testamenteiro. Nesta qualidade, aqui delego ao senhor, para agora e sempre, todos os poderes para se assenhorar e distribuir, dentro das sujeições e condições que declino, todos os bens e propriedades que possuo agora e que venha a possuir na hora da minha morte. Amém.
Lego ao senhor, meu confessor, e lego para todo o sempre, essa minha Fazenda dos Laranjos com a casona onde agora escrevo; com seus 3.272 alqueires goianos de terras; suas 5.343 cabeças de gado azebuado; sua cavalhada de cria e de serviço, com todas as benfeitorias que nela se acham: de porteira fechada.
Esse legado, legalizado à parte em papéis de cartório, é feito debaixo da condição de que o senhor venha a re-

sidir aqui na casona, pelo tempo mínimo de um ano inteiro. Que o senhor benza e consagre a Capelinha da Nossa Senhora da Boa Morte, que reconstruí e debaixo da qual estarei sepultado. Mas, principalmente, que o senhor reze, em cada um dos 365 dias daquele ano, uma missa pela salvação de minha alma.

Meus outros legados de terra e gados e coisas que tenho possuídos e documentados, os irei destinando no correr desta confissão, conforme os méritos que for vendo nos homens e mulheres com que lidei e a quem deseje aquinhoar, por ato de justiça ou por império de meus sentimentos.

Esta minha confissão e testamento, eu escrevo, porque não tenho outro meio, na enfermidade que me achaca, de confessar por minha própria boca, como é devido. Mas também o faço porque, escrevendo sozinho aqui nesta sala do meio dos Laranjos, posso repassar calmamente minha vida, num verdadeiro exame de consciência. Desejo muito fazer esse repasse. Tanto para reavivar na memória os meus idos bons e ruins, como porque não tenho e nunca tive pessoa nenhuma a quem pudesse falar em confiança.

Rejeitei o outro alvitre que seria chamar aqui um confessor. Isto porque, o único disponível, o padre Severo, vigário de Luiziânia, é muito conhecido meu demais para com ele abrir o coração. E também porque ele não me dá o sentimento de ser um desses sacerdotes virtuosos que um homem deseja para seu confessor e, sobretudo, no meu caso, para herdeiro e testamenteiro de tudo de melhor que tenho.

Peço ao senhor, seu padre, que tenha a paciência de ir lendo e perdoando esse relato dos pecados meus, que irei desenrolando conforme a memória me ajude. Peço também que vá anotando à parte os pecados e os legados que farei, à medida que me esquente no peito o sentimento dos meus malfeitos e das bondades alheias que devam, uns, ser perdoados na lei de Deus; os outros, recompensados por mim.

Para legalizar estas dações, estou munido dos papéis de cartório e dos formulários legais de testamento que me foram dados como bons por seu Tião dos Anjos, tabelião do cartório de Cristalina que tudo há de reconhecer e sacramentar na Lei para cumprir minha vontade.

Bem sei, seu padre, que boa seria minha confissão feita na força de homem, quando a tesão e o poder de mando me pareciam inesgotáveis. Enquanto tão forte foi meu sentimento de eternidade vivente; na imortalidade de meu corpo fechado para a morte. Nos idos meus de matador imortal.
Quem hoje aqui confessa é a quirera de mim, nesse resto de vida sovina, de vésperas do estertor.
Não é, não! Toda hora é hora de encomendar a alma ao Rei dos Reis, ao dono da Vida, dador da Morte. Nunca é tarde para rogar a meu Espantoso Senhor que a mim me fez tal qual fui, vim sendo, ainda sou. Tudo para cumprir em mim Sua santa vontade. Dadivoso Senhor que me livrou de tantos riscos. Generoso Senhor que me cumulou de tantos bens. Implacável Senhor que me cobra culpas nessa hora de brochura, fastio e medo.
Por que confesso? O que confesso? Espremendo, para tirar o sumo dos meus feitos, o pecado que fica latejando, me ameaçando de perdição, é o de matador. Eu fui, eu sou o matador. Eles, meus mortos, estão mortos acabados. Eu, que me salvei, tenho de confessar pra não me perder. Eles, estão salvos. Estarão?
Matar é ato simples. Morrer é passo dificultoso. O preparo para morrer morte morrida exige coragem, paciência, que eu nem suspeitava. Matar, não. Matar não tem arte. Dar a morte é só destruição. O que pede é manha para não morrer no lugar do outro ou junto com ele. Manha que não se aprende, nasce com a gente, vem dentro

do corpo. É como a astúcia invencível dos bichos selvagens que ninguém caça.

Matar exige é coração para não se amarrar no finado e sair carregando a memória dele pela vida afora, como um escravo. Esta qualidade de matador de ofício, devem ter o Antão e o Izupero. Não vejo neles ares de que sofram pelas mortes que deram. Não sou desta laia; nem tenho essa capacidade. Carrego meus mortos. Rememoro, dia e noite, cada um deles.

Como é que um matador executa um homem, sem se pregar nele? Matar é ato tão forte como parir; se o filho é da mãe, o morto é do Matador. Acho que mesmo Antão estará carregando os defuntos dele. O que ele faz atrás daquela catadura, daquele silêncio de chumbo? Viverá ruminando as mortes que deu.

Filho, sei com certeza certa que não fiz nenhum. Algumas poucas pessoas há, de quem falarei mais explicado adiante, que podem pensar de sã consciência que eu seja pai delas. E outras que pretendam isso, com olhos na minha herança. Aos primeiros darei, com cuidado de não estabelecer direitos exorbitantes, algumas vaquinhas e outras miudezas. Aos últimos, nada. Irmãos e sobrinhos, sei que não tenho, pelo menos reconhecíveis. Também disso sei de ciência certa, porque estive averiguando numa viagem longa especialmente feita para este fim.

Nessa altura, adianto ao senhor, meu padre confessor, que um tal capitãozinho Agapito Castro Maia, de Bocaiúva, em Minas, pretendia ser meu parente, chegado. Como é morto, podem seus filhos apresentar pretensões. O senhor verá que isto não é verdade, nem pode ser porque, conforme será explicado a seu tempo, eu sou e não sou Philogônio de Castro Maya. Aquele capitãozinho, homem bom, falava do possível parentesco nosso na inocência da amizade, sem pretensões de ganho. Peço que, daquelas missas minhas, o senhor reze duas pelo descanso da alma dele.

Minha finada mãe, Tereza do Surubim, teve três filhos, e morreu durante ou pouco depois de meu nascimento, no aguaceiro de uma tromba d'água. Dela não sei mais do que o nome Tereza e bocagens das mulheres do Lopinho que acabaram de me criar. Suas duas filhas, minhas irmãs, terão morrido na epidemia que veio depois daquela enchente. Se não morreram ali, sumiram no mundo e, como mulheres e bastardas, cada qual de um pai, não se pode encontrar sua descendência.

A finada Tereza era prima-irmã de Lenora de quem falarei. As duas, netas de uma tal Ana Sabe-Sabe que seria também avó do Lopinho. Por este longínquo parentesco de tio-primo foi que ele fez a caridade e a maldade de me recolher quando fiquei órfão, para criar e explorar.

Penso que meu pai terá sido um tal Tertuliano Bogéa, garimpeiro de diamantes do Surubim. Penso isto com o fundamento pouco de que sempre falavam dele, na minha frente, como o maior fazedor de filhos da puta do sertão do Surubim, onde minha mãe vivia. E porque, quando eu teimava muito, diziam que eu era um Bogéa de bruteza.

Deste meu suposto pai, só sei que era garimpeiro, branco, cabeça dura e bom reprodutor. Quando ninguém mais acreditava que valesse a pena batear nas areias do Surubim ele continuou. Teria sido rico e importante, com família apalaciada em Grãomogol e quantidade de faiscadores bateando para ele. Ficou pobre pela teimosia de que haveria de encontrar a maior riqueza do mundo naquelas areias relavadas. Continuou bateando até ficar sozinho ou, o que dá no mesmo, só com a ajuda de um negro que era como mãe dele. Sempre juntava uns xibios que levava num escapulário pendurado no pescoço para vender em Grãomogol. Morreu tão cheio de dívidas e de filhos legítimos e bastardos que, no fim, nem Lopinho fiava nem confiava nele.

Lembro bem da Lenora contando casos do velho Bogéa. Num deles, teria impedido que os garimpeiros cortassem a mão de um companheiro, apanhado em roubo. Noutros, aparece como o maior arrombador de mulheres do sertão do Surubim. Não escaparia uma que topasse com ele sozinha pelos caminhos. Quando o velho Bogéa não acossava pra derrubar, elas mesmas caíam já abertas para não passarem pela desfeita. Contando essa história Le-

nora ria com gosto para aborrecer Andréa, dizendo que a ela o velho nunca quis comer.
Pra mim, minha mãe Tereza é um ventre me parindo lá atrás. Meu pai, um velho que uma vez vi, antes de supor que fosse quem me gerou fodendo Tereza. Dos pais e avós deles, demasiados, perdidos no vão do tempo, nada sei. Decerto muitíssimos assassinos, excessivos ladrões, de quem pude herdar as sementes da danação. Esta, minha herança.

O senhor aceita um cafezinho, seu padre? Essa minha negra Calu, que o senhor há de herdar também, está sozinha para coar um café. Quando acerta é uma beleza; mas às vezes não dá no ponto. Ou será minha boca que de um dia a outro relaxa, travando o gosto? O cafezinho de agora já veio e eu já tomei. Estava como deve, resinoso, cheiroso, gostoso, pelando de quente. Por um café assim é que não largo Calu. Também por ele me esforço demais. Mando buscar o grão na Vereda do Carrapato, se possível do cafezalzinho do Nhô-Nhô e mando torrar aos poucos, nos dias e horas em que estou de ventas melhores para gozar o cheiro forte que recende pela casa inteira. É quase tão bom como picar, desfiar na mão, enrolar na palma e pitar um cigarro de fumo goiano do bom.

Calu soca todo dia, várias vezes, no pilão da cozinha, os cafés que vou tomando. Ouvindo daqui o croc-croc, fico esperando. Às vezes chego mais perto, para apreciar como ela apura o pó, meio grosso, tisnado, puxado a vermelho, rolando devagar a mão de pilão, brilhosa. Dali, o café vai direto para o coador, limpo, relavado e posto na boca da chocolateira. Quando desce a água fervente da chaleira preta, escaldando o pó, sobe aquele cheiro de café feito. Maravilha. Aí, ela põe na xicrinha de ágata, em cima da rapadura clara, sequinha e me dá depressa. Tomo de três goles, como tomei um agora, seu padre, uma beleza. Vou pedir outro, o senhor é servido?

Estará aí maliciando, que eu sei. Pensará: gozos de velho, sem pecados para confessar, fica dizendo bobagens. Estou me confessando, acaso? Estou é conversando com o amigo sobre os bons da vida. Sou homem de gosto para gozos maiores. Ou era, fui; nos meus idos. Agora, estou aprendendo a gozar os menores. Tirando deles bondade que não via. Pena é que não possa fumar. Nada neste mundo é tão bom em si e para substituir qualquer desejo como um cigarro bem pitado. Para mim está vedado, proibido.

Só fumo agora fiapos de fumaça do cigarro do Bilé. Faço e dou a ele um cigarrinho do meu melhor fumo goiano para pitar sentado ali, no pé da escada. Eu, deitado na rede da varanda, gozo o cheiro da fumacinha perdida que sobe com o vento. Sei até diferenciar bem a que sai desfeita dos bofes dele da que sobe pura, azulíssima, da ponta do cigarro. É como eu fumo agora. E até esses fiapos finos de fumaça me dão acessos de tosse.

Pior é o rapé, tive de proibir Calu de torrar e socar para eles, e Bilé de carregar no bolso. Minha venta, que não serve pra nada, descobre o danado do rapé a metros de distância, e me faz espirrar que é um desespero. Estão proibidos. Bilé só fuma seu pito com o meu fino fumo goiano. Calu só masca, cuspindo da janela da cozinha para o pátio, aquelas cusparadas gordas. Dentro de casa não quero escarro que não seja meu.

Voltando ao sério do nosso assunto, quero adiantar algumas instruções ao testamento. Além desses Laranjos que deixo para o senhor nas condições referidas, lego também para todo o sempre, aqui e nos papéis próprios que escreverei, as minhas cinco posses legalizadas e registradas de Águas Claras às pessoas que irei referindo.

A meu compadre Militão que o há de buscar e achar, para entregar esses papéis, deixo a fazenda das Águas Claras com suas duas glebas nas vertentes do rio Pacuí, a casa com as benfeitorias e minha criação de mulas que está debaixo dos cuidados dele.

Para Mariá (Como será o nome dela? A mãe se chamava Ruana, o pai como seria?), pra Mariá deixo o sítio onde ela vive, nas Veredas, com seu filho Lauzim, a casa, o gadinho, as benfeitorias.

Para Chiquinho, afilhado meu metido a filho, deixo minha gleba da Gameleira onde ele mora, com a criação de cavalos que cuida.

Para os pretos meus do Roxo Verde que são muitos demais, deixo o chão dos ranchos e das rocinhas deles, plantados na minha posse de São Benedito.

Para Izupcro Ferrador que acoitei há anos nas Águas Claras, só peço sua proteção; de posses ele não carece. É homem só e cismático. Matador de ofício. Singelo: os bons Deus fina, os ruins a gente mesmo mata, diz.

De todas essas pessoas e de cada uma delas, hei de falar ou escrever aqui, seu padre, em tom de confissão de peçados ou de virtudes que com elas ou por elas cometi. Além de minhas mulheres de que também falarei, sem demasia, esta foi a única gente com que eu tive convívio demorado em todos os anos da minha vida. Ao menos, os que estão vivos.

Também deixarei no Banco de Goiás, conta nominal com saldo mínimo de dois milhões e muitos. Esse dinheiro é seu para tocar o inventário e a vida; fora uns trocados que irei dando se as lembranças dessa confissão me esquentarem o coração das gratidões.

De tudo que tenho, o senhor verá, o pedaço bom mesmo é essa fazenda dos Laranjos, onde escrevo, sentado na sala do meio da casona. Sei que o senhor vai se alegrar muito com as grandezas dos Laranjos. Mata mesmo de madeira de lei, aroeirada, tenho pouca, na encosta da serra e nos grotões do Gorutuba. Tudo mais é um mar de pasto. A parte pior é de jaraguá, replantado em cima deste capim de bode nativo aqui de Goiás. É ruim, mas agüenta peso de gado nas águas. Melhores são os pastos de colonião plantado direto na soca das antigas matas, de velhas capoeiras e nas campinas úmidas das várzeas de terra gorda.

Há quem diga que com terras da qualidade que tenho, o negócio era tocar lavoura grande. Bestagem, lavoura exige muita gente, gente boa de serviço, trabalhadeira, que não se encontra mais. Negócio como gado não há. Não para deixar solto no pasto, ao deus-dará, como fazem tantos que não são criadores, são é criados e sustentados pelo gado. Falo é de criatório de verdade, como o que levo aqui na ponta do lápis.

Invernada dá mais dinheiro, reconheço, mas o ganho vem mais da boa compra da boiada que da engorda. Para isto é preciso ter balança no olho, com o poder de medir o peso de uma boiada só de passar no meio. Olho eu tenho, mas onde está o ânimo de sair por aí, comprando boiecos como fiz tantos anos? Ou a temeridade de encomendar a alguém a compra do meu gado?

Larguei mão, há muito tempo, das idéias de invernada de engorda que tinha lá no Brejo. Aqui neste Laranjos, o que tenho e quero ter é criatório. Assim estou autônomo com minha vacaria enraçada e minha ponta de touros nelore que é um plantel. Não dependo de ninguém. Cada ano tiro as vacas velhas e ruins e os novilhos de sobreano para vender a quem queira engordar ou recriar e às vezes compro umas novilhas mais para aumentar. E me dou bem. Não tanto que com o fruto desta fazenda possa comprar outros Laranjos, nem quero. Meu sonho que o senhor me daria muito gosto em realizar era ir aumentando os Laranjos pelos lados. O mais fácil é avançar sobre a fazenda Sumé dos Prates. O capitão está velho, morrendo, qualquer dia aquelas terras vão entrar em venda ou em disputa pelos filhos e genros desavindos. Melhor será, então, que venha pros Laranjos do que cair na mão de não se sabe quem. Para isto, se o senhor fizer gosto na compra, o dinheiro que deixo no banco e o da venda do gado sobrante dá demais.

O negócio de criação, como eu toco, é sadio de bom. Dá muito bem para gastos maiores que os meus e, sobretudo, para manter e acrescentar patrimônio, sem medo de inflação. Nisto está sozinho. Nesta vizinhança toda, dentro de uma roda de sessenta léguas, não há fazenda como os Laranjos. Esse é o fazendão que deixo para o senhor, seu padre. Faça dele bom uso, caridoso se for de sua vontade, mas efetivo.

Esse mundo é variado, seu padre. Há o café e a borra. Há o caldo e o bagaço. Há quem manda e quem é mandado. Esse é o mundo da fábrica de Deus. Vou eu refazer? Quem sou eu? O meu é meu. O alheio não sei: será ou não. Assim pensamos nós, mandantes, assim agimos. No dele está ele e o que ele tem: família, coisas. Quem tem juízo se apercata, fica segurando o que tem, como eu aqui, cuidadoso. Nesse mundo, ou se é dador ou tomador. Dador que adula já deu e mais vai dar. O tomador só abre a mão e recebe o que já é dele.

Nunca jamais fui dador. Desapropriado fui, para minha vergonha. Afinal, o prejuízo não foi nenhum para quem partiu do nada e tomou o bom pedaço desse mundo que é meu. Mas como dói. Até hoje não me consolo da dor e da vergonha de me dobrar a uma vontade mais forte que a minha. Vontade que eu não podia quebrar, nem comprar, nem subornar. Vontade que topou com a minha, me desapropriou, e me fez recuar para não perder ainda mais.

Quem pode o que contra estrangeiro paulista que vem de longe, avoando no avião dele, ver, sem pousar, a terra que escolhe pra furtar? Basta ele ver e querer para aquele pedaço ser dele. Para isso tem a máquina das brasílias todas subornando, arrolando, violentando. Que é que eu podia fazer? Matei um, mas me guardei, arrepiei carreira, não sou de ferro, nem sou besta. Me amofinei, pus o rabo entre as pernas, aceitei perder o Vão, o melhor pedaço do mundo, o mais bonito, o mais meu. Coberto de mata virgem virgentíssima, desvirginado com o fogo meu. Ninguém viu antes de mim aquela mata florestal verde-cinza do princípio do mundo. Saiu da mão de Deus para queimar no meu fogaréu. Só viram o capinzal cheio de seiva, substituindo a vida florestal mais enorme que jamais houve. Viram e furtaram. Esses meus, nossos, Laranjos, é que me consolam da perda do Vão. São terras boas demais que herdei de gerações e gerações de diferentes gentes. Primeiro, os bandeirantes garimpadores de ouro com sua escravaria negra. Depois os padres, que ocuparam a tapera para recolher índios amansados. Depois ainda, as gerações que receberam essas terras, quando os padres foram escorraçados, e aqui viveram e morreram gastando gente para abrir pastos. Tudo para que um dia eu, e no dia seguinte o senhor, nos fizéssemos donos, senhores, na possança do poderio fazendeiro. Segure com as duas mãos esse mundão que dou ao senhor, seu padre; se fosse para dissipar ou perder nem valia a pena dar. O senhor será frouxo?

A quem vou deixar a casa apalaciada dos Alves em Luiziânia? O senhor quererá ela também? Ou deixo pra Candinha, a melhor amiga da finada siá Mia? Ela vai até se assustar, estranhando minhas bondades. O que queria era casar com o viúvo da amiga. Deu rabanadas pro meu lado, tão em cima da cova fresca da finada, que me arreliou. Por isto nunca falei com ela de gratidões. Agora, pode que deva. Se não ficar pra ela, para quem há de ficar aquele casarão fechado há mais de 10 anos, no melhor lado da pracinha de Luiziânia, bem junto da matriz? Que seja dela. Para isso também vou escrever os papéis competentes de legado.

Que outras pessoas merecem agrados meus? Amigos de que gostei e gosto são poucos, e nem tenho notícias dos mais deles. Quais? Siá Deija, me lembro dela, mineira de Mato Verde, uma velha gorda, boa parideira, dona da simpatia deste mundo. Deve ser finada. Seu Mauritônio, um barbeiro cordial e falador que fazia minha barba todo santo dia na Barra quando eu andava enrabichado com Nina, era meio velhusco e tísico, estará morto e sepultado.

Talvez seu Deoclécio, com a ozena suportável dele, mereça uma casa e uma terrinha. Foi a única amizade que fiz no Brejo, o que a ele custou muita antipatia. O pobre está vivendo na casa de vaqueiro principal, agora de favor dos novos donos do Brejo, que puseram o genro dele na frente da vaqueirada. Quereria Deoclécio sair de junto do neto?

E seu Tião dos Anjos, tabelião do cartório de Cristalina, será que recebia um agrado meu? Acho que sim. Uma vez ele olhou com os olhos e também com as mãos, como um menino, a espingarda de dois canos, coisa fina, que tenho aí. Se o senhor se lembrar, seu padre, me faça o favor de mandar o Militão levar de lembrança pra ele. É homem orgulhoso, mas muito gostador de agrados. Quem mais? Calango, amigo velho, calado, merece o que quiser. Com ele aprendi mais acertos de bem viver do que sou capaz de praticar. A Calango só vejo quando preciso dele nos meus desconsolos. Ele nunca precisou de mim. Estará no Quem-Quem, satisfeito com o que tem. Pra que Calango quer herança?

Outro amigo velho, bom, de quem me lembro bem é Galvão, tropeiro como eu e dono de um narigão tão grande que no retrato da memória ele me aparece inteiro, e era um homem grande, dependurado atrás do narigão. Foi morto numa tocaia, nada posso fazer por ele. Missa, merecerá? Sim, meu padre, reze uma e desconte das minhas.

E o velho Íssimo e o Romildo, há quantos anos não me lembrava deles? São as únicas recordações boas que guardo das Cagaitas. Ainda revejo o velho Íssimo saindo da casa de madrugada, vestido no seu camisolão de tucuio que ele arregaçava para coçar a barriga ou mijar, um despautério. De Romildo me lembro falante, contando casos de revoltosos. Também as almas deles merecem uma missa? Não, estou dando missa demais!

Muitos mais me passam pela lembrança, sombras fugidias, de gentes de que mal me lembro. Um jogador de truco que conheci em Cristalina, homem bom, sisudo; nem sei o nome dele. Dio, tocador de flauta preta do cabaré de Luiziânia, decerto já morto.

Izupero Ferrador, homem meu, uma vez ferrou as quatro patas da minha besta e não cobrou, dizendo que era glória dele servir a um homem valente que nem eu. Coitado, pobre e regalador. Está nas Águas Claras, envelhecendo. Descansa de seus dois ofícios, o de andarilho das feiras do sertão, ferrando montarias e contando casos de valentia; e o de matador de confiança que também neste duro ofício me serviu. Os mais foram companheiros de moçada, amigos de negócios. Todos pagos e gratificados com o trato que me deram e que dei, retribuído. Não há mais doação nenhuma, seu padre, a menos que me falhe a memória. Mas vamos adiante, muito tenho a dizer e ainda disponho de uns trens a doar. Preciso é encontrar as pessoas que os mereçam. Algumas miuçagens estou dando eu mesmo, agora, coisa pouca, para não restar sua autoridade de testamenteiro repartidor.

Essas dações de trenzada são a de meu jogo de roupas e com elas a rouparia de uso da casa que está na arca grande de metal, tudo isto prometi a Calu que é quem aqui, há muitos anos, me cuida. Ela e o marido, Bilé, prometeram lavar meu corpo defunto e me enterrar com o traje com que casei e que, para isto, fica separado. Quero ir bem vestido, não sei por quê. O corpo vai apodrecer, o importante é a alma que, então, estará nas suas santas mãos. Assim dispus, esse é meu desejo, como também o de ser enterrado na capelinha.

Peço ao senhor que verifique com jeito, se Calu e Bilé cumpriram o prometido. Se assim foi, dê a ele o meu cavalo baio com o aparelho completo de montaria de uso no serviço, é muito do gosto dele. O cavalo melado, melhor de boca e de pasto e os arreios bons são para o senhor, meu padre confessor, para quando esteja aqui, depois da minha morte, dono dos meus Laranjos. Outras miuçalhas dei, poucas, que não refiro porque não têm maior importância.

Ando assustado seu padre. Não sei por quê. Meu coração estará disparando de susto? Ou me assusto com meu coração disparado? Não sei. Sei que vivo encolhido de medo, enrodilhado na espreguiçadeira, andando com passos miudinhos. Café mesmo, tomo pouco, com medo de acelerar o coração. Fico horas quieto, sentado, sem mexer um dedo. Passei a tarde inteira, até há pouco, tomando conta de uma fieira de cupins que está esgravatando o corrimão da varanda. Não me ocupei de matar nenhum. Olhava aquela fieira de cupins andando uns atrás dos outros, em ordem, trabalhando eles, eu pensando.

Deus é minucioso. A obra dele é acabada, perfeita. As criaturas mais reles desse mundo, como esses cupins, são maravilhas de perfeição. Cada partezinha articulada com as outras, todas compondo um bicho completo, perfeito, capaz até de se refazer, multiplicado. Tudo sem saber como nem por quê.

Se em tudo Deus foi assim tão detalhado, que dirá na criatura preferida, racional, criada assim perfeita para louvar o Criador? Somos a perfeição das perfeições. Somos, pergunto eu ao senhor? Todos somos perfeitos? Eu também? Qual o quê! Qualquer merda de cupim desses se reproduz que é uma beleza. Eu não. O senhor não acha isso injusto? Acha que é direito? Não. Não gosto desse mundo, tal como foi feito. Caí nele nuelo, desgarrado; melhorei quanto pude meu destino, por meu esforço. Este mundo está mesmo é muito mal feito.

Não pense o senhor que eu sou homem de lamúrias. Nunca pude com isso. Aceito o mundo como é! Jogo e brigo dentro das regras, sem frescura. Não refugo nem reclamo. Só não posso é com birras de dengues e afagos. Esse meu modo de ser, não fui eu que inventei. É a regra de bem viver de todo homem de respeito dessa minha gente fazendeira goiana, mineira. Assim somos; secos de gestos e de palavras. Ao menos de dia, na frente do mundo. Vi muita moça mimosa, cheia de dengos de namorada, se enfezar depois de casada e parida, para ser como deve ser uma dona casada: discreta, quieta, calada.

A toda mulher que viveu debaixo da minha sombra impus respeito, vedando ousadias de se entortar em dengos, ou de se requebrar regateira em demasias de afagos. Elas sabiam, adivinhavam, que eu não queria. Assim foi com Inhá. Assim também com Mariá. Até mesmo na Emilinha estanquei os exageros de meiguices. Tudo com elas desandou, talvez, porque não impus bem a lei de minha vida. Nunca fui homem de doçuras.

Assim mesmo me estimaram. Algumas até demais, sofridamente, como Mariá. Principalmente Emilinha, que foi a mulher a quem mais ascendi em gozos. Por que não guardei nenhuma junto de mim para essa hora derradeira? Siá Mia morreu. Inhá fugiu. Emilinha mandei trotar. Mariá, sei lá, foi quem mais durou.

Atrás dessa conversa, com o senhor e comigo mesmo, o que está pulsando, percebo bem, é uma idéia malina suplicando de vontade de sair. É o juízo perverso de que a culpa tenho eu, na minha dureza de trato, de estar hoje sozinho nesses Laranjos. Será verdade? Bem pode ser no caso da mulinha; mas que homem agüentaria a inhaca pecadora dela? Eu não! Com a cachorra da Inhá, também não podia ficar, disfarçando os chifres por amor de um picadinho de quiabo, bem temperado. Não eu, meu confessor. Eu não!

Todas aquelas donas, com exceção de siá Mia que era uma santa, eu encontrei furadas ou tomei de alguém que não tinha força para segurar mulher. Como todas eram novas e tesudas, corri o risco de, com o conforto de ter uma delas aqui me cuidando, ter também uma galharia chifruda em cima da testa, o que me daria uma tristeza sem fim. Melhor é estar só.

Quando dei por mim, estava vivendo no Lajedo, o criatório do Lopinho. Era um dos meninos criados lá, só diferenciado e referido por ser um salvado do aguaceiro e da epidemia que acabou com o povo do Surubim. Nada devo à raça e descendência de Lopinho pela caridade de me criar. Se houve, estará mais do que paga pelos anos de cativeiro que sofri, nas garras deles, até completar 15 anos, já homenzinho, quando fugi.

Devo é a Deus, Nosso Senhor, o pecado que aqui confesso ao senhor, seu padre, e do qual peço perdão, de haver matado o velho Lopinho. Meti um prego na raiz da cabeça dele, um dia em que o encontrei escornado na rede, agoniado de febre terçã, no pasto de cima. Deste crime, meu primeiro, nunca me arrependi até hoje. Mas dele preciso me arrepender agora, para ser perdoado, se culpa houve.

Meu sentimento é de que fui salvo e alforriado por aquele prego, que guardei muito tempo escondido como meu único bem, e pelo cabo do chicote encastoado que ele usava para me surrar. Tenho até que Lopinho descansou de sua sina ruim de gastador de homem e menino no trabalho e de castigador de mulher na malvadeza. O prego ficou tão bem metido que desapareceu debaixo do cabelo basto e duro de Lopinho. O povo dele, quando chegou, para baixar o corpo e dar enterro, decerto nem viu. Mal teriam tempo de fingir algum sofrimento de orfandade ou viuvez.

Muitas vezes Lopinho pousava lá em cima, porque com sua perna dura evitava montar. Quase sempre eu ficava com ele. Zabelê ia trazendo um por um os burrecos, porque os inteiros não podiam ver o serviço. Os burros iam chegando alegrinhos da viagem e de ver o pasto novo, fresco. Era fácil metê-los no brete, sujigando cada um no jeito, para Lopinho, com sua faquinha apropriada numa mão e o vidro de iodo na outra, cortar fora as bolas, atar e curar.

O bicho escoiceava quando ele suspendia o saco na mão sopesando as bolas, mas gostava, resfolegava e se estirava todo, tesudo. Assustado, balançava a cabeça em agonia ao sentir o primeiro repuchão que Lopinho dava. Rinchava de medo era quando sofria nos bagos o safanão mais forte de separar as bolas, para o nó. O pavor inteiro vinha é com o urro que davam ao sentir o corte frio, instantâneo, da faca afiadíssima com que o castrador decepava o saco e a dor quente do iodo queimando o corte do capado. Meia hora depois saíam tropicando, tristes, para o meio dos outros.

Depois de castrados, todos os burros daquele ano ficavam lá em cima uns meses, cuidados contra tétano e bicheira. Só desciam para as mangas de baixo depois das águas, deixando o pasto crescer para outro lote. Com pouco tempo mais chegava a idade do apronto final de boca e de passo, se fossem para montaria; ou outros acertos, se fossem de carga.

Este apronto quem dava, por empreitada, era seu Laureano, o melhor acertador de mulas que conheci. Quando mostrava a Lopinho o seu serviço, começava arreiando e montando um por um todos os animais que amansava. Conduzidos pela mão dele, primeiro com freio de boca e depois só no cabresto e na força dos apertos de espora, cada um dava o que tinha. O diabo é que ninguém mais tirava deles, depois, o mesmo serviço.

Ali no pasto de cima, no tempo da castração, foi que eu encontrei Lopinho prostrado, com um acesso de terçã, os olhos virados, mas vivo, eu via, pelo ardimento da febre. Ali acabei com ele. A idéia e o ato foram tão juntos e com tanta rapidez que eu, às vezes, penso que planejei depois. Foi ver a raiz estufada do crânio dele, acima do pescoço fino, ali oferecida, para pegar o cabo pesado da taca e dar com ele uma pancada firme, rija, na cabeça do Lopinho. Com ele desfalecido, peguei meu prego caibral e meti na emenda da cabeça com o pescoço dando uns poucos golpes duros da taca encastoada.

Fiz esse serviço com calma, arrematei com todo cuidado para o prego ficar bem rente ao couro do coco, e depois cobri com o cabelo duro do Lopinho. Tudo na calma. Até limpei na barra da camisa o fio de sangue que minou dele. Sem medo. Só depois é que me veio o pavor apavorado. Tive tanto medo que tremia como se tivesse pegado a sezão dele.

Desatinado, corri lá pra baixo, até perto da casa. Antes de chegar, me voltou a tremedeira e o medo e eu subi outra vez, correndo, para ver se Lopinho estava mesmo morto. Estava. Desci aí numa corrida só, com o plano já feito. Disfarçando para não ser visto por ninguém, entrei na despensa para colher a faca, o jabá, a rapadura e a quarta de farinha e o mais que precisava para fugir. Só depois de esconder meu bornal é que me cheguei, querendo parecer sem fôlego, junto de Lenora, para dizer que Lopinho estava mal de febre. Todos foram ver. Não esperei. Caí no mundo. Até hoje.

Seu padre, eu não sou ruim nem bom. Não nego que exista gente melhor que eu. Conheci alguns. Digo é que esse mundo de Deus não é dos bons, nem pode ser. Um mundo cheio de compaixão pelos fracos seria um mundo fraco. Um mundo com muita atenção com os tristes e desenganados seria um mundo triste, no máximo resignado.
 O mundo é como é: lugar de briga. Assim é, e a gente que cai nele nua e desamparada que nem eu, então, o que tem de fazer não são bondades. É o que for preciso pra sair da lama. Os donos da vida que nem eu, agora, podiam, talvez, mudar as regras do mundo pra fazer dele um paraíso geral. Nunca vi dizer que isso fosse proposto por ninguém que merecesse respeito, em nenhum lugar. Essa tarefa não é dos homens: é de Deus. Tudo indica que Ele quer o mundo tal qual é: o engenho divino de clarear almas. Nele sou gente, proprietário, e gosto. Isso sou por esforço meu; se fosse esperar ajuda ou compaixão de alguém estava perdido. Seria um coitado a mais.
 Nesses assuntos é que tenho pensado, seu padre. Isso tem de bom a confissão, já no começo do reconto de meus pecados, me obriga a ver coisas que eu nunca perceberia se não estivesse aqui, sozinho, esgravatando a consciência. Não pense o senhor que eu tenho só malfeitos na vida. Tenho também, naturalmente, alguns benfeitos. Eles dariam pra me salvar? Sei lá, parei para relembrar e alegar alguns e mesmo procurando muito, não achei. É certo. Não me lembrei de ninguém a quem eu

tenha feito um puro benefício sem tirar nenhum proveito, uma bondade qualquer como aquela que um dia me fez seu Romildo. Se, para salvar minha alma da perdição eterna, eu precisasse encontrar uma pessoa que depusesse por mim, dizendo que eu fui bom e justo, acho que precisaria subornar.

Meu papel nesse mundo foi outro. Não sou nem sacerdote, com dever de exemplar; nem beato, com gosto da caridade. Meu papel é o de fazedor, de tomador de conta do gado de Deus que são os homens. Isso fiz e faço; ríspido, com dureza, muitas vezes, mas sempre na intenção de levar as coisas pra frente, construir, edificar.

Graças a Deus, preguiça nunca tive. Desde que me entendi por gente, vi que esse mundo é lugar de trabalhar, de fazer, não de se deitar, nem descansar, graças a Deus. Por esses meus fazimentos de que deixei marca no mundo, é que tenho de ser julgado.

Não foi por maldade que andei estropiando alguns. A mula que a gente monta, tem de esporear pra pôr no bom caminho, fazer andar, tirando dela o passo que pode dar. Assim é o povo. Não pode ser deixado ao deus-dará. A vista de um ferrão, de uma espora, com a lembrança de uma ferroada, vale mais que mil conselhos.

Deixando de cavilações, só digo ao senhor que muito fiz. Aquelas Águas Claras que deixo pro Militão eram nada, hoje é uma fazenda e tanto, vale dinheiro. Aquele Vão que me roubaram era uma floresta imensa, inútil, com o meu fogo e com o capim que plantei, dá para mais gado do que já tive. Outra obra minha de mérito são esses Laranjos, que comprei com a herança de siá Mia. Quando entrei aqui isso era uma tapera. O fazendão que o senhor vai herdar é do tamanho de meus merecimentos.

Por minha mão o mundo melhorou. Por onde passei ficou o sinal do trabalho de um homem. Aí é que está onde e no que tenho de ser julgado. Não é pedindo bondades que não tenho, nem peço, nem devo a ninguém.

Só me entristece um pouco isso das bondades, porque não tenho ninguém de quem espere gratidões. Quem chorará minha morte, seu padre? Ninguém. Ninguém estará aqui para me vestir, como se veste a um pai, a um padrinho por quem se tenha carinho. Essa Calu e esse Bilé me vestirão mal e mal. A gravata, nem saberão laçar, decerto enrolarão no meu pescoço, se é que farão tanto por mim. Morto farei uma figura feia, dentro do caixão. A cara pálida, mortuária; a barba por fazer; o cabelo desgrenhado; o terno de sarja azul, amarrotado, cheirando a naftalina; a camisa talvez jogada por cima; sapato trocado de pé; sem meias. Seu padre, vou ser um defunto feio.

A única pessoa que talvez me tratasse com carinho nessa minha velhice e na morte, foi siá Mia. Acho que chegou a gostar de mim. Quando viu que ia morrer, teve pena de me deixar sozinho. Fora dela a outra única pessoa que haveria de chorar triste de me ver morto, com pena sentida, essa não vai estar presente. Sou eu.

Pecados de menino, tive, como todos, segundo penso e confesso. Malvadezas com criações de terreiro, safadezas com bichos de que ninguém toma conta. Nem ninguém pensa, fora desta hora das confissões, que são criaturinhas de Deus.

Dessas maldades, fiz demais, mas delas mal me lembro, exceto a daquele pato branco do Lopinho que, na agonia de foder, matei. Este pecado, paguei com uma surra que quase acabou com a minha vidinha mirrada de menino de nove anos. O esganado deve ter adivinhado meu malfeito, ou pensou que matei o pato de pura malvadeza. Mal-agradecido, gritava, e lá vinha a taca. Eu, que gostava do bichinho, com a brancura de suas asas duras, sofria também com sua morte. Principalmente na hora do susto, passada a sofreguidão, saindo de dentro do calor dele, ao ver que estrebuchava.

Muitas outras malvadezas de menino fiz, seu padre, que nunca achei que fosse pecado; nem acho agora. Tudo somado, não passava de tocação de punheta e outras bestagens. Que eram pecados, vejo que eram. Isto sei pelo sentimento de culpa que me acossava. Mas não foi o arrependimento que me conteve do vício da punheta. Foi o medo que me deu de ver Joca, filho do Lopinho, perder as forças e quase se acabar. As mulheres da casa diziam que ele definhava de comer terra. De fato, a parede caiada do quarto dele, ao lado do catre, estava toda escalavrada. Mas eu sabia que não era disso porque eu também comia. Vinha é da perda de forças na agüinha que sai da bronha. Com medo de tisicar, ao modo de Joca, que maior punheteiro não havia, fui deixando o vício.

Caí em outro, seu padre, que foi uma agarração sem termos, com uma jumentinha do Lopinho. Olhuda, peluda, meio alvacenta, até hoje me lembro da estampa dela. Na verdade, me lembro dela com mais clareza que de muita mulherzinha que conheci. Aquilo foi um vício meu e da jumenta. Ela andava atrás de mim o dia inteiro enquanto eu estava na manga cuidando as criações. Se podia, levantava o focinhozinho preto e frio para lamber minha cara com sua língua areenta. Por mais longe que eu fosse, lá ia ela atrás querendo me lamber.

Só na boca da noite, quando dava a última vistoria nas criações é que me agarrava com ela, sempre com treitas para não ser visto pelo Zabelê e pelo Joca. A bichinha, viciada, vinha atrás de mim, fosse eu para onde fosse: o bananal ou a touceira de mato da beira do corgo. E já chegava de traseira, o rabo meio levantado, as patas dianteiras arriadas, meio ajoelhada, a jeito. Quando fugi, só dela senti falta por um tempo. Tanta, que tive de me proibir de pensar na jumenta sabendo que aquilo era vício, ou mania, se não fosse coisa pior: pecado. Muitas vezes sonhei depois com a bichinha. Ainda hoje, se consentisse, teria gosto em pensar nela. Será mesmo pecado ou é só mania besta?

Outros pecados de menino não me lembro agora, senão minha raiva feroz, possessa, de todo o mundo, sobretudo de Lopinho. Esta culpa se soma, suponho, na culpa maior, já perdoada, do arremate que dei nele com aquele prego. Também tive raiva do Joca, pouca, tisnada de piedade, pelo punhetismo desatinado dele, por sua magreza tísica e, depois, por seu xibunguismo. Talvez fosse, também, inveja por saber que ele era filho legítimo do Lopinho e eu só afilhado, sem direito a alegar parentescos. Invejava também ele viver na casa principal com o pai e, sobretudo, sua cor alvinha e seus olhos claros, que todo mundo gabava.

Éramos amigos, mas quando ele deu para xibungo demais nos separamos. Eu pro meu lado com a minha jumentinha, ele com Zabelê. Este era um mulato alto, mais velho que nós, muito sem vergonha. Confesso que troquei com o Joca e Zabelê. Mas os dois acabaram meio amigados e birrentos comigo. Na verdade, gostavam é de pôr em mim, não tanto de trocar; diziam que o meu era grosso e torto de tanto mexe-mexe na jumentinha. Nunca tive sentimento de culpa ou pecado por aquelas safadezinhas de menino. Nem podia, naquela quadra, bicho que eu era, ter esses tormentos. O que tinha dia e noite era ódio do Lopinho e dos mais. Principalmente dele. Vivia pensando em desgraças que acabassem com todos, com todo o mundo do Lajedo, menos comigo.

Aquele prego, meião, caibral, com que fiz meu malfeito maior daqueles anos, eu guardei comigo muito tempo, escondido não no bolso, que não tinha, mas nas dobras da camisa. Não sabia o que fazer com ele, mas era como se soubesse, se adivinhasse. Tinha aquele prego sempre comigo. Escondido de quantos pudessem vê-lo; mas levado na mão, exibido, como uma espadinha, brilhando ao sol, sempre que me sentia sozinho. Chupado de noite, no gosto bom do seu friozinho ferroso. Afiei tanto a ponta daquele prego que dava gosto esgravatar bichos de pé com ele.

A raiva do Lopinho tinha causa no despotismo do seu mando duro, ruim, encasinado, sobre todos. Tinha raízes no temor de suas violências, no medo das surras que me dava. Seja em croques, de passagem, se ficava ao alcance dos nós de ferro dos dedos dele; seja em pescoções, para vingar uma ordem mal cumprida; seja, e não era raro, para me surrar com seu chicote de amansador, quando explodia em raivas, sem precisar de razões.

Lembro-me bem da segunda surra grande que levei do Lopinho. A primeira foi aquela do pato. Nesta segunda eu era mais crescido, teria uns onze anos talvez, e tinha feito uma façanha que queria cobrar. Matei uma surucucu pico-de-jaca bem perto do curral das éguas que esperavam cria. Sabendo do risco de que tinha livrado a criação, peguei a cobra morta com um pau de forquilha e fui mostrar meu feito.

Ele mal viu, pôs a cara de maior espanto e raiva. Era o demônio, ali, estatelado, os cabelos eriçados. Amarelou. Lenora saltou em cima de mim, tomou a cobra e saiu com ela, disparada. Eu, hipnotizado pelo ódio do Lopinho, fiquei ali, bestificado, até ele voltar a si, agarrar a taca e cair em cima de mim como a danação. Fui salvo da morte, naquela hora, pela mesma Lenora, que voltava para socorrer Lopinho.

Soube, depois, que a capenga do Lopinho foi causada por uma surucucu daquelas que o tinha picado no terreiro da antiga casa. Ele nem pensou em matar a cobra. Saiu nas dores da mordida mortal, correndo como pôde até a cozinha, agarrou um tição em brasa, e esturricou a batata da própria perna, onde tinha levado a picada. Lenora, que estava lá, ficou horrorizada de ver aquele homem rolar o tição devagar queimando e continuar queimando e requeimando até o osso sua própria carne, para se livrar do veneno. Ela contava isso tremendo o beiço e dizendo que nunca pôde esquecer o cheiro de carne assada que saía da queimação.

Assim se salvou Lopinho do que ninguém se salva. Mas também, não podia mais ver cobras, especialmente a pico-de-jaca sem cair em transe, epilético. Outras surras levei depois, muitas, menores. Na injustiça delas está a raiz do meu ódio. Por isso, talvez, não purguei jamais culpa alguma pelo malfeito que fiz dando morte a Lopinho, com aquele prego caibral.

Essa tarde olhei muito um retrato que tenho, meu, a cavalo, dos idos do Brejo dos Alves. Nele estou eu, cabal, espadaúdo, montado, firme, no cavalo. A cavaleiro, mais firme ainda, estou na vida. Dá gosto ver. Assim, hoje, eu sonharia que sou, se tivesse um sonho bom. Isto fui, já não sou, nem serei. Aquele ido meu está tão fechado e vedado a mim como meu retrato. Entretanto, eu sou é ele; não isso que está aqui agora, olhando pro retrato. Isso é o que resta de mim.

Aquele sim, é o homem que eu sou, inteiro. Cabal. Sossegado. Valente. Realizado. Contente. Isto tudo sem saber, inocente. Sei agora que já não sou, nem correspondo. Ele sim, é meu ser de homem completo, pronto para qualquer mulher ou para o que der e vier. Ali estou, enfrentando tranqüilo, valente, tudo o que se ofereça. Sem jactância. Na justeza. Olho o mundo até com paciência. Esse, o homem que fui.

Isto é o que vejo e vi nesta fotografia minha montado a cavalo. Suficiente. De lá pra cá venho é caindo do cavalo, me desfazendo, me amargando. Por esse caminho, derramado, cheguei afinal a mim, ao que sou. Nem ter sido tanto me consola de estar resumido a mim. Aquele eu que fui, ontem, irrecuperável, olharia, hoje, sem pena nem dó para isto que eu cheguei a ser e sou agora. Talvez até perguntasse: como é que um homem se deixa ir corrompendo e se acabando assim, enquanto cuida que vive? Por que mil noites desesperadas; por que mil dias desgraçados terá esse infeliz passado para se acabar tão feiamente? Eu só poderia dizer: preste atenção, rapaz, se reconheça nessa velhice prematura. Eu sou você. Esse homem que aqui está com o pé na cova é você mesmo. Completamente. Você sou eu.

Isto diria. Mas posso ver o olhar dele, distante, indiferente, olhando esse resto de homem insano que viverá dias, semanas. Melhor mesmo é que morra, pensará; para não viver assim essa vida que não vale a pena. Isso me diria ele, consolador, se me falasse.

O cavalo que eu montava na fotografia morreu de velho. Sei por acaso. Me lembro da carcaça dele, pinicada de urubus, fedendo, num pedral das Águas Claras. O cavaleiro que montava o cavalo sou eu, então orgulhoso cavaleiro. Agora, apenas eu que aqui estou agourando minha morte. Terá sido pior para mim continuar vivendo pra assim me acabar? Melhor não seria ter desaparecido logo, debaixo do coice de uma bala feroz, ou do raio de uma facada de tantos que quiseram me acabar, me matar? Tantos me juraram, pagaram para eu deixar de ser entre os viventes, para eu, sobrando de suas mãos assassinas, me perguntar se valeu a pena? Por que, para que escapei? Será porque estava reservado a mim, pela mão do diabo, esse fim de asfixia, em que me acabo?

Sinto que a vida se esvai, devagar. Durarei meses, talvez anos, é duvidoso. Mas não quero morrer, meu Deus, não quero não. Verdade seja dita que a nenhuma cria minha, de nenhuma de minhas fazendas, eu deixaria acabar agoniada, como me acabo em vossas santas mãos, meu Deus.

Já nem eu mesmo sou. Vi hoje, naquela fotografia. Fui aquele cavaleiro que se sabia, se sentia imortal. Encouraçado. Invulnerável. Esse que purga aqui suas penas, as penas daquele cavaleiro, será um parente longínquo dele? Um parente que vejo, indiferente? Quem purga a pena de quem? Do cavaleiro soberbo ou de algum outro? Será que nesta vida, lutando e brigando e matando, teria eu ficado com o futuro que era de outro, que não o meu? O certo é que me acabar tão feiamente não parece ser o natural remate de minha vida. Parece até o fim de vida de algum outro que me foi atirado. Terei eu morrido, quando pensava que sobrevivi nas minhas contendas? Terá me confundido tanto o Demônio para me obrigar a ser o que não devera? Estou variando, meu padre. Melhor é parar por hoje.

A única culpa que guardo daquele tempo meu de menino no Lajedo, a única que senti, sofrida, é confusa demais, desarrazoada demais pra ser pecado. Tão nebulosa, que nem bem sei como contar em palavras, embora sinta ainda hoje dentro do peito o travo daquele sentimento fundo. Sai de dentro de mim como um remordimento sem termo. Creio que nem eram pecados meus, seriam pecados alheios. O certo é que eu os sentia como próprios e sofria e me arrependia. Ainda sofro e me arrependo.

Falo da visão das noites em que Lopinho vinha foder com Andréa ou com Lenora no rancho da cozinha onde eu dormia numa esteira, ali junto, sem nenhum cuidado de ser visto por mim. Eu ficava aceso, toda noite, me forçando a não dormir para esperar e ver se ele vinha ou não vinha. Dormia de atalaia, querendo acordar sem susto e sem barulho quando ele chegasse. Me incriminava daquela mania, mas não largava.

Quando ele vinha vindo, eu sabia, sentia, antes de sua chegada. Depois, via seu vulto quando ele levantava a esteira que servia de porta. Entrava calado, pisando duro no chão de terra com as alpercatas. Ia para um lado ou para o outro, conforme quisesse a Andréa ou a Lenora. Sentava na esteira dela, punha pra baixo a calça sem tirar de todo e caía em cima da que fosse, sem palavra. Eu, olho estatelado, procurava ver naquela escuridão, com o pauzinho duro de doer. Às vezes via vultos, se a noite era clara, ou se um facho de luar cruzava a jeito. Só via a bunda de Lopinho subindo e abaixando. Depois ouvia aquele grunhido rouco com que ele acabava. Saía logo.

Onde o meu pecado, para tanto sentimento de culpa, estará perguntando o senhor? O pecado, se havia, estava talvez naquele meu sofrimento esquisito. Era assim como se sentisse ciúmes da Andréa e da Lenora, como se quisesse Lopinho pra mim. Doidices de menino, bem sei. Mas doidice malvada, maliciosa. Doidice que devia ser confessada.

Outra coisa que me dava raiva, eram os enganos das duas mulheres com Laureano, sempre que ele vinha no Lajedo no seu ofício de amansador. Lopinho, nestes tempos, ia cada noite, como sempre, pela sua. Mas logo saía. Então, uma delas, a não fodida, escapava para a rede do amansador, armada no barracão do curral. Ainda hoje me pergunto por que me doía esta corneação ao Lopinho.

Nunca gostei de nenhuma das duas. Nem elas muito de mim, que tinham por mais bicho do que gente, com amizade só no meio dos animais. Estes, de fato, eram os únicos entes que eu queria naqueles anos. O garanhão que cobria as jumentas no fabrico das mulas estava debaixo do meu especial zelo. Também era meu o jumentão que cobria as éguas na fabricação das bestas. O meu serviço que mais gosto dava ao Lopinho era esse de pegar o pau do garanhão ou jumento e esquentar, sacudindo, para entesar, levantar e meter nas fêmeas. É sempre difícil conseguir que um garanhão se afogueie com uma jumenta ou que a tesão do jumento se acenda por uma égua. Esse interesse, lá no Lajedo, quem dava era eu, com a mão e o jeito. Não só os reprodutores, todos aqueles animais se entendiam comigo. Tal como se fossem gente. Não! Tal como se eu fosse bicho, quadrúpede, que nem eles.

Eu falava é das mulheres. Andréa, a mais nova, pegou ojeriza de mim desde que chegou recém-parida, muito magrela. A cria não vingou e ela ficou com os seios cheios de ter febre. Pediam, então, que eu mamasse os peitos empedrados dela, para tirar a demasia de leite que doía. Eu mamava, obrigado, mas aquele leite fraco e doce me dava nojo como se fosse mijo de égua. Eu chupava e punha fora, com ânsias de vômito.

Lenora, uma sarará mais entrada em anos e enrolada em carnes, eu já encontrei no rancho quando dei por mim. Diziam que foi uma mãe para mim. Não sei, não lhe tenho gratidão e isto até seria pecado se eu não tivesse minhas razões. Essas vinham do tempo em que principiei a ficar taludinho, aí pelos sete anos mais ou menos, e comecei a rejeitar as manias de Lenora de deitar na minha esteira para dormir abraçada com o trenzinho dela, como dizia Andréa. Muitas vezes Lopinho desenrolou Lenora de mim para levar para a outra esteira. Mas não era isso que me dava ojeriza.

A raiva mesmo me vinha de que ela era dada a duas coisas que eu detestava. Uma, era pôr a mão na minha partezinha e até beijar, querendo empinar à força; quando eu estava dormindo ou fazendo que dormia. Outra, era seu sestro de deitar ao revés na minha esteira para pegar o meu pé e esfregar na vassoura cabeluda dela. Nas ânsias esfregava com tamanha esganação que quase me arranhava o pé. Por muito tempo tive não sei se medo ou nojo de mulher, por conta daquela cabeludice gosmosa de Lenora.

Eu só gostava, então, era de ver as partes das menininhas da vizinhança. Olhava com gosto o estufadinho delas, a racha, o grelo. Às vezes (aí vai pecado, seu padre), às vezes, conseguia passar o dedo na rachinha de Ana, uma menina que vivia por ali. Brincávamos na beira do rio, enquanto a mãe dela lavava mais embaixo.

Aninha gostava muito, principalmente quando eu dava de pôr na bocetinha dela umas pedrinhas brancas, bem redondas. Minha tristeza, então, seria a de pensar que ao crescer as meninas ficavam peludas como Lenora. Dava pena. Acho que por isso não queria crescer, eu mesmo.

Recordando, agora, estas bobagens com a boa intenção de confessá-las, mas também com algum gozo maligno, penso que o escovão molhado de Lenora teve culpa nos medos que tantas vezes tive de mulher formada e fornida. Na verdade, custou muito que eu conhecesse uma com força de gozo. Mas estas são histórias para confessar adiante, porque se deram anos depois, fora e longe do mundo imundo do Lopinho.

De lá, pecados outros, se tive, não me lembro. Como não tenho ninguém, aqui, para me refrescar a memória com perguntas de ponta, deixo a confissão dos malfeitos meus de menino pelo que foi dito. Tudo somado, é menos do que eu supunha quando comecei esse escrito. Pecado mesmo, penso, devem ser os que provocam o remorso que a gente sente quando faz o malfeito e depois e sempre. Será assim? Terá Deus posto em cada um de nós uma maquininha para marcar o que se deve e o que não se deve fazer? Sem essa medieira de pecados, seríamos uns bichos. Depravados e malvados que nem eles; mas inocentes de toda a culpa, como eles são.

Onde estava eu antes destas considerações? No reconhecimento de que, embora bobagens, aquelas sofridas safadezas minhas eram pecados. Pecados que eu tinha mesmo de confessar para me livrar da culpa. Se não eram, porque tanta dor me davam na consciência e tanta vergonha, depois e até agora, me dão aquelas punhetagens, fornicações com bichos, xibungagens, ciúmes, raivas e nojos?

Um só pecado grosso reconheço, mas é contraditório demais, porque não me dá nenhum sentimento de culpa, nem arrependimento. Foi aquela primeira morte que fiz, com minhas mãos, na pessoa do Lopinho. Para este pecado quero seu perdão, meu confessor. E quero perdão meditado e dado com siso porque sei pela cabeça que obrei mal matando um homem, aquele: mas não sinto no coração que não devia ter matado.

Em outros casos, que o senhor verá adiante, muitas vezes me faltou esse sentimento de culpa, nas mortes que dei e nos atos ruins que cometi. Por quê? Minha consciência, a balancinha que Deus pôs no meu peito, não funciona bem? Ou é que não seriam pecados, como penso eu e todos pensam? Temo é que, com estas minhas razões desencontradas, esteja dificultando ainda mais o seu ofício de confessor. Peço ao senhor nada menos que me perdoar neste papel escrito, pecados de que não se arrependeu um homem que, então, estará morto e enterrado. Amém.

Por duas coisas, principalmente, mereço perdão do Senhor meu Deus. Por minha mãe que nunca tive e por este peito podre e ressecado de enfisema. No mais, feitas as contas, sei que estou em débito. Mas esses dois créditos eu cobro; órfão e sem alento. Assim nasci, assim estou morrendo. Isso dá direito a perdões, satisfações.

Quis pensar, seu padre, que esse sofrimento agônico da falta de ar seja merecido. Seria uma purgação. Se for, estou quites com Deus: é um a um. Fiz meus danos, arranhei o mundo d'Ele, gastei muita gente. Esta minha culpa, o preço dela me foi dado e eu paguei. Mereço, então, o Paraíso. Só que lá não quero ir. Se o Céu é este falado Paraíso de anjos alados cantando a Glória insaciável de Deus e dos Santos, lá não vou.

O que eu queria mesmo, meu Deus, é um peito bom, um novo alento pra gastar no tempo que me resta. Passo uns anos dos cinqüenta, não sei quantos, e vejo muito homem de mais idade andar aí desempenado, tesudo, e eu aqui entornado. O que queria, além do peito novo, era sentir outra vez que tenho hombria e retidão, tanto na tesão como no gozo de impor minha vontade, por bem ou por mal, sobre outros homens, numa luta leal.

Bem sei que essa conversa não ajuda o senhor a me perdoar, seu padre; mas o que um homem deve ao confessor é sinceridade. A verdade nua e crua é que meu coração o que pede a Deus são essas coisas, e não salvações eternais. Um peito bom, um mando duro pra me exercer uns anos mais, nesse mundo dos homens. Mundo-máquina montado por Deus, para nós homens nos guerrearmos de dois lados. Não importa quem tenha razão. O que importa é a guerra. Guerra que pode ser a de um padre doido que quer construir uma igreja, mais uma pra ficar vazia; mas é a tara dele, a causa dele. Quem encontrar aquele padre ponha tento, tenha cuidado, senão o padre se mete dentro do juízo dele para obrigá-lo a ajudar com tijolos, com suor ou com o que seja a construir a igreja inútil. Qual é minha igreja? Acho que é o fazimento do mundo. É continuar brigando pro mundo funcionar. É cair feito doido em cima dos outros, pra ajudarem o mundo a se erguer. Ninguém segura aquele padre que quer construir a igreja dele. Ninguém segura nenhum homem fera, desses armados da vontade de mandar.

Penso até que nenhuma dona querível, verdadeiramente, e querida total e completamente, resista ao homem que a queira de verdade. Se resistir, será porque a vontade dela é de ferro e aí os dois se fodem.

Assim é aquela jararaca da Dóia: me matar é só o que ela quer na vida. Acorda, gira o dia inteiro, pouco dorme. Só pensando em me matar; se cozinhando no seu caldo azedo para planejar minha morte. A maior desgraça do mundo para ela seria eu morrer antes de sua mão possessa me agarrar. Ela se acabaria de raiva, explodiria. Tamanho é o ódio que às vezes até me dá gosto pensar na minha morte. Aliviado, aqui, num estrebucho de madrugada, enterrado de manhãzinha na capela de Nossa Senhora da Boa Morte, de noite a notícia estaria chegando lá no Brejo, a galope, para desgraçar os últimos dias de Dóia: morreu de morte natural, morrida, o Matador.

Esta fúria é a lei da gente de nossa laia. Dóia, eu, muitos mais tão diferentes dos mansos. Esses estão do outro lado, só querendo um viver sossegado de doçuras e piedades. Nós não. Somos da lei do cão. Eles, os bons, rezam contritos sem pedir nada a Deus. Rezam só de amor oferecido. Repetem ejaculatórias sem fim, pensam que são bons, querem ser bons, e são mesmo tão bons de bons, que acabam sendo bestas de tão bons. Nós não. Nossa lei é a da marra. É a do bode cabrão que tem coceira nos cornos e não se consola enquanto não encontra, cada dia, outra testa com que se entestar.

Acho até que nos conhecemos uns aos outros por uma inhaca do espírito que não se fareja, mas se adivinha. Foi só chegar na casa do coronel Alves para ver que meu futuro sogro era um carneirão bonzão; que siá Mia, minha futura esposa, era uma ovelha tonta de bondades. Mas eu vi logo, também, com o rabo do olho que Dóia era uma cabrona, cobra jararaca da mais desgraçada. Como é que eu soube? Como é que adivinhei?

Somos gente que se fita nos olhos sondando. Sentindo reservas, nos desviamos, disfarçamos, seduzimos. Sentindo forças nos fechamos; cada qual do seu iado. Os de cá prevenidos: eu não me entrego não! Os de lá receosos: esse vem sobre mim, de esporas não!

Estou falando é de tratos iguais, de gente parelha. O povo de baixo é o contrário. Sabe que existem os amos e precisa de um amo. Quando entra um que é amo de nascença, todos se curvam, a sala fica cheia. Reconhecem de estalo. É meu amo, meu senhor, meu padrim. Põem os rabos entre as pernas, mijando pingado, se sujigando, com medo da ripada do olhar senhorial. Basta uma ripada destas pra eles tremerem.

Aqui estou eu, outra vez, nessa sala do meio da casona, hoje minha, amanhã sua. Menos minha hoje do que ontem. Mais hoje do que amanhã. Um homem que se acaba nessa babação de cavalo é lá dono de nada!

Nem de mim sou dono, nesta vidazinha minha que vai escorrendo e pode estancar agora, daqui a uma semana ou daqui a um ano. Quem sabe? Médicos? Fui ver o doutor Consta e o doutor Mauricinho. Cada um levou meus cobres mas só me deu conselhos, sempre os mesmos. Não fumar. Não beber. Não nada e esperar. Com resguardo o senhor pode viver anos. Remédio que me alivie, nenhum. Só aspirina dessa mais vagabunda e esperar. Esperar, o quê? Esperar o senhor, seu padre? Esperar a morte? Esperar!

Nisto estou, esperando, com o ânimo de um cagão, menos por medo do que por cansaço. Medo de morrer, tenho e confesso. Na verdade mais desgosto do que medo. Meu medo mesmo é morrer sem remissão dos meus pecados para ficar feito alma penada, assombrando gentes e bichos pelos ares desses campos que são meus ou que terão sido meus. Mais meus ainda eles não seriam se por eles eu voejasse eternamente vaquejando uma tropa fantasma? Esse fadário não quero, seu padre, por isso confesso e peço.

É triste um homem cair neste estado: roído, aguado e espumoso dentro dos peitos; carunchado por fora no ânimo de viver. Os prazeres ruins e bons passaram e o senhor verá que nunca foram tão grandes. Jamais fui homem capaz de gozos maiores. Um cigarrinho de bom fumo cheiroso, em palha macia; um trago de pinga destilada em alambique de barro; comidazinhas como o picadinho de quiabo com angu da Inhá, a cachorra safada; e fodeções, principalmente fodeções.

O melhor da vida são as fodeções, seu padre. Tanto as de passagem meio mijadas; como as estiradas, gozosas. O senhor não sabe disto, penso eu. Mas aqui digo ao senhor, de homem a homem, o melhor dos arranjos de Deus foi este de dividir a criação em machos e fêmeas e pôr um ímã em cada um para buscar o outro. Disso entendo. Meu ofício verdadeiro, de minha vida inteira, foi o de muleiro; sou, de arte, acasalador de animais. Até de animais desencontrados como cavalos e jumentas, asnos com éguas e suas crias, ditas híbridas e estéreis, mas das quais eu, algumas vezes, colhi crias, os bardãos.

Quando digo que o gozo da fodeção é geral nas criaturas de Deus, digo com tino, de experiência. Digo e repito, seu padre, que isso é verdade não só para os homens e bichos maiores, mas para toda criaturinha vivente, como nunca me cansei de ver. Os cágados são fodedores safadíssimos e o macho é munido de uma peça de fazer inveja. Os caramujos, veja o senhor, esse bichinho à-toa, fodem dobrado, pois cada qual sendo macho e fêmea, os dois se fodem e se comem ao mesmo tempo, gozando por demais. Até o escorpião, esse trem asqueroso, mostra gozo fodetório, ainda que o macho perca o pau na fornicação.

Acho, por isso, que se há alguma coisa do gosto de Deus é a fodeção, não só para reproduzir, mas pelo gozo dela mesma. Penso que nem aos padres, o senhor me permita, se devia negar este gozo, que é da vontade de Deus.

Aqui estou eu me desbocando em desrazões que não hão de cair bem ao senhor. Não posso me esquecer de que se escapei das balas de Dóia e de tanta outra bala, decerto foi para ter essa oportunidade de confessar e de receber a absolvição dos revessos e pecados que levo comigo e de que preciso ser lavado e remido.

Nesta sala do meio dos Laranjos, hoje, quinta-feira de tardezinha, um homem, eu, espera a morte. Não será para hoje, nem para amanhã, eu sinto, mas será. Esta certeza acaba com o resto do gostinho de viver que ainda tenho.

O defeito maior desse mundo, seu padre, sua carência pior, perdedora de alma da gente, é a falta que nos faz a todos um escudo contra a Morte. Contra a Morte nossa e dos outros. Deus, fundando a Morte, deixou aí solta a possibilidade de também matar. Estamos condenados a conviver com a Morte. A sobreviver a Ela e a matar. Às vezes, para viver não tem outro jeito, só matando. A Morte é o remédio forte.

Fiz nome nesse mundo, nome que retumbou, sempre contaminado da idéia de que sou um matador. Ainda hoje, aqui morrendo, meu nome andará por esses goiases, dito em voz baixa, repetido com respeito, causando temor. Aqui no Laranjos, ao redor de mim, me acabando nesses acessos de tosse, quando levanto da cama para esbravejar, vejo que me temem e respeitam, graças a Deus. No dia em que me amolecar, nesse dia morro de vergonha. Será que morro mesmo?

Essa conversa comprida é só para dizer ao senhor que a possibilidade de matar gente que Deus nos abriu sempre me serviu na vida. Primeiro, me livrando do Lopinho. Depois, com o pecúlio do Baiano que, somado ao de Dominguim, me susteve e me empurrou pra frente. Só não lucrei liberdade nem dinheiro foi naquele tropeço com Medrado. Culpa da zarolhice dele.

As mortes outras em que estou atolado também foram passos de salvação ou de ajuda, necessários para cumprir meu destino. Godo eu não conto, foi acidente de que o culpado é ele. Amaral, me ajudou muito, morrendo, a me aprumar. Voltei a ter apreço por mim. Sem sua morte eu seria um descarado. Ludovico e o povo dele foi mais uma ação de limpeza pública. Além de ser indispensável para que nós dois, eu primeiro, o senhor em seguida, pudéssemos assumir, tranqüilos, nossa condição de senhores dos Laranjos.

Nesses esbarrões Deus foi servido que eu escapasse vivo. Por quê?

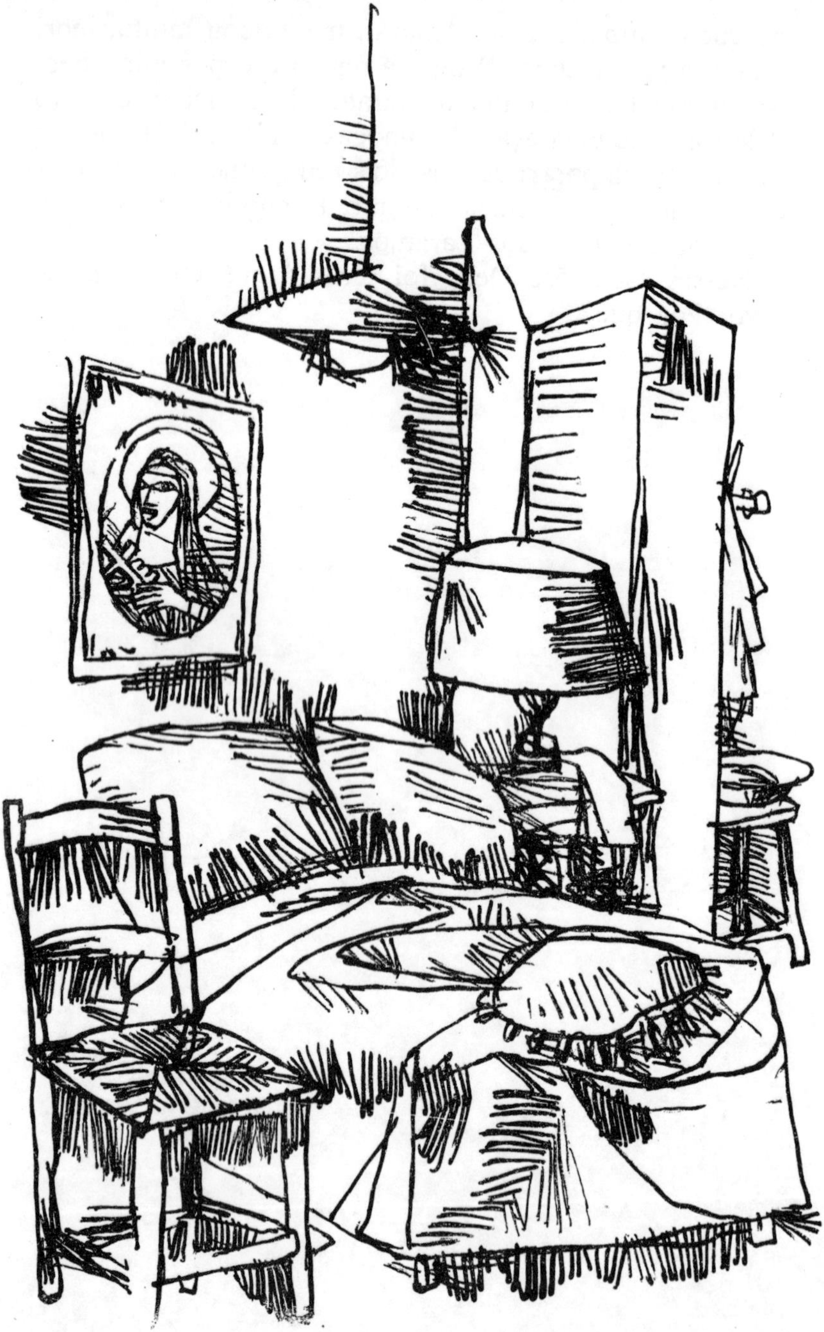

Escapando da mão morta do Lopinho

Escapando da mão morta do Lopinho, parti com rumo certo, pensado tempo antes, mas não sabido. Buscava um lugar distante das poucas vizinhanças povoadas do Lajedo ou do Surubim. Queria ir é pra Bacurau, lugarejo do sertão do Alto Verde. Só sabia o nome e mal e mal a direção, por ouvir falar. Nunca cheguei lá. Nem podia, não existia nenhum Bacurau no rumo que tomei. Ia é me perder nos ermos de Tremedal, sem lá chegar. Desci vários dias pelo córrego Surubim abaixo até encontrar o rio Samambaia e subi por ele acima como quem busca as nascentes. Assim andei dias e dias, sempre na beira d'água, roendo a rapadura e tentando comer crua a carne seca que roubei.

O vaqueiro Salatiel foi quem, depois, esclareceu meu erro. Para ir a alguma fazenda da região do Alto Verde eu devia era buscar as nascentes do Surubim. O córrego que encontrei não era o Samambaia, e sim o Muriçoca que não dava em lugar nenhum. A esse mesmo vaqueiro que me encontrou, denunciado pelo cachorro dele, me acolheu e socorreu, eu disse que ia pro Bacurau. Minha mãe tinha morrido, ia em busca da gente de meu pai, uns Bogéas. Correu foi risco de morrer de fome, perdido nesse carrascal, respondeu.

Salatiel me deu de comer um pouco da paçoca dele, me fez beber água e descansar na sombra de um piquizal enquanto diligenciava um gado extraviado. De volta, sentou-se ao meu lado, me deu mais de comer, e me fez repetir tintim-por-tintim tudo que eu tinha contado. Como eram poucas e reles as histórias, acreditou dizendo: menino assim, de a pé, com a roupa do corpo: é a orfandade.

Lá fui eu, salvo, na garupa de Salatiel decidir minha sina com o capitãozinho Duxo, dono daqueles descampados. Ele me olhou sem nada dizer, enquanto Salatiel dava conta de minha história. Só perguntou, no fim, como era o nome da minha mãe. Eu disse Andréa, baixinho, Andréa ele repetiu e deliberou: é longe demais para viagem de menino. Onde é que se viu sair a procurar um Bogéa nesse mundão de Deus? Aí perguntou meu nome, Salatiel repetiu a pergunta, eu respondi: Trem. Ele: Terem? Insisti: Trem! Ele: Terezo? Eu: Terezo. Terezo é o nome dele, decidiu seu Duxo. Desde então fui Terezo Bogéa. Afinal rematou: leva ele, Salatiel, vê se presta para algum servicinho que pague a bóia. Depois dou destino nele.

Passei a morar na casa do curral, sozinho, dormindo em cima de um couro cru, debaixo da ventania. Nos dias e semanas e meses e anos seguintes fui ganhando o respeitozinho daquele povo. Não do Salatiel que logo me repeliu dizendo, com desprezo, que eu não me güentava na montaria. Valia tive foi pro velho Íssimo e para o patrão. Um, porque, quanto possível, eu cuidei dele. O outro, porque eu curava bicheira de bezerro e pisadura de cavalo, com mão que chegou a ser gabada. Com isso ganhei direito de morar no barracão dos arreios que, sendo também o depósito e a despensa da fazenda, era fechado.

O velho Íssimo, no começo me assustou. Custei a acostumar com o jeito dele e a ver que era doido da bola mas manso. A primeira vez que ele apareceu foi ainda no roxo da madrugada. Surgiu ali na minha frente aquele homão magro, vestido no camisolão de tucuio; o que eu vi foi um fantasma, uma alma danada do Outro Mundo. Não sei se gritei, lembro que me apavorei. Ele chegou, parou, tentando conversar com aquela boca enorme, sem um dente. Foi lá dentro e voltou, trazendo na mão, para mostrar, a dentadura que seu Lé tinha feito pra ele. Pôs na boca, tentou falar, mas a dentadura era tão frouxa que chocalhava. Afinal, tirou aquele troço da boca, se agachou e ficou ali balbuciando coisas.

Vinha cada madrugada. Esperava comigo, falando na fala que nunca entendi, até uma das criadas trazer o café. Quando a madrugada era fria ele pedia, por gestos, um foguinho e ficávamos os dois esquentando até chegarem os vaqueiros pra primeira falação do dia.

Tenho pra mim que aquelas eram as únicas horas tranqüilas de Íssimo. Quando os netos acordavam, vinham logo arrastar o velho e azucrinar. Para eles o avô torto era um brinquedo grande, meio gente, meio bicho, que se mijava no camisolão, cagava no meio do terreiro deixando quem quisesse ver suas partes. Faziam dele cavalo e cachorro. Só não montavam porque Íssimo não agüentava. Mas puxavam e ensilhavam como montaria e obrigavam a latir e pôr a língua de fora, como perdigueiro.

Pode que o velho gostasse. Aquele maltratado, era um trato; o único que tinha, humano. Os demais davam a ele o café, o prato de comida, sem palavra, como quem serve bicho. Os vaqueiros é que respeitavam demais o velho Íssimo. Não sei se pelo prestígio de ter sido o dono mandador das Cagaitas por muitos anos. Ou se era por sua figura alta, magra, alva e barbuda com estampa de santo. Ou mesmo pela inocência de menino que lhe dava a caduquice e a doideira.

O enterro de Íssimo foi a reunião maior de gentes que eu vi, então. A notícia correu como fogo por aqueles descampados e de todas as grotas e locas saiu gentes. Um povo fcio, ressequido, como não vi outro. Sobretudo as mulheres, que encheram a noite com um cantão chorado de fazer dó. Até eu chorei, seu padre. Chorei e tremi, menino, de dó daquele povo, de mim, como se o mundo tivesse ficado órfão de Íssimo.

Tive um pesadelo. Sonhei que da cintura pra baixo eu era líquido e escorria sem parar, devagarinho, me esvaindo, doendo. Durou séculos aquele rio líquido saindo de mim, sumindo no chão.

Acordei atordoado, sofrido, só pra cair em outro sonho ainda mais medonho. Agora eu era um caracol com a carne fora do casco, doendo do contato com o ar, querendo me meter outra vez na concha de madrepérola confortável, que ali estava, fechada. Ela não deixava, não me queria. Foi outra eternidade aquela angústia sem limites de um corpo ruim, verde, de lesma dolorida, querendo voltar, regressar, renascer. Que será isto?

Acordei angustiado, me apalpando, para sentir que sou gente e não lesma. Sou sólido, tenho carnes boas, pregadas em ossos duros. Meu caracol está é dentro de mim, na caveira que tenho e carrego, sólida. Caveira de durar muito tempo depois de mim, metida no útero sepulcral. Lá, morto, vou nascer outra vez, sem caveira, sem carne, puro espírito: miasma.

O pior desses pesadelos é que me deixam zureta depois de acordado, nas desrazões dos desvarios. Vivo sou, vivo e mortal. Morto serei, morto e imortal. Tenho em mim o anel do tempo. Sou o princípio e o fim de mim. No fim me principio outra vez e sempre.

Assim nos fez Deus pra sofrer e durar, pecar e purgar. Matéria mais dura que o mais duro ferro é o nosso ser. Minha carne apodrecível, quando se liquifaz e escorre, deixando uma cinza de ossos para durar e depois se acabar, não está finando não. Está é parindo minha alma, livre, afinal, pra durar eternamente.

Espero em Deus é que a alma dure sem doer dores da carne, nem angústias do espírito. Chega já de achaques de peito podre e pesadelos de espírito desvairado.

Interrompo minha história, para falar do dia de hoje, nesses Laranjos. Isso é que tenho vontade de fazer agora, aqui nessa sala do meio da casona: relembrar meus idos. Nisso me encontro e me perco. Reencontro a linha e os nós da vida que nunca, antes, tinha recomposto. Mas também me perco: é como se fosse a vida de outro.

Que é o que liga e solda o menino que fui no Lajedo, com o rapaz das Cagaitas? Os dois com o moço soldado e cabo de São João del Rey e com o homem feito das Águas Claras? Eles quatro com o abridor da Fazenda do Vão ou com o marido de siá Mia, daqueles anos ansiosos do Brejo dos Alves? E todos eles com o velho doente que sou agora?

Todos somos um, mas cada qual é diferente. Nenhum tinha o outro dentro de si como o seu amanhã. Tinha muitos que eu não fui. Os que fui se desdobraram como sina, menos pelo que quis e fiz, do que pelo que me sucedeu: destino.

Nisso estive pensando a manhã inteira.

Cansei. Agora vou sair por aí. Quero andar, ver gente, mesmo que seja só essa minha gente. Neles, vejo mais o susto de me verem e o medo de me ofenderem, do que eles mesmos. Estão pedindo desculpas por existir, sendo como são: uns pobres diabos.

Nas Águas Claras meu viver tinha mais graça. Vivia apartado, mas convivia, me exercia, no meio daquele povão falante do quilombo de Juca. Ouvia, fodia minhas cabritas, sorria.

Gostava demais de percorrer os currais e mangas do muleiro. Vendo, reconhecendo, saudando, agradando meus jegões, meus garanhões, minhas cavalas. Aqui, não tenho ninguém. Dentro de casa esses dois tições velhos, calados. Ao redor, o povinho que me guarda, cuida o pomar e o barracão. Fora, casas esparsas de vaqueiros no meio do mar de pasto com o gado mugindo, ruminando. Tristíssimo.

Não saio não. Aí fora não há mesmo nada que eu queira ver. Ninguém.

Acordei melhor hoje e depois do almoço dei minha volta preferida. Baixei de a pé, devagar, até o laranjal velho. Na curva da lapinha, descansei um pouco conversando com a mulher de Antão. Ele vinha atrás, disfarçado. Tem ordem minha de me seguir e ter os olhos postos em cima de mim, onde quer que eu ande fora de casa. Mas sabe que me vexo de estar pajeado deste jeito, protegido. Que é o que protege um homem, fora Deus, contra um tocaieiro dos bons, profissional?

Maior proteção eu não podia ter. Entrar nesses Laranjos, por qualquer dos lados, com homens e cachorros vigilantes, é impossível. Mas dois já entraram. Um, descoberto logo, conseguiu fugir dos homens do Antão, que por três dias seguiram o rastro dele, já muito fora das terras minhas dos Laranjos. O outro, tendo nascido aqui, há tempos, e conhecendo estes cantos melhor do que ninguém, pôde entrar e disfarçar-se por dias, embuçado no alto da Lapinha.

Foi descoberto pelos cachorros do finado Cisiu que subiam com ele caçando mocó, nas pedrarias da serra. Morreu porque duvidou um instante em matar Cisiu. Quando atirou no velho, tiro de morte, recebeu também na cara a carga de chumbo fino da espingarda. Baixaram os dois; o velho já veio morto. O tocaieiro não, desceu vivo, horrível, com a cabeça e a cara despeladas. Vermelho. Estava cego e zureta. Não disse nada, só pela matula se viu que esteve dias acoitado, tocaiando.

Falando hoje com a mulher de Antão eu olhava para cima da lapinha, cismando. Podia ter morrido, se aquela tocaia, ao invés de chegar no mês passado, tivesse vindo hoje: destino.

Com aquele estrago na cara, ninguém reconheceu o finado matador. Até hoje, não saberíamos quem era, se o próprio nas agonias longas de gangrena e da bicheira não tivesse dito que era Manolino. Por que será que certos matadores têm nomes assim, apoucados? Era filho de gente daqui, escorraçada há tempos, quando mandei acabar com o povo do Ludovico.

Vinha a mando bem sei de quem: de Dóia. Que fazer? Mandar um matador acabar com aquela jararaca, para pôr mais um nó na minha sina? Não, não vale a pena. Não mato mulher, menos ainda mulher velha no seu torto direito de vingar o filho.

Até proibi que acabassem com aquela infeliz. Fiz saber a quantos quisessem ouvir que não premiava e até perseguia quem aqui chegasse com conta de matador daquela jararaca.

Mas eu contava é que hoje andei bastante pelo laranjal velho. É o passeio de que mais gosto. Ando debaixo do sol descendo da lapinha para a várzea, devagar, olhando o verde, cheirando o ar florido do laranjal selvagem. Depois, entro na sombra verde do taperal de laranjas. São laranjeiras velhas de mais de meio século. Talvez século e meio. Nasceram e engrossaram um despropósito neste tempo sem termo e, também, se multiplicaram. Debaixo das laranjeiras velhas, outras vão nascendo e esgalhando devagar.

O laranjal velho não tem nenhuma serventia; as laranjas que dá são poucas e azedas de dar medo. Mas os antigos respeitaram e eu também respeito. Seria até de meu gosto, seu padre, se um pedido meu o senhor quiser atender, que consinta em deixar aí o laranjal, não tocar nele. Ocupa mais de alqueire, contando desde a orla das laranjeiras esparsas até o miolo florestal dos troncos cheios de nós.

Andei por ali umas boas horas. Cheguei até o meio pelo caminhozinho de sempre; até o tronco caído da velha laranjeira tombada por um raio que abriu uma clareira. Sentado ali, piquei com calma meu fumo goiano e fiz um cigarro. Não posso pitar; quando tento, vem os acessos dessa tosse de cachorro que está me finando. Mas ali, no meio do laranjal e cuidando muito de não tragar, ainda ouso puxar um fiapo de fumaça. Até que não tossi demais hoje.

Voltei com o sol alto, sentindo no corpo a diferença da friúra do laranjal e do mormaço quente aqui de fora. Parei muitas vezes na subida, onde achava jeito de sentar. Não vi Antão porque não quis ver. Também não vi a gente dele, na volta. Decerto estavam dentro da casa, atrás da porta, de olho atento para ver se eu queria ou não uma atençãozinha. Não queria.

Nas Cagaitas cresci, me fiz homem no aprendizado de ser gente, segundo as regras do sertão de Grãomogol. Por minhas contas, vivi ali ao menos quatro anos. Cheguei meio rapaz, menos pela idade que pela magreza e fome. Saí homem feito. À custa do feijão dele, dizia o capitãozinho. É verdade. Mas aquele feijão, paguei bem, com anos de serviço muito de que nunca vi paga.

Do povo da casa, só Íssimo recordo com alguma saudade. Dele apenas sei que era pai de criação de seu Duxo e antigo dono da fazenda que todos teimavam em chamar Cagaitas contra a vontade do novo dono e do pessoal dele que só diziam Fazenda das Canoas. Íssimo ali era mais tolerado e consentido do que querido. Acho que nunca quis adotar ninguém pela visão que me ficou do trato sem querença que aquele povo dava ao velho.

Duas escolas tive nas Cagaitas. A das conversas do seu Lé, no barracão dos vaqueiros e a da professora, dona Realina, que me ensinou um tiquinho. Ela foi lecionar lá porque seu Duxo não queria que os netos estudassem longe. Era contraparente dele. Veio de Mato Verde com o quadro negro, caixas de giz, cartilhas, tabuadas e cadernos. Isso para os netos do patrão. Os filhos dos vaqueiros faziam de conta que aprendiam olhando a professora escrever no quadro negro.

Eu ficava na janela olhando e agüentando as ripadas de olhares de pito da professora. Depois de se zangar, como eu insistia, consentiu em me ensinar fora da hora. Mas com um nojo espantoso de mim que demonstrava olhando suas mãos finas e brancas, mais brancas de giz e depois as minhas, com cara de vômito. Eu encabulava, vendo que minha mão não servia para escrever.

Depois de duvidar muito, pegava minha mão, com o lápis metido entre os dedos e me fazia escrever as letras. Assim aprendi o abecê. E foi só, porque um dia, se impacientou, disse que estava perdendo tempo, eu era grande demais para desemburrar. Esclareceu também que o patrão não queria ajudante de curral metido em coisas de leitura. Acabou aí meu aprendizado nas Cagaitas. Só deixou o desafio fino de um dia aprender leitura e contas.

Seu Lé, genro de seu Duxo, era também homem de cidade, natural de Salinas, filho de um dentista e dentista prático, ele também. Tinha duas coisas que davam inveja. As duas presas de ouro maciço que se via estufando o beiço, mesmo de boca fechada; e a barba cerradíssima que, raspada de manhã com tempo e cuidado, de tarde estava arroxeando a cara. Era homem viajado, rolou mundo vagabundando. E bom falador. Mentia demais, isto não só os vaqueiros, até eu via, sem nunca mangar. O que seu Lé mais gostava na vida, além dos cachorros dele, era de falar. Isso era só o que fazia, além do seu ofício de prenhador da filha única do patrão.

Seu Duxo, caladão sempre, nunca jamais deu confiança de sentar para ouvir aquelas conversas. Passava de longe, olhando com o rabo dos olhos e, se achava que era hora de dormir para quem tinha de levantar antes do sol, limpava a goela de longe. Aquele ronco asmático bastava, seu Lé arrematava a conversa e saía.

Nunca vi aquele homem fazer nada. Nas suas histórias ele aparecia como dentista, como guarda-livros, como viajante. Mas não se podia saber o que era verdade. Fazia bem, decerto com muito gosto, era cobrir dona Silviana no fabrico dos netos de seu Duxo.

Apesar de falastrão era soberbo. A mim, nunca se dirigiu naquelas conversas. Nem me via, falava é com os vaqueiros. Eu escutava. Atentíssimo, sem muito entender, nem nada perguntar.

Naquelas conversas, rindo e sofrendo, passeávamos pelo mundo das lembranças verdadeiras e falsas do seu Lé. As histórias de safadeza eram sem conta, com toda sorte de mulheres. Contava que tinha estourado moças demais. Falava a verdade ou tinha memória boa? Repetia três, quatro vezes, com diferença de um mês e mais, a mesma história, sem tirar o pé de onde pisou antes e sempre pondo enfeites pelo meio. Eu escutava embasbacado. Sem ter visto nunca mulher de raça, nem cidade, nem gente das que ele contava, não alcançava figurá-las. É certo que, de suas mãos, os vaqueiros e eu vimos algumas estampas de mulheres e de cidades, nas revistas que trazia.

Nas minhas viagens de depois, eu me senti às vezes como quem reconhece mundos que conheci menino, pela boca de seu Lé. Pena é que só fiquei nas beiradas dos mundos falados dele que eram, então, para mim, o que são, hoje, os mundos do pessoal das novelas da Rádio Nacional: aventura e mistério.

Não só eu, todos os vaqueiros gostavam dele, daquelas conversas, embora não fiassem muito nas bocagens de seu Lé. Nas noites que ele não vinha, por frias ou chuvosas ou por outra causa, as reuniões duravam pouco. Cada vaqueiro dizia do rumo por onde tinha andado, explicando o que viu com mais detalhe do que dava ao patrão e saía pra suas casas. Eles conheciam o gadinho todo e tinham seu mapa das Cagaitas na cabeça. Sabiam de cada árvore das que seu Duxo gostava de deixar sombreando os pastos. Conheciam quase cada pé de piqui nos gerais e até os cupins. Pois é, dizia um, a riscada, aquela, pariu no fundo do grotão seco, junto daquele cupim preto com o pau de pé de ema brotado em cima. O bezerro, melado, nem parece dela, graúdo, entrelado no meio do peito.

Salatiel, o vaqueiro principal, também era dado a contar casos, poucos, e sempre sobre aparições fantasmais, dinheiro enterrado e visagens que deixavam todo mundo com mais medo que sono na hora de dormir. Naquele tempo eu também dei para ver visagens. Uma vez me cheguei a ele tentando esclarecer. Qual nada! O homem não me achava competente nem para ver visagens. Desde que comprovou que eu era ruim de sela, para ele virei um carrapato do curral que tinha de olhar com desprezo.

Às vezes, por ordem do patrão, fazia uma viagem no meu carro de boi para alguma entrega importante de mercadoria. Não dizia palavra, viajava sentado no cabeçote do carro, como se fosse a cavalo. Todo o tempo que durasse a viagem ele tentava agarrar o tendão dos bois do coice entre o dedão do pé e o dedo companheiro, lá dele. Eu tinha que ir na frente ou correndo de um lado ao outro, pra tocar a viagem; sem o conforto do meu posto lá em cima, ferrão em punho, montado na tranca e me equilibrando nos fueiros.

Aquele meu carrinho de boi era pequeno, mas ferrado. Viajava com duas e até três juntas, conforme o peso da carga, a urgência ou a distância da viagem. Azeitado por mim, com sebo, zoava de dar gosto. Seu Ronildo dizia: boas tardes seu Terezo, já faz hora que eu disse aqui prá velha: veja quem vem lá, é Terezo com o carrinho dele, zunidor.

Aquelas conversas do seu Lé me foram dando um mapa do mundo lá de fora, atiçando ambições. Contando só com a fala dos poucos vaqueiros que saíram com tropa ou boiada, eu só ficaria sabendo onde ficava e a distância de cada lugar dali de perto. Não passava de Montes Claros. Seu Lé é que, naquelas falas, saía comigo pelo mundo afora, andejo. Mundo que um dia eu quis ver, também. Assim é a vida. Cada um tem que ver o mundo com os olhos da própria cara, abrindo veredas com os próprios pés. Sem ele, eu nem saberia de um mundão a ser buscado.

Conto isto tão explicado, seu padre, não porque pense que haja aqui matéria para confissão. Conto porque, escrevendo, reforço a memória da minha vida vivida. Vivo outra vez. Para o senhor ver, só agora me dou conta da importância que teve para mim o converseiro de seu Lé. Sem ele e sem outros empurrões mais do destino eu estaria cumprindo o que parecia ser minha sina: a vida de carreiro para todo carreto ali dentro das Cagaitas, o ofício de curador de bicheiras do gado e de tratador de pisaduras das montarias. Coisas essas todas que eu sabia de antes, aprendidas de ver e de trabalhar com o finado Lopinho.

Militão viajou hoje. Esteve três dias aqui nos Laranjos me escutando, quase sem falar. Não gosta de minhas conversas de morte. Ouve porque não tem remédio. Mas rejeita. Será amizade? Será gratidão? Será medo supersticioso da morte? Será o quê?

Nesse negro frouxo é que tenho de confiar minha alma. Nas mãos bambas dele é que estará meu destino na Eternidade.

A vontade que tive foi de matar o desgraçado. Temo até que ele tenha percebido. É quase certo que viu desenhada na minha cara toda a raiva que eu tinha dele. Como não odiar esse negro de merda? O que ele tem não é amizade por mim, nem temor da morte, é medo, pavor de mim.

Três dias fiquei falando. No começo, com fala natural, conversada. Depois, cada vez mais agoniado, nervoso. raivoso. Afinal, gritando. Quem é que não perde a paciência com um merda desses?

Eu dizia tudo explicado, fazendo Militão repetir minhas instruções, mas via que tudo entrava por um ouvido e saía sei lá por onde. Ele não alcança compreender minhas preocupações. Quando fala, sem me repetir, pergunta os maiores absurdos.

O que não posso é dizer a ele: Militão, me ouça, tenha dó de mim, me salve. Essa conversa de salvação é só nossa, de nós dois ou de nós três: meu confessor, Deus e eu. Militão saiu escoroçoado. Dele dependo, meu Deus. Quem eu conheço de confiança no mundo é só esse negro de merda. É ele e mais ninguém. É ele só. Minha salvação, minha perdição!

Do senhor, seu padre meu confessor, nada sei, nem saberei. A missão de Militão é encontrá-lo. Isso disse e repeti mil vezes: não quero padre velho, nem sistemático, nem acabado, com a vida já vivida, esperando a morte que nem eu. Quero padre novo, com mais futuro do que passado, para ser meu confessor e herdeiro meu.

Será que o negro compreendeu? Cabeça de anta, a dele, grande, mas não cabe nela o que eu quero pôr. Nem a mais simples idéia minha entra e fica. Ele se espanta demais com a idéia de que um padre há de me confessar por escrito, me herdar e me suceder. Não discute isso, pergunta se não pode trazer logo o padre para eu ver se serve. Se não deve se aconselhar com padre Severo, ou com o Bispo. Ele decerto se pergunta o que é que esse filho da mãe deseja de mim? Desejará Militão ser meu sucessor? Não, nunca. Conheço bem esse negro. Ele nem ousa pensar isso. Simplesmente não me compreende.

Disse e repeti mil vezes o que quero, as qualidades que deve ter meu confessor, o senhor, como sacerdote da Santa Madre Igreja Católica, Apostólica, Romana: um padre virtuoso, mas sem fanatismos; bom, sem ser besta. Pode lá um negro procurar e achar um padre assim?

Curando pustemas e bicheiras das crias das Cagaitas, um dia, sem esperar, pus a mão no meu burrinho Anum. Duro de boca; ainda mais duro de passo; lerdo como só ele. Ruim de tudo, mas meu. Quem me deu foi seu Romildo, o agregado das Taiobas. Deu dizendo: tá que morre, leva, se cura é seu. Isso foi quando eu andava pelo sítio dele e vi Anum jogado lá, com a caveira estufada debaixo do couro. Foi mordedura de cobra, me explicou. Aceitei o trato, levei a carcaça do burrico comigo no carro, na viagem de volta. Antes de chegar no curral deixei Anum numa touceira folhuda na volta do córrego, fora do cercado da casa.

Quando voltei, no outro dia, com umas espigas de milho e um cozido de arruda, os urubus estavam agourando. O burrico não queria nada, estava entregue pra morrer. Os urubus sobrevoavam baixo, meti o remédio junto com o milho pela goela dele abaixo, depois meti água de fazer dó. Assim cuidei do bicho quase um mês. O patrão e os vaqueiros dizendo que morria; eu teimando, calado, que vivia. Como estava sempre coberto de anuns esvoaçantes que catavam carrapato no pêlo dele, todos deram a chamar meu burreco de Anum. Quando melhorou e começou a trotar por ali, mas voltando sempre para a touceira, vi que estava salvo.

Nunca quis misturar Anum com o gado do curral, para remarcar que era meu. Montava Anum em pêlo, com rédea de embira que trancei até que o mesmo seu Romildo me deu um resto de sela, a primeira que tive. Era uma carcaça tão reles que um dia, vendo aquilo dependurado na vara dos arreios da fazenda, seu Duxo berrou: que mulambagem é essa? Larga com isso daqui! Minha dormida era ali mesmo, num couro cru, que de dia eu enrolava num canto. Pus a cangalha debaixo do couro e de noite ela me servia de travesseiro. Por muito tempo.

Amanheci com os bofes em fogo. Não só os do peito, encatarrados. Também os da alma, amofinados. Passei a noite revivendo idos que nem nunca foram. Sou homem de juízo, sabe o senhor. Mas meu juízo não é tanto que me livre das maluquices que fiz e às vezes faço.

Principalmente da que me deu agora, de curtir ciúmes de minha finada mulher, como senti e sofri a noite inteira. Caio e recaio nisto pelo gozo que esse sofrimento me dá. Que outra explicação pode haver para tamanha falta de tino? Não dormir, nem querer dormir, para engendrar lembranças ruins de siá Mia. Tenho pra mim, o senhor julgará, que estas são maluquices culposas, por mais que me machuquem serão gozosas. E não é nos gozos que está a marca dos pecados?

Essas culpas minhas de ciumeiras são enredos imaginados em que me envereddo por horas nas tardes e noites vazias desse meu tempo de esperar a morte, aqui nos Laranjos. O principal deles, que vem e volta vezes e revezes sem conta, como ontem, é o enredo dos banhos da finada siá Mia menina. Deles apenas sei ao certo, que são menos recordos do que inventos meus, embora tenham raízes, improváveis, em revelações parcas, que a finada me terá feito.

Sendo ela como era, de poucas palavras e de quase nenhuma confiança comigo, o mais que pode ter dito é que a velha Dóia, moça então, banhava seu filho Godo no sobejo das águas sobradas do banho dela. Desta revelação escassa, se é que houve alguma, porque disso não me lembro, faço um enredo em que me enrolo devagar e depois me desenrolo horas e horas, lentamente, gozando e sofrendo, de rever o nunca visto, tudo querendo reviver, sem paradeiro, no quadro da memória. Memória? Nem isso, memória seria, se eu fosse testemunha de vista ou se, um enredo assim como eu componho, conserto e esmiúço, me tivesse sido contado um dia por siá Mia. Qual o quê! Sou eu mesmo, é meu bestunto, o único novelo de que tiro esta linha, como aranha, cagando e entramando sua rede.

O que mais vejo, revejo, é Dóia, a jararaca, moça ainda, bonitona, lavando siá Mia, na alcova do jardim de dentro da casa lá do Brejo. Ela põe a menina de pé no bancão preto, onde tantas vezes me sentei, nu, esperando esfriar a água pelando do meu banho. Ali, vai tirando a roupinha dela menina, peça por peça, devagar. Primeiro, o vestido bordado, devestido pela cabeça. Depois, a combinação, tirada por baixo. Afinal a calcinha, esgarçada, pelas pernas, saindo um pé e depois o outro. Aí, a velha, moça então como eu não conheci, pega siá Mia menina, suspende e abaixa já dentro da bacia de água morna, com alguma folha de cheiro dentro.

Então, vejo, revejo, trevejo, Dóia molhando e ensaboando os cabelos pretos brilhosos dela e enxaguando com água de cuia. Depois, lavando com zelo o nariz e as orelhas, em cada dobra; esfregando com um caramujo os encardidos do pescoço. Por fim, lavando, discreta, as partezinhas secretas de siá Mia menina.

No meu quadro, quem sabe se para esticar o enredo, Dóia enxágua outra vez a menina com água limpa tirada do balde ali do lado. E, afinal, suspende pelos sovacos, balança umas vezes no ar para sair a demasia de água pegada no corpo e recoloca de pé, no bancão, sobre as toalhas alvejadas e bordadas.

Vejo outra vez como Dóia veste o que desvestiu, agora com roupinha limpa e engomada. Primeiro a calcinha. Depois a combinação. Por fim, o vestidinho. Nessa altura já ouço Dóia gritando por Godo que venha pro banho, e vejo o meninão entrar na alcova, tirando a roupa fora, ali, na vista de siá Mia, só meio-vestida e entrar, pelado, na água morna que lavou o corpo de siá Mia, para se ensaboar e lavar, enquanto a mãe penteia os cabelos da menina.

Tudo isso penso e vejo, gozando o meu gozo sofrido, pungido, perguntando por que um moleque daqueles não ia tomar banho no rio. Mas, recomeço, pela centésima, pela milésima vez sem poder parar de rever tudo, com raiva da finada, pensando que ela bem que olhava as partes de Godo e pensava e sentia as partes dela esquentando. Cadela! Que Deus me perdoe!

Saio, então, a imaginar agarrações daqueles irmãos de leite. Irmãos de pai, às vezes enredo que seriam, sabendo que não eram, para inculpar os dois de incestuosos pecados que, ao menos em pensamento, de certo pecaram. Um ao menos, sem dúvida, pecavam como o meu com Aninha de pôr o dedo e até pedrinhas nas partes dela menina. Nessa altura, desesperado, eu é que me forço a aceitar a imagem talvez mais verdadeira de irmãos bonitinhos, de mãos dadas, brincando na vista de todos.

Mas logo desembesto outra vez, adivinhando incontáveis abraços de demasiada convivência, abraços apertados e até outras esfregações, quem sabe? Criança inocente não tem, todas estão armadas de demasiada malvadeza. São bichos, capazes de tudo fazer se não ficam debaixo dos olhos da gente. Que olhos cuidavam daqueles dois? O pai dela, sorumbático, Dóia, consentida, no gozo de ver juntos e até de sonhar, casados, o filho próprio dela, parido, e a filha de leite?

Revejo, uma por uma, estas cenas imaginadas, os dois andando pelas demasiadas salas e quartos daquela casa enorme; pelos dois paióis, o de roda d'água e o do engenho da torre da mó, tão escuros ambos; pela casa de farinha; pelo monjolo, pelo pomar, pela horta. E por que não, já crescidinhos, em bolinagens fora da casa, na beira do rio, nas touceiras de bananeiras, no cagador dos empregados e não sei em que lugares mais de fornicações perversas?

Sofro, meu padre, sofro, mas não largo o fio da história, puxando, repuxando, compondo, curtindo, recompondo o convívio dos dois naquelas infinitas sacanagens de crianças.

Acabo mordido da cobra das dúvidas. Até tenho de revisar na mente, minuto por minuto, a noite nossa, primeira, para me certificar outra vez mais, com a certeza mais certa, de que recebi siá Mia inteira, virgem, fechada de um todo, com seu sangue de donzela que derramei e vi, de manhã, estrelado em manchas, no lençol alvíssimo.

Outros ciúmes tive e sofro, principalmente o da safada da Inhá, uns poucos também da Emilinha e até de Mariá. Esses, porém, eram ciúmes de zelo de homem que antevê o que pode suceder se não cuida da mulher sua; ou de corno desgraçado que se consola chifrado, já sem ânimo, nem modos, de remediar.

Esses são ciúmes bons. Mesmo os de sofrimento descarnado, como o que padeci com Inhá, aquela puta de padre, o senhor me perdoe a ofensa. Aquela foi dor forte que nada tinha a ver com esse sofrimento miúdo, desejado, das ruminações minhas, dos banhos de folguedo de siá Mia, que não me consolo de não terem sido comigo. Menos ainda de que tenha sido precisamente com quem menos devia, aquele safado do Godo.

Que descansem em paz as almas deles, principalmente a de siá Mia, inocente desses pecados imaginados, com que eu sujo a recordação dela, nessas ciumeiras sem tino, Deus me perdoe, e o senhor também, seu padre, me releve, se nisto há pecado como deve haver, pelo sentimento de culpa que dá.

Pecados meus desses tempos das Cagaitas, alguns decerto pequei. Muitos não serão. Todos esqueci. Exceto um que tenho de morte e hei de contar um dia, quando me der coragem. Lá naqueles anos me lavei das tentações viciosas do Lajedo com a jumentinha, aquela.

Pecado que não perdi foi o da punheta. Não tanto como antes, diárias, mas umas duas, três semanais, mais pensadas e gozosas que as de antes. Às vezes acho que mulher de mais querer meu até hoje, foi mesmo essa minha mão. Pecado sei que foi, porque gozoso, culposo, até humilhante.

Que é que um homem há de fazer se vive sem mulher fixa, a maior parte da vida? O perigo que corri sempre foi o de me viciar na bronha, deixando de me interessar por mulher. Sem este zelo eu podia ficar fechado em mim, autônomo. Estive em risco. Muitas vezes busquei mulher mais pra me desviciar de mão do que atraído pela maquininha lá delas. Esse pecado, aliás, está tão confessado que dele não preciso mais falar, creio. Peço, porém, que no perdão das punhetagens da meninice junte, o senhor, as de homem feito, de adulto e até de velho que, ainda hoje, com os peitos podres desta ronqueira, se posso bato uma.

Vamos, agora, aos pecadinhos outros das Cagaitas. Não acho quase nenhum, exceto aquele. Não tinha ódio, nem inveja, nem ciúme. Desejo tinha, meio desviado, mais para as meninazinhas do que para as mulheres. Visava principalmente às filhas do seu Lé que me perturbavam demais.

Mulher erada, a primeira que conheci encontrei lá. Foi Zeca que me comeu muitas vezes. Assim, na verdade, foi sempre. Zeca é que me metia dentro, não contra minha vontade, mas por empenho dela. Era feia e desleixada, mas querida de todos por despachada e chorona. Lavava e cuidava minha roupa e, trabalhando na cozinha, sempre escondia para mim, debaixo do feijão com arroz que me dava cada dia, um pedaço de carne. Às vezes até coxa de galinha.

Eu vivia, então, no cômodo de guardar as selas, o sal e o charque. Ela vinha, de noite, empurrava a porta, se chegava. Nunca deitou comigo; sempre era ali de pé. Começava correndo atrás de mim em volta do moirão central; eu fugindo, ela atrás, logo um dando palmadas no outro. Num certo momento, não sei bem quando, estatelávamos. Aí vinha ela, de costas, arregaçava as saias, empurrava a bunda por cima de mim. Sempre fizemos assim, pelo avesso. Nunca pude enfrentá-la, era assim por trás, mas no lugar certo.

Creio que Zeca demorava no rodeio do moirão, pra se entesar e por saber que, posto na quentura de pato lá dela, eu gozava instantâneo. Meu defeito maior era essa tesão de galo. Só muito depois, com mulher escolada na vida de puta é que comecei a tirar gozo mais estirado.

Que pecado há nisto, meu confessor? Só há, quem sabe, o deste gosto que vou pegando de falar de minhas safadezas. Eu sei que há quem pense que homem e mulher deviam guardar castidade e virgindade até o casamento. Esta é idéia que só cabe na cabeça de crente. Nem que quisesse, eu não podia ser donzelo. Já abri os olhos no meio da fodeção inocente dos bichos e da fornicação culposa das pessoas. Eu mesmo, desde cedo, senti comichão. Quando ainda nem minava uma agüinha que fosse, já punha o pau no serviço. Comigo mesmo, em mete-metes em buraco de bananeira, ou nas fodeções de bichos de pena e de couro. Haverá, na verdade, homem donzelo que nunca verteu gala de jeito nenhum? O senhor será donzelo?

Bem sei, seu padre, que este não é assunto para tratar aqui, sem ter tempo nem modo de receber, sobre estes temas, as suas luzes. O menos que posso é pedir sua dispensa para minhas bocagens e o perdão de meus pecados. Aqui estou na preparação da minha morte, no esforço de me lavar de culpas muitas que não avalio com clareza, mas pressinto, que podem danar minha alma, se não alcanço o perdão da Santa Madre Igreja Católica Apostólica Romana.

Bom mesmo é ter um herdeiro só. Melhor ainda é esse herdeiro ser o senhor, meu confessor. Só o senhor. Assim, eu saberei que não vai haver desavenças nem contendas. Saberei também que pelo tempo de sua vida inteira, que hão de ser ao menos uns vinte anos daqui pra frente, meus bens continuarão reunidos como eu juntei. Só se desprenderão, perdidos em mãos alheias, umas miuçalhas que o senhor dará por aí, conforme as instruções que deixo escritas.

O que é meu é como se fosse eu. Nada pode ser dissipado, desprezado: são pedaços de mim. A riqueza que me custou uma vida de trabalho juntar e que eu daria outra pra defender estará toda unida e reunida em suas mãos, graças a Deus. E no centro dela, como o quinhão melhor, essa fazenda minha, nossa, dos Laranjos.

O senhor verá que é boa demais pela extensão e qualidade de suas terras e de seus pastos, de suas várzeas, encostas e veredas; pelo número e valor de seu gado de cria e de engorda, todo azebuado; por sua cavalhada luzidia; por suas benfeitorias em cercados de arame farpado, em currais e em sítios ornados de tudo de melhor que há para todo serviço; por suas aguadas de lagoas e de rios, de minadouros e de poços, por seus coxos de salgar o gado; por seu curral central, todo de aroeira, com seus breques.

Tudo isso forma um conjunto só, feito em muitos anos de trabalho de gerações de gentes. Mas tudo refeito debaixo do meu olho zeloso, com dinheiro empacado na mão pra montar fazenda de esmero.

Tão boa ou melhor que a fazenda, é essa casona com seu grande telhado, alçado sobre os alpendres, com largos beirais deitando água pra fora em cima dos seus cachorros. É todo armado em peroba rosa e encaibrado em loiro; coberto de telhas de canal, umas antiqüíssimas, as outras novas, mas feitas da mesma argila, na mesma fôrma. O bom dessa casona, para conforto de família grande que seja, são as três salas pegadas e os cinco quartos e as quatro alcovas. Melhor ainda é o varandão largo que arodeia a casa quase toda, só deixando desamparado o fundo da cozinha. É tão levantado do chão, que desce a ele na frente por três degraus largos de pedra e no fundo por uma escada de cinco degraus.

Também bons são todos os móveis que guarnecem a casona. Uns antigos, bem restaurados, outros da mão do mestre Antoninho, feitos todos pelo modelo dos móveis lá do Brejo dos Alves. Tudo coisa fornida de boa, feita de vinhático e outras madeiras de lei. Obra fina, comprada feita, é a mesa torneada de seis patas do meu quarto em que está o oratório antigo, entalhado em caviúna, emassado e pintado na lei dos antigos, cheio de santos que mandei trazer do Brejo.

Olhe seu desprezo para essa mesona daqui da sala do meio, onde escrevo. Dizem que é peça muito boa, vinda da sacristia de uma igreja de Luiziânia que desabou. Não gosto é desse armário envidraçado que comprei caro. Alguma coisa nele mostra que não é daqui, com sua nobreza de espelhos refletindo a louça antiga dos Alves, toda tarjada de azul. Os quatro retratos pintados dos avós de siá Mia, pendurados na parede, o senhor mande queimar se eu não mandar antes. Ando cismado com o olhar deles, posto em cima de mim como se lessem o que vou escrevendo.

Dos bens todos que tenho aqui o que mais aprecio, tanto que se pudesse levava comigo no caixão, são essas duas malonas negras, de couro tacheado com o emblema dos Alves nos lados. Nelas está, até hoje, o enxoval de siá Mia. Tudo fica para o senhor, seu padre, para usar com o respeito que merece. Eu não teria mesmo a quem dar.

Peço ao senhor que acolha esses meus arreios velhos, encastoados em prata de lei. Foi de meu uso de luxo a vida inteira. É obra fina da mão de seu Niquinho Silveira de Coração de Jesus. Na verdade, não foi encomenda minha, mas de seu Dominguim, que, morto nas Águas Claras, deixou pra mim, como o senhor saberá.

Esse, o mundo de coisas que faz de mim, hoje, um homem abastado. Essa, a prova provada da aprovação de Deus, que com tudo isso me galhardeou. Nas suas mãos, amanhã, seu padre, será também a prova provada da sua riqueza terrena e da sua predestinação divina. Entre tantos padres, o senhor, pela graça de Deus, foi o escolhido para ser cumulado desses bens e dessas graças. Deus seja louvado. Amém.

A tesãozinha minha de rapaz nunca foi a Zeca, eram as duas moças novas, pegadas órfãs, Maria e Justina. Andavam tão sujas, descabeladas e piolhentas que, se tinham encanto, seria só pelo viço da idade que emparelhava com a minha. Delas nunca me aproximei, afastado por Zeca e pelos homens da casa que não queriam saber de gente do curral rondando a cozinha. Mas gostava muito de ver as duas arrodilhadas, em cima do batente da escada, acocoradas juntinhas, catando piolho uma na outra e estralando nos dentes.

Outros pecados meus do tempo das Cagaitas foram os das viagens que fiz como arrieiro de seu Lé, acompanhando a família nas visitas que faziam a Croatá, uma vilazinha feia, de sete, oito casas. Por lá passava anualmente, em desobriga, a missão dos padres e havia festejos de igreja, muito do gosto deles.

Eu espiava de longe, de olho no patrão, sem deixar de ver também dona Silviana que nunca me viu. Para ela eu era uma espécie de pau daqueles que a queimada deixava de pé no descampado. Um pau falante, andante, com mãos para pôr o filho na garupa do pai, a menina menorzinha na frente do silhão dela e até, muitas vezes, quando iam todos, para levar a menina do meio, sentadinha numa almofada em cima do sant'antônio de minha sela. Cuidava muito bem da criaturinha, até demais, com alguma malineza que confesso. Essas safadezas, se chegaram a ser pecado seriam só de intenção, eu morria de medo de ofender o zelo daquela gente.

Na verdade, eu gostava mesmo era da viagem de ida e de volta, dois dias cada uma, acampando numas rancharias. O tempo da vila era ruim demais: mal comido, mal dormido, maltratado na casa de uns compadres dos patrões.

Acho que gostava tanto daquelas viagens trabalhosas na esperança de acontecer outra vez o milagre que um dia se deu de ver dona Silviana cagando. Na vez que vi, única, fiquei tão afrontado que não aproveitei. Eu estava no mato, acabando de cagar, quando veio ela; parou ali de costas para mim, levantou a saia se agachando, mas me deixou ver as coxas, o pentelhame castanho e a bunda. Tudo isto ali junto, encostado, não de tocar com a mão, mas quase; só separada de mim por uma touceira folhuda de lixeira. Eu respirava baixo, querendo até que o coração parasse de bater para ela não me descobrir. Olhava com toda a força dos olhos. Assim vi o cu peludo dela estufar, crescer como uma mamazinha e depois encolher quando o troço começou a sair. Igualzinho a uma égua cagando. Ouvi claramente, lembro bem, o esguicho da mijada no chão e senti os dois cheiros contrastados. Vi bem ela, bunduda, se limpar com um chumaço de folhas, tirado ali do lado. Levantou e se foi. Eu lá fiquei, agachado, tremendo. Tinha visto as partes daquela beleza de pessoa. Pecado?

Mais sentimento de culpa me dá o gozozinho inocente ou quase de levar as meninas no cabeçote da sela, de pau duro, por léguas. De noite o saco me doía um horror.

É hora, agora, de contar aquela tentação do demônio que me levou ao pecado de que falei e para que careço de sua paciência, compreensão e perdão. Não é a morte em si que me preocupa, afinal de contas matar o que matei não é crime nenhum. O que me preocupa é o sentimento de culpa, funda, que até hoje me pesa na balança do peito. Pesa muito mais que a finação do Lopinho.

Seu Lé tinha mania de caça. Na verdade, caçava pouco, umas perdizes, raras vezes um veado mateiro, mas gostava demais de cachorro rastejador. Um dia trouxe um casal de perdigueiros brancos, malhados, que cuidava mais do que aos filhos. De fato, quem cuidava era eu, pois tinha de lavar, raspar, tirar carrapato, catar pulga, limpar até unhas e dentes para atender as ordens do seu Lé. Com isso fui tomando ojeriza dos bichos. Eles, inocentes, me festejavam muito. Mas eu ia acumulando aquela raiva que sopitava cada vez que um deles, rolando na lama, me sujava e vinha o patrão reclamar aos berros, como se eu tivesse culpa.

Pois, aqui confesso, seu padre, um dia, num repente, fiz a malinagem de que mais me arrependo. A cadela estava no cio e o macho entrou nela de tardezinha. Enrolados saíram oitopernando pra cá e pra lá, com a lingüiça dele atrelada nela. Assim entalados, passaram junto de mim. Num repente, instantâneo, sem pensar, tirei a faca e capei o pau do pobre. Foi aquele grito. O cachorro sumiu correndo e ganindo para um lado, a cadela escapuliu para o outro. No outro dia, eu esperava ansioso, apareceu debaixo da escada da cozinha o perdigueiro morto, sangrando pelo pinto encolhido, como se urinasse sangue. Foi aquele pesar de todos e aquele medo mau, sem termo nem paradeiro, de que me descobrissem.

Era, eu temo, maldade demais num vivente para que ao menos suspeitassem. Quanto mais de mim, tão bom com os bezerros recém-paridos; tão zeloso com as bicheiras do gado e com as pisaduras das montarias; tão carinhoso até com as crianças do patrão. Foi pecado feio, bem sei. Pecado de que não tenho desculpa, nem mereceria perdão se não fosse porque careço.

Meu assombro maior, seu padre, é que tantas culpas possam me transformar numa alma penada, rondando por esse mundo sem descanso, por toda a eternidade. Se nem eu mesmo me perdôo este pecado e outros, que confessarei, como é que o senhor e a Santa Madre Igreja podem consentir no meu perdão?

Não peço, por isso, um perdão total, completo, que não mereço. Peço um perdão de purgatório; ou se for possível um perdão de esquecimento. Isso é que tenho no fundo do peito, meu confessor, para pedir, como meu rogo mais fundo. Não podia um mortal conseguir que sua alma fosse também mortal e morresse com ele, sem mais compromisso, como pena do seu desmazelo de muito pecar?

Isso peço, meu confessor, e imploro porque me espanta demais saber que esse pecado último, que é dos meus menores, seja o único de que eu mesmo não me perdôo e que seja também o único de que eu muito me arrependo. É um absurdo, sei, mas assim é. Que significa isso? Pode Deus não me ter dado uma boa balança de peito, diferenciadora do bem e do mal? Não, o mais provável é que eu mesmo tenha posto tanto peso no prato dos pecados que estraguei minha balança.

Depois deste malfeito não encontrei sossego para viver nas Cagaitas. Fiquei uns tempos mais, para gozar o êxito de ter curado um inchaço que um rodoleiro deu no pau de um touro de valor e quase o perdeu. Seu Duxo gostou demais, falou até de me empregar, com paga. Até aí só me dava roupa velha e algum níquel para comprar bobagens dos mascates ou quando ia na vila com seu Lé. Depois do zebu mandou a mulher me entregar duas camisas e uma calça de algodão cru que ela fiava, tecia e cosia e eram muito apreciadas pelos vaqueiros; e me deu, ele mesmo, uma alpargata nova e um cinturão de couro. Tudo isto me entregou dizendo que eu estava ficando homem com a comida que me dava. É tempo de ter ganho, disse, depois conversamos. A conversa não veio e eu fiquei até o dia em que tive coragem de pedir contas. Pra quê? O homem se danou. Quer ir s'embora? É só sumir. A porteira está aberta, escancarada. Bacurau é aí mesmo.

Seu padre, ultimamente dei de sonhar demais. Será essa confissão que está alvoroçando meu bestunto? Será porque, agora, só peço em sonho? Essa noite foi povoada, outra vez, de visões desencontradas.

Sonhei com a safada da Inhá, ela me apareceu bonitona, muito arrumada, junto com três menininhas, filhas dela, chorando e falando. No tamanho eram crianças, mas nos emblemas de mulher, eram fêmeas feitas, completas, só que sem pêlo. A fala, também, era de gente grande, mas o choro de criança. Peladas, elas três se mexiam, gesticulavam, agitando bundas, exibindo rachas, tudo isto choramingando e balançando bracinhos e perninhas roliças, pregueadas, de neném.

Inhá, mãe delas, distinta, toda arreiada, ouvia calada. Mas me dava a entender que se eu quisesse, me dava. Ou daria se, no quarto ao lado, separado por uma cortina, não estivesse alguém, que acabou sendo Mariá.

Não sei como, logo me vi servindo a Mariá. Só que, quando estava posto nela, entrou gente. Foi aquele rebuliço. Aí eu me vi sentado, vexado, abotoando disfarçado a braguilha e afivelando o cinto, entre indecente e desculpão.

Acordei agoniado, pensando no que podia significar um sonho de tanta bobagem. Sonhos não significam nada, são bestagens do espírito solto, fazendo estripulias, sem o siso da gente, desperto, tomando conta. Dizem que pelos sonhos se conhece um homem. Será? Não creio. Se não sei de mim nem pelo que penso acordado, quanto mais pelo que desvario, dormido.

Seu padre, guardei hoje debaixo de chave, na gaveta da mesa aqui do quarto, meus papéis de confissão. Ninguém há de me ter na mão por força de ter lido minha confissão.

Confissão escrita de homem vivo é documento secreto, fechado. Destinado. O que contém são as palavras exatas, parcas, em que um pecador se busca e se encontra na luta por se entender e se revelar ao confessor ausente. Não deve tratar nunca do agora, do presente de quem escreve, porque viver não é pecado. Trata é do seu passado já vivido, é dos seus mortos que mais mortos serão quando for lido e julgado por quem de direito.

Pelo senhor, meu confessor, que das mãos de Militão há de receber esses papéis e ler como se ouvisse; sopesar na alma e perdoar e esquecer esses recônditos malfeitos meus. Depois de lidas, as palavras desta confissão deviam desvanecer, sumir, como tinta simpática. Não sendo assim, terei de confiar no senhor, que há de dar sumiço nesses papéis. É sagrada a confissão de um homem. Na boa forma tradicional, ela é segredada, sussurrada da boca do pecador arrependido ao ouvido peludo do padre velho, escutador, perdoador. Morre ali, completamente.

Ruim é confissão palavrosa, proclamada, declamada, como essa. Silente, porque escrita; mas escorrida, espichada. Eu precisava mesmo é de um confessor pessoal, sacerdotal, que viesse viver aqui comigo para, longamente, me escutar.

Escrita, agora, minha confissão está sendo vista e julgada imediatamente por Deus. Quando chegar nas suas mãos, não estará velha, superada? Não importa, creio eu. Deus sempre sabe tudo. Sabia de meus pecados, até antes de eu pecar. Eu cumpro à risca o plano d'Ele sobre o que foi e o que há de vir. Nas mãos d'Ele, que será de mim? Nas suas mãos estarei salvo porque um padre confessor não recusa nem regateia o perdão. Deus, não?

Sei bem que não estou tão arrependido e humilhado, como cumpre a um homem que se prepara para a morte. Esse defeito meu, esse pecado, não me perderá? Eu se fosse meu juiz não me perdoaria algumas que fiz. O senhor sim, outro é seu estofo. Outro é o estofo de sua alma de confessor muito mais perfeita que a minha. Eu nunca serviria para um ofício deste. Para começar não aceitaria confissão de um sobejo de gente como eu, já incapaz de pecar grosso. Confissão válida devia ser a que se faça na força da vida, com a tesão intacta, sem medo da Morte nem de nada.

Eu, coronel Philogônio de Castro Maya, senhor dos Laranjos, aqui desta sala sombreada da casona, vestido num terno de brim cáqui, cortado e cosido por alfaiate, olho para trás e me vejo no que fui, na raiz. Aquele rapazinho com sua calça e camisa de tucuio relavado e puído; sua sacola pelo meio de porcarias; montado no burrico Anum, trotando para Grãomogol.

Que temos de comum eu no que hoje sou e ele, no que foi, volto a perguntar?

Cada um tem sua cara e na cara, no corpo todo, na vestimenta, tem retratado o que é. Ninguém podia é saber nem supor que somos um. A única linha que nos liga, minha memória, está aí testemunhando que eu fui ele. Mas ele não me continha senão como uma promessa vaga. Qualquer pessoa que olhasse para dentro de mim, com o poder de ver as lembranças que tenho guardadas das pessoas que vi naqueles tempos, pensaria que meu eu das Cagaitas fosse seu Lé, por exemplo, casado com filha de fazendeiro, com futuro claro pela frente.

Isto me invoca, seu padre, e invocará decerto ao senhor. Ainda mais intrigará, penso, quando eu puser junto do moleque do Lajedo e do capiau das Cagaitas os meus outros eus que eu vim sendo e descendo até me reduzir ou me elevar ao que hoje sou, nesta véspera do fim.

Velhice é isso. É não ter outros eus adiante para neles se desdobrar. Não tenho nenhum, estou resumido ao que agora sou. Meu eu de hoje é já meu eu de sempre. Com ele vou acabar. Amém.

Estou estirando demais essa confissão. Estiquei tanto o pouco que disse até agora que nesse passo não sei onde irei parar. Escrever virou um hábito, tomou conta de mim. Hoje, é disso que me ocupo, verdadeiramente, só disso. Quem diria? O que me preocupa não é bem escrever tanto, é mais ocupar seu tempo. É, sobretudo, correr o risco de que o senhor, enfarado, só passe os olhos nos meus escritos e me absolva pelo alto. Isso eu não gostaria, digo ao senhor.

Dei de gostar demais desta ocupação preguiçosa de ficar aqui sentado, retomando as pontas de minhas recordações, desenrolando uma-a-uma, em confissão. Exagero, reconheço, mas quero que ela seja ouvida (ouvida, não, é impossível, mas lida e meditada). Tanto mais porque não estarei vivo para ouvir de sua boca a penitência que me esforçaria por cumprir. Só posso confiar em Deus que, ao contrário dos homens, leva em conta as intenções, tanto como os atos. Que maiores demonstrações alguém já deu da intenção de se confessar para ser perdoado? Temo é que o senhor esteja aí maliciando que isso é mais um recordatório saudoso de meus idos vividos do que propriamente uma confissão. Assim é e eu gosto.

O que hoje me enche a cabeça, seu padre, a cabeça e o coração, é a lembrança de uma dona que em tempos encheu meus dias. Essa noite ela voltou, em recordos, com todas as cores que tinha e até com os cheiros pecadores lá dela. Foi bom demais. É bom demais pensar nela, meu confessor. Melhor do que em ninguém.

    Estou falando da falada Emilinha, a mulher mais mulher que eu vi. Gostaria era de ser homem tanto ela era mulher. Exagerava em futilezas, risos, mimosices, estremeções fingidas de delicadeza e, principalmente, dengos. Então, em lugar de me comoverem, eles me irritavam. O senhor acredita?

    Esse era o jeito natural dela, eu sabia. Mas eram também treitas para eu olhar e ver nela a pessoazinha linda e meiga que me queria demais. Queria? Eu não olhava; se olhava, não via tanto como ela queria. Era enxerida em demasia, frívola.

    Meu temor era que, acostumada naqueles arroubos, ela me faltasse o respeito diante de estranhos. Felizmente, nunca faltou. Meu trato seco e sério continha os exageros e demasias dela. O prejuízo foi meu, bem sei, porque ela se apagava e entristecia por horas e horas. Não por dias porque era como uma cadelinha. Ao primeiro sinal de que aceitava seus carinhos, vinha ela outra vez se derramando em faceirice. Felizmente.

    Dela me lembro, reconheço, com mais gosto do que de ninguém mais no mundo. E o que me dá mais saudades são exatamente aqueles requebros dela que eu repelia enfadado, vexado. Pensando bem, ela era muitíssimo dissimulada. Nunca vi ninguém assim que, parecendo tímida, capaz de enrubescer à toa de tão acanhada em certas horas, era logo depois até oferecida como uma sem-vergonha qualquer. Muitas vezes vi Emilinha saltar, num instante, das manhas inocentes de menininha dengosa, às fúrias todas de uma mulher tesuda.

    Assim era Emilinha, minha mulinha, santa e safada. Misturando e separando essas suas qualidades opostas, sem que eu nunca pudesse saber se na verdade ela era uma ou era outra.

Bons tempos aqueles, meu padre, eu vejo agora, nesses recordos. Eu, de tarde, balançando na rede, disfarçando uma madorna, para ficar ali vendo Emilinha sentada no troc-troc dos bilros de sua almofadinha de renda. Outras vezes, sentadinha numa esteira nova, que ela mesma tecia, roendo a polpa de um coco buriti para juntar na boca e tirar com o dedo a massinha vermelha, azeda, com que fazia o doce de que eu mais gostava. Eu, olhando, disfarçado, aquele jeitinho dela sentar sobre as pernas trançadas, com os pés atrás, arrodeada dos cachos brilhantes dos cocos buritis. Ela me olhando, para ver se eu dormia, me sorrindo. Eu tinha que me segurar para não cair em cima dela, ali mesmo, na esteira da sala da frente, debaixo das janelas, com os vaqueiros entrando e saindo no alpendre.

Quando adivinhava que minha tesão subia esquentando, saltava ela de lá sem palavra, me dava a mão e caminhava pro quarto. Lá vinha, outra vez, o jogo de se achegar, me tocar, roçar e furar com as lanças dos peitos. Eu executava o sabido e, às vezes, repicava debaixo do poderio dos cheiros que Emilinha destilava. Nunca vi mulher que se exalasse assim em cheiros. Toda ela recendia, pelas partes, aquele odor perfumado de tontear. Acabando, eu saía dela já de cara amarrada, me guardando.

Onde estará, hoje, nesse mundo de Deus, minha perdida mulinha? Sei não. Um dia, como o senhor verá, enfarei dos dengos dela. Ou fui vencido pelo medo que me deu de perder o respeito, de me enrabichar demais e cair nessa sem-vergonhice dos frouxos.

Quem sou eu que aqui confesso? Isso que chamo eu é só meu eu de agora. Antes fui aquele menino e muita gente outra. Todos eram, na verdade, eu mesmo. Mas muito disfarçados. Eu não tenho disfarce nenhum. Cada qual, apesar de tão diferente de mim, era eu inteiro. Mas iam mudando, se sucedendo, um de cada vez ocupava toda a minha pessoa. Quando se desfazia, sei lá como, dava lugar ao outro que sucedia.

Através deles todos, me sendo um depois do outro é que vim sendo, até chegar, resumido, ao que sou, agora. Não me desgostou ser nenhum deles; até gostei porque vieram a dar em mim. Ficar neles não queria.

Agora sim, me dói ser isso que estou sendo, nesse fim mofino de mim, porque me fino. Queria outra vez ser um deles. Qualquer um. Mesmo o mais triste que fui é melhor do que esse fim. O Trem, filho de Tereza. O afilhado de Lopinho apanhando, ramelando. O capiau das Cagaitas, servo daquele seu Duxo, bruto, explorador. O piolho-de-meganha de Grãomogol. O soldado arrombado, condenado a ficar debaixo da dureza do major come-cu. O tropeiro e muleiro das Águas Claras. O abridor do Vão. O marido de siá Mia.

Qualquer um deles eu preferia. Ainda que fosse para sofrer outra vez, igualzinho, tudo que passei na pele deles. O bom daqueles cus é que não tinham o fim à vista. Tão fugazes eram, mas se sentiam eternos. Queriam ser depressa, logo, o que eram, para vir a ser o que seriam. Confiantes iam adiante.

Eu, na frente, só vejo minha alma penando. E ela não sou eu. É o outro. Quem é ela? É a memória dos meus reveses. A culpada de meus pecados que por mim pagará no Além. Que culpas tem minha alma imortal dos malfeitos de meu corpo sepultado em carne? Existe culpa?
Tudo está escrito, prescrito por Ele que tudo pode, mas de tudo toma conta, cobrando. A mim me pedirá contas, bem sei. Podia eu ter evitado aqueles malfeitos? Podia? Melhor teria sido que Ele pusesse minha morte na mão deles? Seria? Vivi tangido pela força do destino, com a sina de dar fim a quem tinha de finar naquela hora para encerrar a conta. Qualquer castigo é castigo demais pra mim, simples matador mandado, mancomunado.
Viver minha vida agoniado, enrolado nessas mortes, já é muita punição. Na outra vida, lavado de meus pecados, vou ter paz. Uma eternidade de paz. Todo dia, toda hora é o mesmo dia, a mesma hora: parada, gelada. Lá estarei pregado como uma daquelas borboletas que o padre Custódio de Grãomogol espetava com alfinete, num quadro pendurado na parede. Muita punição demais será eu lá pregado, parado, pensando, me arrependendo das mortes que nessa vida tive de dar. Eternamente.
Que vida eterna! Que descanso! Que paz! Tortura, é o que isso é. Será assim? Pior é se não for assim. Terrível seria cair nesse feio destino dos mortos errantes, esvoaçantes; das almas penadas perambulando eternamente pelo mundo, atentando os vivos, ocupando os espíritas.
A morte bem podia ser o fim do mundo. Fim total, de não ficar nada. Nem memória do que foi. Nem necessidade de recomeçar. Nada. A vida, minha vida, o mundo inteiro teria sido um acaso, um equívoco: sucedeu e acabou. Ninguém soube. Ninguém viu. Depois da minha morte que só fique o vazio. Nem vazio deve ficar, ele lembraria que antes aqui houve um lugar cheio de nós, de mim. Não será no Além que está esse vazio? O

Nada da morte total, sem memória dos sidos, sem lembrança de ninguém, de nada.

Não gosto disso, não. Preciso saber de um Deus que tenha memória de mim, que saiba ajuizar meus feitos, que cobre minhas contas. Não pedi para nascer, mas não quero ter sido um carrapato à-toa, que viveu e morreu ignorado, desprezível. Não pode ser. Somos a flor da criação divina. O espírito que há de florir na Glória.

A melhor glória pra mim seria sair cavalgando pela eternidade num corpo de ar, sem nem saber que cavalgo. Viajar tropeiro, invisível, numa besta ferrada em estrada de terra fofa depois das primeiras chuvaradas de setembro, sentindo o cheiro do cerrado renascendo em brotos de renovo. Isso, sim, seria um céu barato e bom de Deus me dar. Deus queira.

Quero muito amar a Deus, meu criador; mas vejo que estamos em guerra. Não eu, carrapatinho à-toa, contra a onipotência d'Ele. Mas Ele contra mim, assanhado. Esganiçado.

Tudo ignoro. Mas sei de ciência certa que vivo como quem purga culpas, paga contas. Será que meu inferno é aqui mesmo nessa purgação sem fim?

Por que houve Deus de escolher logo a mim para ter no peito esses bofes secos? Tudo posso comprar, ou quase tudo. Só não posso é fruir os ares do mundo que aí estão, com tanta fartura, pra quem quiser. Só a mim é negado. Ar. Mais importante que terra de plantar, que água de beber, que os bichos que enchem o mundo e que tudo que ele comporta. Ar. Mais importante mesmo porque a ninguém pode faltar é isso: ar. Só ar. Isso que me falta: ar. Esse simples arzinho à-toa, invisível que sobra aí por fora de mim, ao redor de mim e de todas as coisas. Até dentro de mim. E eu sofrendo como um corno por falta dele.

Que doença outra é assim de cruel? Existe alguma enfermidade conhecida que ponha um homem de boca costurada na frente da mesa mais farta, cheirosa e gostosa de tudo que ele quereria comer? Não. Não existe não. Enfisema só comparo é com cegueira de ver as cores e luzes do mundo que aos outros todos ilumina. Mas eu troco. É pior que cegueira. Troco coisa nenhuma! Não troco os buracos ocos, vazios, dos meus pulmões secos pela cegueira opaca de nenhum filho de Deus ou do

Diabo. Troca-se é coisas, objetos. Não tenho nada que trocar.

O pior é não ter cura. Nem remédio tem. Já não digo de cura, ao menos de alívio. Não tem. Experimentei o que podia. O único que me alivia os peitos, me incha todo e empola. Não tem nenhum, não. Enfisema é pior até do que fome canina. Nenhum faminto tem diante de si, oferecida, uma mesa de banquetes. Eu tenho aí, de graça, oferecido, o ar mais fresco e suculento. É pior também do que as agonias da cegueira. Um homem fica cego e pronto. Não fica aí palpebrando, piscando, buscando, num esforço inútil, uma luzinha que seja.

Comigo a coisa é outra. Respiro como um fole de ferreiro na hora de dobrar o ferro vermelho. Aspiro, agoniado, sentindo o ar entrar no meu peito aos borbotões e expiro para ele sair aos jatos, sem me satisfazer. O ar está aí oferecido, bom de respirar pra qualquer desgraçado. Só não pra mim. Vivo cansado de aspirar até quase arrebentar as caixas do peito. Meto em mim aquele arzão todo, sustendo enquanto posso a respiração para dar tempo aos bofes de sugar a parte deles; mas nada. O ar sai rico como entrou, sem deixar sustança nenhuma que mate a sede do meu sangue escaldante, espumante, agoniado.

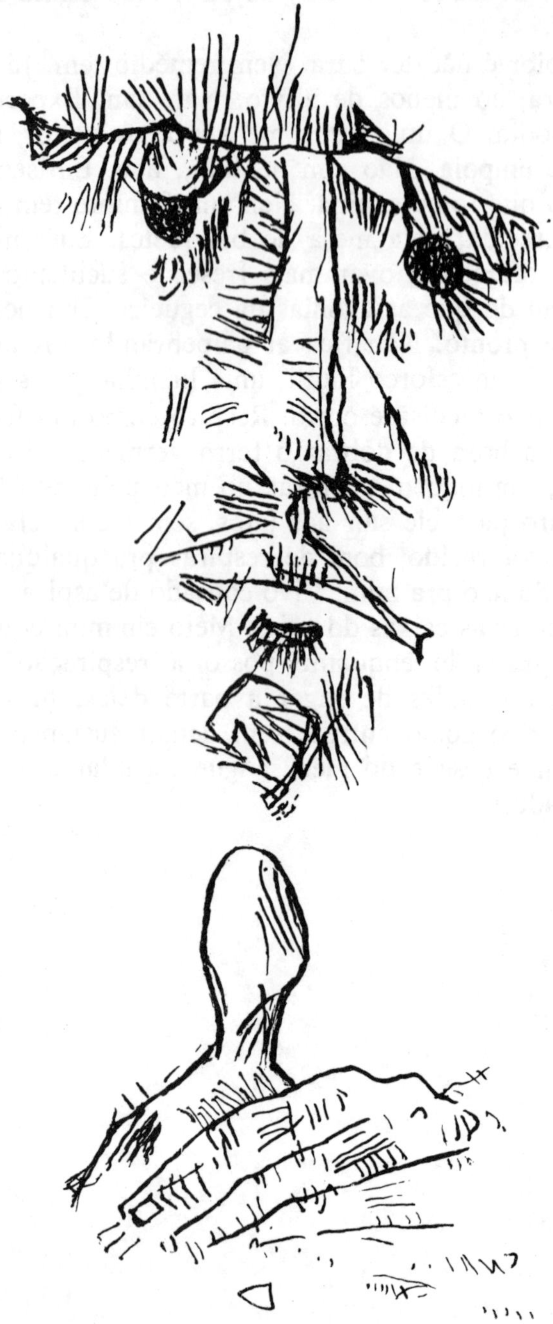

Saí das Cagaitas, meio fugido

Saí das Cagaitas, meio fugido, numa quarta de manhã. Só parei no rancho de seu Romildo, único amigo meu dali. Além da conversa de sempre, ele me deu a matula para viagem e uma nota de cinco mil-réis dos antiqüíssimos. Primeiro dinheiro grosso que vi na vida, dado assim, de mão a mão, sem condições. Senão uma promessa vaga: pague, se seu coração pedir, com alguma caridade. Paguei? Não paguei? Dádiva pura como aquela sei que não fiz. Também não pretendo ser nenhum Romildo de bondades.

Visto com meus olhos de agora, aquele homem aparece como o melhor que conheci. Até a única mania dele era simpática. Não perdia vez e até forçava para falar de uns revoltosos que passaram pelas Cagaitas, anos antes, no tempo do Íssimo, matando fazendeiros. E dos soldados que vieram atrás, fazendo tropelias com a vaqueirada. Se via que ele gostava é dos revoltosos. Tenho para mim que seu Romildo ficou cativo daquela história que nunca engoliu nem digeriu. Seu desejo era ter saído com eles, rebelde, atirando. Deve ter faltado é coragem. Romildo não era homem de matanças guerreiras.

No meu burrico Anum, dado por Romildo; montado na cangalha velha que ele também me deu; e com aqueles cinco mil-réis dados, por último, pus meu pé no mundo. Daquela viagem de quatro dias só me lembro de uma dormida debaixo de um pé de bacupari, enormíssimo, bem em cima da Serra do Gogó. Dormida ruim, com um pavor medonho de uns demônios e fantasmas barulhentos que me atentaram a noite inteira. De manhã, era um bando de quatis raivosos com minha presença. Do bacuparizeiro tornei a ganhar chão e, no outro dia, depois de um novo descanso, mais pro burro do que pra mim, retomei viagem. Cheguei de tardezinha no Grãomogol.

Caí logo numa feira, cheia de gente, como eu nunca tinha visto tanta. Desmontei, encostei o burro peado junto de uma tropazinha e fiquei olhando. Por fim, tomei coragem, me cheguei a um broaqueiro de farinha para perguntar onde é que um cristão podia verter água. Ele apontou com o beiço um muro meio caído, atrás do mercado e virou a cara. Eu fui. A catinga azeda me mostrou o lugar. Mijei com gosto, esguichando e espumando, com outros homens que mijavam lá.

De volta, fui ver um homem sangrar e carnear uma porca. Aí me deu fome e eu encontrei e comprei uma broa pau-de-machado que me enchia a boca d'água. Paguei com aquela pelega de cinco mil-réis. O homem fez troco demorado, desconfiado. Tudo que comprei custava dois tostões. O troco que ele me deu encheu o bolso de dinheiro. Ainda comendo a broa, perguntei se sabia quem comprava um burro.

Sei, espera aí, disse. Voltou com um meganha.

Fui preso ali mesmo como ladrão de burro e de dinheiro e levado pro xadrez, debaixo de pescoção. Lá, minha história verdadeira não pegou. Ninguém acreditou nem que me chamasse Terezo. Diziam que aquele pedaço de homem que era eu não podia abusar deles, mentindo com tanto descaramento. Depois de mais pescoções, veio a palmatória para me fazer contar onde escondi uns cavalos roubados; de quem tinha furtado os cinco mil-réis; onde estaria Zé Parido, o meu chefe, um bandido procurado.

Acabaram me trancando surrado, e com as mãos no dobro do tamanho pelo serviço da palmatória. No outro dia, me tiraram da grade, entregaram uma vassoura e um balde e mandaram fazer a limpeza da cadeia. O soldado Alvim, que me roubou e nunca mais entregou o burro nem o dinheiro, ficou de olho em mim. Só depois da limpeza, me deu um café ralo e um pedaço de aipim cozido.

Enquanto varria, um preso mangava: servicinho de mulher, não é Tereza? Isso dizia, se insinuando; era um tal Valentim, com fama de matador. O soldado Agapito ria e ameaçava me acasalar com ele. O cabo Vito me salvou. Mais ainda me salvou um panariço que deu no dedo do velho Romão, limpador de cadeia, a quem substituí.

Menino fui, custo a crer. Também fui gente, vivente, rompante, valente. Agora sou traste, sobejo de mim, de meus idos vividos. Futuros? Nenhum! Senão mais tristeza de traste e depois a Morte.

Falo disso porque duvido. Escrevo assim, repisado, para me convencer de que tudo está mesmo encerrado, acabado. Mas não está, não. Acho que até da Morte escapo.

Se o senhor lesse, hoje, dentro de mim, minha verdade, se surpreenderia. Veria que, na minha verdade verdadeira, eu nunca passei dos 38 anos. Se me olhasse bem, sempre com meus olhos, veria, não que me acho bonito, isso não; mas atrativo, isso penso que sou. Veja o senhor, alguma coisa no fundo insondável de mim me sustém. Esse fundo tão fundo é a fonte de onde saem os consolos, os sonhos bons. Sem ilusão, quem suportaria viver?

Sabe o senhor por que amanheci assim sôfrego, seu padre? Adivinha? Jamais! Acordei de pau duro, latejando. Há tanto tempo que ele não subia, nem de noite nem de dia. Esta manhã me admirei, sentindo devolvida a dureza de minha hombria. Nem quis triscar com a mão, com medo de falimento. Queria sentir, só com ele mesmo, a volta da minha tesão há tanto tempo esbaforida. Depois, sim, seguro dela, me virei. Senti a dureza de minha pica contra o colchão. Aí, levei a mão, apalpei, senti. Estava duro mesmo, seu padre. Duro como é de lei. Duro de furar virgem, não digo, mas duro de uso e abuso.

Fiquei ali, recostado no travesseiro, sentindo meu pau empinado, debaixo da camisola arregaçada.

Bem sei que esse escrito é minha confissão. Sei também que devia ser sério e circunspecto como cumpre a uma alma rendida aos pés de Deus, contrita, arrependida. Mas eu não sou assim. Que é que hei de fazer? Sendo como sou, misturo e tranço aqui todas as cordas de minhas memórias, nos lanços de que fui feito. Entre eles, além de meus malfeitos de pecador, busco para contar também puras alegrias, como essa das palpitações de homem que latejaram no meu pau. Graças a Deus.

Qual, quem, quantas das mulheres que conheci, tantas, gostaria eu de ter aqui, agora? Sei não. Muitas. Todas. Qualquer uma. Siá Mia não; para tanto, esposa não serve. Também não a descarada Inhá que me chifrou. A ela não posso nem quero perdoar. Emilinha, com seus ardores, ela sim. A Emilinha, minha mulinha, escolheria eu, hoje, para rever. Quero buscar, nos cheiros de suas partes, a quentura nova de meu fogo morno.

Estive pensando outra vez nos eus que fui. Fiquei horas aqui na sala do meio, imaginando todos nós sentados, ao redor da mesa, conversando, entre eles e comigo. Eu menino, eu rapaz, eu homem feito. Eu casado, eu viúvo. Eu tropeiro, eu muleiro, eu abridor do Vão. Eu, sentado bem no meio deles ficava comparando, vendo que cada um é diferente de mim e de todos os outros. Até mais diferentes somos entre nós, do que de quanta gente conheci, em qualquer tempo.

Estava eu aqui escrevendo isso, inda agora, quando ouvi a conversa de Calu com a filha de Antão que está aí ajudando na cozinha. A velha, mesmo caduca, ainda sabe quantidades de coisas aqui dos Laranjos. Apertada pela moça, foi contando. Sua fala alta de surda dava pra eu ouvir daqui, prestando atenção.

Tristes coisas ouvi. Entre elas, que estes meus Laranjos estão povoados de almas penadas. A noite inteira elas se afanam aboiando e correndo a cavalo pelos ares. São verdadeiros rodeios de vaqueiros do outro mundo, levando meu gado vivente, daqui pra lá, numa agonia de dar pena. Estes vaqueiros fantasmais, só visíveis pros meus bois, seriam o povo dos ludovicos, dos sales, dos quintinos, que, morrendo sem confissão, ficaram aí penando para pagar seus muitos pecados.

Esse é destino que não quero, seu padre. Peça a Deus que me livre dele. Ficar voejando nos ares da minha fazenda dos Laranjos, no meio desses vaqueiros fantasmais, fantasma e alma penada eu também, seria ruim demais. Outro destino, até pior, qualquer que seja, busque pra mim. Esse não!

Não é impossível que isso me suceda. Estou nas suas mãos. Pecados meus não tenho demais. Tenho é defeitos e, se por eles for julgado, estou perdido.

Nunca fui homem de bondades. Um dos meus pecados é a sovinice de dar para cativar e até de negar o que devo, se estou na frente de credor reles. Gosto muito é de enfeitar de caridade a paga do que devo. Cobro, quando posso, imposto de gratidões, por fazer o que tenho mesmo de fazer. Reclamo demais ingratidões alheias. Ai daquele dependente meu que não tenha a boca cheia de palavras pra me louvar. Não sou de louvações, mas bebo louvores com muito gosto.

Digo isto para que o senhor não se equivoque comigo, seu padre. O senhor está confessando e vai perdoar é a um homem assim: que não é ruim, mas é sovina; regateia quanto pode o que tem que pagar; cobra dobrado se o besta paga.

Estes são, talvez, meus defeitos menores. Muito pior é o da prepotência. Gozo de exercer mando com dureza. Trato duro, orgulho e soberba são as qualidades principais de minha alma. Só me consola saber que eu não me fiz. Meu caráter é como minha fisionomia ou minha dentadura: herdados. Ser feio, dentuço, zarolho é como ser violento, orgulhoso e sovina.

Nenhum homem pode ser julgado por essas qualidades inatas de cara ou de alma. Julgado há de ser por suas obras, por suas ações do mundo dos homens. As ações dos violentos sendo, só por isso, meio duras se tornam mais visíveis, parecendo cruelmente pecaminosas. As dos mansos de natureza, sendo dóceis e fracas, parecerão melhores. Um julgamento justo tem que descontar nessas ações a natureza mais dura ou mais mole dos pecadores, para não confundir fraqueza com virtude, nem dureza com pecado.

Temo que o senhor esteja aí arrolando argumentos contra mim por antipatia. Não está, não? Bondades suas não quero. Quero é o que o senhor deve a todo pecador: o juízo justo para medir pecados e virtudes, sem se engabelar. A capacidade de impor a penitência certa, que não podendo eu cumprir, o senhor me há de relevar no exercício pleno do atributo divino, privativo dos sacerdotes, que é o de perdoar e dispensar obrigações.

Não quero é ser perdoado com displicência paternal. Para mim é ofensiva. Tão-somente peço ser escutado e entendido com respeito por quem se fez ouvido de Deus. Compreendo bem que eu sou uma criatura terrena, por Deus feita imperfeita, mas dotada tanto da capacidade de pecar, quanto do direito de ser, finalmente, perdoado. Para isso é que sou cristão na lei católica, apostólica e romana.

Absolvido preciso ser para, lavado da culpa de minhas ruindades, ingressar no reino dos justos de nascença que é também devido aos menos justos. Afinal, todos fomos feitos na fábrica de Deus soberano, pai e amo de toda a Criação.

Quase gostei daquela vida à-toa da cadeia. Mais ainda quando me deixaram andar meio vestido de restos de farda, passeando pela feira, depois por todo lugar em Grãomogol. Nesta condição de meio preso e meio soldado é que conheci a cidade. Andava embasbacado pelas ruas, olhando as calçadas de pedra em pé de moleque, os passeios altos, feitos de lajedo para o povo andar, como obras suntuosas, nunca vistas. A quantidade de casonas entelhadas, maiores e melhores que quantas tinha visto, também me impressionava. Pensaria que na cidade só vivia gente abastada, se não tivesse visto as cafuas dos pobres no lombo dos barrancos na entrada de Grãomogol e que eu tomei, de início, pela cidade mesma.

Muito aprendi ali, tanto na cadeia como fora. Os de fora me mostraram o que eu era: um capiau, quer dizer, uma espécie de bicho matuto que jamais atingiria a condição de gente verdadeira. As minhas vantagens de branco, alto, espadaúdo, notadas no sertão, ali eram nada. Qualquer negrinho tísico, mas grãomogolense, me olhava tão de cima que às vezes eu baixava de calçada procurando o meu lugar no empedrado da rua.

Perguntei lá e reperguntei pela casa dos Bogéa. Ninguém lembrava que tivesse vivido ali família nenhuma desse nome, ou ao menos gente referível a uma pessoinha como eu.

O cabo Vito, natural de Montes Claros, tempos depois, quando virou meu protetor, explicou que ali não vivia mais ninguém dos antigos. Tinham morrido todos empesteados ou saído para o sul. Disse também que Grãomogol, que eu via tão grande, era uma merda de cidade tapera. Cidade mesmo era Montes Claros, capital do sertão mineiro.

A amizade de cabo Vito consistia em me encarregar de todo o serviço que eu podia fazer. Não era exploração. A cadeia estava cheia de gente debaixo das ordens dele. Preferia a mim, por confiança. Além da limpeza e do carreto de bosta, eu comprava os mantimentos, deixando uma parte na cozinha da cadeia e levando o devido para a casa do cabo e dos dois soldados. Também repartia a comida aos presos nas duas celas.

Assim que ganhei mais confiança o cabo passou a me deixar de guarda nos sábados e domingos, quando os soldados e os presos com condenação saíam todos para as suas casas. Vivendo e trabalhando na cadeia, vestindo fardas velhas, acabei por ganhar o feio nome de piolho-de-meganha que é como me chamava a rapaziada da rua das putas.

Aquele encargo honroso de fazer a guarda tirou meu maior gosto de Grãomogol que era olhar a entrada e a saída das mulheres e moças da missa das nove. Nunca tinha visto tanta mulher bonita vestida em cores. Só me restou ir ver, de tarde, as novenas; menos concorridas pelas moças e todas elas menos arreiadas que nas manhãs de domingo. Cheguei a fixar e diferenciar algumas que gostava mais de olhar. Nenhuma nunca me viu. Passavam por mim como se eu fosse um cachorro ou um traste, rodeando para não tocar. Capiau, piolho-de-meganha e triste é o que fui em Grãomogol. Meu pecado ali, único, foi o de punheteiro que despia, na imaginação, e comia, na intenção, todas as moças da missa das nove.

A memória me devolve passados soterrados, esquecidos. Será esta cutucação minha, da confissão, que provoca esses vômitos de memória? Hoje o que me voltou foi a visão que tive uma vez, rapaz, no Grãomogol, quando vi, na casa do cabo Vito, uma foda feia.

Cheguei lá de tardezinha e fui entrando, sem aviso de palmas nem palavras, como às vezes fazia na confiança de quase gente da casa. Servidor buscando serviço. Transpus a porta, atravessei a sala de fora, cheguei na de dentro. Olhei, não vi nada, nem ninguém, entrei mais. Vendo a porta do quarto aberta, sem palavra, me acheguei. Aí, vi o cabo arquejante, nu, pelado e peludíssimo, em cima da mulher dele, velhusca, brancarrona, pernas abertas como aranha, de cara muito aflita.

Fiquei ali, vendo feito besta, pregado no chão, apavorado. Vendo, sem querer ver, o que não podia nem devia ter visto, jamais. O cabo, naquela chuquicação, agoniado, com a mulher dele, legítima. Só dei por mim, desassossegado, quando a velha piscou e ameaçou abrir os olhos de me ver. Tirei o corpo da visão dela, recuei andando de costas. Assim, refiz o caminho até a porta e caí na rua.

Lá esperei, dando tempo a eles de acabar com aquilo e a meu coração de sossegar com o bate-couro. Tive idéia de chamar antes de entrar e entrar de novo. Mas, não, tremia de medo e de perturbação. Desisti. Voltei pra cadeia como se tivessem me corrido, ainda assustado.

Nos dias e semanas e meses seguintes, vivi de pau duro, vendo, diante de mim, de noite e de dia, quando me achava só, o cabo Vito em cima de siá Licota. Ele, peladíssimo. Ela, branquíssima. Os dois fornicando ali no chão.

Por quê? O quarto tinha até o luxo de um catre de couro cru num canto, e no outro, uma rede. O catre, de certo, era para a velha dormir. A rede, para ele. Rede avarandada, das boas. Quadrada. Por que, então, espojarem-se no chão de lajotas, pelados completamente os dois, se nem era tempo de muito calor? Por que fornicar assim de porta aberta, sem receio de ser visto por mim ou por outro? Eu talvez fosse reles demais para vexar ninguém. Mas, sendo gente, apesar de tudo, e não cachorro, gato ou galinha que tudo podem ver, na inocência, aquilo eu não podia mesmo ver. Nem eu nem as criações, acho.

Mas foi como se não tivesse visto porque disso jamais falei antes a ninguém e se agora falo, não sei por que, é ao senhor, em confissão. Será a perturbação que me deu ver nu aquele homenzarrão grosso, peludo? Não sei. Falo disto, quem sabe, porque ponho aqui, sem recato, o que me passa pela cabeça, revivendo idos que vêm do fundo de mim, esquecidos. Mas eu bem sei que pertencentes a essa escritura de confissão.

Melhor saberá o senhor, seu padre, calejado que está de confessar pecados alheios. Terá o senhor visto alguma vez um macho fodendo, seu padre? Não, isso o senhor não viu, estou quase certo. Sua ciência é de oitiva ou de leitura. Saberá de muita fornicação por ouvir dizer. Mas uma tremeção sua mesmo, com sua mutamba posta dentro da loca de uma dona, tremendo o senhor, tremendo ela; isso, digo, duvido que o senhor tenha sentido.

Ver também, com seus próprios olhos, uma fodeção alheia não terá visto. Isso é coisa que o povo faz com recato. Tão recatados somos em nos esconder para o pecado, como somos gostadores de contar, em demasia, os estremunhos fodetórios próprios e alheios. Sobretudo os coitos pecaminosos, danados.

Isso é pouco, seu padre. Se o senhor só ouviu falar de fornicação, não sabe de nada. Se o senhor nunca se viu no estremunho dessa retranca, estremecendo de gozar e sofrer numa comungação carnal, então, tudo ignora. Se não se perdeu, mergulhado no poço negro de uma fodeção total, isto não pode julgar.

Falar de foda alheia é como falar dos vermes que nos hão de comer: palavras. Nada sabemos nem saberemos daquele banquete fetal. A gente inchada, espocando e sendo comida; virando bicheira de corós enxameados, vorazes, pululantes, formigando nas entranhas minhas, suas: anelados, grossos, grandes, engordando cada vez mais. Depois, finda a carne, os corós se comendo uns aos outros, até ficarem só os tapurus de couro mais duro, apretalhados, morotos. E, afinal, morrer neles outra vez, para ter, nessa morte derradeira, a triste morte final de minha carne. Assim será.

E que me importa lá o que seja, como seja? Isso não sucederá comigo. Sucederá com ele, o outro, o de pau, o coisa defunta, que depois de mim ficará demorando no mundo, à-toa, inútil, desabitado de mim. Eu, então, serei espírito, desencarnado. Serei, o quê?

Veja o senhor, desembestei. Comecei a contar uma foda espantosa e caí nessa mortificação.

Ou será que o ato fodetório que o Criador cercou de tanto desejo, enfeitou de gozo é, na verdade verdadeira, coisa equiparável à tristeza mortal de um homem acabado de morrer, perdendo as carnes?

Nada disso. O que sucede é que envelheço soturno, apenas isso. Envelheço mal. Esses bofes podres que me tiram o ânimo só deixam espaço para puxar angústias. Por que não tenho uma velhice, como a de tantos velhos que conheci, acesos de vontade de fornicar, mesmo sem poder? Seria melhor do que estar aqui a ruminar negras lembranças passadas, a cavilar visagens de futuros funéreos, no puro gozo de repuxar sofrimento. Tudo isto é tão atroz, seu padre, que nem eu me agüento.

Essa confissão é minha perdição. Contando aqui, sofrido e gozoso, os terrores e as alegrias de meus pecados, vou ficando vazio. Confesso não é só pelo seu perdão que eu ainda não tenho merecido, nem pelo perdão de Deus que lá de cima estará lendo cada palavra que escrevo aqui. Confesso, é pelo gosto de espojar-me em minhas culpas. Dissolvidos em palavra os pecados mais grossos são vivência de raivas passadas ou recordação de gozos.

O crime mais fero, o malfeito mais perverso que para ser revelado devia me fazer tremer no fundo de mim, aqui é só um frio relato. O ato meu mais ruim, de minha vontade contra a vontade de Deus, confessado aqui é só palavras. O exercício mais abusado de meu arbítrio de homem mortal contra a eternidade da lei de Deus, na confissão escrita se esvai como uma névoa. Toda lembrança é tão brumosa que nela tudo se esgarça. Na lembrança escrita como arrazoado de confissão palavrosa, o pecado fica tão arisco que pode até assumir ares de virtude, para dar esse gozo maligno de ser repecado em pensamento.

Antigamente, quando vivia tão longe de confissões, eu tremia todo só se pensar que Deus existe. Meu medo maior era a ira divina. Hoje, que só vivo pensando em Deus e na salvação eterna, quase perdi até o respeito. Só temo agora é a morte. É o grande vazio de um mundo sem mim, esquecido de mim. A triste verdade é que tenho hoje menos temor de Deus e da purgação eterna do que em qualquer tempo. Até duvido, agora, que Deus tenha um Céu e um Inferno parados, me esperando; ou que, lá de cima, Ele esteja me espreitando eternamente.

Não perco é o medo feroz da morte e da perdição eterna. Ele me assalta nas noites sem sono. E me volta toda madrugada. Às vezes, até em dias de sol claro, me assombra. Sempre fora de horas. É o medo da morte que todo animal tem inscrito na carne. Ali está contida tanto a forma de se reproduzir igualzinho, se não for um mulo estéril que nem eu, como o terror de morrer, estremecendo suas carnes. A eles, bichos, Deus cria e mata, caridoso. A nós, nega esta morte final. Nos deixa na angústia do terror sagrado de cair em Perdição.

Só peço a Deus uma morte de bicho. Quero é sair da vida e entrar na Morte como quem entra na escuridão de um sono completo. Sem sonhos. Quero é o conforto de morrer completamente. Não posso mais é com esse negro terror da perdição na Vida Eterna. Sobretudo o de ter de ver e conviver, outra vez, com meus mortos existindo como um deles, nos vendo, talvez até reconhecendo, saudando, como aqui no mundo. Será possível?

O que mais desejo é que minha hora derradeira me venha com lucidez. Gostava demais é de ter o senhor aqui tomando, sem nojo, minhas mãos nas suas mãos, para agarrar comigo, juntos, a vela dos mortos. Sei que poria todo sentimento nas minhas mãos frias, para sentir, em cima delas, o calor das suas mãos e o bafo sagrado da vela queimando. Assim daria, tranqüilo, o passo de minha alma dessa para a outra vida. Isto desejo junto com meu outro impossível que é morto, ter o senhor aqui, rezando, fechando caridoso os meus olhos para não ficarem eternamente esbugalhados.

Estou variando, meu padre. O que importa não é o corpo corrupto, corruptível. É a alma. Esbugalhado ou não, vou apodrecer para liberar meu outro eu, espiritual, minha alma eterna. Nela serei outro. Não como os outros eus que fui. Ela é o outro que me habita. Sou sua morada onde ela cresceu, envelheceu, amadureceu, como um parasita. A alma é um bicho-de-pé que habita nosso corpo? Não, é ela que, eterna, me dá continuidade.

Nela permaneci sempre eu, não igual, porque vim acumulando as experiências dos eus que fui: aprimorando, me aperfeiçoando. Bobagem! Que perfeição pode haver no trânsito de menino a rapaz, de rapaz a homem, de homem a velho? Melhoria em quê, pode haver? Sei que progredi em ganhos, mas progredi também em mortes. Minha alma lucrou? Perdeu?

Qual o quê! A alma é aço fino, inoxidável. Incorruptível. Corruptível sou eu que, com cinquenta e tantos anos só, aqui estou poído, estragado. Imprestável. Ela não, estará luzindo, lustrosa como no primeiro dia em que me habitou na biboca de Surubim, onde minha mãe me pariu. Será assim? Deus gastará almas novas em folha, perfeitíssimas, com gentes tão reles como eu fui? Meus negros das Águas Claras têm mesmo almas perfectíveis como a minha? Dizem que têm. Ignoro.

Sinto até desgosto de saber que tenho uma alma tão fina. Acho uma iniquidade gastar nela um metal tão puro, e só me dar pra viver minha carne corrupta. Que pode fazer um cristão contra a ordem do mundo? Rebelar é impossível. O que pode é reclamar como reclamo, queixar como me queixo.

Duvido é que Deus queira mesmo liquidar minha alma. Ela não é minha nem é eu. Ela é de outro. É d'Ele. Eu sou é meu corpo. Só a ele sou leal. Minha alma não é leal a mim como meu corpo. Só quer ser imaculada. Se é tão limpa, é limpa de mim.

Não, não creio nesta alma somítica, estranha, arranchada em casa alheia. Alma é a roupa que veste a gente, que nos protege e com a gente padece. Quando resta, no fim, ela é a gente mesmo, resumida, para se sofrer eternamente: me sofrer. Será assim?

Foi no convívio com o cabo Vito que eu me achei nesse mundo, me expliquei. Vi que tinha fito, tesão e gana. Senti que podia ir adiante, abrindo lugar com os peitos, pra ser alguém. Antes, com seu Lé, tão falante; com meu compadre Romildo, tão amigo; com todos os mais que vi, só via a eles. A mim não via.

Com o cabo, mais senhor meu que eles todos, mas também amigo como eu não tinha tido antes, tão efetivo, nem tive depois, eu me encontrei no que já era, sem saber. Comecei a adivinhar que aspirava ser eu, me fazer. Sem que ele disso me falasse, entendi que eu, capiau das Cagaitas, não era ruim de nascença, nem apoucado, nem incapaz. Era verde. Amanhã, maduro, podia começar a ser alguém com vida minha própria, diferente, que eu não sabia qual fosse, mas adivinhava que melhor seria. Vou me fazer, comecei a pensar. Vou ser gente, terei desejado.

Na escuridão cega em que vivia, sem saber de mim, nem do destino, foi aquele cabo Vito que me guiou com a confiança que me deu, e com um conselho ou dois. Revivendo hoje, aqueles idos, vejo que vivi então debaixo do risco de tomar aquela existência minha, natural, como sendo minha sorte prescrita, minha sina sagrada, imutável. Assim teria sido se alguém não me empurrasse e despertasse e precipitasse para obrigar meu destino real a se revelar, desabrochando meu eu verdadeiro.

Esse alguém foi ele. Falando e calado, o cabo Vito foi me dando essa confiança de entrar na casa dele, de zanzar à toa por lá, até ver que gente da importância dele é feita de gentinha como eu. Assim fui, suspeitando de que eu também estou armado de um faro meu próprio, e de ganas também minhas, pra descobrir meus caminhos e andar por eles.

Que é que o cabo me deu, efetivamente? Era homem reservado, velhusco, grosso, mais baixo do que parecia quando falava, ordenando, lá no quartel. Caladão com todos, tinha comigo, fora de horas, conversas estiradas. Ele, sentado na rede, me contava detalhado como andou de rapazinho à-toa a tudo que era. Eu, de pé, encostado na parede, escutava. Às vezes, a velha dele, comprida, magrela, aparecia também e ficava ali, agachada num canto, com as costas arrimadas nas duas paredes, como eu nunca vi mais ninguém se acocorar.

Não tendo filhos, creio até que o cabo me teria adotado se eu não tivesse chegado junto dele já tão taludo. Terá sido um pai pra mim? Se houve um, foi ele. Ao menos me esporeou, como todo pai deve fazer com o filho. Melhor até que muito pai, o cabo me deu rumo na vida, pensando por mim. O que diferenciou o trato dele dos outros poucos que tive, amistosos, é que ele falava olhando pra mim, mas não me via só no que eu era; antevia o que eu podia ser. Aconselhou, parco, o melhor pra mim.

Para ele, o bom seria eu ficar no Grãomogol carregando bosta dos presos pra jogar no córrego, a vida inteira. Quando viu que eu tinha aprendido ligeiro a ler, a fazer contas e a calcular volumes de madeira, começou a me tratar já não como piolho-de-meganha, mas como meio gente.

A impressão que guardo até hoje do cabo Vito é de um homem poderoso assentado em si, mais dono de sua vontade do que os oficiais estrelados e os fazendeiros endinheirados que conheci, tantos, depois. A potência dele era uma força contida, capaz de dar a morte ou perdoar a vida do cristão que estivesse ali na frente dele. Falava com voz calma, baixa, que todo mundo escutava. Gesticulava devagar, pausado. Olhava, com olhos de porco, brilhantes. Implacável. Inimigo, seria figadal. Amigo também.

De muita gente mais guardo fortes impressões. Mas de ninguém me lembro que ressurja, assim, tão completo e inteiro como o cabo. Um homem reto, no comando do meu mundinho que para ele, para mim e para nós todos de lá e de então. era um mundão. Enormíssimo.

Acordo sempre achando que estou lá, no meu lugar, nas Águas Claras. Meu corpo pensa que é de lá. Será porque essa janela está sempre à esquerda? Será porque a mesmíssima luz do amanhecer me entra todo dia do mesmo lado, invadindo o quarto devagar? O azul da madrugada é de todo lugar. Eu, aqui ou noutro quarto qualquer, sempre armo minha rede deste mesmo lado, com a janela no mesmo lugar. Manias minhas de pôr ordem no mundo.

Ser, sou e quero ser é o Senhor dos Laranjos. Aqui é o meu lugar. Águas Claras foi a morada do Mulo, tropeiro, muleiro, de que nem eu, nem ninguém é nem parente. No máximo terei sido. Dele apenas sei o que sei de toda gente: imagens recordadas, uns casos pra contar, outros pra esquecer. Ninguém se lembrará dele como eu, e é bom que seja assim; ele não carece da memória de ninguém.

Se memória retratasse como fotografia para se mostrar, eu seria um, ele outro. Irreconhecíveis. Cada qual com seu rosto dele, verdadeiro. É certo que minha cara carrega traços que recordam a dele com parecença de irmão, mas nossa igualdade não passava disso. O diabo é que, se me distraio, ele sempre assoma, inesperado, de dentro de mim, pensando que sou eu e estou na antiga morada minha das Águas Claras. Saudades enroladas. Sei apenas que eu fui ele e que não vou mais ser. Nunca mais.

As saudades, hoje, me bateram forte, seu padre. Saudades de mim. Saudades daquele povo meu de lá. Saudades de Mariá. Se ela não me viesse tão enrolada com aquele Cazé suicida, quem sabe? Melhor é pensar na vida que foi e que é no real. O que poderia ter sido é pura tentação do Demo. Ninguém desentorta o acontecido, nem Deus.

Cazé caiu na pensão de Ruana e ficou de morador. De dia tirava leite, roçava; de noite, comia Ruana. Jeitoso, de comer a mãe, acabou papando a filha. Ruana, mulher de respeito, não quis comborço nenhum. Vendo a filha destapada, pôs os dois na estrada.

Mariá saiu com o vestido do corpo. Cazé com uma mão na outra, sem nada. Arranjaram um cavalo encilhado e se revezando foram bater nas Águas Claras, atrás de mim. Por que eu? Sei lá. Idéia dela, decerto. A ele, eu nunca tinha visto.

A ela, demais. Quando chegou, vi, reconheci: estatelei encantado. Ela também. Saudei; falei da mãe. Com jeito, larguei a mão solta do braço no rego do quadril dela, encostei, apertei. Senti dobrado o ardor meu e o tremor dela. Vi que me dava, queria, me comia.

Foi naquele mesmo dia, enquanto Cazé olhava o curral das mulas, que comi Mariá. À noite, dei as redes a ele e chamei ela a mim outra vez. Comi, deixei sair.

Cazé nem teve tempo de se danar. Quando se refez, já era corno repicado. Pecado meu? Qual! Trombadas da vida, destinos cruzados. Isto é que é. Dela, que me havendo de dar menina, virgem, só me serviu mulher, furada. Dele que, podendo tomar o rumo que quisesse, veio logo a mim, guiado por cabeça de mulher.

Banana é o que ele era. Comborço de mãe e filha.

Corno de coração. Sofredor de vocação, mas também desavergonhado e mofino. Ficou tempos lá nas Águas Claras e depois no Vão, comendo meu feijão e dividindo Mariá comigo, enquanto o ventre dela inchava, prenha.

Aquela morte que Cazé se deu foi o único ato de coragem que ele teve na vida. Engraçado, tanta coragem pra se acabar que eu não tenho, e sem alma pra enfrentar ninguém. Nem a força pouca de arrastar Mariá para longe de mim ele teve. Seria por amor dela? Qual! Gente de alma pequena, nem pra amores tem ânimo.

Quem é que entra na alma de um homem? Cazé bem pode ter se matado é de arrependimento pelo estrago que fez na indiada de Capão Redondo. Seria?

O que é que eu tenho com isso, seu padre, me diga? O quê? Gastar meu tempo e o seu, tempo urgido de minha confissão, com pecados daquele corno? É demais!

Amizade mesmo não fiz nenhuma em Grãomogol. Ganhei a proteção da polícia que me prendeu, me roubou, me soltou, me explorou anos mas me encaminhou na vida. Disso tudo, melhor até que o amparo do cabo foi, pelos efeitos, a convivência com seu Romão Quadros. Ele me ensinou a ler, escrever e tirar contas. Sempre com pouca paciência, espaçando as lições dias e dias, sem dizer palavra.

Mesmo assim me instruiu. Saí da mão dele dono das letras para leitura ligeira, capaz de escrever um recado e bem treinado em tirar contas. Principalmente cálculo de cubagem de madeira, que nunca me serviu de nada, mas dava gosto a seu Romão, não sei por quê. Era uma espécie de jogo que ele jogava sozinho e comigo.

Romão era o preso mais importante de Grãomogol: trinta anos. O mais pragado de penas depois dele tinha quatorze. Acabei acreditando mais na inocência de seu Romão no crime que ele pagava do que em suas culpas nas mortes, demasiadas, que dizia ter dado. Ele era matador de ofício da mesma família que o acusavam de ter chacinado. Suas vítimas seriam toda uma família fazendeira, a do coronel Joaquim Inácio Fróes, de Brejo das Almas. Um dia acharam mortos o fazendeirão, a mulher e os filhos, as cabeças esmigalhadas com mão de pilão. Daquele massacre, só escapou uma menina aluada, que ficou doida de todo, depois de passar dias sozinha na casa cheia dos cadáveres de seu povo.

Seu Romão dizia que ninguém podia duvidar que aquilo era obra dos pretos da fazenda. Ex-escravos, tratados como bichos. Numa explosão de raiva, teriam acabado com a família do antigo senhor. Seria a paga do mau costume dos Fróes de exemplar negros com surras de moer ossos na presença da família do dono. O uso era reunir os pretos, entregar o relho a um deles, escolhido ali na hora, e mandar lavrar outro, fosse pai, irmão ou filho, com a força do braço. Até o coronel dar ordem de parar. Numa dessas, Romão não estando lá, os negros amotinados fizeram aquele serviço feio. Quem, senão os negros, perguntava ele, mataria tanta gente, com fúria tamanha, só usando para matar mão de pilão?

Ele se implicou no crime porque foi o primeiro a ver tanto o estrago como o pavor dos negros metidos nas senzalas tremendo, sem capacidade de fugir, nem de dar uma palavra de explicação. Romão foi avisar os parentes dos Fróes, mas demorou dias mais do necessário. Zureta de ver aquela carnificina, ficou bebendo suas cachaças. Voltou, sempre bêbado, com os parentes que enlouqueceram com a visão dos corpos podres, das cabeças estouradas, da mocinha doida saltando, alegrinha, por cima dos mortos, dizendo bobagens.

Saíram, então, furiosos e com a ajuda do próprio Romão, acabaram com todos os pretos. Homens, mulheres e meninos, matados à bala, depois de escorraçados a fogo das rancharias. Feito o serviço, voltaram para enterrar os parentes já podres, numa cova só. Deixaram os negros apodrecendo, no chão, para urubu comer.

Quando chegou a polícia e, muito depois, a justiça, não tendo mais em quem pôr a mão, agarraram Romão. A princípio como testemunha. Depois, como suspeito. Afinal, como criminoso. Teria matado aquele povo todo a mando de uma das tantas famílias inimigas mortais dos Fróes. Romão, ameaçado de tortura e morte para denunciar os mandantes, se apavorou tanto que se sentiu até protegido na cadeia. Calou. Só na frente do juiz pôs a boca no mundo. Viu que tendo de gastar alguém, a justiça ia acabar gastando a ele.

Por mais que negasse e alegasse crimes muitos, por ordem dos Fróes, entre eles a matança dos pretos, implorando que o castigassem pelo que fez e não pelo que não fez, nada conseguiu.

Quando cheguei a Grãomogol seu Romão estava lá há mais de seis anos. Outros tantos tinha cumprido na cadeia de Montes Claros. Ainda devia dezoito e era homem velho. O cabo Vito o deixava solto, dormindo no corredor da sala da guarda, onde eu também passei a dormir. Ambos com o encargo de manter limpa a cadeia, serviço que acabou ficando só na minha mão quando ele virou meu professor.

Este homem sistemático, com repentes de raiva súbita e semanas de mutismo e carranca, é que me desasnou. Meio em paga do serviço de carreto de bosta que ele detestava; meio porque não tinha o que fazer e gostava de ensinar contas. Seu ofício próprio, de preso, era fabricar uns macaquinhos amarrados entre dois paus que apertando e afrouxando saltavam cambalhotas. Em Montes Claros era negócio; em Grãomogol, não.

Também gostava, se estivesse de veia, de ler para os presos e para os soldados uns folhetos de versos, com histórias de bandidos e de santos que tinha guardados na mala, debaixo de cadeado. Nestes livrinhos, emprestados com má vontade, é que firmei e afiei minha leitura e peguei o vício de ler.

Nasci de Tereza, há tanto tempo, naqueles sertões quase baianos de tão altos. Nasci menino, nuelo, careca, banguela. Berrando e cagando como todo menino. Mas hei de ter nascido marcado por Deus, para destacar-me no mundo, como me destaquei, entre gentes que dominei, humilhei, matei, para não ser dominado, humilhado, matado.

Quantos me subjugaram? Alguns. Menino, sofri padecimentos na mão de Lopinho. Rapaz, na mão do capitãozinho Duxo. Depois, agüentei castigo duro foi debaixo do pau daquele major come-cu que vergou meu destino.

Daí em diante, minhas humilhações mais sofridas foram a de chifrada de Inhá e a de ser furtado pelos ricões paulistas que me roubaram o Vão. Nunca vou me esquecer, nem me consolar dessas humilhações.

No curso da vida quase sempre fui capaz de tirar o corpo, jeitoso, quando via que o inimigo tinha poder. Ou de impor autoridade, quando era a minha vez de mandar. Sempre consegui sair em frente e para cima, às vezes matando.

Hoje, vivo é fiado na pontaria e na fidelidade do Antão que compro e pago. Mais, talvez, na ignorância desse pobre-diabo, que, se tivesse juízo, faria de mim o que bem quisesse. Não fará nada. Está domesticado como esses matadores todos. São mais criaturas minhas que as crias dos pastos. Mulo é Antão, tão valente como bestalhão.

Ele não é o primeiro valentão besta que conheci. De muito mais nome que Antão, mas também incapaz de montar em suas mortes para crescer, é meu amigo Izupero Ferrador, baiano que caiu um dia em Águas Claras e me acompanha desde então. Era meu conhecido velho, de trato respeitoso, nas feiras.

Um dia, veio de chapéu de couro na mão, ar humilde que não é de matador, contrito, pedir um particular.

Queria, seu padre, acredite, queria confessar. Nunca entendi por quê.

Claro que Izupero não pensava em confissão dessa nossa. Seu desejo era contar a alguém, a mim, detalhado, minucioso, o rol de suas mortes e danações. Duvidei um pouco, mas aceitei. Deixei o homem falar, dizer e contar os estrupícios todos que fez no mundo como carniceiro, castigador, não sei de quantas culpas dele, dos mandantes ou daqueles que matou. Eu, calado, ouvi, reouvi dias e dias, pedindo detalhes, extraindo, manso, toda a história de Izupero, entrando na alma dele, habitando, povoando.

Quando acabou de falar, Izupero não tinha vontade nenhuma que não fosse a minha. Só queria adotar meus olhos para ver e odiar mais do que eu, e vingar, justiceiro, quem ousasse se levantar contra mim. Vive ali nas Águas Claras há anos, e já me serviu muito. Menos pra mortes do que para sustos. Quem a mim quiser chegar com a morte, sabe que passa por ele, morto. Por ordem minha direta, Izupero só finou o gerente Amaral, que nem era gente. E o povo do Ludovico daqui dos Laranjos. Sem ordem minha, matou, por conveniência dele, meu vaqueiro Solidônio. Estando no Vão, podia ter visto quem foi que acabou com Amaral.

Outras mortes fez Izupero, estando debaixo de minha barba; não mandadas, mas consentidas por mim. Encomendadas de gente que chegou, pediu licença de falar com ele, e eu dei; Izupero ouviu, contratou, cumpriu e voltou. Desses, nunca pedi detalhes. Ouvi falar, ecos ressoantes, sem querer apurar, nem permitir que ninguém me contasse minúcias.

Mas peço aqui, ao senhor seu padre, que nas contas das minhas mortes ponha também a daquele vaqueiro meu, Solidônio. Se ele não foi morto por ato meu, preciso reconhecer que Izupero já não tinha vontade nenhuma que não fosse a minha. Tenho eu, portanto, de assumir qualquer façanha ou vergonha dele, como minha sendo, igualmente.

Pelas dúvidas, ponha o senhor na conta de meus débitos também a morte do compadre Catalão. Por palavras de minha boca, nunca mandei matar aquele ladrão. Mas suspeito muito que aquilo foi arte de Izupero. Pode bem ter sido até uma dádiva de que ele teve a delicadeza de não me falar nunca. Pelo sim pelo não, o senhor me absolva dessa morte também.

Seu padre, tenho novidades. Hoje de manhã caiu aqui nos Laranjos, pra me saudar, o mascate Mamede. Saltou, subiu na varanda e sentou, calado, num tamborete ao lado da rede em que eu tomava sol. Aquele desgraçado me dá raiva. Sempre de branco, sujo, mas branco, os olhos claros tudo olhando, assuntando, curiosos. Olhando principalmente a mim, pra me ver enrustido dentro do saco da rede, como um moribundo. Vai sair por aí afora dizendo que me viu acabar.

Mamede é velho conhecido meu, dos tempos de tropeiro. Eu, com a burrada e as broacas de mercadoria. Ele, a cavalo, com duas malas de armarinho na garupa. Diziam que Mamede fazia mais dinheiro que eu, comprando pepitas no clandestino. Se não fosse assim, nem se entendia o sacrifício daquele homenzinho, estrangeiro, ereto, de branco, sujo, mas branco, vivendo vida de carrapato dos garimpeiros. Mudando de um garimpo a outro a vida inteira, sempre com sua caixa de bugigangas. Sofreu muito quando correu pelos garimpos, como novidade, notícia de que ele é da raça que matou Deus.

Houve tempo em que ganhou fama de rico. Até foi assaltado no picadão que corre debaixo da linha telegráfica. O ladrão, um tal Bico de Ouro, não achou nada que conferisse a riqueza. Mas não matou Mamede, o besta, e teve por isso que sair dos garimpos, porque o turco, apesar da promessa jurada, denunciou Bico de Ouro.

A mim não pode denunciar de nada, o desgraçado. Nunca teve o que dizer. Todos sabem no sertão que

Mamede é um noticiário aberto. Um jornal falado sobre a minha vida e a vida de todo mundo. Dos malfeitos meus, de ciência certa, não sabe nem um. Mas tudo sabe da fama apavorante que fui ganhando. Contará casos e casos.

Agora, ele não vem mais conversar comigo como antigamente, quando até confidências me fez. Quando vem de visita, passa por cá só pra cumprimentar. Fica é lá no armazém, com o pessoalzinho de campo, vendendo coisinhas e especulando. Especulando. Quando sobe pra me ver, só vem como quem pede licença. Fica é lá embaixo, na varanda, porque eu muitas vezes não mando subir. Fica lá, de chapéu na mão, me dizendo: inhô sim, inhô não, com sua fala de turco goiano.

É natural, pra ele eu mudei de couro. De tropeiro passei a coronel-fazendeiro. Gente de outra laia. Não podendo me tratar como o antigo companheiro, não sabe que trato me dá.

Às vezes faço Mamede subir, na voz de tomar um cafezinho. Mas aqui mesmo sentado, a xícara no joelho, fala pouco e pouco pergunta. Pensa que não gosto. Da família dele, no país da Líbia, nem quer saber mais, ao que parece. Uma vez nos garimpos, me contou a história de sua vida inteira mandando dinheiro que ganhava pra mulher. Comprou casas ornadas com móveis e um tudo, pensando envelhecer, lá. Depois, não se sabe por que, arrepiou carreira. Ficou por aqui mesmo, viciado na vida de turco de garimpo. Naqueles tempos, me contando sua história, teria chorado, se eu deixasse.

Pois hoje ele me cai aqui, visitador, sem nada perguntar, mas de olho aberto. Inquiridor.

Terei o afeto de alguém? Sei não! Merecer, mereci demais. Meus negros, por exemplo, fui e sou meio pai deles; mas negro não conta. Quero saber aqui, nessa hora da verdade, é se alguém gostou, gosta de mim. Gostar, agora, ninguém gosta, penso. Exceto meu compadre Militão que, afinal, também é negro do Roxo Verde.

No passado, sim, gostaram de mim.

Pra começar, a finada, siá Mia, minha mulher esposa. Antes da doença feroz, gostou de mim. Outras mulheres, mais ainda. Eu é que não gostei de nenhuma o suficiente para segurar e guardar pra vida toda.

Agora faço essas perguntas que nenhum rico se faz. Todos cercados das famílias, de filas de puxa-sacos adulantes, com olhos na herança. Só, sem família de pais e tios ou de irmãos ou primos; ou de filhos, sobrinhos e netos; e até mesmo sem sogros, cunhados, genros que me cerquem, me cativem, me adulem, eu vivo só!

Amigos não são para essas horas. Eles envelhecem com a gente e cada qual se mete na sua toca, reduzido ao convívio dos parentes, ainda que enfarados deles. Na cidade, com as casas pegadas umas nas outras, e o povo bisbilhotando, o convívio é intenso. Até os velhos cultivam amizades nas praças e esquinas. Serão amizades, mesmo? Nesses ermos meus dos Laranjos, ir de uma fazenda a outra é um viajão que tem que ser planejado, anunciado e esperado para não se dar com a porta fechada ou a cara mais trancada ainda.

Eu nunca fui visitador. Viajei demais e bati muita porta, mas sempre no ofício de tropeiro. Não como andarilho à-toa, oferecido. Graças a Deus sempre gostei de ser reservado; me cozinho é no meu caldo. Vivi sempre foi convivendo só comigo mesmo. Amigos de quem me lembre, poucos. Hoje, nem um.

A gente de que gosto mais, agora, é essa dos rebuliços das novelas da Rádio Nacional. Enquanto duram, me engabelam e até emocionam, como se eu vivesse no meio deles, participante.

Meu amigo único agora é o senhor mesmo, seu padre, meu confessor. Para gozar de seu convívio é que escrevo tanto. Será também porque escrevendo aqui, de certo modo, faço de conta que inda sou homem vivente, pensando até que sou influente. Reencarno, ao menos diante de mim e do senhor, que vai me ler, os eus que fui. Escrevendo, existirei também, talvez, depois de mim, recordado, referido pelo senhor, meu padre confessor. Se ninguém souber de mim, amanhã, é como se eu não tivesse existido.

Nossa relação é de troca, seu padre. Quem ganha dá, o senhor e eu, irmãmente. Esses Laranjos, caídos nas mãos do governo por falta de herdeiro, se acabariam logo, o gado roubado, as cercas caídas, as benfeitorias furtadas, os vizinhos invadindo pelas quatro bandas. Vi muita fazenda finar com o dono, se acabar. Preciso do senhor, seu padre, meu confessor, para ser o herdeiro e cuidador zeloso do que é meu e nosso. Preciso também, descobri agora, como testemunha de que eu vivi. E, principalmente, para continuar vivendo como o doador lembrado e provado que legitimará a sua posse. O senhor será, nos amanhãs de minha ausência, a prova viva de que eu existi. Serei o fundador de que existência de homem prestante, de coronel dos Laranjos. Fazendeirão.

Pergunto é o que o senhor pensará, dirá, de mim. Serei o tolo ou o ladino que deu um criatório de gado como os Laranjos em troca da esperança de absolvição no Outro Mundo? Serei aquilo que o senhor disser que fui. Não importa o que tenha sido. De mim, ninguém saberá nada. Só o senhor que me tem escrito, reconstituído, como nem eu me sabia antes. Serei criatura sua, meu padre. Mais do que um filho seu, porque não terá que me compartilhar com nenhuma mãe. Terei tido a forma e a cor, a voz e o talento que o senhor me atribuir.

Como obrigá-lo a ser leal comigo? A revelar a verdade de minha vida? Bobagens! Para que recordar ao mundo os impuros caminhos pelos quais vim sendo o que sou? Eu terei a imagem que o senhor engendrar para atender a seus fins. Serei aquela pessoa inventada para melhor engalanar sua vida. Estou certo de que o senhor não dirá, jamais, que nem nos conhecemos. Nem que eu tive um passado reprovável. Isso se refletiria mal no senhor mesmo, herdeiro dos Laranjos. Dirá, certamente, é que eu fui seu parente; talvez um tio longínquo. Por exemplo, um tio-avô pelo lado materno para, acercando-me, mais me distanciar.

Não importa o que diga. Nesse engodo eu é que sairei lucrando. Ganharei o que jamais tive: uma família, a sua, com parentes muitos, de certo todos influentes, todos tementes a Deus, todos orgulhosos do sacerdote que brotou no seu seio.

Que me importa tudo isto, se estarei morto, branquíssimo de tão calcinado no meu sudário de cal? Importa sim, meu padre. Importa muitíssimo. Demais. Só peço que não se envergonhe de referir-se a mim. Fale de mim. Minta, como queira, sobre o que eu fui, para enfeitar o seu presente, de então, com um passado meu inventado que eu quisera ter tido. Mas não se esqueça nunca de que foi Deus quem nos escolheu e elegeu para estes papéis. O seu, de sacerdote ministro d'Ele aqui na terra, meu confessor e meu herdeiro. O meu, de fazendeiro, aquinhoado de terras e bens, para mostrar, em mim, pela prodigalidade, a Sua aprovação.

No Grãomogol, fora da cadeia, só fiz um amigo recordável: Lionel Beiço-Partido. Pensei nele com desejo de dar alguma coisa. Mas como? Nem o nome de Lionel sei; do destino, muito menos. Também por que haveria ele de herdar de mim?

Nunca tive simpatia por sua função na vida, útil, é certo, mas agourenta demais: capanga da morte. Isto é o que Lionel era, se já morreu, ou ainda será. Outra coisa não sabia fazer: sepultador, único do ofício, em Grãomogol.

Esfregava as mãos e punha brilho nos olhos ao saber que alguém agonizava. Ia logo, contente, pra junto da casa, rodear e esperar, até a família chamar para lavar o morto. Lavar e vestir mortos ricos e pobres, cada qual segundo as posses, era o serviço de Lionel Beiço-Partido.

Mas não ficava nisso, corria por ordem da família ou por conta própria à procura dos coveiros para mandar abrir a cova, ou destapar o carneiro da família, se houvesse. Quando a encomenda era jazigo perpétuo ele cuidava que os sete palmos fossem bem contados e que as paredes estivessem retas, bem direitas, para dar ao morto perfeito conforto por toda a eternidade.

Também tomava conta de mandar abrir espaço na vala comum para ali derramar, solto, ou só enrolado na própria rede, se fosse mais um pobre-de-Deus qualquer. Era dele, ainda, a tarefa de encomendar o caixão a seu

Pio, geralmente tábua à-toa, porque quem mais morria era pobre. Mas às vezes de toras entalhadas de cedro, se o morto era pessoa de bem e respeito.

A maior ojeriza de Lionel era enterrar alguém da cidade, conhecido, no caixão de fundo falso da prefeitura que só derramava o morto. Para ele, toda pessoa direita tem direito a um caixão de tábua. Só pedia o esquife dos pobres, quando estava de crédito esgotado. Antes, percorria a cidade, procurando algum cristão disposto a pagar o caixão. Às vezes fazia lista, pedindo esmolas, pra enterrar mais um pobre-de-Deus.

Quando comecei a andar pelas ruas de Grãomogol foi em Lionel que encontrei mais disposição de prosa. Para ninguém mais, eu, piolho-de-meganha, era uma pessoa conversável, como para ele. Talvez porque Lionel não fosse pessoa humana pra ninguém.

Lionel, capanga da morte, vivia ao serviço lá dela. Meio sócio, porque ganhava assim os quebrados de que mal vivia. A mim Lionel, e só ele, dava atenção dadivosa, explicando tudo que eu queria saber sobre a vida do povo da cidadezinha, grande demais para mim, o rapaz capiau, que acabava de sair das grotas de Cagaitas.

Quando, depois, me aprumei melhor, protegido do cabo, não ajudei mais Lionel no seu ofício funéreo. Nem quis mais muita conversa com aquele agourento. Mas me lembro dele perfeitamente. Preto, acinzentado, beiço partido mostrando os dentes de cima, carapinha meio branca, cara de xereta, jeito de urubu desengonçado.

Felizmente, tenho aqui quem me há de lavar e vestir e enterrar.

Felizmente, não vou cair na mão de nenhum Lionel.

Felizmente, estou livre do rolo de barbante encerado com que Lionel atava e peava os punhos e os pés dos mortos. Nas vezes que fiz esse serviço para ele, tive o sentimento ruim de que amarrava para todo o sempre o danado daquele defunto que me apavorava.

Graças a Deus eu tenho aí a Calu e o Bilé, que me serviram a vida inteira e me hão de servir na hora da morte, Amém.

Aqui estou, outra vez, sentado nessa nossa sala do meio da casona, buscando energia na alma e força na mão para escrever. Escrever ao senhor, meu confessor. A você, meu herdeiro, de quem nada sei, nem saberei. Será um pecador como todo filho de Deus Nosso Senhor? Menos do que eu, queira Deus que seja. Preciso muito demais de suas virtudes pias que não sei quais sejam, mas acato. Nelas está sua capacidade de perdoar e apagar meus grossos pecados.

Entre todos eles, seu padre, penso que os maiores talvez não sejam os viciosos, nem os criminosos. Pode bem ser que meu pecado grande mesmo seja orgulho. Inclusive essa vaidade minha de pensar que Deus esteja atento, lá no Céu, para esse meu relato, lendo cada palavra que acabo de escrever. Assim penso. Acho até que Ele vai dar ordens para deixarem minha alma esperar nalgum desvio do Julgamento Final, até a hora que o senhor receba esses papéis, leia e me perdoe.

Pode um homem no gozo de seu juízo pensar que Deus é seu criado? Ou que a Igreja ordene um sacerdote só pra ficar a meu serviço, ocupando seu tempo, em ler o que escrevo, meditar, sopesar e perdoar? Pode ser? Tomara que possa! Preciso que assim seja. Outra saída não tenho e acredito na grandeza de Deus e da Santa Madre. Nunca pensei, jamais, é que um homem, qualquer homem, esteja assim tão recheado de recordos. Decerto é para o fim mesmo de facilitar exames de consciências, visando a confissões contritas e detalhadas. Será?

Eu me lembrarei de tudo? Ou minha memória retém umas coisas, rejeitando outras, por reles. Se assim é, sem querer, vou peneirando, apurando, o lembrável, pondo fora o esquecível. Não é impossível que, assim, se perca a recordação de coisas importantes: pecados ou gozos, feros gozos, gordos pecados. Será?
Que sei eu? Só sei que o dito aqui é só o primeiro jorro das notícias minhas de que estou recheado. Tanto que me saem pelas beiradas para afogar você, meu confessor.
Um homem em vida de família, tendo mulher, filhos e netos, ali, testemunhando o viver dele, conta não só com os próprios recordos, mas também com os de todos eles, para refrescar sua memória. Pode, assim, refazer os pontos em que ela se esgarçou puída, e esconde ou disfarça feitos que ele, sozinho, não recordaria.
Um homem como eu, só tendo os próprios recordos para se agarrar, não pode realmente compor um retrato de si mesmo que seja a história fiel de sua vida vivida. Poderei eu?
Memória tenho demais. Podia pôr nesses relatos muito mais detalhes que dispenso, cuidando que já exagero. Compreenda, seu padre, mais de 50 anos de vida foi o tempo que levei para compor as memórias que estão guardadas em mim, da minha vida vivida. Resumo nessa confissão esse meio século meu, quando o que queria era viver meio século mais. Para isso pagaria com tudo que tenho. Isto é o que eu quero, ficar vivo. Mesmo doente, broxa e fraco, quero é viver. Não um ou dois anos mais que pode ser até que eu viva ainda. Mas todos esses 50 anos suados a que tenho direito. Até pobreza aceitaria, penso, se houvesse com quem negociar.
Só não negociaria, acho, a salvação da minha alma, o repouso eterno. Não negociava, não? Com certeza? Olha que negociava. Ao menos falar com o diabo, aceito falar. Conversava, via as condições dele. Por mais 50 anos

de vida, talvez não. Seria trocar esse tempinho à-toa pela eternidade toda de sofrimento. Mas, mesmo por esses parcos 50 anos, se fosse com saúde e algum dinheiro e mando, acho que negociava.

Veja o senhor, seu padre, se isto é confissão. Estou confuso. Em vez de confessar fico aqui malinando. Talvez seja útil para você ver com quem está lidando, a quem é que vai perdoar, se é que vai me perdoar. Pode um padre não perdoar? Acho que não! Se fosse assim, eu estaria aqui falsificando minha confissão. Procurando ganhar sua boa vontade. Comover. Descrevendo-me a mim como eu não sou, mas devia ser. Sendo assim a confissão não teria valor. Ela vale, precisamente, porque é de graça. Sem condições, livre, sem troca. Deus não é de treitas.

Estes meus pecados do Grãomogol, de tão chinfrins, nem precisavam de confissão. Por eles eu não iria ao Inferno, nem Purgatório merecia. O que me salva é que em outros tempos, para além de Grãomogol, cometi alguns pecados grossos. O senhor há de ver.

Isto é o que eu penso, seu padre. Diante de Deus o que nos perde é o que nos salva. Perdido estou, quem senão Deus me há de salvar? Por que Ele haveria de olhar justamente para mim? Para me salvar, penso eu, meditando bem.

Se eu fosse um homem qualquer, quero dizer, um desses homens cordatos, mansos, bons, como há tantos, Deus não tinha por que se ocupar de mim. Homem bom é covarde, ou, se corajoso, é de coragem recôndita, tão escondida do mundo que não ofende ninguém. Um homem assim esquece ofensas; nem vê ocasiões de ganho; passa na vida invisível. Se eu fosse um desses parvos, apenas morreria arrependido de meus miúdos pecados.

Mas eu não sou assim. Graças a Deus, tenho pecados pesados de que não me arrependo, sabendo que são pecados. Por isso só é que, mais do que ninguém, necessito da Misericórdia Divina.

Quem sou eu? O fornicador de bichos? O enganador de gente? O Matador de Deus? Quem mais eu sou? Esses são meus defeitos, que me perdendo me salvarão. Dizem que eu devia ser não como Deus me fez, mas diferente. Bobagens. Eu sou quem sou. Não sou nem um outro seu Filó, besta e bom, virtuoso, que eu não gostaria de ser, nem saberia ser, Graças a Deus. Sou meus eus.

Esta confissão me confunde, seu padre. Me atazana o juízo. Esqueça o que eu disse. Sou a criatura inocente de Deus, que me fez como fui, tenho sido, e sou, de que gostei e ainda gosto. Ele que me ature. Amém.

Pecados e virtudes daquela vidinha minha de piolho-de-meganha não me lembro nenhum. Senão, se vale, o pecado de uma mentira bruta de que um pouco ainda me arrependo.

E a virtude que representou o castigo de uma gonorréia feia que peguei de uma puta na cadeia do Grão-mogol e de que padeci, escondido, dores que me avacalhavam. Foi a segunda mulher que comi na vida e o que sorvi foi o fogo do oco dela. Purguei meses essa penitência.

A mentira foi dizer que tinha visto o soldado Agapito foder uma dona presa através das grades, como ele dizia que tinha fodido. Ver não vi. Penso que sonhei. O efeito foi espantoso. Contada a história ao soldado Alvim, ele repetiu ao cabo Vito, este, a seu Romão e todos ficaram assanhadíssimos. A mulher quase enlouqueceu renegando. Por quê?

Aquela dona, de meia-idade, nariguda, seca e severa, estava presa como beata curandeira, com culpa confessada do degolamento de uma menina possuída do demônio. O povo do fundo do Alto Verde estava fanatizando de fé nela.

Na porta da cadeia, dia e noite, havia gente dos cafundós cuidando que nada faltasse à beata. Desafiada em sua santidade pela fala do Agapito e pela mentira minha, a mulher quase ficou louca. Ouvi dela mil tesconjuro e a praga mais feia da minha vida: que havia de morrer com a boca podre de uma bicheira tão fétida que ninguém suportaria.

Minha aflição não durou porque o cabo mandou levar a mulher para Montes Claros, de noite, sem aviso. O ajuntamento de matutos e as murmurações do povo da cidade começavam já a preocupar a ele e ao vigário.

Nunca pude com mulher metida em coisas sobrenaturais. Não deviam. Quem sabe, pela birra que me ficou da mula-sem-cabeça de Inhá, também metida a feiticeira. Toda aquela mulher era mistério. Perfeita era como nenhuma. Imperfeita, porca e pecadora também, como ninguém. Filha de padre, com destino quase certo de ser mula-sem-cabeça por toda Eternidade, ela própria cavava mais o seu buraco, renegando toda mão de salvação.

Ser filha de padre não é coisa simples. Mais ainda, filha de padre tormentoso, mais chamado pelo mundo do que pela Salvação. Talvez por isso Inhá não tivesse fé em coisa nenhuma que não fossem as abusões de Tiça. Levava ao redor do pescoço um colar de contas pequenas que mesmo nua não tirava. Só se sentia segura com ele ali nos peitos. Fui eu que dei a ela seu único rosário, e nunca a vi rezando.

Disse uma vez que era da sina dela ser ruim: preciso de muita força pra ter virtude. Inhá não se consolava, nem se perdoava, de ser filha de padre, como se isso fosse culpa dela. Queixava de que cresceu chamando o pai de padrinho, sabendo bem que era pai e padre. Sofreu vendo ele entrar de noite e de dia no quarto da mãe para as fornicações possessas. Purgou com a mãe, até ela ficar doida, o desgosto e a dor de viverem no meio de tantas mulheres do padre, de tantos filhos que ele fazia nelas, ali ao redor da casa, atentando.

A princípio eu me danava quando via Inhá metida com Tiça. Logo vi que não havia meio de impedir. Caí até no medo de ver Inhá mesmo, minha mulher, virar curandeira, uma espécie de padre mulher. Meus negros gostavam dela com mais medo que amizade. E não era sem razão; pensavam que ela tinha poderes de feiticeira.

Uma vez, no Roxo Verde, Inhá enfrentou sozinha um doido em ira, o acalmou e meteu dentro da jaula que tinha armado para prendê-lo. Outra vez desarmou, sozinha, de seu facão, um negro que partiu para matar outro no curral. Inhá só estendeu a mão, sem palavra, e ele entregou a faca.

Dizem que até as mulas espigavam as orelhas inquietas na visão dela, recuavam. Fama, a madrinha da tropa, vendo Inhá, rinchava e vinha ligeiro esfregar o focinho na mão dela. Decerto era pela cor vistosa dos vestidos que eu dava a Inhá. Mas os pretos não queriam saber de explicação. Estavam certos que ela era mulher armada de poderes. Ganhou fama.

Eu mesmo, quando intranqüilo, deitava para ela pôr as mãos na minha testa. Isto me acalmava e passava a dor de cabeça. Refuguei sempre as inclinações da Inhá para bruxaria, mostrando que era coisa de negro e de pobre. Ela se escusava dizendo, meio séria e meio de caçoada, que tinha duas ou três almas no corpo; eu, nenhuma.

Acabei eu também pensando que ela bem podia ter parte com o demo. Ela adivinhava, seu padre, acredite. Sou homem de siso, não estou exagerando. Vi muitas vezes. Sem que nem pra quê, Inhá me olhava e dizia: aí vem um homem, está atravessando o Rio Manso. Vem pra cá. Era certo. No outro dia estava lá a visita, vinda daquele lado.

Uma vez adivinhou uma missão dos padres que vinha do lado do Nam, batizando e casando gente no rumo das

Águas Claras. Dia por dia, ela foi adivinhando e contando a viagem que eles faziam até toparem com um preto que desviou a missão para zona mais povoada. Adivinhou também uns bandidos que vinham atacar as Águas Claras, mas arrepiaram carreira, buscando outro rumo. Coincidência?, me perguntei então e pergunto agora. Ou teria ela, arteira, desnorteado os padres e os jagunços?

O caso mais comprovado, mais espantoso, e mais feio, pelo medo em que os negros caíram, foi aquela vez que ela não me deixou dormir a noite inteira, dizendo que tinha uma onça numa loca de pedra, olhando para o curral das potras. Fomos ver de madrugada, Nheco, Fico e eu. Lá estava o onção e pouco abaixo da loca, meio enterrada no pedral, a carniça de uma bezerra. Matamos a onça e a história correu. Com ela a fama de feiticeira de Inhá.

Não pense o senhor, por essas histórias, que Inhá fosse desmiolada. Não. Tinha tino até demais. Chegou a fazer coisas importantes. Foi debaixo das ordens dela que Militão e uns negros fizeram o rego que joga água dentro da cozinha e sai molhando a horta e limpando o cagador e o chiqueiro.

A maior obra dela, o senhor há de ver, e admirar, é a cerca de pedras que aparta os criatórios, subindo e descendo morrarias. Obra só dela, tenho de dizer. Por anos tentei forçar meus negros a fazer aquele trabalho, com promessas de pagamento, e até com ameaças. Nunca consegui nada. Foi ela que fez todas, organizando mutirões festivos em dias muito espaçados, de manhã antes do almoço, ou de tarde, antes da janta. Punha a negrada toda cantando em fila, pra tirar as pedras do rio e ir passando de mão em mão para levantar a cerca, amontoando umas em cima das outras.

Digo aqui ao senhor que foi grande o risco que corri de me atolar, entortando meu destino, como marido de Inhá. Só não casamos porque aquela missão de desobriga, não pôde chegar lá em casa. Também não casamos porque ela mesma nunca quis. Se quisesse, quem era eu, engabelado, enfeitiçado, pra não casar?

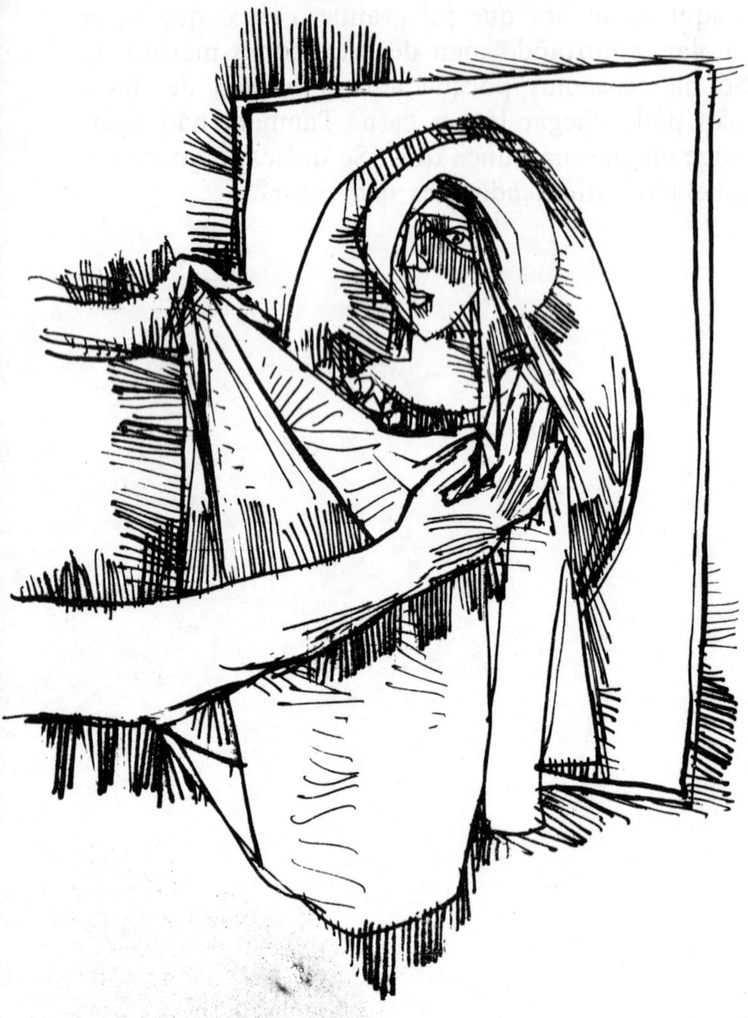

Fui pra guerra de carona

Fui pra guerra de carona, num caminhão que ia pra Montes Claros. Conselho do cabo Vito. Não quis me engajar na polícia mineira, dizendo: vá pro exército, menino, lá estão recrutando. Respondi, medroso: tô doido, meu cabo? Exército, em tempo de guerra? Qual guerra nenhuma. Viver é a guerra de cristão. Lá o grude é melhor; o ascenço mais fácil. Pensei: quem sabe, chego a cabo.

Lembro bem daquela viagem em cima do tabuado movente, levando vento na cara e procurando casa, naquele carrascal dos gerais. Nada. Era só poeira no chão e no ar e mato sujo na beira. Sofri a dor de uma cobra enorme atravessada pelas rodas. O chofer seguiu adiante. Vi correndo, ao lado, um pedaço de chão e de vento, um bando de emas esbaforidas, balançando seus rabos de espana.

Em Montes Claros me apresentei ao sargento recrutador com os papéis que o cabo Vito preparou:

Nome? Terêncio Bogéa Filho.

Pai: Terêncio Bogéa.

Mãe: Tereza P. (nunca soube se aquele corno pôs este P de puta ou de outra coisa) Bogéa.

Nascido a 7 de setembro de 1920 em Grãomogol.

O recrutador me olhou, olhou o papel, tornou a me olhar, perguntou o que eu fazia em Grãomogol: piolho-de-meganha, meu sargento. O homem riu, virou a cara, escreveu e passada meia hora me deu a folha de recrutamento, escrita à máquina, carimbada. Lá repetia todos os dados do papel inventado pelo cabo. Com ela me deu um passe pra viagem de trem e dois mil-réis para comer no caminho. Explicou que, em Belo Horizonte, eu e os dois companheiros conscritos que iam junto mudávamos de trem para pegar outro até São João del Rey.

Em Montes Claros só vi que Grãomogol era um nadinha, porque viajei na noite do dia que cheguei. De Belo Horizonte só conheci, então, a praça da estação com sua estátua cabeçuda no meio e o canal no fundo. Em São João del Rey nos recolheram na baixada do trem tão de maus modos que achei que ia preso. Assim comecei a cumprir a minha sina de soldado.

Mal chegando, fui pro rancho dos recrutas. Comi como um bicho. Comi, de fato, seu padre, como nunca tinha comido na vida. Cansado da viagem, me encostei por ali e fiquei meio dormido até o toque da corneta e os berros dos cabos.

Fui, então, com todos os recrutas prum dormitório enorme. Era a casa maior que eu tinha visto. Maior ainda que a estação de Belo Horizonte.

Me vendo ali, tão sem ninguém, nem um conhecido, no meio de tanta gente, comecei a procurar os companheiros de viagem. Não achei. Era uma sala só de perder de vista com cinco fieiras de camas. Atoleimado, com minha trouxa na mão, fiquei parado até que um cabo apontou uma cama gritando: se abanque, recruta de merda.

Deitei e dormi até o toque de corneta do dia seguinte. Saímos todos para a sala de banho, branca de azulejo. Limpa que era uma beleza, apesar da fedentina. Mais de quarenta privadas em fila, todas de batente sem porta, cada qual com seu cagador pegado no chão e os dois morrotes pros pés. Fiquei olhando, sem coragem de me desaguar, aquela homada cagando, mijando e conversando com o da porta da frente, na maior pouca vergonha.

Noutra sala estavam as pias de lavar a cara e uma parede inteira de chuveiros. Todos, também, sem porta. Ainda passava água nas fuças quando fomos chamados pro rancho. Tomei o café com leite, comi com gosto um senhor pão com manteiga, e quando pensava em voltar pra cagar, veio ordem de reunir.

Aquela boiada humana foi toda metida noutra sala, também enorme. Um sargento berrava: recrutas, tirar roupa; exame médico. Do meu lado todo mundo foi baixando as calças, tirando as roupas de paisano, juntando em trouxinhas pelo chão e empurrando com o pé.

Tomei ânimo, me despelei também. Sempre com a mão na frente, feito besta, até que um cabo gritou pro rapazinho que ia na frente, também com a mão no pau: tá com vergonha de ser homem, seu merda? Soltei a mão e fiquei olhando, envergonhado, aquela fieira de homens pelados: uns gordos, outros magros, uns peludos, outros limpos, todos nus. Parecendo mais pelados pela presença, ali junto, dos cabos e sargentos fardados.

Quando passou por perto um deles com cara melhor pedi ajuda: seu sargento, disse. E ele: sou é cabo, recruta. Eu: seu cabo, estou que não posso. E disse com a careta de cara o que queria: cagar. Ele: o quê? Cagar? Aquela porta dá. Vá logo. Não é de soldado, mas vá. Fui. A privada era da mesma que conheci no trem. Mas lá era de ferro, ali parecia de louça. E me entrou um medo danado de quebrar aquela peçona branca. Sentar, não tive coragem; acocorar em cima, não dava jeito, quebrava aquela luxúria. Tentei cagar com as pernas abertas, suspendido, não deu. Demorava, e eu já tinha molhado tudo, mijando feito mulher. Voltei pro meu lugar, debaixo do olho duro do cabo.

A fila foi andando devagar. Logo vi, adiante, sentados em tamboretes, um de cada lado, os médicos e enfermeiros. Olhavam atentos cada homem como quem ajuíza o valor de um cavalo. Tomavam o papel de recrutamento, faziam perguntas e mandavam seguir adiante. Eu olhava pros companheiros da frente, procurando adivinhar o que é que me esperava. Não fossem especular demais com meus papéis, nem me atrapalhar com perguntas.

Pelo que vi, só olhavam o jeitão de cada recruta, anotavam, carimbavam e deixavam passar. Vi melhor o exame, quando chegou a vez do companheiro da frente, um brancarrão gordo, azedo, coberto de uma penugenzinha clara, como se estivesse sujo de algodão.

Na minha vez, o médico me olhou de cima a baixo, leu o papel de recrutamento, escreveu meu nome na lista dele, tirou meu peso na balança e minha altura no metro e perguntou: recruta Bogéa, que doença teve? Nenhuma não senhor, seu sargento. Sargento? Capitão médico, seu bosta! Esprema o pau aí, quero ver se tem pus. Não tinha. A urinação me salvou.

Fui adiante com o carimbo azul no papel e a trouxa de roupa debaixo do braço, me vestir. Na porta um sargento separava os carimbados de azul como eu, dos de vermelho: recusados. Dali fui receber farda. Ganhei de graça o maior enxoval que tive: fardas, botinas, cinto e talabarde de uso militar e mais cuecas, camisas, camisetas, até meias. Com a tralha me avisaram que era soldado de cavalaria e mostraram onde devia me apresentar.

Tive hoje um sonho alegrim. Alegre me vi, noite clara, tangendo minha tropinha por um descampado. Íamos em marcha de passo marcado pelo trinado dos muitos guizos de Fama, minha mulinha madrinha: tlim, tlim, tlim. Eu, de coração leve, montado no Estrelo.

Tanta tropa tive, verdadeira, tantos animais de que guardo nome e figura. Alguns poucos talvez ainda vivos, desavindos pelo mundo. A maioria morta, apodrecida, pelos matos, comidos de urubus, roídos dos cupins. Deles só ficaram brancas ossadas, branqueando.

São nada, hoje, aquelas minhas tropinhas que, reunidas, dariam a tropa maior que jamais se viu. Nada são, ou são somente a memória que tenho delas, guardada; de onde saem, em sonhos, como essa noite, para trotar comigo por aí. Amanhã, eu morto, nem isto ficará, de tanto animal que tive e a que me afeiçoei. Bichos que mais mereciam ser gente do que muita gente.

Somos, talvez, a tropinha divina que Deus tange lá de cima, por rumos e desvios que só Ele sabe. Somos aqui na terra seus atribulados, sofridos, suados burrinhos de carga. Também não sabemos para que, para onde, somos tangidos.

Acordado, pensei muito naquelas tropinhas: a minha, e a divina. Acho que bem podia ser uma boa morte, sair por aí trotando com uma tropinha tropeira pelos campos da eternidade, sem medo, nem culpa, de coração desafogado. Isso queria, isso quero com o melhor dos meus impossíveis. Por que há de ser impossível? Não pode

Deus obsequiar um pecador? Não pode nem isso, quem tudo pode? Na sua sabedoria Ele deve saber que sou Sua cria; feito para o que estou destinado: sujigar na morte uns sujeitos que deviam fazer média, para destinos melhores que o de tropeiros do Além. Cumpri minha parte, mereço a recompensa: ser um burrinho na tropinha divina.

Não! Nunca, jamais. Longe de mim essa tropa fantasma de mulas-sem-cabeça atropelando os aflitos. Isto não, rogo a Deus. Quero e peço é a tropinha minha, alegrinha, com que sonhei, nos tlim-tlim dos guizos, no blam-blum dos cincerros.

Meu ofício fazendeiro vim descurando. Está reduzido a nada. Nada vejo que não venha aqui, ao pé da varanda, para eu ver. Ouvir, ouço mal-e-mal meus vaqueiros. Não tenho paciência mais para os capangas que me protegem: cansei de falar de tocaias e assaltos.

Falar, quase não falo. Que dizer ao vaqueiro Amaro sobre o ofício dele, depois de ouvir suas novidades nenhumas? Que dizer a Antão que fica me olhando, calado, encostado no mosquetão? Que dizer a Calu que me faz a comida e me serve, muda?

Só falo espichado é com você, meu padre, aqui, por escrito. Só nessa conversa nossa, silente, me estendo como homem falante, prestante. Assunto, não preciso. Quando não rememoro idos, nem comento acontecidos, rumino aqui, escrevendo, o que me dá na telha. Esse, agora, é meu ofício. Um vício.

Antão me apareceu de manhã com um tamanduá-bandeira. Enorme. Pra quê? Pra nada. Bestagem. Que interesse eu podia ter naquele tamanduá? Só o de ser um bicho meu, de minhas terras, criatura selvagem-mansa. Impossível.

Ficou aí fora a manhã inteira, catingando. Eu me cheguei para ver de perto e fiquei rodando para apreciar bem todas as peças dele. As imensas unhas recurvadas, brunidas, amarelas. O caudão embandeirado, enormíssimo. O escuro pelame, castanho listrado de negro lustroso. O bico-focinho comprido, com a língua de tubo, enrodilhada. Maravilha da natureza. Maravilha da fábrica de Deus-Pai, esse bicho dos meus matos. Mais perfeito do que gente: do que eu, nem se fala. Perfeitíssimo.

Entretanto, toda esta perfeição corporal é para comer formiga. Como é que Deus perde tempo fazendo um bicho tão à-toa? Bichos brutos, selvagens, sem lei nem rei, nem alma. Bruto e inocente, sem pecados. Filhos bastardos de Deus, d'Ele deserdados.

O budum do bicho encheu toda a manhã esse pátio da casa. Quando me afastei, enjoado, vieram as mulheres olhar, cheirar a morrinha, se rindo. Excitadas. As fêmeas moças, balançando as bundas ao redor do bicho morto, um pouco me excitaram. Pouco. Depois, a meninada tomou conta. Vendo que eu não ligava, se chegaram, mexendo no tamanduá, olhando as partes lá dele, metendo o dedo lá dentro, cheirando o fedor. Afinal saíram, arrastando o bicho pela cauda, ao redor da varanda. Só com o sol alto de meio-dia, largaram o tamanduá lá longe.

Não mandei tirar o couro e me arrependo. Para quê? Daria um courame empelado, bonito. Bobagem. Para que é que um homem velho, esperando a morte, quer um courame de tamanduá? Só se fosse para enfeitar essa casona minha, com bichos meus desses meus matos. Quantas feras terei eu, perdidas nessas morrarias, comendo umas às outras? Aí ficarão depois de mim, sem dono. Ainda mais inúteis.

Aquele quartel foi a minha escola da má vida. Lá aprendi a viver no mal. Minha primeira lição foi não pedir mais a bênção a ninguém. Antes, minha vida foi uma pedição de bênção: a Lopinho, a Laureano, a Duxo, a Lé, ao cabo Vito, a seu Romão. A quanto homem com jeito de mando me apareceu pela frente. Fui curado dessa mania que nunca pude tirar dos meus negros de São Benedito, por meu sargento de São João del Rey. Foi pedir a bênção, e ele berrar raivoso: vai pedir bênção à puta que o pariu, seu filho d'uma égua; soldado não pede bênção!

Como cavalariano e cuidador das baias, aprendi a forragear, a curar, a ferrar, a montar de estilo e a acertar cavalos para serviço de guerra. Fora do quartel, aprendi a viver na rua, sem medo. Até com ânimo de falar com qualquer sorte de gente. Mais do que tudo, aprendi a atirar com pau-de-fogo. Gastei bala do governo como pagão, mas acertei uma pontaria de fuzil e, depois, de mauser que era meu orgulho. Não fui o melhor atirador da cavalaria porque havia um outro impossível.

Acompanhando um fardado, quase amigo, o cabo Fi, que era dali, fui a festas, arranjei namorada e quase noivei. O cabo, por seu nome esquisito, Filogônio, teria muita importância na minha vida, pelo que nunca haveria de pensar, que foi me dar o nome. Às vezes penso que até vesti a pessoinha dele.

Do Fi, o mais que me lembro são as visitas à casa da família dele. Um tio seleiro, casado com uma costureira e as filhas moças. Principalmente Blandina, minha namorada. Namoro besta, que só prestava pela malícia de jogar damas, na cara do pai e da mãe, com as pernas trançadas debaixo da mesa. Para minha tesão daquele tempo não havia nada melhor que ficar ali na salinha iluminada, com nossas quatro pernas enlaçadas, abraçadas como cobras. Dava gozo de esporrar no culote da farda.

Acabei cansando, sobretudo quando a mãe e depois Blandina começaram a insinuar casamento. De fato, foi ela que desistiu de mim, quando deu de aparecer, para as macarronadas de domingo, outro cabo com cara de mais casador.

Tudo bem por aqui, seu padre. O senhor como vai? Estive relembrando, a manhã toda, as casas da minha vida. A de Lopinho com a parede esburacada de comer reboco, a porta da esteira, a cozinha preta de dicumã. O barracão das Cagaitas com o cheiro azedo de cangalha velha e de carne podre. O corredor da cadeia de Grãomogol fedendo a bosta e urina. O dormitório geral do quartel, enormíssimo, e o dos sargentos e cabos mais maneiro, recendendo de suor e chulé.

Paro pra curtir com gosto, é só na casa minha de Águas Claras. Uma e muitas, todas nela contidas, nos anos de minha vida. No Vão só tive rancharias grandes; pus mais zelo nos currais do que nas casas. A casa apalaciada do Brejo dos Alves era deles, não minha.

Casa minha, só minha, é a de Águas Claras. Única totalmente minha. Feita com minhas mãos; muito mal feita, aliás. Refeita tantas vezes, com acréscimos, puxados, remendos. Assim foi, por anos, eu fazendo, desfazendo, refazendo como casas diferentes. Uma saindo da outra, cada qual mais igual e mais diferente. Tal como gente.

Pra mim era sempre uma só e a mesma casa. Casa de homem vivente, movente, que saía em meus rodeios pelo mundo, deixando sempre meu centro lá, ancorado. Conhecia cada telha do telhado. Afinal fui eu mesmo que telhei com telhas que vi Tavo modelar e queimar, ali na frente. Eu próprio coloquei, enfileiradas nas calhas, umas por cima de outras, superpostas, recamadas.

Nem essa minha casona, bela, bela, daqui dos Laranjos, nunca foi tão minha. Conheço mal e mal cada parte dela. Aqui estou eu como quem está em casa alugada. Dela sei o que se sabe de um cavalo, que a gente compra e tem. Não se sabe nada. Saber eu sabia era da minha casa velha das Águas Claras.

Toda madrugada ela saía do nada, de repente, com a luz do sol que, ultrapassando o morro, caía inteira nela. Ao entardecer, escurecia, devagar, suavemente. Aqui é o contrário. A manhã é calma, demorada, de céu vermelho incandescendo devagar na vastidão desse descampado. À tarde, meio abrupto o sol se esconde, ligeiro, atrás da morraria, apagando tudo de lado a lado. O que mais me lembra aqui a casa das Águas Claras é o janelão da cozinha que, dobrado em cima do moirão, vira uma mesa enorme. Arte minha. Copiada de uma mesa que vi, menino, na casa de dona Fininha.

Espere um pouco aí, seu padre. O dia está bonito. Vou dar uma volta.

Saí por aí bestando com a idéia de ir ver o laranjal velho que deve estar florido. Lá fui, trôpego. Levei um tempo enorme para descer a ladeira e chegar no córrego; não atravessei. O meio do laranjal é longe demais. Cansei, mas gostei. O sol tinindo lá em cima, claro, caloroso. Cá embaixo, o friozinho agudo, azul, principalmente na beira do córrego onde bebi água na concha da mão. Água fria.

O que gostei de ver foram uns lambaris riscando o espelho d'água. E uma bosta de vaca, fresca, cheirosa, soltando vapor. As piabas e as vacas são criaturas de Deus, feitas de outras sementes. Diferentes. Ruins sementes despidas de espírito? Ou boas sementes, por isso mesmo? Eficientes. Fazem bichos perfeitos de tão bem acabados que iguais se multiplicam na descendência.

Eu não! A semente de meu pai, botada nas águas de minha mãe, não era dele, era de Deus. Semente com alma. A meu pai nem conheci, minha mãe morreu de me parir. Sou filho só de Deus.

Acho que foi no quartel que peguei o maior gosto que tenho na vida: mandar. Gosto demais. Lá também dei de gostar um pouco de obedecer.

Nunca vou esquecer aquela paz que dá na gente, depois de uma manhã inteira de ordem unida. Marcha pra-cá, pra-lá. Direita: vol-ver! Esquerda: vol-ver! Horas ao redor da praça pedrada, estralando as reúnas, tinindo as esporas, sem descanso, a manhã toda. Os homens suando. Pra quê? Pra nada!

Aos meus negros vivi dando ordens em tom de sargento. Gritando com voz de trovoada. Não à toa, mas no serviço da produção. Cerca de lá, Isidro. Agarra esse porco, Tião. Arreia essa mula, Bilé. Cape esse burro, Zé. Com gozo meu e deles. Meu de mandar, ordenando a vida. Deles, de serem mandados, sentindo que não estão sozinhos, largados no mundo. Sabendo que podem deixar o tempo, o sol e o destino, tudo, na minha mão que eu dou conta. Por mim e por eles.

Dei. Lá estão tranqüilos no Roxo Verde, que eu hei de dar pra eles, de papel passado, para que tenham, pela primeira vez, um chão deles debaixo dos pés. Deles. Paga não esperavam de mim, nenhuma. Nem eu deles. Senão, quem sabe, da gratidão de se lembrarem de mim. Tomara que não seja só na hora de serem escorraçados de lá, como decerto serão. No espírito deles, depois da minha hora de agonia, eu reviverei um pouco nesse mundo como um homem bom. Quem, senão eles, naquela feia hora, pensará bem de mim?

Isso já não me preocupa. Agora sei que não serei esquecido. Me consola saber, com certeza, como sei agora, que estou livre de ficar inteira, total e completamente esquecido neste mundo.

Agora, conto com o senhor pra me recordar. Já o vejo aqui fazendeirando esses Laranjos, e me dedicando, vez por outra, uma missa. Já não por obrigação, mas na pura lembrança dadivosa.

Meu padre, o senhor quase escapa de perdoar meus pecados e de herdar esses Laranjos. Passei uma semana de fogo, entre a vida e a morte. Tão mal passei que Calu teve uma vela pronta para acender na minha mão. Sei, porque, hoje, levantando da cama, encontrei a vela ali no pires com o fósforo ao lado, na mesa do oratório.

Escapei, graças a Deus. Até agora. Foi horrível o medo que tive de morrer. É horrível o medo que tenho. Sobretudo de me acabar no meio dessa confissão, sem dar as instruções derradeiras para que ela chegue às suas mãos e seja válida na Lei como meu testamento.

Escapei, meu confessor, graças a Deus.

Meu medo não era só perder a alma por falta de seu perdão. Era principalmente perder a vida. Esta vidinha minha, porcaria, que está acabando, mas que eu quero. Quero, seja como for, com tosse, com febre, seja como seja. Escapei.

Conheci antes o medo da morte. Foi uma noite longe daqui, há muito tempo, numa pensão de Luiziânia quando eu andava de compras na vida de tropeiro dos garimpos. Antes eu me supunha um homem forrado de coragem, sem temor da morte ou de ameaças da morte.

O medo que tinha e tenho, enrustido dentro de mim, se descobriu inteiro quando, aquela noite, não sei como, caí da cama. Acordei ali no chão, aturdido com o baque. Levantei, dei um passo e caí outra vez, esparramado, de mau jeito, ferindo a cara na cabeceira de ferro da cama.

Levantei outra vez, segurando a cabeceira e assim mesmo me desequilibrei e caí de novo, desta vez pra trás.

Aí veio o susto. Assustei feio e forte. O coração disparou, que não me deixava respirar. Vi logo pela taquicardia brava que era ataque do coração. Fiquei ali no chão estirado, disparado, aflito, desvalido. Morto já de medo e de dó de mim.

O barulho dos meus tombos despertou gente. Ouvi passos, conversas e, afinal, veio a dona perguntando, lá de fora, o que havia.

Respondi, até choroso, que estava mal. Não podiam entrar pela porta da frente sem a chave. E eu não tinha ânimo de levantar para abrir. Acabaram entrando por uma porta do lado que dava para o quarto vizinho. Aí entrou a dona e com ela gente e mais gente.

Um besta daqueles, metido a médico, tomou meu pulso, escutou meu coração metendo a orelha no meu peito e disse: é coração, esse homem morre aqui. Escutando aquele filho da puta quase me caguei, me senti morto. Não me movi. Foram eles que me puseram na cama.

No outro dia, de manhã, veio seu Orestes, o farmacêutico. Conversa vai, conversa vem, eu magoado, ele perguntão, acabou descobrindo que meu mal não era coração: era uma otite velha. Os banhos de chuveiro da pensão teriam afetado não sei que caracol que eu tenho na cabeça.

Quando caí em mim que só tinha perdido o equilíbrio, o mais era medo, meu padre, quase morri foi de vergonha do papelão. Levantei da cama para buscar, eu mesmo, o remédio na farmácia, cuidando de não cair; mas livre do pavor, do pânico de morrer do coração. Saí da pensão e de Luiziânia neste mesmo dia.

Por que será que conto isto? Agora me lembro, era para falar do medão em que ando. Agora, com razão, meu padre. Não é nenhum caracol não. Essa tosse de cachorro, essa babação acabam comigo. Tomo todo dia, quase toda hora, sumo de mastruço e lambuzo o peito com babosa, agüentando o gosto de fel e o nojo da gosma verde para ver se melhoro. Tomo também, de manhã e de noite, as gemadas de Calu com o xarope do doutor e muitas aspirinas. E não melhoro. Queira Deus que saia dessa!

Se escapo, só vou me ocupar é de encurtar esta história. Esticando assim o que tenho a dizer, não vou merecer mais o seu perdão. Preciso também escrever os papéis do testamento, sem falta. Isso tudo, depois, agora quero é descansar. É juntar forças para espichar, quanto possa, essa sobra de vida que me resta.

Foi também com o cabo Fi que aprendi a ir, sem medo, a casa de puta. Íamos com freqüência à da travessa do Meirim. O mais das vezes não fazíamos nada, o dinheiro não dava.

Só passei a ir diário quando meio me amiguei com uma dona de lá, Almerinda. Foi quem me ensinou a foder. Aquela mulherona, madura, bunduda, de peitos gordos, bonitos, pegou de rabicho comigo, o primeiro que tive na vida. Você tem tudo para homem Teré, o que estraga é essa pressa de galo, dizia. Até me fez ver um velho comendo ela, estirado em sacanagens que não são de contar: ela debaixo dele, ele debaixo dela, acabando embolados no chão um mamando no outro. Eu olhava pela porta entreaberta, me punhetando como um condenado.

Quando comecei a enjoar e quis largar dela, Almerinda me atraiu outra vez, chamando para eu comer uma puta novata, sem experiência. Queria mostrar que com ela era melhor. Não era, não. Ela me segurou foi com outra rédea.

Uma malineza minha naquelas putarias era a de me forçar, na segunda virada, a esperar um pouco por Almerinda, pensando em outras coisas. Como não bastava pensar em serviço de quartel ou em gente que eu não gostava como Lopinho, inventei de pensar em santidades, na Igreja, na Virgem Maria, nas Santas, na Salvação das Almas.

Era debochada demais aquela Almerinda. Assim que pegou rabicho comigo começou a me xingar. Gritava que a ela ninguém tinha dado nunca nada. Que nada pra ela foi de graça. Esse dente de ouro, explicava, apontando, custou meu cabaço. A casinha da mamãe, em Salinas, comprei foi com raspa de boceta. Nenhum homem vai me explorar, não. Gigolô meu tá pra nascer.

Isso é o que dizia, repetia, gritando, cada vez que me dava dinheiro. Uma pelega que precisava bem de umas três fodas pra ganhar. Pegou essa mania de me xingar e me dar dinheiro, sem eu pedir. Nunca pedi. Aceitava, claro. Soldo de soldado é curto. Pedir, jamais pedi.

Com ela fui aprendendo as artes de viver por conta de mulher. Podia até viciar se aquele Baiano não me mandasse de volta pro mato. Com Almerinda também aprendi outras cousas muitas. Principalmente a não gastar muita doçura com mulher. Elas não gostam. Vi isto, quando Almerinda, no meio de uma foda braba, agarrou minha mão para arranhar com ela seu próprio seio. Arranhar duro na garra, machucando. Aprendi.

Almerinda me lembra outra mulher minha, muito diferente: a peste da Emilinha. Mulher mais mulher nunca vi. Tenho para mim que não nasceu outra assim. Aperreada, choramingava como cadela ganindo.
 Como sabia se queixar. Ficava horas clamando: tanta, tanta coisa pra fazer; e tudo em cima de mim, o tempo todo. Tanta, tanta coisa, cada uma mais complicada. Eu aqui sozinha, pra tudo, o tempo todo. Tanta coisa, tanta. Distraía um pouco fazendo alguma coisa e continuava: eu aqui sozinha pra tudo.
 Quando dava na veneta, passava o dia todo desfiando suas lamúrias: de manhãzinha, varro a casa. Isso depois de salpicar o chão com água; pra não levantar poeira... Aí varro com vassoura de moçoroca; veja bem, moçoroca pra não levantar poeira...
 Falava explicado assim, resmungando, reclamando, sem querer ser ouvida, escutada. Só queria é queixar. De quem, da vida? Do antigo homem dela? Da mãe, penso que seria.
 Assim me lembro dela, nos dias de lamúria reclamando de tudo, esmiuçadamente, com toda a minudência, naquela agonia. As mãos fechadas, birrenta, choramingando, fungando, enxugando lágrimas e se assoando na blusa e nos punhos. Enquanto isso, me olhava de lado, a cara lavada em lágrimas.
 Primeiro me zanguei: tanta dor por nada. Depois me acostumei com os queixumes: tem que ter marsela fresca, cheirosa, no travesseiro. Na quina do quarto, o ramo

verde de alecrim. Na beira da mesa, a bilha d'água fresca. E continuava neste tom a tarde toda, lamentando. Só isso fazia com perfeição: resmungar.

Mentira minha, seu padre. Boa ela era é pra trepar. Fiquei enrabichado. Depois, vieram nossos tempos ruins. Nossa sina entrando em horas sombrias, até dar naquela desgraça. Assim é a vida, seu padre: novelo que Deus vai desenrolando devagar, e nós cumprindo afoitos, em pecados e virtudes, sem nem saber por quê.

Essa vida é na verdade uma penca de novelos. Não. Para ser exato, uma penca de bilros é o que a vida é. O rendeiro é Deus. Lá de cima, sem hora, espetando os alfinetes nos moldes de papelão de nossas sinas, Ele vai tramando, retramando, nosso destino. Com as duas mãos ao mesmo tempo, desatento a tudo, mas atentíssimo na troca de tantos bilros emparelhados para trançar e arrematar na renda de filigrana os nós do destino de cada bilro. Sem deixar nunca nenhum largado, esquecido. O que parece mais à-toa, deslembrado, está ali esperando, atado, seguro no seu nó, a hora de cumprir sua sina. Chegada a vez, atende, prontamente: dá linha de seu novelinho para a trança requerida pelo Rendeiro e aceita, quieto, o laço para esperar outra vez a chamada do destino.

Nós todos o que somos? Bilros. Eu e Emilinha fomos bilros que Ele juntou, atou, no desenho da renda e depois desatrelou, apartou. Nunca vou esquecer Emilinha, seu padre. Podia eu não falar dela ao senhor? Jamais!

Nunca vi neste mundo, nem antes nem depois, mulher como aquela. Boa de cama não há outra, digo aqui ao senhor. Como é que digo uma coisa dessas? Sei lá. Quero dizer. Na cama, na rede, no chão, no ar, suspensa a tiracolo do meu pescoço, dela tirei os gozos mais fortes que senti. Emilinha ascendida em fogos cheirava tanto que perfumava a cama e o quarto. Era aquele odor de resina, de almíscar, doce, poderoso, medonho. Tanto que às vezes eu saía de dentro dela para me regalar na fonte dos óleos. E não era para ela não, que não sou disso. Era pra gozo meu, como nunca tinha tido antes. Nem nunca tive depois.

Por que, então, eu tratava Emilinha com tanto maltrato? Por que não guardei pra mim aquela mulinha? Sei lá. Aquela tesão acesa dela, aquela tesão minha nela, me esgotava, me desafiava. Demais. Eu sentia que não podia. Aquele agarramento era fatal. Um homem tem que se dar ao respeito. Não pode largar-se como um porco em gozações desassombradas. Homem que se respeita não é nenhum safado chupador de mulher regateira.

Com o enjôo, dei para não servir a ela. Talvez por isso rejeitasse seus dengos com tanto ódio. Talvez sim. Talvez não. Sei não. Quem sabe?

Somos bilros fazendo na mão de Deus a renda que não veremos. Ninguém verá, nem o senhor, seu padre. Há bilros bons e ruins, pobres e ricos, de linha muito à-toa ou muito boa. Bilros de linha encarnada para fazer figurações próprias dentro da renda, desenhos. Sei que sou bilro de linha à-toa, para o gasto comum de Deus, nos mistérios de Sua obra.

Mas também sei que eu e Emilinha fomos bilros que até Deus haverá gostado de trançar, retramar, atrelar, acasalados.

Gramei uns quatro anos aquela vida de quartel chegando a cabo, aspirante a sargento, com todos os cursos feitos.

Vivi esses anos debaixo do risco de ser mandado para a Itália, primeiro como soldado, depois como cabo. Uma vez, já estava com o pé no trem, quando me salvou uma orquite brava. Voltou a gonorréia, aquela de Grãomogol, agüentei sem tratar, veio o inchaço. Primeiro num bago, agüentei. Depois, no outro, arriei. Com aquelas duas bolas doloridas, não pude mais montar. Depois nem andar mais eu podia. Aí me descobriram. Caí no hospital.

Acho que lá me castraram, seu padre. Foram as injeções que o médico deu; primeiro num bago, depois no outro. Duas na terça, outras duas na quarta da semana seguinte. Assim me castraram. Quando sarei, a tropa tinha partido. Aquela orquite me salvou da guerra.

Quero pensar que naquele passo fui salvo por Deus, por força de algum mérito que teria aos olhos d'Ele. Mas o que penso mesmo é no que senti então: frustração. Enorme frustração de perder todo um futuro imaginado de voltar da guerra feito oficial.

Que pecados pequei naquela quadra? Não vejo nenhum. O que vejo são só virtudes e até méritos como o gosto que peguei de ir à igreja. Visitei as principais de São João del Rey. Ainda me lembro delas. Visitei muitas vezes, freqüentando. Gostava. Sobretudo quando estavam cheias de gente, no meio dos ofícios, com o ar pesado dos fortes cheiros de incenso e de vela queimada, a igreja toda ressonando aquela musiquinha chiada. A imagem da Virgem sofrendo, cercada de anjos, digo ao senhor, sempre me comoveu.

O senhor estará maliciando. Sabe bem que eu ia é atrás de ver as moças. Assim é. Mas alguma coisa havia de fé em mim, de gosto pela religião, para ficar sentado horas nas igrejas olhando altares, sorvendo santidades. Nunca vi soldado nenhum na igreja; os que convidei nunca quiseram ir.

Outro mérito, ainda mais penoso, daqueles anos foi a penitência que representou o sofrimento duro daquela orquite dupla. Ela dobrou e tresdobrou meus ovos. Tanto que estavam pra rebentar por não ter mais por onde crescer.

O médico do quartel, quando veio da primeira vez, olhou e pegou nas minhas bolas, quase me matou de dor. Senti os dedos dele postos em cima dos meus bagos como se fosse uma torquês me estraçalhando todo. Quando voltou com a agulha, a de veterinário, na seringa enorme, para meter a injeção nos meus ovos inchados, eu berrei doido. Precisaram quatro homens pra me segurar. Agarrado ali, o médico meteu a agulha num bago e esguichou o veneno. Depois furou o outro ovo e fez o mesmo. Isso, seu padre, sofri duas vezes. Assim fui capado.

Decerto, esta penitência pagou uns quantos pecados meus daqueles tempos. Talvez até o principal que, na verdade, eu estava ainda por pecar.

Não me sai da cabeça, hoje, o impossível de reunir aqui, em volta dessa mesa de sala do meio, aqueles eus todos que eu fui. O menino Trem, magricela em que primeiro me reconheci como gente. O rapazinho Terezo, crescendo nas Cagaitas. O piolho-de-meganha faminto, vestindo restos de farda. O soldado Terêncio, do exército, depois cabo. O muleiro Filó, futuro tropeiro das Águas Claras. O abridor da fazenda do Vão. O marido de siá Mia. O coronel Castro Maya que hoje sou. Disparate.

Se eles se juntassem, podendo conversar uns com os outros, decerto nem se reconheceriam. Nenhum adivinhava que o outro era ele mesmo. Nem parecidos se achariam. Era o menino se perguntando o que é que este velho sistemático queria dele. Era o soldado, receoso, estranhando aquela estranha gente, fechando a cara para se guardar. Era o tropeiro, eu, balançando a taca, como quem pergunta quem teve a idéia de tirar gente de tantas castas, e com tão estranhas cataduras, para meter aqui nessa sala da fazenda.

Só eu olharia reconhecendo neles meus passados. Só para mim, dentro de mim, eles ficaram, como lembranças viventes. O fiapo de tempo que nos uniu e separou não deixou qualquer marca. Só escalavrou nossas caras, nos fez e desfez.

Quem sou eu, de tantos eus que fui? Sou todos eles e sou eu só. Não sou nenhum. Cada um foi ele, até a véspera do dia em que pariu o outro; que ele não tinha dentro de si, senão como vaga possibilidade. Isso foi o que me sucedeu. Aconteceu comigo. Adiante está só o vazio da morte, me esperando.

Sou como cobra, de tempos em tempos mudo de couro, ganho novo pelame.

Tive vários. O primeiro foi aquele courinho de rato que vesti debaixo do mando duro do Lopinho, remelando, choramingando. Odiando.

O seguinte, pouco melhor, de mocó, foi o do servo do capitãozinho Duxo das Cagaitas, me esforçando. Sofrendo.

O terceiro, de gambá mais peludo, foi o do piolho-demeganha que gastei no Grãomogol.

Outro me saiu em São João del Rey, couro ruim em que começaram a nascer cerdas que no fim estavam duras, espinhentas. Já com este couro de porco-espinho transformando em cobra é que entrei no meu destino de muleiro e de tropeiro das Águas Claras.

Então, caíram os espinhos, eu cresci e virei mulo. Tanto progredi que me vesti de pelica pra ser noivo e marido de siá Mia, vocação de rico herdeiro fazendeiro.

Com a morte dela, aquele couro deu escama, se estragou. Degenerou nessa carcaça de jacaré, que me cobre aqui nos Laranjos, na figura do muito honrado senhor coronel Castro Maya. Rico couro luxento, bem curtido, envernizado, de crocodilo, que eu trocaria por qualquer daqueles outros. Só que não há mais couros para mim. O próximo é o sudário.

Aqueles couros da minha alma, se não eram visíveis para quem me via, de algum modo se mostravam. Ninguém comigo se equivocava. Quem é que dava qualquer atenção ao rato menino remelento de Lajedo que furou Lopinho?

Quem via o servo rapazinho-mocó do carro de boi, lá das Cagaitas, tão ressentido que capou aquele perdigueiro?

O gambá fétido carregador de bosta lá da cadeia do Grãomogol era também, pra todo mundo, um serzinho reles.

O soldado porco-espinho melhorou um pouco. Mas chegou a cabo tão ofendido de ser arrombado que virou cobra e fugiu com a alma daquele Baiano.

Vestido de cascavel, chocalhando, descascando escamas, o muleiro infundia respeito. Tinha a figura que queria de bandido perigoso, Matador. Mas quem olhasse bem ou escutasse a boca do povo saberia que atrás daquela empáfia estava só o mulo, chefe do mocambo do Roxo Verde. Nada mais.

No ofício de tropeiro endureci e amoleci meu couro devagar, curtindo o pelame de burro. Assim ganhei famas maiores, de homem de coragem e tino, abridor de fazendas. Meu prestígio caiu para uns poucos e subiu pra muitos mais quando surgi na figura de caçador de dote. Casado empeliquei no papel de herdeiro.

Nada deu certo. Perdi o Vão e o Brejo. Tudo que quis mixou. Então, dos restos me fiz jacaré Coronelão.

Agora, aqui, me adoço com a boca balbuciando pecados de que não me arrependo. O coração cheio de ressentimentos. Que bicho sou? Rico de uma riqueza que não sei como gozar. Poderoso de um prestígio grande estragado pela fama ruim de ranzinza e machucador. Ainda é isso que sou: o jacaré velho, expulso do Brejo.

As dificuldades maiores daquela quadra da minha vida vieram de um tal major Maia que, com um ano de praça, me inscreveu no curso de cabo e me agregou na cavalaria para aproveitar minha experiência e jeito. Encurtando conversa, digo aqui ao senhor, seu padre, que soube logo, pelo sargento Crespo, que aquele major era falado comedor de cu de homem. Recomendou até que cuidasse meu rabo, dizendo que eu tinha todo o jeito dos moços do gosto do major.

Quis ficar valente, mas Fi confirmou sem malícia. O homem é mesmo tarado, disse. Não come só. Deixa o pobre viciado. Soube ali mesmo que mais cabo ganhava galão no ferro do major come-cu que no curso. Arreliado, faltei ao respeito, perguntando: seu galão, o senhor ganhou com o cu, meu sargento? A resposta veio na fumaça: esteje preso seu filho d'uma égua. Desacato a mim, desrespeito ao major. Comi dias de cana. Saí mais assustado ainda, porque voltei para debaixo do mesmo sargento, na mesma linha de mando que acabava no tal major dos xibungos.

Dar eu não dava. Matava sargento, tenente, capitão, major, mas não dava, pensava. Acabei dando, seu padre, meu confessor. Dando sem sentir, enrolado na língua de seda do major e no laço firme do seu mando. Nem posso me lembrar. Foi um dia, não o primeiro, nem o segundo, nem o sexto, mas lá pelo décimo, sei lá qual, em que fui à casa dele levar carne. Quando dei por mim estava entornado num catre, sendo comido de escanteio, com o pau duro, gozando, na mão do major.

Não viciei porque renego xibungagem, meu confessor. Passei uma noite de peste e vergonha, sentindo manar do cu a gosma do homem. Decidi: a mim ele não come mais. No outro dia veio o pior. Olhei a cara do major e nela li a safadeza. Depois, busquei na cara do sargento o entendimento do havido. Achei. Estavam pactuados. Ali, eu vi, acabava comida de oficial e de sargento. Terminava macio feito mulo castrado de novo. Resistir, como? Queixar, a quem?

Minha hombria, mesmo vexada, era que tinha de me valer. Ela só e mais nada. E foi. Fiz trezentos planos de matar major e sargento. Mas como? O único plano bom, capaz de dar certo, era voltar à casa dele. Lá eu não punha os pés! Tinha era pavor. Já me via era escutando a conversa dele e outra vez, engabelado, me agachando. Tremi de medo de ser, outra vez, enrabado debaixo daquele mando. Duas vezes recusei levar coisas na casa do major, dizendo que não levava. Outras mais recusei sem dizer nada. Em todas, peguei cana.

Como o senhor vê, meu confessor, não me restou outra saída nenhuma. Estava no meu destino. Entre a risadinha do sargento de um lado, dizendo que já estavam bordando meu novo galão, galão de sargento; e as repreensões do major, do outro, pelo meu descaso no serviço, tomei juízo. Vi que tinha de buscar rumo.

A saída única que vi foi desertar do exército. Largar o posto novinho de cabo. Desistir da vocação de sargento e de não sei mais lá o que eu podia alcançar. Perder o soldo mensal que estava recebendo todo mês. Perder até o nome que tinha, meu, documentado: Terêncio P. Bogéa.

Perdia tudo, mas não minha condição de macho inteiro, de homem.

Pecado nenhum até aqui, seu padre. Nenhum? Ou só o de ter consentido que fizessem do meu cu o que fiz no cu do pato. Culpa, nisto, há de haver, porque o peso na balança do peito está aí me dizendo que há. Tanta que dela vem uma raiva de mim que não posso vencer e que me lança com toda violência contra qualquer sorte de fraqueza, minha ou alheia.

Aquela entalada mudou meu caráter, se ficasse na tropa seria um perseguidor de recruta como aquele sargento, um fazedor de putos como o major. Não fiquei. Mas, disso tudo, restou em mim, de sobejo, esse rompante meu de mando duro; essa necessidade minha de espezinhar. Assim pendo, meu confessor. Não para tirar de mim a culpa de minhas durezas. O senhor é que sabe. Juízo bom é o seu. Deus seja louvado.

Amanheci rabugento, com palpitações. Sem razão. Meus bofes até que não estão ruins. Terá sido a manhã clara demais que entrou pela janela pra me acordar? Ou terá sido essa passarinhada rumorosa dos Laranjos? Seja o que for, acordado estou. Sozinho.

Tão de manhã e já de caderno na mão, escrevendo aqui no quarto. Não sei quando virá a velha Calu trazendo água morna de lavar a cara, e o bule de café quente, bom de tirar da boca este gosto ruim do mingau das almas. De certo não há de demorar; ela nunca foi de ficar na cama, espreguiçando, com dia claro.

Vejo alguém lá fora. É ela. Grito por ela? Não grito, não. Pensará que estou morrendo, pedindo socorro. Virá de vela na mão e a boca cheia de boas palavras. Não estou com paciência para tanto, não.

Escrevia isso, seu padre, quando Calu surgiu aí, com a bacia e o café. Parei para sorver. Lavei a cara com gosto! Essa água morna de manhã faz bem à gente! Ela me olhou indagativa. Já quando me dava o seu pra sempre seja louvado, com que me saúda toda manhã, procurava sinais de morte na minha cara. É o diabo viver dependente dos outros como vivo aqui, prostrado, frágil. Desvalido.

Agora me lembro, afinal, seu padre, por que acordei tão cedo e tão agoniado. Foi a noite atribulada que passei. Que sonho! Um pesadelo, agora me vem à memória. Sonhei com minha morte. Horrível! O que via, na verdade, era a essa de siá Mia lá na igreja de Luiziânia.

O que sentia era o cheiro fétido daquele mormaço de vela misturado com flores mortas e com catinga de defunto. Mas não era ela que estava deitada ali no caixão, pálida de cera, fedendo. Era eu. Eu mesmo.

Vi o que não queria ver, senhor padre, meu confessor. Vi minha cara morta, me vi morto ali. Eu desfeito, virado em coisa: uma pedra, largada no caixão. Deve ter sido isto que me acordou espevitado.

Nem um enterro assim eu terei; com essa, coroas de muita flor e estas velas enormes que queimam o dia inteiro e a noite. Nada disso hei de ter. Se morro aqui, só me enterram na capelinha que preparei para mim. Corro o risco é de ser jogado lá de qualquer modo, sem coroas, nem flores, nem candelabros, nem nada, se eu mesmo não encomendar antes e não pagar. Só me consola pensar que ninguém sentirá minha fedentina misturada com cheiro de flor velha e de vela queimando. Consolo pouco, reconheço.

Sei que nada valho, meu padre. Mas será mesmo que não valho nada a ponto de ter de cuidar eu mesmo de minha própria morte? Aqui solto, largado, isolado, sozinho, na mão de criados que nem muito me querem bem, quem cuidará do meu corpo morto? Culpa minha? A verdade é que sempre fui esquivo, obstinado. Nunca me dei fácil, em convivências amistosas. Mas, de tanto filho da puta que ajudei na vida, nenhum podia estar aqui, agora, por sua própria vontade, no calor da afeição, para me assistir nessa hora? Quem? Qual? Não, não há nenhum, não.

Nem é preciso, seu padre. Besteira minha, releve. Não há razão nenhuma para preocupações. Assim mesmo é que quero. Justamente assim. O que sou é isso. Um homem inteiro, suficiente, avesso a intimidades.

Sou é o Senhor dos Laranjos, carregado de pecados que, morto, será sepultado dentro da capela de Nossa

Senhora da Boa Morte que eu reedifiquei, engrandeci e adornei, para ser minha eterna morada. Ainda que nela seja enterrado nu, em terra viva, estarei abrigado em terra consagrada; onde mil missas já se celebram, e outras se celebrarão, para encomendar a minha alma.

Missas que o senhor me deve e que há de orar, aqui, sobre a terra fofa, onde descansará meu corpo e por si se desfará, sem putrefações, no cal que vou providenciar, para que se queime logo, sem bicheiras.

Minha alma, não. Ela estará longe, nas suas santas mãos, meu confessor, nas mãos de Deus. Santificada pelo perdão, acolhida na paz que Deus Nosso Senhor reservou, na Sua misericórdia, para os cristãos que morrem confessados. Iluminada de fé, ungida de Graça no seio da Santa Madre Igreja Católica Apostólica Romana.

Desertei fácil porque saí numa folga de semana, entre dois cursos, e nunca voltei. Lá mesmo em São João, vestido e armado em meus apetrechos de cabo, comprei do Baiano, numa venda de uma porta na praça do mercado, as roupas de paisano com que fugi.

Outra vez estou desconversando, seu padre. Falo disso como se aqui não houvesse revessos de culpa. Há. Nesse passo tenho história que contar na contrição de quem confessa.

Quando comprei aquela calça e camisa vi bem que o tal Baiano vivia ali mesmo nos fundos e que tinha dinheiro gordo na gaveta. De noite voltei, falando fino, que queria trocar a calça por outra mais cara, que ele tinha oferecido. O homem sabendo, porque tinha especulado e eu mesmo deixei escapar que pegava o trem de manhãzinha, confiante, me abriu a porta. Fechou outra vez atrás de mim.

Ali mesmo, pelas costas, com o nó do sabre derrubei o Baiano. Sangrei de pé, segurando o peso do homem pelas costas com o braço esquerdo, enquanto metia o ferro nos peitos dele, pela frente, com a mão direita. Serviço duro, seu padre. Nunca pensei que corpo de homem fosse tão fechado, fornido, como o daquele Baiano. Um pneu. Eu punha a força que tinha no cabo do sabre afiado, mas ele voltava empurrado pela borracha dura do peito do homem. Afinal, com muito esforço sangrei. Emborquei o homem no canto, para sair do esguicho de sangue e fui procurar o meu.

Fiz isto com calma, como se repetisse um exercício militar, treinado e sabido. Ou como se não fosse eu mesmo que estivesse ali matando um homem vivo, e sim um outro, não sei quem, que usava minha mão e minha força para aquela sangração. Fui direto na gaveta pelo meu dinheiro pouco com que tinha pego calça e camisa e dei com o do Baiano, muito mais do que pedia. Arrombei fácil, com o mesmo sabre e tirei tudo. Para mais de quatro contos. Com esse dinheiro, doído e sofrido, abri as portas do mundo.

Veja lá, seu padre, meu confessor, sei bem do mal que fiz matando aquele homem, o segundo como o senhor sabe. Sei também que pior ainda é ter matado um inocente, que eu nunca tinha visto, só para me livrar de uma enrascada com que ele nada tinha que ver. Sei e me arrependo, creia o senhor.

Mas meu pecado maior é que este arrependimento eu só sinto na cabeça, confesso. Jamais me pesou no coração a metade do peso de ter sido fodido por aquele major e da dor maior, ressentida, de nunca ter tido força nem jeito de acabar com aquele xibungo.

O Baiano, penso na pessoa dele, com toda indiferença. Vejo bem na memória, como recordações iguais, as figuras dele quando entrei, primeiro para negociar e, depois, para matar. Penso nele friamente, como penso no homem que me vendeu a passagem aquela noite mesmo, na estação. Ou no sargento que, de rotina, revisou meu passe: onde vai, seu cabo? Ver minha gente no Tremedal, meu sargento. É longe demais, rapaz. Tão poucos dias. Casamento de irmã, sargento. Vou direto, pouso uma noite e volto.

Por que eles morreram na minha mão? Isso é o que reclama meu coração aflito. Por que foi dada a mim, justamente a mim, esta sina malvada? Por que eles tinham de morrer nas minhas mãos? Fui eu, bem sei, que dei a cada um deles a sua Morte. Mas a Morte não fui eu que criei. Foi Deus.

Cada homem carrega em si a sua Morte. Morre na hora certa. Como está escrito: prescrito. Mesmo que seja de Morte matada. Cada um tem a Morte que Ele deu. Só se morre por sentença divina. Quando a sentença se cumpre por mãos de outro homem, quem é que arma essa mão?

Tudo que Deus faz é bem feito. Perfeito. Perfeita também é essa marcação do dia, da hora, do mês e do ano em que a mão de seu Filó, o Mulo, havia de finar esse. Depois, no outro dia e na outra hora, no outro mês, do ano tal, tudo prescrito, havia a mesma mão de seu Filó de finar aquele.

Assim veio sendo, sucedendo, pela vida afora. Podia eu recusar, se quisesse, esse destino? Podia eu desembestar por outro rumo, procurando outra sina? Qual! Maligno é o tino de Deus, astuto, matador divino.

Ele bem podia me ter feito um santo homem, cheio de unção e de fé. Um homem bondoso, sofredor das dores do mundo. Não um bruto castigador, matador. Podia Mas o que Ele fez, em Sua sabedoria, fui eu mesmo. Assim como sou, e assim me aceito.

Não me entrego à inútil tentação de rejeitar, por amor de Deus, o destino pesado que Deus me deu. Não! O Todo Poderoso é Ele. Pequei os pecados que Ele me fez pecar.

Talvez eu peque mesmo é do orgulho de ser o Escolhido d'Ele. Esse, sim, é agora meu pecado.

Mas não pretendo enganar ao senhor, seu padre, com uma convicção que não tenho. Com uma esperança de salvação que também não tenho. Nem posso ficar aqui choramingando, pedindo a Deus que me deixe existir debaixo do Seu amparo, para pastar debaixo de Sua Santa sombra, consolado descansado, porque me arrependi de todos os meus pecados, arreneguei de todas as mortes que fiz e dei. Não, isso não posso pedir.

Bem que eu quero essa paz de pastar aos pés de Deus. Mas sei que ela não pode ser dada a quem praticou os males sem remédio que espalhei pelo mundo. Só peço a Deus que me dê, como remédio de minha aflição, como castigo de meus pecados, uma morte inteira, completa. Desaparecer, me acabar, por morte definitiva de minha alma imortal. Desistir, desertar da Eternidade que me espera. Isso é o que peço a Deus: me livre, Senhor, da Vida Eterna, Amém.

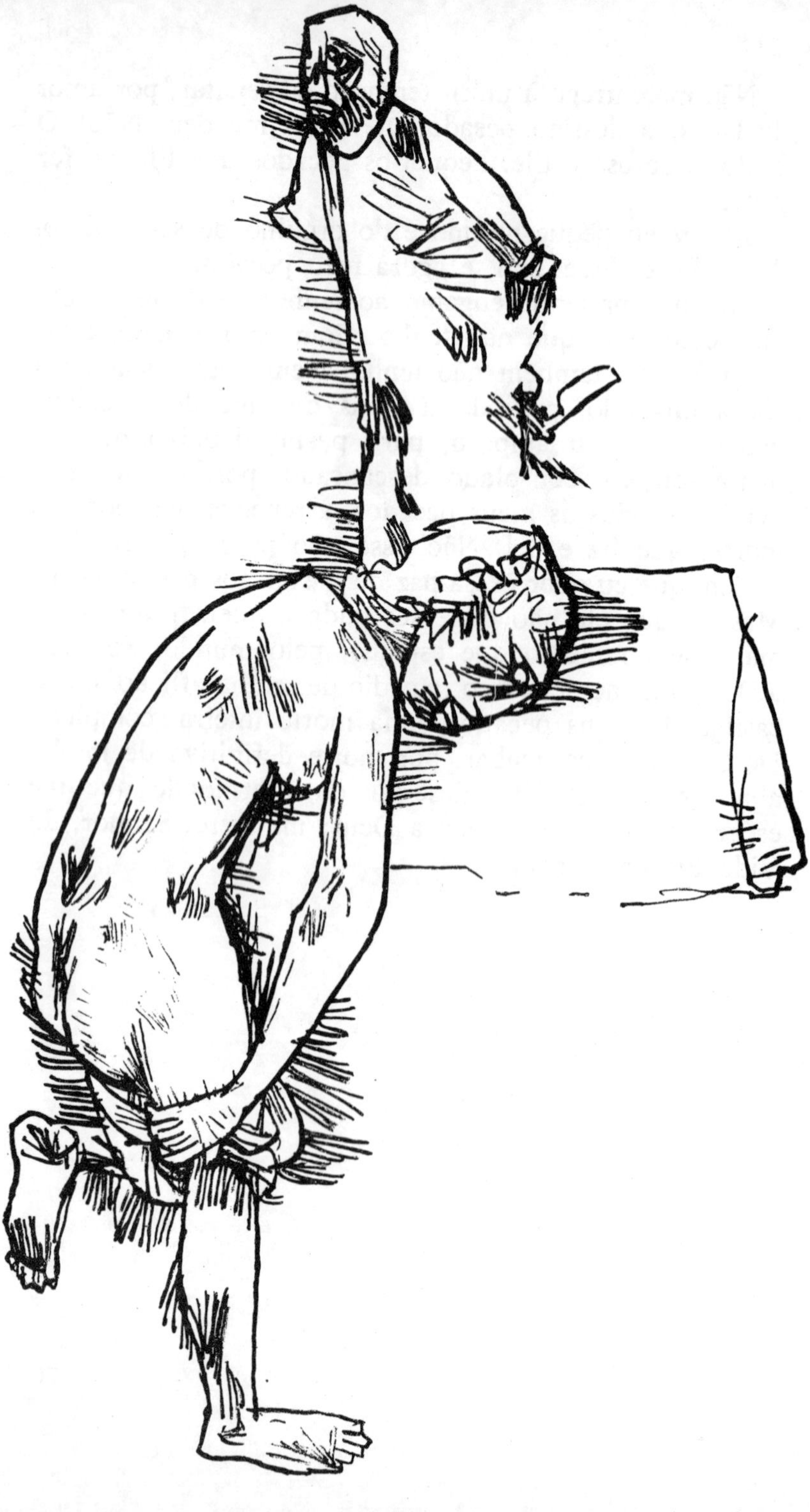

Caí no mundo, fugindo de mim

Caí no mundo, fugindo de mim naquele trem da madrugada. Podia ir pro Rio. Pensei ir. Mas na hora fui para Belo Horizonte: Veneta. Lá, escolado, troquei a farda pela roupa paisana no mictório de um bar, perto da estação.

Zanzei um pouco de civil, me sentindo meio pelado e fantasiado na roupa nova. Saí de a pé, com a farda embrulhada, procurando o rumo do mercado, para comprar um embornal de couro. Comprei. Meti tudo dentro e perguntei de onde é que saía a perua de Paracatu.

Escolhi Paracatu porque era sertão e ficava justo no lado oposto ao meu. Sabia dele por um recruta, bronco, que chorava sem nenhuma vergonha, de saudades de lá. Esperei a hora da viagem batendo perna. A cidade enorme, cheia de gente, me dava medo. Sem rancho e longe dos bichos com que sei lidar não posso viver. Sem montaria pra mim, não dá! Meu medo maior era surgir, ali, alguém me acusando de desertor e talvez até de criminoso, por causa do Baiano. Só acalmei quando a perua ganhou a estrada deserta. Queria mesmo é sumir, ganhar mato fechado.

Em Paracatu, comecei minha nova vida, na pensão, com um goiano que perguntou minha graça. Respondi ligeiro, nem sei bem por quê: Philogônio Maya, seu criado. Aquele tropeiro me batizou, me deu destino, mancomunado com o cabo e com o major. Conversa vai, ele disse que, se meu rumo era Luiziânia, em Goiás, na busca de parentes, o melhor mesmo era me juntar a uma tropa das que às vezes saíam para lá, no Largo de Cima.

Já naquele primeiro dia de Paracatu fiz negócio. Andando à toa dei com um armeiro. Caí lá dentro como se fosse o que procurava. E era. Na porta, pendurada, vi uma guaiaca vistosa: sola e cromo engastada de ilhós amarelos, fivelão de cobre com seu coldre, suas bolsas laterais, sua virada da barriga para carregar dinheiro grosso e sua bainha debruada para a fieira de balas. Era a minha!

Olhei tanto que o homem me saudou: gostou da guaiaca, moço? Entrei para ver com a mão; mas pus logo os olhos nas armas que ele tinha. Um revólver branco, 38, velho e prestável. Caro demais. Outro preto, jeitoso, barato, mas ruim de mola e de trava, não merecia confiança.

O armeiro especulou: o moço não é daqui? Disse que não, sem mais. Reperguntou: então, não é? E foi logo tirando debaixo do balcão uma guaiaca velha, bem guarnecida com uma garrucha 38 dois canos. Velha nos brilhos, mas de pouco uso, cano estriado perfeito, molas justas. É espanhola, disse, se faz gosto, eu faço preço. Oxidada, fica vistosa. Foi gabando, arma de confiança, difícil de achar igual. Comprei a garrucha velha descascada, na sua guaiaca suada, discreta. Paguei barato pondo malícia no cuidado com que o homem escondia e mostrava a mercadoria. É roubada, perguntei? Apurei que sim e que não. Roubo era, mas roubo de polícia que desarmou alguém pra vender os ferros.

No outro dia achei companheiro, um tropeiro falador que me mostrou Paracatu e me vendeu a égua arriada com que comecei meu negócio de muleiro. Ele, pensando que me vendia caro uma cavala nova, redomã, ruim de boca e de passo, como só ela. Eu comprava era o ventre, a caixa de peitos, a armadura de ossos e a largueza de ancas: o melhor que há para gerar burros e mulas.

Com ele fui ao criatório do Rosental, meio fora da cidade, uma jumentaria de dar gosto. Deixei a conversa por conta do tropeiro e saí por ali olhando, com olho de muleiro. Acabei achando o jegão que queria, um animal novo, enorme, com as armas todas, tanto nas bolas compridas dependuradas num saco duro, como no cano bem formado, estufado, apresentando e escondendo a carranca do pau. Aí me juntei aos dois na conversa, apreciei, comprei uma jumenta boa, e com ela uma besta nova, regateei outro jegue reles e acabei naquele, pagando caro. Era um andaluz, puro de cruza e bom de gala que já tinha dado ao Rosental uns burricos a crescer na lei do pai. Saí de lá tangendo meu primeiro lote de muleiro.

Saí com meus três animais pro Largo de Cima; fui comprar bruacas e as tralhas de tropeiro que usei durante anos e ainda estará em serviço na mão do meu compadre Militão, obra fina de artesão mineiro, preto, como não há mais. Serviu de molde pras mais rústicas que Tico me fez depois, tantas. Nunca me arrependi daquelas compras e de outras que fiz em Paracatu. Só no terceiro dia, agoniado de tanto demorar, oferecido ali na cidadezinha feia e ruim, é que acabei as compras: ferramentas de uso e de venda com que compus o primeiro estoque do meu negócio de tropeiro.

Os ferros que sempre quis ter, terçados bons de antes da guerra, machados de cinco libras, enxadas e foices de três, diversos jogos de freios, aparelhos de torquês, raspadeiras e tesourões de tosar e raspar. Um sortimento grande de ferraduras e cravos. Línguas de enxó e de plaina; verrumas para trabalho de celeiro, facas de sapateiro, cargas de pregos caibrais e comuns, caixas de tachas, rebites, e parafusos de todo tope, tesouras para todo uso; balas de muitos calibres.

O vendedor me convenceu, no fim, de que eu devia era comprar, barato, um saldo que ele tinha arrematado de um armazém falido. Comprei. Era um sortimento enorme de panos, espelhos, anilinas, grampos, agulhas, colares, pentes, contas, linhas, agulhas, brilhantina e mil bestagens mais, até óculos, remédios e dentaduras. Muito me rendeu esta quinquilharia, durante anos, nas viagens pelo sertão.

Para mim mesmo comprei a navalha de aço fino alemão que ainda uso, a trempe, chaleira e tralha de cozinhar em viagem de tropa. Para o jegão meu que dei de chamar Cabo, comprei arreios de madrinha: um buçal de luxo, badenas, chinchas, a retranca e um peitoral que, com os anos, se encheu de guizos. Com toda a mercadoria embalada em estopa, metida nos embornais e bruacas, com jeito, equilibrando peso, ganhei estrada.

Caí no mundo, largado na mão do destino. Isso foi o que senti quando me vi outra vez, paisano, montado naquela égua dura, trotando em terras de Goiás. Senti ali que ainda era eu, mas já era outro. Sabia bem que dentro de mim, no mais íntimo, permanecia eu mesmo; mas para todos, até pra mim inclusive, eu já não era eu: era ele, com o novo nome a nova figura que tinha.

Escapando da vida militar que tanta ilusão de grandeza me deu, não caí outra vez em mim no que parecia ser minha sina: a vida de roceiro, enxadeiro, pobre. Escapei dela para ser outro que eu nem sabia quem era. Naquela hora, naquele lugar, eu podia descaminhar. Procurando rumo mais para o norte, teria dado em sertanejo andejo, jagunço. Quem sabe, cangaceiro. Mais para sul, seria baiano em vida de capiau paulista. Operário talvez. Como dei de andar mais para o centro, escapei destes destinos. Vim ser outro eu possível entre tantos que cabiam na minha sina elástica. Isso que eu sou resulta tanto de mim com minha cara e coragem como da sorte ou do azar de que não desci nem subi. Andei reto. Para o oeste. Para a frente, para o fundo deserto do Brasil. Assim é que fui dar em mim.

Por quê? Estou ainda por entender. Terá sido vontade de Deus. Só pode ter sido sina divina, esse novelo enrolado que se desenrolou tão sem surpresa para ir me fazendo, por necessidade, como eu tinha desde sempre de ser. Detalhadamente, tudo feito para dar exatamente em mim no que fui e sou. Esta, a dita que vim cumprindo, surpreso; enfrentando as empresas que se armaram para me provar. Em cada uma delas, tantas, sofri demais. Muitas vezes me vi morto e acabado; tremi uns minutos, mas resisti, me fiz forte, cumpri. Méritos meus, culpas de Deus? Culpas minhas, méritos de Deus? Não nego nem renego. Nem culpa, nem desculpa, sina foi, ruim e boa, minha. Mais minha que minha cara. Só minha.

Hoje não estou pra confissões, seu padre. Quero é as boas lembranças de coisas que me dão gosto. Quero é pensar na vida que vivi gozoso.

Não foram muitos meus gozos. Estive sempre tão ocupado em me fazer, enricar, que nunca tive tempo para felicidades. Até me envergonho de alegrias alvoroçadas. Sempre fui soturno. Tirei mais gozo de impor respeito, que de dengos e meiguices.

A única pega de amor que experimentei, profunda, foi mesmo a de siá Mia. E, para dizer a verdade, me casei muito mais com o Brejo dos Alves, de que ela era a herdeira, do que com ela mesmo. Depois, é certo, nos afeiçoamos e ela me deu alegrias de amor. Não muito gozo de cama, que isso não se consente a mulher-esposa.

Alegrias maiores, totais, tive mesmo foi com Emilinha. Tanto que me enjoou e acabei rejeitando. Por quê? Um homem não acaba nunca de se conhecer. Eu nem sei mesmo por que precisei tanto acabar com aquela amigação que me deu mais gozo que todas as outras juntas. Lembro, com gosto, os mil modos, jeitos, caras e trejeitos da Emilinha, como não me lembro de mais ninguém. O que me deu enjôo nela, parece, foi aquela tesão viciosa insaciável com que, sem pedir, ela exigia de mim mais do que eu queria, podia dar. E aquela cachorrada final.

Eu falava era de siá Mia. Lembro bem a figura dela. A moça que eu via, de longe, passeando seus olhos tristes e suas longas tranças. A meiga noiva minha no vestido rendado, tão acanhada. Então, eu não via tanto a meiguice dela. Só tinha olhos pra ver a dinheirama do pai, as terras gordas do Brejo dos Alves, a gadaria branca, chifruda, pedindo os touros zebus que dei. Depois do casamento, pegamos afeto. Cheguei a gostar dela, seu padre. Ela também de mim, creio. Quando morreu, sofri. Eu queria de siá Mia não sei o quê, um consolo? Consolo não sei de quê. Talvez de ter vivido. Principalmente de ter vivido a vida que vivi antes dela. O certo é que esperava alguma coisa de siá Mia que nunca antes pedi nem aceitei de ninguém. Dela queria consolação como hoje, do senhor, quero perdões.

Nunca nada me magoou tanto como a morte de siá Mia. Doente, imprestável como mulher, feia e fétida; mesmo assim acabada e sofrida, eu às vezes queria que vivesse. Ainda penso nela com tristeza, o coração em golfadas, quente. Com sua morte perdi por muito tempo o rumo. Saí, batendo cabeça e batendo em gente, homens e mulheres. Estabanado.

Seu padre, estou cheio de pensamentos desencontrados. Já nem sei o que fazer. Duvido de mim, me desgosto comigo, como se pudesse me refazer. Impossível.

O que cumpre a um homem é se investir no seu próprio couro. Ser. Tive, tenho, até muita sorte de ser quem sou: eu mesmo e não qualquer outro de tantos que podia ter sido. Tenho de cumprir comigo, fazer o que minha vontade pede, sem complacência, na minha lei.

Decidi, por isso ou não sei por que, mas decidi, refazer meu testamento. Vou legar é ao senhor, ao senhor só, meu confessor, minhas terras, pastos, aramados, casas, ranchos e currais, daqui e das Águas Claras. Aos seus cuidados também é que deixo e confio a sorte futura de minha negrada do Roxo Verde e de todos que vivem lá.

Fique o senhor com eles e com o chão de suas casas. Confio mais na valia de sua caridade, maior que a minha, do que em qualquer tipo de posse no nome deles. Lá pode um negro, uns mulatinhos, uma mulher largada, um órfão fazer valer leis e direitos? É no senhor que confio, seu padre. Meu confessor e meu herdeiro, Meu pai e meu filho. É só ao senhor que deixo o que tenho nesse mundo. Também seu será até o que jamais tive e não terei, senão pela graça de Deus, que é o meu futuro destino. A Deus pertenço, a Ele e ao senhor, meu confessor, que me há de abrir as porteiras do Céu.

Cheguei nesse mundo como todos os homens, nu e inocente, sem maldade nem dente. Até os de leite ganhei depois. Aqui, saindo do nada, me fiz, cresci, ganhei dentes e unhas naturais, me pus esporas de cavalgar e mandar.

Lá no Além, o que será de mim? As almas mortas aqui, nascem também nuelas no Céu? Bem sei que não. Cada qual leva os carimbos e marcas das ruindades que fez nesse mundo. As minhas, felizmente, o senhor há de lavar, limpar com as águas da confissão.

Não me consolo de saber que não chego lá inocente como quisera. Nascerei endividado, em mora, para purgar malfeitos e culpas. Já me vejo estrebuchando com uma perna na mão do Anjo de Deus meu Salvador; a outra na mão do Anjo do Cão, meu Perdedor. Eu ali a ponto de ser estraçalhado, tremo de horror, seu padre.

Deus que me deu nesse mundo, com a riqueza, as marcas de sua divina proteção, não há de me negar ajuda no outro mundo, me deixando no desamparo e na solidão. Confio muito n'Ele, mas quero as missas todas que o senhor me deve e há de pagar rezando em estado de graça, nas manhãs e tardes de um ano inteiro, pela salvação da minha alma. Ali, bem em cima da minha sepultura na capelinha que estou vendo agora, através da janela. Lá estarei morto e sepultado no corpo cadavérico. Mas vivo e pulsando na alma perdida, esvoaçante, agoniada, que o senhor com preces e ritos vai resgatar e pôr no rumo certo pelos caminhos da eternidade. Amém.

Saindo de Paracatu lá fui eu, vestido no meu couro de tropeiro, montado na égua e tangendo o jumento Cabo e a jumenta Blanda e a besta nova que arreliavam demais, refugando serviço de carga. Obedeceram, por fim, quando provaram o peso da minha mão.

Lá fui, saindo de mim, desvestido do couro de Terêncio Bogéa e já fantasiado de mim, do muleiro e tropeiro Philogônio Maya que começava a nascer. Fácil foi enterrar numa grota meus culotes, meu dólmã, meu cinto e talabarde com o sabre assassino, minhas botas de cabo de cavalaria. Difícil foi me acostumar com o couro novo de paisano, solto, sem rancho nem soldo naquele sertão sem fundo. Era a orfandade outra vez, agora sem Salatiel no mundo pra me apadrinhar. Fechei a cara, seu padre, e ganhei chão. De mim, só queria distância.

Viajei dias, semanas, naquele estradão boiadeiro, comendo matula de paçoca e rapadura comprada no mercado de Paracatu, com a água dos córregos mineiros e depois goianos. Afinal, cheguei na vila de Cinzas com suas três casas maiores e a rancharia pouca ao redor. Lá arranchei no curral de tropa, comendo comida pagada de seu Simão Leal. Com ele, entrei em conversas sobre Luiziânia, antiga terra do ouro, agora morta. Simão, que conhecia bem todo aquele Goiás velho, me disse nunca ter visto nenhum Paus Pretos por lá, nem ouvido falar de família nenhuma chamada Maia com i nem com y. Castro é que tinha muito.

Desta vez minha conversa era de quem, por ordem de meu pai morto, procurava irmãos deixados nos ermos goianos há mais de vinte anos, em lugar perto de vila de Luiziânia, num sítio chamado Paus Pretos. É duvidoso, disse ele, que encontre seu povo, aquilo está uma tapera, quem não morreu se foi. Mas vá cumprir a vontade de seu finado pai. Levando, decerto, a boa nova das heranças dele. Estarão precisados. Pobreza em Goiás é com fartura.

Saí de Cinzas com uns cavaleiros que iam de travessia buscar gado na fazenda do Garrote, sertão adentro, no rumo de Luiziânia. Gente de pouca fala, com quem viajei tranqüilo, calado, trocando cortesias de ofertar e aceitar carne seca assada, café e rapadura, por mais de muitos dias. Aí separamos. Eu peguei meu rumo achado e perdido; para Luiziânia de seu Simão não queria ir mesmo; rumei foi por um picadão que buscava o norte.

Segui adiante até o curral ermo de um tal Malaquias, que alcancei com mais cinco dias. Ali parei tempos, descansando, olhando e vendo o mundo daquele povão sertanejo que não pergunta nada, mas também nada diz, se não se indaga. Um dia, quis pagar a comida que comia. Ele danou: casa de cristão, não tem paga não. Depois comentou que não podia com gente que tem a soberba de tudo pagar.

Fui ficando, fiz amizade com o cunhado de Malaquias e depois com ele mesmo. Um dia saímos para pescar, conversamos. Outro dia ele me levou a uma tocaia de anta que vinha cevando há tempos, conversamos mais. No final, eu já tinha licença de ajudar no curral, de cuidar dos bezerros, de tirar leite. O que eu queria era ajudar numa coisinha ou noutra para não me sentir pesado. Por meias palavras, acabei sabendo que ele criava de apartação com um coronel Celestino, dono daqueles gerais: ficava com uma de cada quatro crias que marcava. Era trato melhor que o comum sertanejo de marcar quatro pro dono em cada cinco. Tinha já uma pontinha de gado e uma cavalhadinha. Sua idéia, aumentado o gado, era ganhar os sertões do Vão do Paranã, umas cinqüenta léguas adiante, para fazer posse nas terras sem dono. Muita gentinha, como ele, como eu, estava encostando naquelas bandas.

Assim descobri meu rumo. Despedi e lá fui tangendo as três éguas novas que troquei por ferramentas, com a idéia posta no negócio de muleiro. Tinha já meu semental: o jegue Cabo, a jumenta Blanda e os quatro ventres das minhas éguas todas figurando ser boas de cruza. Viajei de curral em curral, no caminho contrário ao das boiadinhas que baixam para Paracatu ou Uberaba. Tudo era gente como Malaquias, hospitaleira, pouco perguntona e com fome de ferros.

Fui dar num lugar de quatro casas onde acampei, semanas, já na beira das terras sem dono. Era muito ruim de água, o povo estava ali era ao redor do velho Nam. Meio gago, boca cheia de dentes da dentadura dupla, querido de todos como negociante de fumo, sal e cachaça. Era o dono de um panelão de cobre para torrar farinha que todos podiam usar sem pagar nada que não fosse algum regalo. Lá acampei pela primeira vez no modo tropeiro, expondo mercadoria. Não vendi nada, queria dinheiro que ninguém tinha. Mas conversei muito me aconselhando no modo da terra que, afinal, aprendi. Falando e calando.

Toda santa tarde eu ia pra venda e lá ficava horas, acocorado no chão com os homens todos do lugar, na frente do balcão, conversando calados. Nam passava o tempo estirado em cima do balcão; de vez em quando tirava a dentadura de cima, passava os dentes roendo na fileira de rapaduras da prateleira e punha outra vez na boca pra se adoçar. Nós todos ficávamos com a boca cheia d'água.

Nam ficou amigo. Gabou minha intenção de criar burros de qualidade, começando de a pouquinho. Mas me aconselhou a não ir pro Vão que era distanciado demais. Para criatório, me disse, não há nada melhor que as Águas Claras, um sítio, quinze léguas adiante, aberto anos atrás por uma família mineira, toda morta de sezão.

Não pense o senhor que fui mascate, andarilho de canastra nas costas, mercando de porta em porta. Muitos conheci e desprezei. A outros permiti de se juntar à minha tropa, por uma viagem, não mais, com suas malas de jóias falsas, óculos, dentaduras, sapatos, remédios milagrosos.

Meu negócio foi sempre trocar ferragens por gado, e vender burros e mulas de minha criação e apronto. Não cheguei a ser, nunca, tropeiro grande, com tropa de atacado, como as de antigamente. Quando comecei, já me vi no tempo de caminhão, que não dá vaza para tropeiro fazer a vida e crescer como antes.

O que ganhei na vida de tropeiro, mais que dinheiro, foi o conhecimento desse sertão e de gentes de todo tipo e qualidade. Parecido comigo não achei nenhum. Decerto, porque ninguém se acha parecido com ninguém. Cada um sabe que o gosto de sua boca lá dele é diferente. Quem sabe até melhor que a dos outros? Eu também.

Em mim todos sempre viram um tropeiro calado, um muleiro sizudo, mas as opiniões variavam. Para uns, eu era o cara fechada que jamais fiava: fio não, quem fia é ladrão, gostava eu de dizer. Para outros, posso até ter parecido bom: trazedor de remédio, meio dador. Umas vezes fiava, sabendo que me furtavam. Outras vezes negava remédio a doente mau pagador. Tudo dependia do repente, se estava de jeito, se o dia era de bondades, dava; se não, não.

Com a idade, piorei. Continuo sendo o mesmo homem de repentes. Em mim ninguém pode confiar demais. Hoje estou pelo sim. Amanhã pelo não. Assim fui. Assim sou. Aqui nesse Laranjo, vivendo minha vida lamparina me apago devagar, queimando sem raiva meu resto de óleo. A luzinha vai sumindo, azulada. Às vezes estala, dá uns traques de luz, centelha, mas continua esturricando o pavio. Vai ser assim até apagar com minha luz, meu mando. Dando e recusando.

Foi a cavalo, a pata de mula ferrada e bem arreiada que eu percorri esse mundo vasto do Brasil de dentro, lugar por lugar, até as brenhas mais recônditas. Gastei a vida em correr e recorrer esse planalto central cumprindo missões que me dava de levar tropa carregada de quase tudo. Buscar negócios. O que é que eu não vendi nesse mundão goiano, se vendi rojões, santo, mortalha, anil, torquês, boticão de dentista, anel de noivado, pomada mercurial, sino de cobre, quilos de sal de Glauber?

Gastei patas de muita mula ferrada, viajando, repassando pelas longas estradas boiadeiras, na busca da fortuna de minha sina. Firmes patas me levando no passo, guardando o ritmo, como se eu fosse um calango alto, solto, alçado no alto do lombo. Não há rede nem cadeira preguiçosa que dê a um homem aquele galeio de uma mula bem compassada. Nunca estive tão em mim, completo, como enquanto me vi encarapitado no alto da sela, em cima dos meus pelegos. Andando sobre meus pés ou mesmo sentado nos pousos, até aqui deitado, eu me falto, me sinto rebaixado. Meu lugar é lá.

Viajar montado, com tropa própria, é ver tudo lá de cima. É reger os homens, os bichos, as coisas. É ter o mundo submisso. Meu mundo viajei, tropeiro comandei, montado firme na besta e mais firme na vida. Com todas as rédeas na mão, sabendo que na outra ponta, dentro da boca da mula, estava o ferro do freio, de meu poder de mando. Qual é o dono de tropa que não se sente senhor desse mundo? Hoje, desmontado, reduzido à laia dos de a pé, começo a enjoar de mim.

Ô estradas tantas deste mundo que já não verei. Caminhos de terra, na seca são regos de pó, poeirentos. Nas águas lodosos passos de barro mole, atoleiros. Rios de gente caminhante, cortando retos as planuras do cerrado ou subindo tortos, íngremes morrarias de pedrais.

Vazias, paradas por dias, semanas; logo se movem dando passo caminhante a um homem só; ou a um homem, uma mulher com uma trouxa na cabeça e uma menina arrastada pela mão. Todos de a pé. Às vezes o homem a cavalo, a mulher quase nunca; mas se está montada, é de silhão. Carros de boi rangentes, navegando devagar. Tropas com a madrinha alegre trilitando guizos, com os lotes de burros e seus guias badalando cincerros. O tropeiro, eu, bem posto nos finos couros dos arreios tauchiados, encouraçado nas armas, montado no alto do lombo alto do burro Catete, olhando lá de cima acima do meu ombro, a estrada, o aramado, o mundo, falo saudando passantes e sigo em frente pensando.

Mundo goiano meu de velhas estradas minhas, acabadas, perdidas. As estradas novas, alheias, aí estão cruzando tudo. Se fazem e se refazem, retíssimas. Asfaltadas, caminham correndo em cima de automóveis, velozes, sem saber se o cerrado está seco ou florido. Sem ver ninguém. Ou só vendo uma pedra, uma casa, um poste na beira do caminho. Aquilo é um homem, uma mulher ou uma coisa? Tudo são coisas, trens.

Estradas demoradas as minhas, rolando, curvas recurvas. Carcomidas nos lados pelas rodas de carro. Entrando n'água, onde o rio dá pé. Abrindo-se em caminhos. Recebendo picadas, colhendo veredas, cruzando outras estradas de terra. Sempre seguindo adiante.

Só param nas cruzes dos mortos matados na beira, plantados em suas sepulturas. Por que não fui eu o estradeiro que ficou fincado ali, parado? Que sabe um homem de sua morte? Quem mata um homem? Vivo estou, graças a Deus, para recordar minhas velhas estradas de que ninguém se lembra mais. Quem delas se lembrará, depois de mim?

Tantas foram: as que se foram Carreirão de Pernambuco, correndo por fora, de Minas para a Bahia, rente ao São Francisco, em rumo ao Norte.

A Estrada do Sal, lateral, saindo de Goiás para o Piauí e o Maranhão onde nunca cheguei.

Ó Estradão de Cuiabá, tão meu, correndo debaixo da linha telegráfica de Uberaba, quase minha morada, para Vila Bela no fundo do Mato Grosso, fronteira goda.

Tantas estradas fiz, refiz, montado em burros que gastei, tantos, nesses sertões do Brasil do Meio, meu país. Por ele andei, rodei, tresandei, até aqui chegar e parar nesses Laranjos.

Cada lugar, pro morador, é o centro de onde partem os caminhos. Para mim, estradeiro, é o pouso. É a parada, o descaminho. Aqui fiquei parado. Aqui, nesse lugar, há anos estou parado, esperando. Quem, vivo, pára e espera, o que é que espera? A morte! Na morte seguirei caminhos, quais? Tomarei rumos, para onde?

Estradas do meu mundo, terrosas, batidas de tanto andar por elas. Viajar é trotar pelos poeirais, nas secas; pelos lodaçais, nas águas. Viajar estradeiro, no meio dos homens, que encabeçam cada lote de tropa, é viver vivendo vendo viver, convivendo. Não se pode é parar. Parei. A estrada que tenho agora, diante de mim, seu padre, é só essa do retorno, por palavras, aos idos meus que não estão mais nesse mundo. Estão só no meu peito.

Fui pelo rumo e com poucos dias, acertando e errando, achei a tapera. Era melhor até que o nome de Águas Claras: pasto natural verde e gordo de uma campinazinha que parecia feita para minhas criações; o córrego de água branca correndo ligeiro sobre a pedraria de lajes lisas. E ao redor, dos dois lados, muita água perene boa de rego, minada de altas grupiaras, caracolava por ali. Era agosto, tempo de névoa e secura mas no meu sítio das Águas Claras, aquele frescor.

Nos anos que vivi lá, tantos, aquela água nunca faltou. Nem a bondade dos pastos naturais, melhorados com o trabalho dos meus negros. Nem os ares que respirei tão bons. As Águas Claras nunca me negaram a esperança que pus nelas. Ali me instalei para a minha vida de muleiro e de tropeiro que fui desdobrando. Dali também saí para a minha vida nova de abridor de fazendas, com o nome que ainda hoje levo.

Aqui, não tendo pecado ruim para confessar e purgar, posso andar a passo mais ligeiro nesta confissão já estirada demais. Mas não irei tão depressa que não mostre também, tintim por tintim ao meu testamenteiro, como fui juntando a fortuna que deixo, legada, nas suas santas mãos.

Pecado meu desta quadra, só me lembro da ojeriza que me foi pegando e crescendo contra a preguiça dos pretos que começaram a cair ali junto de mim como uma praga. O primeiro, foi este meu compadre Militão. Era, então, um rapazinho dentuço, alegre, que encontrei no povo do

Nam. Gostou de mim, e veio atrás. Quando eu mal começava a me sentir sozinho nas Águas Claras ele chegou, tangendo, junto com o dono, uma tropinha de jumentas e trazendo uma cargazinha de fumo, sal e rapadura que o Nam mandava. Desconfiei do jumenteiro, achando que podia ser alguma treita, mas vi logo que era negro do Vão mesmo, com aquela fala, só de lá.

Trocamos as jumentas dele por ferramenta minha, conversamos um pedaço, ele se foi, prometendo voltar; mas Militão foi ficando desde logo. Queria aprender meu ofício, disse, as artes de muleiro. Assim caiu nas minhas mãos, meu compadre Militão, pra ser para mim, a vida inteira, o que eu fui uns tempos pro Lopinho e pro velho Duxo. Com mais sorte do que eu. Atrás de Militão, foi chegando às Águas Claras aquela negraria, todos parentes dele, diziam. Vinham, me saudavam e com minha licença iam armar seus ranchos num capãozinho de mato debaixo da grupiara que eles mesmos pegaram de chamar de São Benedito.

Com pouco tempo era um povão, mais crescido do que meu criatório. Eu cismava: estarei criando mulas ou criando pretos? Que é isso, meu Deus? Mas deixei. Trabalhar, não trabalhavam, nem para eles, nem para mim. Só faziam o necessário pra comer. A rocinha deles todos, somada, era menor que a minha. Na verdade não havia a quem vender o que sobrasse e eles não tinham criação para cevar. Mais do que mantimentos, suas roças tinham era quantidades de plantinhas de gosto e de cheiro, pra tempero e pra remédio. Também criavam galinhas de pescoço pelado que cuidavam e tratavam como se fosse gente, até com nome de cristão.

Por que caíam ali junto de mim? Proteção, me disse Militão, ajutório. Proteção contra o quê? Não entendi qual era o amparo que queriam e eu tinha para dar. Serviço não era o que buscavam; isto vi logo. Mas mesmo a contragosto, sempre ajudavam, com moleza, nos trabalhos de ir abrindo e cercando as Águas Claras. Acampados foram vivendo ali junto de mim, livres de ordens e do peso de serviços fazendeiros, sem se sentirem sós no descampado. E tendo com quem conseguir a mão de sal, o remédio, o ferro de serviço de que precisassem. O mais eles faziam, desde a comida até o tucuio que teciam e tingiam para roupas.

Nos primeiros tempos de Águas Claras, depois de consertar mal e mal a tapera do finado e de abrir o mato para dar mais espaço ao criatório, comecei a andar de a pé e a cavalo, para conhecer minhas posses. Era o que eu tinha pedido a Deus. Melhor até, porque se imaginasse, eu desejaria e pediria um sítio como o do Lajedo, de Lopinho.

As Águas Claras são muito, mas muito melhores do que aquilo e do que tudo mais que eu vi por este mundo. É uma quebrada aberta entre duas morrarias distanciadas de mais de meia légua, na extensão de légua e meia. No fundo corre o Pacuí, mas das serrarias descem águas perenes, saltando sobre pedras: águas claras. A melhor delas corre do alto, e baixa atrás da casa, barulhenta, rebatendo nos calhaus redondos até entrar na estiva do pedral do Pacuí, lá embaixo.

Vi logo que formava sítios separados pelas vertentes das morrarias que baixam. Um grande, do lado de lá do rio: Inhaúmas, com pasto natural, ralo, mas melhorável e capões de mato cerrado, e três menores. O da boca da quebrada, menor, pedregoso e ruim, ficou para os pretos, é meu Roxo Verde, o São Benedito lá deles. O de junto da casa, que acabaria abocanhando o nome Águas Claras, é uma várzea espaçosa coberta de capim-gordura plantado pelo finado e de coivaras velhas, crescidas e com bastante lenha. Adiante, embaixo, fica um campinho bonito, Veredas, quase redondo, cercado de buritis, de pasto baixo formado por um meloso daqui mesmo. Em cima, fica o sítio da Gameleira, lugar mal-afamado dos pretos se exemplarem. Aquela minha fazendinha das Águas Claras é beleza de encher os olhos.

No princípio eu me perguntava se chegaria, de fato, um dia, a ser dono daquilo tudo. O que eu ocupava realmente e precisava era mesmo o sítio da tapera. Só ele, na verdade, era mais do que eu pensava precisar, imaginava ter. Modéstia minha de goiano novato que ainda não sabia das grandezas deste mundo de Deus Nosso Senhor.

Mais tarde, depois de bem assentado nas Águas Claras, fui conhecendo aquele mundão enormíssimo. Primeiro, o Vão do Paranã, que é o pedaço mais bonito de toda a criação. Chegando pela morraria de baixo o Vão se abre por léguas como um baixio de terra vã, verde-azulada na potência da mata de aroeira que cobre quase tudo. No fundo, como uma cobra, corre o rio Paranã que dali parece de águas pretas. Naquele Vão eu queimei mais aroeira, abrindo pasto, do que toda a que se gastou em usos nestes goiases desde que ele se abriu.

Adiante do Vão, a terra sobe, mais seca e ondulada nos topes e encharcada nos riachos e brejos fundos. É o Buritizal, pátria de todos os buritis do mundo. Crescendo alegres nos baixios, se alteiam com suas folhas pintando de verde e de marrom o azul do céu e deitando para baixo aqueles cachos dourados de cocos, feitos pela mão de Deus, de tão perfeitos.

Melhor ainda que o Buritizal é a Várzea do Ovo, um varjão, de alqueires mil, tendo no meio aquela pedra imensa em forma de um ovo em pé. Parece caída do céu, de tão sozinha ali no varjão e é mesmo redonda como um ovo por três lados. Só no quarto, havendo uma fenda e umidade, sobe o mato, verdejando o cinza-azulado do pedrão.

Muito adiante, só conheci anos depois, vem o Campo Redondo, só sabido por mim e pelos negros durante muitos anos. É a terra melhor para criação que conheci. Elevada, sem ondulações, quase uma mesa, toda coberta de pastos frescos e servidos de aguadas limpas que dão gosto de ver e de beber. Pus o nome de Capão Redondo porque é isso mesmo. Uma campina enorme cortada de renques de mata por onde correm os rios e cercada por todos os lados por uma serrania azul de tão distante, formando quase um círculo. Pena é que esse mundo de terras que abri nunca chegou a ser meu, como o senhor verá. Castigo de Deus.

Hoje levantei assustado, com o berreiro de gente no pátio da frente da casona. Pegavam um homem, duro, aos pescoções e pontapés. Isso é coisa nunca vista nessa minha gente goiana.

Saí abotoando as calças, para saber o que era, ver, providenciar. Aquele homem apanhando, num relance, me lembrou de mim, apanhando igual, como ladrão de cavalo, dos soldados de Grãomogol.

Pensando por um momento que podia ser eu que apanhava, me revoltei com aquela violência e foi com fúria que requeri explicações de Antão. Mandei parar a sova. Ele passou a corda em que o homem estava amarrado pra mão do Mem de Sá e veio me atender. É um forasteiro que apareceu aí, armado de garrucha e com jeito suspeito, disse. Não seria um tocaieiro? Vi que ele mesmo já não acreditava que fosse. Alarme falso.

Mandei cortar a corda atada demais no pulso dele e trazer o homem. Aqui na sala com luxos de lustres e vidros, diante de mim, um velho enrolado numa japona, aquele homem novo, forte, sangrando, se ajoelhou, chorando como cachorro debaixo de lambadas, e implorando me salves. Difícil foi acalmá-lo para falar.

Contou, como pôde, de onde vinha: a vila de Maria da Abadia. É de uma família de empreiteiros de aramado, buscando serviço nas fazendas dos sertões de baixo. Pediu a guaiaca, e tirou dela pra mostrar, mais dinheiro do que tem um vaqueiro e dois documentos: um papel selado e uma conta de rolos de arame vinda no nome dele: José Lara.

Vi logo, não era tocaieiro nenhum. Meu pessoal, debaixo do zelo de Antão, não deixa passar agulha sem exame. Um forasteiro armado assim tinha que cair debaixo de suspeitas. Chamei Antão e a ele só, em particular, dei ordens de devolver as coisas do homem, inclusive o cavalo e a garrucha; e de deixar até que passasse uns dias pra descansar, se quisesse, no barracão. Tudo isso com o cuidado de que a dispensa fosse dada por ele próprio. Não quero e não posso desmoralizar meu povo.

Antão se aproveitou da ocasião pra voltar ao assunto em que está sempre insistindo. Todo mal tem raiz, repisou. Sem arrancar, não cura, não. Queria e quer, só quer, é matar a jararaca da Dóia. Não, disse eu, meu não é, não. Isto é o que decidi há muito tempo e mantenho. Não vou sujar minha mão com sangue de mulher. O senhor não acha? Vivo, sei que viverei sempre debaixo dessa vigilância para não ser derrubado por uma tocaia dela. Mas mandar matar aquela tocaieira, não mando, não.

Esses meus pretos têm malícia. Custei a descobrir que eles é que me usavam. Desde aquele primeiro dia, foram eles que me escolheram, adivinhando em mim coragens que não tinham e de que necessitavam para se proteger. O moleque Militão que me apareceu oferecido, trazendo aquela feirazinha do Nam, na verdade estava era acoitado lá com o povaréu dele inteiro, fugindo do antigo capataz daqui desses Laranjos com quem tinham dívidas.

Veio com ele aquela tropinha de jumentas para trocar por ferros. Mas quem veio negociar era o olheiro, meio chefe deles, Juca, querendo ver se dava para pretada se encostar e acoitar comigo, no mole. Na verdade, ele era o embaixador dos pretos espalhados nesses mocambos de negros forros dos goiases. Foi esse o meio que acharam de se verem protegidos. E isso, a seu modo, me explicaram. Eu é que não entendi que, consentindo, fazia da minha fazendinha um mocambo e de mim o chefe deles.

Só descobri isso tempos depois, quando o tal Ludovico de quem terei ainda de falar em confissão, capataz dos Laranjos, apareceu me acusando de coiteiro de negro devedor e ladrão. Veio montado numa besta de passo, com rompantes de dono desse mundo e do outro. Joguei água na fervura dele, dizendo que mulatão não grita em casa de branco. Se vinha em paz conversava; se não, não! Ele tentou esbravejar indagando se os pretos que estavam alvoroçados ali ao redor eram crias minhas. Aí deu com Militão e se danou, apontou a carabina segurada pelo meio, mas com a mão no gatilho, gritando: esse corno eu carrego comigo, ou o senhor quer ser coiteiro de negro sem-vergonha?

Vi logo que gritar mais não dava. Pus a mão no cabo da garrucha e falei calmo: já escutei demais, seu moleque. Cai fora! Ele quis repicar, eu tirei a arma, sapequei fogo no chão e berrei: chega seu filho da puta. Cai fora! Ele esporeou a besta e partiu. Na altura do casario dos pretos, deu um tiro para cima e sumiu. A negraiada ficou lá, vozeirando, falando, esbravejando, queixando.

Sem querer tinha virado o chefe, protetor, de um quilombo que daí em diante só fez crescer ainda mais.

Um dia Militão criou coragem e pegou a mania de me falar do sofrimento dos pretos. Em cada viagem gastava a licença que eu dei, recontando. Aprendi assim a história toda desses sertões do Brasil cá de dentro. Quero dizer, a história na versão dos pretos, feita de fantasmagorias sobre almas penadas, espavoridas, de pretos e de brancos numa guerra sem fim.

Para cada sítio ou tapera ele tinha seu conto de malassombrados, sobre passados sofridos de escravos antigos que labutaram ali, e sobre padecimentos presentes daqueles mesmos escravos e dos seus malvados senhores, todos fantasmais.

Contava com mais gosto e detalhes era o sofrimento do povo dele mesmo nesses Laranjos, gerações de pretos se gastaram para abrir esse mundão. Primeiro tirando ouro com escravos comprados com esse mesmo ouro. Depois, acabada a riqueza, com a triste soca pobre da criação de gado, pondo negros forros no serviço.

Sem a graça de Deus, seria impossível a uns poucos brancos e brancalhões gastarem tanto negro e de sobejo tanto índio, no abrimento desses goiases. Hoje em dia, também, sem milagre de Deus não se explicava como é que nós, fazendeiros, sendo tão poucos, pastoreamos todo esse gadão humano que tangemos na produção.

Onde falta a mão do dono, como faltava aqui nos Laranjos, o despotismo é pior do povão acumulado à toa ou sendo explorado pelos sabidos como Ludovico. Ele nunca mais voltou às Águas Claras. Muitas vezes meus negros se alvoroçaram, bradando em vozerios de horas, no temor de que já fosse a tropa de meganhas do Ludovico que vinha chegando para desacoitá-los. Era sempre rebate falso. Tanto me assustaram com medo daquela ameaça que ficou anos em cima de mim, que tive de fazer preparos para o caso deles chegarem. Deixei armas prontas em todas as janelas, limpas e municiadas, na esperança e no medo daquele cerco temido. Esse, o preço que paguei por ter baixado a crista do Ludovico. O que ele me pagou foi maior, tempos depois; quando entrei nesses Laranjos.

Seu padre, hoje sonhei com uma ave enorme, branca, grande como uma mulher. Eu, deitado, pelado, de pau duro em cima de uma pedra lisa, me oferecia. Ela veio pairando, asas abertas, em cima de mim, me apalpando até engolir inteiro todo o meu pau. Não com o bico, mas com as partes pecadoras dela.

Comigo embutido, fodendo, ela abriu mais suas asas imensas, esvoaçando nervosa, me chupando, grasnando, gozando. Debaixo daquela ventania, dentro da coisa babada de pata dela, eu duro, sugado, gozava, sofria.

Nunca gozei tanto na vida, seu padre. Nem com Emilinha gozava assim. Nunca sofri tanto na vida, seu padre. Seria medo do banzeiro que ela fazia? Não sei. Sei é que gozei muito mais do que sofri.

Quando acordei, agoniado, largado, cansado, vi doído que nunca houve ave nenhuma. Meu pau estava ali, dormido, nem sabia de nada. Foi sonho só. Sonho e uma ventania que soprava pelas frestas da janela.

Esse gozo sonhado terá sido menor que o gozo de meus outros gozos vividos? Verdadeiro ele foi. Quem sabe, até mais real que outro qualquer. Gozo sonhado, tirado de mão ou de mulher, é tudo gozo. Um é tão bom como outro qualquer. Tudo é ilusão. Em cima de mulher, qual é o gozo de um homem senão aquele esturro na hora de desaguar o óleo na porrada?

O senhor terá toda a razão se achar que isto não é mais uma confissão. De fato, estou ocupando seu tempo para nada. É verdade, tem razão. Mas o que é que o senhor quer? Ficar sentado aqui escrevendo confissão, me proibindo de pensar no que meu bestunto queira, é impossível. E não tenho mais o que fazer.

    É setembro, mês das queimadas gerais deste sertão. Lá fora é um mormaço só. Os ares entupidos, sujos de fuligem desse fumaceiro escuro. Aqui dentro, mesmo na fresca do jardim molhado, meus bofes emperram, sentindo falta de sustança no ar que respira. Aspiro e resfolego como um fole, para nada. Quanto mais ar sorvo, mais me sinto sem ar. Mandei queimar os campos esse ano e quase me arrependo. Mas era demais a demasia de pragas e cobras e bichos ruins nos meus pastos. Desde o ano atrasado não queimava.

Nunca vou me esquecer daquela tarde. Estava atrás da casa, nas Águas Claras, vendo Tavo ajeitar uma resma de telhas pra queimar, quando nos assustamos com um tropel de cavalo ferrado. Passamos pro outro lado e vimos quem chegava. Um cavaleiro bem montado, chapeuzão de feltro, boa figura. De cima do cavalo tirou o chapéu e me saudou, cavalheiro. Pedi que apeasse e se chegasse. O homem veio, ofereceu a mão, amistoso, sorridente, dono de si: Domingos Caldeira, disse. Mal olhou Tavo e Militão que estavam ali perto.

Vi que alguma coisa não corria bem porque Militão desguiou, saiu de lado, me deixou ali trocando prosa com o homem, enquanto Tavo desarreiava o cavalo, e levava os trens dele pra dentro. O homem não explicou a que vinha. Simplesmente entrou conversador, falando da viagem, da distância enorme que eu estava de um povoado.

Enquanto a visita lavava a cara, Militão e Juca se encostaram para me dizer que aquele era Dominguim, falado matador de vontade própria ou por mandato: homem aziago, onde chega chama desgraça! Tranqüilizei: é hóspede meu, vai ter bom trato.

Só no outro dia senti a garra que vinha atrás de todo aquele sorriso; a dureza que Dominguim escondia debaixo do trato macio. Foi quando perguntou como eu tinha comprado aquele sítio das Águas Claras do finado Oderico. Surpreendido quis saber que Oderico era esse. Ele perguntou: mas não foi Zé Oderico de São Romão

235

que abriu isso aqui? Se o senhor não comprou, ganhou de quem? Refeito, esclareci que tinha encontrado aquela terra abandonada, uma tapera, sem dono. Quero dizer, expliquei calmo, era sem dono; agora tem dono, seu criado aqui, Philogônio Maya. Ele desconversou; não sem dizer, mordente, que essas questões de posse de tapera são duvidosas. Mas isso não é de minha conta, rematou. Estou aqui para conhecer o amigo e rever este sertão que visitei no tempo dos Oderico.

Ficou dias hospedado ali, tomando sozinho a cachaça que trouxe e pitando o fumo dele no abade que também trouxe. Não gostava de palha. Só me deu raiva mesmo foi quando veio a mim pedindo que deixasse Militão ir ao Nam comprar mais pinga, mais papel, mais fumo fino. O dos negros não gostava. Como era viagem de três dias, vi que a intenção dele era ir ficando. Deixei ir. Que fazer? Militão foi e veio. Dominguim foi ficando, bebendo a pinga, fumando o fumo.

Especulava pouco, mas sempre especulava, tentando saber mais de mim. Ajudar não ajudava nada, e pouco falava. De manhã assoviava chamando o cavalo, arreiava e dava uma volta, parando nas casas dos pretos. Depois do almoço saía outra vez, agora a pé, andando pelo curral, olhando, perguntando. Falava sempre mais com os negros que comigo.

Tivemos uma conversa arrepiada quando ele veio perguntar como eu estava de munição, a dele seria pouca. Disse, mentindo, que quarenta e quatro não tinha; mas uma carga de trinta e oito pra dar, tinha. Ele não pediu, nem eu dei. A munição dele não era tão pouca. Naquela mesma tarde puxou o mosquetão, saiu pra varanda e ficou uma boa hora municiando e manobrando pra cuspir as balas no chão. Apontou um bem-te-vi, fez mira e atirou. O passarinho avoou. Isso não é arma pra tiro de braças. Desculpando, contou que o primeiro dono, quando pegou novo o mosquetão, mijou no cano e deixou umas semanas, pra amolecer o aço. Queria rombo, não rumo. Eu também, completou.

Nesta conversa de nenhuma ameaça havia a potência de um homem posto ali na minha casa, reinando, se impondo. Acabava me sujigando. Começou a me dar medo: morro ou viro vaqueiro dele. Dominguim andava sempre com sua guaiaca na cintura e nela, o SW 38. Passei a andar, eu também, com minha garrucha até dentro de casa.

Nisso, ele decidiu morar com os negros. Quem me disse foi Militão, quando veio buscar a rede e contar que Dominguim fazia ponto na casa dele. Lá estava como dono dando ordens, sem respeitar ninguém. Primeiro derrubava as negras pelos matos. Por último, deu de chamar em pleno dia, ali mesmo. Fodia Siriá na vista de quem quisesse ver.

Eu não podia ignorar que tinha posto um garanhão no meu serralho. O senhor do Roxo Verde já era ele, não eu. Com pouco mais se assenhorava das Águas Claras. Afronta descarada, só podia ser mesmo pra me provocar. Meus negros já sabiam que eu tinha é medo. E tinha, seu padre, muito medo. Já via nele meu matador. Larguei tudo para imaginar ocasiões e modos de me livrar de Dominguim, sem deixar meu couro na mão dele. Vivia nervoso, estranhando minha gente, meu mundo. Qualquer coisa me assustava. Nunca passei tempo tão cabreiro.

Não tardou. Uma tarde veio ele, falando alto, na frente de uma pretalhada. Subindo na varanda, disse meio gritado, que precisávamos mandar Militão no Nam, fazer compras. Só perguntei: precisamos? Ele: sou amigo prestável, seu Filó. Inimigo também, o senhor escolhe. Escolhi ali na hora: instantâneo, tirei a garrucha e atirei uma bala na mão dele e no coice dela, outra na barriga.

Deixei o homem arriado, e saí andando pro curral. De longe olhei pra trás e vi os negros enxameados ao redor. Mais de longe, dei outra olhada e vi como arrastavam o corpo, já nu, pelas pernas, morro acima. Estiquei contente meu passeio, devolvido a mim. Só voltei ao anoitecer, lavei os pés, zanzei, comi, tomei café e fui dormir sem dizer palavra.

No outro dia, de volta do criatório, quando entrei em casa, encontrei em cima da mesa bem esticada a guaiaca cuiabana de Dominguim com suas fieiras de bala, uma cheia, uma vazia. Nela o SW 38 preto, que passei a usar e até hoje uso. Ao lado, estava o mosquetão de cabo encastoado com estrelas de prata. Este mesmo dependurado ali atrás da porta. Dias depois, entrando no quarto dos arreios, vi lá, brunida nas pratas, engraxada nos couros, a sela com a guarnição de freios e alforjes do finado. Os negros se deram por pagos com a roupa e os pelegos.

Na primeira viagem que fiz com aquela guaiaca na cintura, me deu de abrir e encontrei, na barriga dela, pra mais de três contos. Dinheiro muito naquele tempo, seu padre. Dinheiro grosso. Trocado em ferramenta e bugiganga, surtiu minha tropa.

Esse foi meu prêmio pelo serviço de tirar do mundo aquele desgraçador azarado. Pecado de morte, o senhor saberá se foi ou não. Se foi, que me perdoe. Pra mim, não foi. Até na torta justiça de cá, por essa morte eu tinha perdão.

Por uns tempos receei cair na mão dos negros que tudo tinham visto. Logo vi que era bobagem, eles tinham se chafurdado tanto no sangue dele que estavam mais lambuzados do que eu. Ainda assim, encontrei jeito, em conversa com Juca e Militão, de perguntar por Dominguim. Disse, então, bem explicado e repeti, paciente, que ele tinha passado uns dias ali; contei até que tinha chegado com um furúnculo feio de que eu mesmo tirei o carnegão e curei. Assim como chegou, um dia, se foi. Nunca ninguém me falou disso.

Alguns legados de Dominguim ficaram nas Águas Claras me lembrando dele. Um foi o garanhão manga-larga que eu nunca deixei ninguém arreiar, mas bom serviço me prestou no criatório. Não para produzir cavalos; com as éguas ruins que eu tinha dava um produto mirrado; mas pra enxertar jumentas. Dele colhi alguns dos melhores burros e bestas que tive: Romo, Fuança, Estrelo. Principalmente Fama, a besta mais fina, nervosa e mandona que eu vi. Madrinhou minha tropa por anos. Galharda, guiava os lotes rinchando e mordendo burros travessos.

Outra herança de Dominguim foi o filho que deixou prenhado no bucho de Siriá. Nasceu meses depois, lá cresceu, meu afilhado como todos; arreliento, como o pai. Lá está, casado; é um mulato comprido, sestroso, meio metido a senhor dos pretos. Qualquer dia cai no mundo.

Resultou também dessa chegada e sumiço do Dominguim uma espécie de trato meu com os pretos. Nesse tempo, aquilo já ameaçara ser um quilombo. Negros de todos os goiases chegavam, ficavam arranchados uns dias debaixo do umbuzeiro, na porta da casa do Juca, esperando a licença que Militão me pedia, e eu dava ou recusava, para se arrancharem. Um, ele me dizia que era bom sapateiro ou melhor celeiro; outro seria telheiro ou matador de onça. Uns prestavam, poucos. Outros só davam pra vida de negro forro. Acabaram formando quase um arraial com casas espaçadas de um grito.

Fui aprendendo aos poucos a trabalhar com eles. Produzem um pouco de tudo nas roças e fazem qualquer coisa, sempre tão reles, que não dá pro comércio, mas serve pro gasto. Negro não tem ambição, nem gosta de obrigação. A ojeriza maior deles é ter patrão em cima com hora de pegar e largar serviço. Isso nunca pedi, deixei minha pretada livre debaixo da minha proteção, plantando e comendo suas roças, fazendo suas festanças, fiando e tecendo suas roupas, e vivendo lá na moda deles.

A utilidade principal daquela minha criação de pretos era me suprir dos muitos arrieiros, boiadeiros e cozinheiros, baratos, que eu usava e gastava nas tropas e boiadas. Era também o serviço que, bem ou mal, me prestavam os que deram pra seleiros como Tico e Loco; ferradores como Sapudo e Ninão, e muleiros como Quinzim e Fico. Deles tive permanentes, muitos, nas Águas Claras. Uns meio ordinários; outros nem tanto.

A pretalhada grossa encostada lá era servível. Ao menos me plantava feijão e fazia toucinho e carne de sol. Com esse serviço pouco me pagavam de acoitar aquele povão e do vexame de ser chefe de quilombo. A eles todos eu dava as ferramentas de que precisavam e algum remédio, quando pediam. Isso tudo dosado e muito de pouco-a-pouco, saiba o senhor. Negro gasta uma enxada ou uma enxó até o nó; uma faca até o toco.

Nunca vou esquecer a chegada de Dominguim, a figura bonita dele, imponente, montado naquele garanhão manga-larga muitíssimo bem arreiado. Admirei tanto a estampa daquele danado que dei de me vestir, enchapelar, andar, montar e falar e até rir no modo e jeito dele.

Esquecer também não posso os negros enxameados no corpo meio morto dele. Estava na minha sina dar a Dominguim, naquela tarde, a morte que ele trazia pra mim.

A idéia doidela deu cambalhota na minha cabeça, a manhã toda: somos caveiras encarnadas. Esqueletos sorridentes. Isso somos. A morte nos habita, seu padre, reside dentro de nós. Nosso ser real, nosso miolo, é essa ossatura branquíssima, agüentando em pé um embornal de peles cheio de carne e sangue.

Tanta gente bonita sorrindo, por aí, todos encaveirados nas suas ossaturas imaculadas. Depois de mortos só a brancura da caveira há de durar, sepultada, enterrada, escondida, mas pura e intocada. Lavada dos pecados com a carne consumida, a caveira ficará lá testemunhando por tempos imemoriais. Dizendo que um homem, uma mulher, viveu, e tossiu, e sofreu, e morreu. A alma nesta hora estará começando a prestar as contas sem fim no infinito da eternidade.

Tenho visto ossos velhos de caveiras sem idade. Sempre olhei para eles como ossos dos outros; sem pensar nunca, jamais, que eu levo um esqueleto debaixo de minha carne. Medrado, que na vida carnal foi zarolho e decerto disso muito se vexou; que por sua zarolhice eu finei, carreguei e joguei numa quebrada, lá estará glorioso, branqueando aquele pedaço do mundo, com seus ossos limpos pelos cupins. Lá, exibido, estará melhor do que em qualquer carneiro rico.

Só não melhor que eu. Morto, vou pro chão da capela. Lá estarei deitado, branco, com a minha carne convertida em tijolos de cal, envolvido nos gases de carbureto de minha combustão contida.

Que é que eu faço, seu padre? Mando pôr o cal dentro do caixão, para impedir a putrefação da carne? Mando arrebentar o caixão por baixo, pro cal se encontrar comigo? Ou não ligo pra isso, com riscos de ficar podre dentro do caixão? Podre de uma podridão bichosa, por falta do cal.

Hoje estou atroz, meu amigo. O que quero é só pensar que minha sepultura será a melhor desse mundo: a capelinha de Nossa Senhora da Boa Morte, por mim restaurada e reluzida, com seu altar de santos santificados, seu ostensório de prata mostrando a hóstia grande, com o Sagrado Coração de Nosso Senhor Jesus Cristo impresso lá nela. Troquei com o padre Severo, na última vez que fui a Luiziânia. Lá, vestido nos paramentos do dia, o senhor, meu padre, rezará por minha alma, a missa daquele dia, por um ano inteiro. Amém.

Pouco depois de me assentar nas Águas Claras, finda a guerra, as novidades começaram a cair aos cachos. A melhor delas, boca de muitas outras, foi a chegada de meu futuro compadre traiçoeiro: o finado Expedito Catalão. Tipo mofino, seu padre, ruim. Exigiu de mim, por anos, mão firme na rédea pra agüentar seus corcoveios. Acabou me derrubando, o patife. Quase acabou comigo. Não fosse eu maneiro de jogo, quem estava aqui confessando era ele.

Nos primeiros tempos tudo correu bem. As novidades que ele trouxe me encheram a cabeça de luzes. A maior foi que o governo tinha caído; que outro tinha subido, mas que não ia durar; um terceiro já vinha por aí, porque o povo ia escolher quem é que devia mandar. Isso, disse ele, era para o Brasil todo, inclusive Goiás e até nós também. Aprendi, então, que minhas Águas Claras pertenciam ao município de Cristalina, que ficava a cem léguas de distância. Lá se decidia nosso destino. Mas, agora, com as eleições, nós podíamos influir, um pouco.

Além de presidente, de governador, de prefeito, de deputado, de senador, íamos ajudar a eleger Catalão para vereador. Ele estava ali pra nos fazer eleitores. Falou de constituição, comunismo, udenismo, getulismo, queremismo; diferenciando os amigos dos inimigos do povo. Entendi pouco. Juca, Militão e Nheco, menos ainda. Nem quiseram ouvir.

Catalão, meu futuro compadre, obsequioso, me elogiava com a boca cheia: fazia do senhor um velho, seu

Filó. E aí está, moço, na força da idade, com esse nomão todo que tem. Nesses gerais só ouvi falar no senhor nas cinqüenta léguas em torno daqui: Capitão Filó, Major Filó, não sei o que mais. É no senhor só que esse povo fala. Respondi modesto: não sou capitão; nem major sou. Patente do governo não tenho. Patente de mato não quero. Aqui vivo, pequenino, sem pisar em ninguém. Mas não aceito mando não, seu Catalão.

Foi conversa longa, de dias. No fim eu era do partido do governo, dutrista fanático, mas tinha tirado dele o que queria. Catalão pagou meu preço, sem nem saber o que era: me deu meu título de eleitor, que já veio assinado pelo juiz eleitoral, com meu nome próprio. Philogônio é com agá, seu Filó? Maia, com i ou Maya com ipsilone, seu Filó? Os nomes de meu pai e de minha mãe, que nunca tive, devidamente combinados. Nascido no estado de Minas Gerais, a 26 de outubro de 1922, fazendeiro de profissão. Passei a ser quem sou: Philogônio de Castro Maya, que assina Philogônio C. Maya, filho de Cipriano da Rocha Maya e de Roselina Afonso de Castro Maya.

Além do meu título, Catalão me deu mais dezesseis pra meu povo. Só não peguei mais porque, de besta, não quis. Temeroso, dizia: veja lá, filho de Deus, sou homem sério, não brinco com coisas de governo. Militão, Juca e Nheco, os pretos mais esclarecidos que tenho aqui, não sabem nem assinar o nome. Essa negralhada toda é mais ignorante ainda. Vi, depois, que Militão lia e escrevia até bem; que Juca era bom na conta e que meus negros, Quinteiro, Deba, Pio, Paco-Paco, Ataíde e Neco desenhavam o nome. Tudo somado, os meus próprios eleitores e os da vizinhança, que Catalão alistou, naquelas lonjuras goianas, somavam uns trinta. Eu devia ter pedido era uns cinqüenta títulos. Aprendi.

Também nunca quis urna de eleição nas Águas Claras. Prometi levar meu povo pra votar no casario do Nam e levei. No dia da eleição, somando todo o pessoal que estava lá, eram bem uns cinqüenta e tantos entre mulheres e homens. Pois não é que votaram duzentos e dezessete? Vinte e sete na UDN, os outros no PSD. Artes de meu compadre Catalão, que saiu vereador.

    Nossa amizade prosperou e dela ambos tiramos proveito. Ele mais do que eu, mas dela morreu. Além de legalizar meu nome, foi Catalão quem legalizou minhas posses das Águas Claras, e depois outras, maiores, vizinhas, como a de Sanharó, e a de Grotas do Fanado que depois vendi; cada qual com seus cem alqueires. Cobri, assim, com meu senhorio legal todos os lados de cá e de lá da serra, fazendo das Águas Belas, que era um sítio, toda uma fazenda. Tudo isto bem mapeado posto pelo escrivão nos papéis competentes, pagando imposto na coletoria de Cristalina, na forma da lei. Como é que não hei de gostar do meu compadre, o finado Catalão? Gosto não.

Outra vez me vi nuelo como nasci, na frente de Deus Pai. Esse é um pesadelo que me dá às vezes. Quando volta tremo dentro de mim: me sinto um merdinha.

Essa noite, tremi novamente de medo daquela morte derradeira e do julgamento sem remédio. Eu estava ali resumido, não no que sou que é nada; mas no que serei, quando serei tudo, até Eterno e não era nada. Era um nadinha que tremia mas teimava, certo de minha certeza oculta de ter razão diante de Deus, como Menino teimoso ante pai castigador.

Ali nu, só vestido do meu ser aéreo, espiritual, eu era um livro aberto. Até sem olhar Deus podia ler em todos os detalhes os meus malfeitos. Meu consolo é que Ele só podia ler o que sabia desde sempre. É o que eu haveria de fazer e faria, chegada a hora.

Pequei muito, coitado de mim. Que fazer? Mas tinha mesmo de pecar cada um dos meus pecados. Meu sentimento fundo é de que cumpro a vontade de Deus. D'Ele é a vontade que move meus ossos para andar. D'Ele, minha vontade para querer. Em mim, por mim, quem peca, me perdoe o senhor, é Ele.

Quando penso nesse sonho, me assombro de minha ousadia de deixar Deus me ver, sabendo que não encontra em mim senão o que Ele pôs. Nessas horas, tenho certeza de que sou mesmo é a mão de Deus posta no mundo para ajudar as pessoas a serem como devem. Eu como outros de minha laia somos a minoria dos homens mandantes. Os outros todos, a maioria que nos obedece, é a dos mandados. Sirvo a Deus me fazendo obedecer.

Aquele mundinho meu antigo das Águas Claras é um resumo desse mundo. Ali as almas se encontram, se reconhecem, se chocam, se aquietam como no mundão cá de fora. Meus negros bons de lá são como bichos, quase sem alma, parecem livres até do perigo de ter uma alma pecadora. Será que têm? Como eles, muita gente mais existe, inútil, neste mundo. Sem regra própria a que sejam sujeitos, precisando ser orientados, guiados, mandados. Sem mim esse mundo seria um São Benedito das Águas Claras. Cada negro plantando meia dúzia de manivas, pescando no córrego, de manhã, o bagre, ou a traíra que come de tarde, incapaz de qualquer esforço.

O povo só quer folgar, comer e parir. Para isso estão sozinhos. Se fosse negócio criar gente, eu não queria outro. Povo é bicho que reproduz e cresce que é uma beleza. Para quê? Para nada! Qualquer criador, eu também, tem muito mais cuidado com seus gados que com seu povo de negros e vaqueiros. O gado, se a gente não zela muito, se não cuida bem, se não põe muito remédio, se não tem muito cuidado, se não trata das bicheiras, desanda e se acaba. Povo não. É só largar aí e cresce que é um horror. A gente de vez em quando tem que enxotar uns.

Por isso, esse mundo precisa de guias, como tropa precisa de madrinha. Onde estariam as fazendas, as cidades, os comércios, as igrejas, as fábricas, as estradas de ferro e tudo que deixa marca dos homens nesse mundo, se não fôssemos nós? Sem nós os donos, os guias, cumprindo a vontade de Deus, quem poria o povão no trabalho com obrigação de acordar de madrugada e ir dormir de noite, suados, cansados? Cansaço é o grande invento divino que nos salva. Sem ele, ou bem metíamos essa negrada na produção até acabar com eles; ou bem eles acabavam conosco pra folgar.

Deus sabe o que faz. Deus sabe em quem confia. Só dá mão a quem leva esse mundo pra frente.

Do mundo lá de fora, não sei nada. Suponho que seja igual. Mas desse mundão brasileiro, goiano, mineiro, baiano, sei de sobra. Nele sou mestre. Aqui temos gastado gente sem conta, nos séculos da cristandade. Aqui, civilizamos os índios ou acabamos com eles, pondo fim naquela existência inútil que levavam, à-toa-à-toa. Também negros sem conta, caçados na África e trazidos para cá, nós metemos no trabalho e gastamos na produção.

Nosso serviço está aí para quem quiser ver: léguas de matas derrubadas a poder de fogo ou de punho de homem, convertidas em fazendas de lavoura e criatório. Aí está, nossa obra debaixo da luz do sol, para a glória de Deus. O diabo é que mesmo gastando tanta gente, o povo cresce sem parar, se multiplica que é um horror nas fazendas, nas cidades. Para quê?

A memória dos idos meus das Águas Claras me vem atropelada em casos sem conta. Nem sei escolher qual deles quero contar. São casos de dois tempos. O de andar por fora com a tropa de burros carregados de mercadoria e o plantel de burros de venda. E o de ficar em casa, nos meses de invernada, cuidando o criatório que crescia e regendo minha pretada. Lá fora eu andava tenso na obrigação de me impor, de bem mercar, para ganhar.

A vida tranqüila das Águas Claras é meu tempo bom de recordar. Fazendo e refazendo a casa que com os anos, sempre ampliada, melhorou. Os sítios de arredor foram também sendo abertos e povoados de famílias escolhidas dos meus pretos. O povo de Juca, acoitado no Roxo Verde, foi crescendo, crescendo até virar um quilombo, que eles passaram a chamar de São Benedito.

Eu ali vivia cercado de minha pretada. Nunca me faltou negro de serviço na tropa, na boiada e no criatório. Nem negra cozinheira. E, sobretudo, negrinhas pra meus bodeios. As pretas fornidas que comi não importa relembrar. Lembro com gosto é das molecas daqueles anos: Socó, Siriá, Ingrácia, Xibiu, Calu, entre tantas. Uma depois da outra, cada qual teve comigo seu xamego. Até dar lugar a outra, sem dengo nem queixa.

Todas me vinham destapadas. Lembro bem de Xibiu. Gostava mais dela pelo risinho que tinha pregado na cara. Cheguei a pensar que ria tanto de idiota. Que nada, prestando atenção, vi bem que sozinha ela não ria. Aquele riso bom e bobo era ela se sorrindo pra mim, com seus dentes muito jogados pra fora, os olhos brilhando, a cara toda se abrindo de simpatia.

Ingrácia, negrinha assanhada, tinha um certo fogo, que até parecia tesão e gozo espalhafatoso de ser comida na rede ou no chão. Bonita demais era a relvagem dela, feita de pentelhos enrodilhados, um-a-um, separados, parecendo um enxame de abelhas pretas. Tinha também um grelo tão estufado que figurava uma picazinha.

Negrinha boa mesmo de lembrar, a melhor de todas daqueles primeiros tempos, em que eu tinha metade dos meus anos, foi essa mesma negra Calu. A única moleca que apanhei ainda tapada: magra, bundinha de tanajura, arisca e escorregadia como não sei o quê. Era só eu agarrar por um braço e ela me escapava, num relâmpago, com um trejeito de corpo. Mas não ia embora, ficava ali olhando. Eu assaltava outra vez, ela se debatia e, afinal, escapulia. Eu embirrado acabava desistindo. Assim foram muitas vezes, com minha tesão subindo. Subiu mais quando suspeitei que fosse mesmo cabaçuda.

Um dia, chegando, vi Calu ali na sala, bem de jeito; encostei e empurrei pro quarto. Lá, com ela sempre agarrada, arranquei a saia e a meti na rede. Quando tirava minha calça, ela escapuliu, deixando a calça na minha mão. Nua, teve que estatelar na porta. Não queria ser vista com o ló de fora. Ficou lá me olhando com medo e olhando pra cozinha, com vergonha. Aproveitando o espanto de Calu, saltei em cima dela outra vez, agarrei, e, aí, segurando bem com as duas mãos e atracando também com as pernas, já pelado, abati Calu no chão e fiz, seu padre. Fiz. Meti o pau naquele sequinho dela que não me cabia. Calu gemeu baixinho, queixosa; eu entrei mais e gozei. Aí, sentindo que tinha rasgado o cabaço dela, o primeiro da minha vida, a tesão me voltou instantânea. No reguinho lambuzado de sangue e de porra, entrei outra vez em Mina, que é como Calu se chamava então, e agora me lembrei.

Calu sumiu uns tempos e eu tive até que perguntar a Salomé, onde é que a moleca andava. Chamei: voltou. Veio mansa, me aceitou, sem fugas nem arrepios. Fiz o devido, ela nem mugiu. Fiz outra vez, outro dia, querendo tirar mais gosto daquela menina-mulher mais minha porque eu tinha deflorado. Ela me recebeu sempre mole, arriada. Consentia, sem medo nem gozo.

Acho que naqueles dias todo preto do Roxo Verde comeu Calu. Ela se tinha guardado deles, arisca, uma demasia de tempo. Enfarado com o fastio dela, enjoei também e quando Uraca me disse que Mina estava pra amigar com Bilé, dei a ela o que a todas dava: a rede, o cobertor e miuçalha.

As outras molecas eu derrubava a primeira vez, quase sempre era no muleiro. Sem cuidados de não ser visto, porque em muleiro é assim. Os bichos e as gentes se misturam e se excitam demais. As fêmeas principalmente. Eu tinha uma baia, lá nas Águas Claras, que devia ser para encerro de algum animal doente, mas na verdade era pra safadeza. Quando uma moleca daquelas, ou uma mulher feita ficava excitada de olhos brilhando bastava um sinal do muleiro pra irem, picadas, pr'aquela baia. Chegavam já sungando a saia, deitando no capim seco com as pernas abertas, os joelhos afastados. Ajoelhado ali na frente, eu cobria, me servia. Assim é que as pretas gostam, o homem por cima, ela por baixo, oferecida para bem comer, dançando a bunda, o pau inteiro até a tranca. Às vezes eu virava uma pra comer de cabrita que é como mais gosto.

Esta sofreguidão das mulheres pega na meninada, que está ali sempre pronta, ajudando na bolinação dos machos. Quem já entezou na mão um jegue pras cavalas ou um cavalo pras jumentas não se esquece fácil. Esquenta demais. Nem quem viu. Disso sei bem por todos os lados. No meu muleiro a meninada foi sempre consentida de esfregar os paus nas potrancas e nas jumentas.

Os muleiros também de fazer das donas suas cavalas lá na baia. Até mais do que deviam. Isso sei, sofri. Disso falo sentido, seu padre, doído. Bichos não têm culpa. Mulher, apesar de tudo, não é bicho.

Meu velho criatório entrou outra vez aqui, seu padre. Encheu essa sala do meio da casona dos seus cheiros bons de estrume, de mijo e de porra, lá das Águas Claras. Saudades.

Estive lembrando de Anum, o burrinho que, rapaz, perdi na feira de Grãomogol. Anum era um burrico triste. Sobretudo enquanto esteve doente. Alegrias breves teve por minhas mãos: um rolete de cana que eu ofertava e negava, esfregando no focinho preto dele. Desgostos também teve nas primeiras viagenzinhas às Cagaitas, querendo empinar as patas ou escoicear com o traseiro, para me tirar da carcunda.

No meu espírito Anum está parado, peado, me esperando, junto da burrada alheia, lá na feira de Grãomogol. Talvez até com saudade de mim. Bobagens. Burro lá tem saudade de ninguém? Mais bestagens ainda porque nessa hora, com toda certeza, meu burro Anum já morreu e já foi comido de urubu há muitíssimos anos. O coitado deve é ter penado muito debaixo dos maltratos de não sei quem que comprou Anum daquele soldado ladrão.

Na minha lembrança Anum está vivo e igual tal como foi uma vez. Eu, que olho pra ele com o olhar da memória, é que não sou mais quem o viu. Serão saudades o que sinto? Saudades do burrico Anum. Saudades de mim, do pedacinho de gente que eu era, então. Por que tanta saudade se aquele foi um tempo azarado de fome e pancada, carrego de bosta e muito trabalho, sem paga nem gratidão, na mão de seu Duxo e dos soldados do cabo Vito?

Deus me livre de voltar àquela minha pobreza de rapazinho capiau, besta de tão inocente. Mas o certo é que gostei mais de ser ele do que gosto, agora, dessa minha velhice de riqueza tanta que nunca sonhei juntar. Queria, hoje, agora, era dar, generoso, alguma coisa do que me sobra, a ele, ao rapazinho das Cagaitas e do Grãomogol. Impossível! Ele é que vem de lá do fundo de mim, puxando pelo cabresto de embira o burrico Anum pra me dar alegriazinhas de consolo nesta tristeza do meu fim.

O bom da vida, de minha vida, é saber que nasci, fui menino e rapaz, comi, bebi, andei no meio de gentes, convivi e até montei no meu burrinho Anum. O ruim da vida é essa velhice que me tolhe, encolhe e encarquilha pra esperar a morte.

Minha existência foi o passo daquele menino que fui, então, ao velho que hoje sou. Passo na verdade intransponível. Só eu, testemunha jurada, confessando, faço crer o incrível de que somos um. Podia o menino, aquele, matar Lopinho? Podia ele, que saiu montado no Anum, ir pra guerra, ser sargento? Podia um desertor assassino casar com dona Miralda Alves? Podia o abridor do Vão do Paranã virar um velho cagão? Podia sim. Assim foi. Assim é. Fui eles. Sou eu.

Só não sei como é que minh'alma há de pagar os pecados de cada um de nós. Que fará para resumir, nela, todos nós, como se fôssemos um só, para o serviço da purga divina? Facilita a alma não ter cara, como não há de ter. Minha alma certamente será mais parecida com a alma de qualquer outro, do que minha cara de hoje com as caras diversas que tive. Mas ela terá forçosamente de ter em si a essência de mim e os sentimentos de cada um deles. Como, eu não sei. Sei é que somente assim ela purgará, sofrida, meus pecados de menino, de rapaz, de homem e de velho.

Precisava é do senhor aqui, meu padre, pra me esclarecer. Quem vai sofrer por mim? Quem, resumindo todos nós, fazendo de todos os meus eus um só, será um novo eu tão completo, que terá competência para encarnar e pagar todos os malfeitos nossos? Só resto eu. Serei eu. Minha alma tem minha cara. Sou eu só, nela, que vou pagar os pecados da cambada toda.

Pecado meu daqueles tempos bons das Águas Claras, não lembro nenhum. A morte de Dominguim já contei. Meus bodeios, também. Nem um nem outro são pecados que eu tenha de resgatar. A ele, se não matasse, morria, o senhor bem sabe. Bodeios são fodeções de homem na força da idade, sem impedimentos nem votos celibatários, se exercendo na lei da vida. Vivendo ali com meus negros, com quem mais eu podia tirar um gozo, senão com as molecas? Havia de ser com elas que muito cedo se casam ou amigam. Pior seria me meter com dona já arranchada, mãe de filho.

Ruindades fiz algumas, mas também fiz tanta bondade. Pode ser que, em alguma conta bem pesada, as ruindades pesem mais. Serão poucas. Implicava demais com as abusões dos negros. Nunca vi gente tão imaginosa e com tanto gosto de falar de visagens e encantados e de viver metida com tamanha feitiçaria.

O viver deles é assim, desvairado, sempre misturando as coisas chãs do mundo com as vãs imaginárias. Um dia inventam que um viu um cavalo de crina branca, patas prateadas, correndo de madrugada pela serrania. Daí a uma semana dez negros já viram aquele cavalo que já é azul, azulíssimo. As mulheres também vêem, deslumbradas, e logo descobrem que o danado do cavalo é milagreiro.

Continuam por aí até esquecerem aquele enredo ou alguém inventar outro e lá enveredarem de novo, todos juntos, com gosto. Por quê? Creio que será pelo gosto de romancear. Ou será para forçar o impossível a se tornar possível e para impedir o possível, mas temível, de se realizar? Disso vivem os negros, de ilusões. Essas abusões me faziam, às vezes, ficar nervoso.

Também me dava ojeriza o gosto que tinham de juntar tudo quanto era miuçada de gente estropiada que havia por esses goiases para meter nas minhas terras. Eu tinha que proibir. Morfético, não queria. Um dia me apareceram com um de beiço comido, com os dentes de fora que parecia estar rindo. Horroroso. Quis também proibir que lá vivessem papudos. Mas deu de dar tanto papo na gente de lá mesmo que foi impossível. Anões e pernetas, eram vários.

Minha má vontade com estes monstruosos tinha raiz no zelo de criador. Se no meu rebanho não deixo animal ruim se reproduzir, como é que na gente que vive debaixo de mim, vou consentir? Tentava não tanto como melhorar a raça, escolhendo reprodutores e ventres; mas dar uma ajuda, impedir que meus pretos desembestassem pelo caminho das perdições.

Outra casta de gente que eu quis vedar, mas não pude, foi a dos feiticeiros. Não consegui. Uma benzedora de lá, nhá Tiça, chegou a ficar célebre. Vinha gente de longe, até fazendeiros, se encomendar com ela. Outro preto meu, o Curió, era tido como milagreiro, capaz de fazer cair o carrapato de todo o gado; ou de matar, só de benzer, todas as cobras de um pasto. Só meus pastos ele não benzeu nesses goiases.

Por uns tempos proibi meus pretos de criar cabras soltas, mas eram tantas, demais, berrando amarradinhas, saltando peadas em cada lugar que eu chegava, que um dia tive de mandar soltar. Abri mão. Os pretos, contentes, festejaram.

Persegui também negro xibungo. Mas logo vi que não devia, porque Nheco e outros estavam abusando. Quando não queriam alguém vivendo com eles, por alguma tola razão lá deles, punham para fora e vinham me dizer que era xibungo.

Não pense o senhor que aquele meu Roxo Verde ou São Benedito das Águas Claras era um mundo de confusões, crimes e perdições. Não. Aqueles negros viviam na lei de Deus, pacíficos, alegres, contentes. Ainda hoje viverão assim, penso; se bem que agora tem chefe de quarteirão e professora nomeada. Estão aprendendo a viver na ordem cristã, sem tanta liberdade demais. Hão de ter saudade dos meus tempos.

Briga minha com os pretos não me lembro de nenhuma. Nem de surra que pessoalmente tenha dado. Mandei dar umas poucas; por culpas deles que não me lembro. Uma vez quase quis matar um negrinho dos que sempre tinha, um ou dois, dormindo na varanda. Preferia aqueles moleques a cachorros de guarda. Deixava ali, meio para o serviço de vigia, meio para ir desasnando pro meu serviço. Uma madrugada que acordei estremunhado e saí porta afora, bati com o pé no moleque que dormia enrodilhado ali. Acordando assustado ele perguntou gritando: que é, seu Mulo? Que é quem?, perguntei eu. Aprendi ali, naquela hora, meu apelido. Aqueles filhos da puta de São Benedito, mal-agradecidos, me chamavam e me chamam é de Mulo. Nunca ninguém me confirmou isso, mas eu sei.

Esse é o nome verdadeiro que me dão. Eu mesmo, às vezes me sinto mais o Mulo do que seu Filó. Muito mais do que capitãozinho Maya como me chamavam no Brejo para adular. Mais até do que coronel Castro Maya dos Laranjos; lá dentro de mim, sou mesmo é o Mulo dos pretos das Águas Claras.

Mulo até que não é nome ruim demais, ou não seria, se não fosse por essa qualidade de bicho estéril que também é minha. O mulo animal, cria de égua com jumento ou de jegue com cavala, é bicho enxuto de carnes, de pouco luxo no comer, duro no trabalho, bom. Alguns crescem fornidos que dá gosto de ver.

O melhor que colhi foi Romo, filho de garanhão do finado com a jumentona Sirena que morreu estuporada e não me deu mais cria nenhuma. Era um alazão, com estampa de cavalo, crinoso, brioso. Cresceu tão majestoso, armado de uns bagos tão enormes que não deixei castrar. Virou um fodedor voraz, preferido de éguas e de jegas, com aquela enormidade de bolas inúteis. Pois esse Romo, além de animal vistoso, era muito bom de passo. Seu defeito era um exagero da cisma de todo jegue com água. Atravessar um córrego em cima dele, era desafio de cavaleiro. Mesmo depois de castrado, continuou fazendo figura com a estampa, o passo e a manha. A principal delas era só atravessar o Pacuí sobre o pedral, evitando as poças. Para isso, se preciso, derrubava cavaleiro, saía correndo para o ponto certo, atravessava e esperava do lado de lá. E dizem que burro é burro. Qual!

Burro pra mim, aqui entre nós, é preto. Essa gente é de cabeça miúda mesmo. Índio também. Não tem outra explicação para tanto cativeiro negro em cima de uns e tanta perseguição demais em cima dos outros. E os brancos sempre no bem bom. Nas raças de gente se vê muito mais diferenças de entendimento do que nas de bicho.

Não pense que desgosto de meus pretos, até prefiro trabalhar com eles. Não posso é com preto metido. Negro tem que saber seu lugar. Um preto bom de serviço, sem muita preguiça demais; ou uma preta sem dengo e serviçal é o melhor que há.

Mal comparada, raça de preto é como raça de jegue, e raça de branco, como de cavalo. Eles podem comer qualquer coisa, agüentam trabalho pesado sem demasias de queixas. Nós somos de carne delicada, como os cavalos. Servimos é pro serviço fino. Pena é que nossas crias mestiças não saiam como as mulas, melhores ainda para o trabalho que os jegues e os cavalos, menos exigentes, mais dóceis e ainda com a vantagem de não terem o caráter rancoroso dos jegues, nem a moleza dos cavalos.

Para meu uso e trato prefiro preto-preto e branco-branco. Há exceções, é certo, como o Nheco e o Juca, mulatos bons, valem ouro. Nem tanto, isso é modo de falar. São é trabalhadores, fiéis, confiáveis. Talvez porque sejam fruto de cruza de pretas puras com brancos também puros. Neles se vê a verdade do tal vigor híbrido. É como a cruza de um jumento puro de origem com uma cavala de raça, o fruto é melhor do que o semental. Quando começa a misturação dos misturados, com gente ou com animal, sempre degenera. Dá nesses mulatinhos miúdos, mofinos, preguiçosos, como aquele cria do Dominguim que qualquer dia vai nos dar trabalho.

Vivendo com meus pretos ali nas Águas Claras, fui aprendendo alguma coisa sobre o destino deles. Preto leva uma carga, que só pode ser sina predestinada. Nenhum se apruma; quando um começa a se destacar, é logo desmontado. Sucesso de preto ofende demais o mundo. Por quê?

Os pais ou avós destes meus pretos todos foram trazidos aqui pra Goiás, em comboio, há décadas de séculos. Vieram acorrentados uns nos outros com correntes passadas nas gargalheiras de ferro. Assim marcharam centenas de léguas dos pontos onde desembarcaram dos tumbeiros para esses sertões. Subindo e descendo morrarias, atravessando descampados, vencendo tremedais, conduziam a si mesmos pro seu destino de escravos no cativeiro.

Quando um adoecia, o companheiro da frente e o de trás carregavam, debaixo da taca do comboieiro. Se piorava, os negros mesmo degolavam e largavam para não carregar peso morto. É preciso muita sina feia pesando nas costas dessa raça de gente para Deus judiar tanto deles. O senhor não acha?

Também eles são impossíveis. Vivendo nesse padecimento sem termo, de onde é que o crioléu tira a alegria bruta que estrala neles? Ninguém canta, batuca, ri e dança como essa negrada forra. Queria eu a metade da alegria alvoroçada deles pra bem viver.

Melhorei muito, seu padre, quase não tusso. Agora preciso é sair dessa pasmaceira. Quero trabalhar. Se continuo aqui parado, ou só sentado, escrevendo, esse povo vai pensar que já me acabei, que minguou minha força de mando.

A caldeira do peito já não ferve quase. Será pela mudança de tempo? Será verdadeira, para se firmar, amanhã, quem sabe, em saúde? Ou será apenas uma aragem boa, momentânea?

Bom mesmo, meu amigo, seria ter você aqui sentado, do outro lado da mesa. Vejo sua figura de batina preta, recortada contra os quadrados de luz da entreliça lá do fundo. Mas qual! O senhor aqui não virá, enquanto eu viva, meu confessor. Quando vier e sentado repassar esses papéis, se lembre dessa manhã de hoje em que um homem só, eu, desejou sua presença.

Se essa melhora minha se firma, o que eu gostaria mesmo era de sair outra vez pelo mundo, numa repassada cuidadosa. Sairia como quem caça, em busca de amizades de homem e de mulher. Melhor que seja de mulher! Elas para isso se dão mais, dedicadas, amorosas. Por que não me caso outra vez? A última dona que se ofereceu foi Candinha, a comadre da finada, velhusca e feia. Não é que eu deseje mocidade pra minha cama, mas tão feia não dá.

O tipo de mulher que queria, penso agora, seria como siá Deja. Não para fazer tantos filhos: mas para ter aqui comigo. Meiga presença, amorosa, com aquele corpo gordo, aquelas mamas enormes, aquela risada boa de mulher tranqüila, que se aceita e se aquieta, na maturidade de véspera da velhice.

Sempre me vem esse pensamento de me largar daqui. Para onde? Para as Águas Claras, pede o coração. Seria bom se eu pudesse lá repetir a vida antiga com meus pretos de então, todos nós rejuvenescidos. Impossível fantasiação.

Ir para alguma cidade, por que não? Tudo tenho, posso ir pra onde queira. Mas não quero. Gente de cidade não vive vida verdadeira. Imita. Suas casinhas de quintal e jardim são rocinhas de brinquedo. Arranjos de quem não pode abrir roça verdadeira. Uns, muitos, nem quintal têm; plantam plantas em vasos, para ter com que matar a fome de verde dos olhos da gente. Suas criações são gatos e cachorros, ou canarinhos na gaiola. Não sirvo para esta vida de fazer de conta, nem preciso. Aqui tenho vida verdadeira, de homem posto no chão do mundo, para abrir roçados e pôr criação.

O que me arrelia é estar sozinho. Mas nas cidades, quando lá fui e vivi, estive sempre só. Só no meio do povaréu, como um traste que ninguém vê, nem quer ver. Aqui, ao menos, cada vivente, mesmo o mais merda de porcaria, é um ele, inteiro, com nome e história, de todos conhecida. Não é um traste, que não se vê, nem se reconhece. E quando é homem de poder forte e de riqueza vasta, como esse seu criado, então não é um homem apenas: é um acontecimento, uma grandeza.

Assim sou eu, para esse povo todo da Serra do Gogó até o rio Sumidouro, do Grotão do Araçuai até o Lajedo do Campo do Ovo. Neste mundo todo, um país sem tamanho, eu sou homem mandante, atuante, podente. As tristezas que me batem às vezes, como agora, vêm é do descuido que tenho tido de me exercer no que sou: o Coronel Philogônio de Castro Maya, Senhor da casona da Fazenda dos Laranjos.

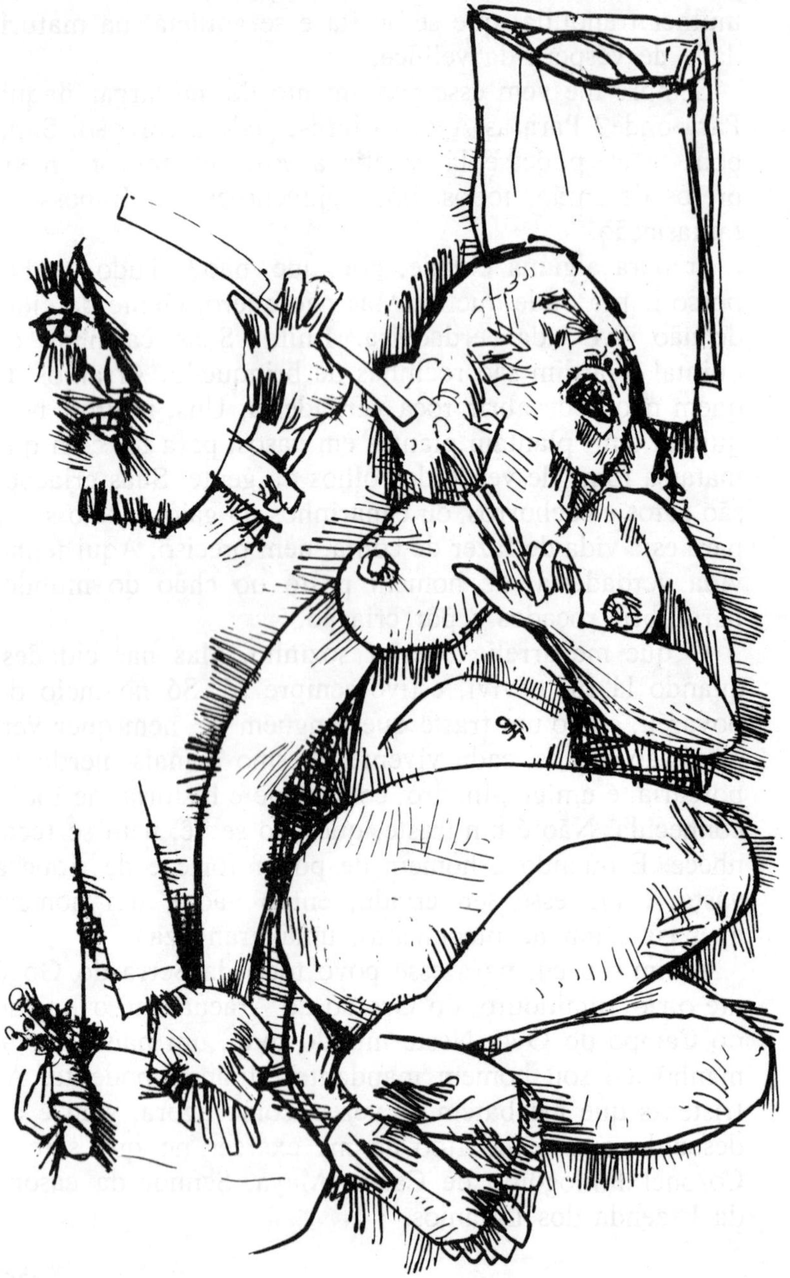

É hora de falar
da mula-sem-cabeça

É hora de falar da mula-sem-cabeça. Ela apareceu lá em casa, nas Águas Claras, quando eu lá vivia há anos. Chegou no Roxo Verde, e parou, pensando que era o lugar. O moço dela é que veio me saudar.

Começou nesse desencontro, sem rebuliço, o feio enredo da vida dela comigo e o reconto interminável, sempre incompleto, da vida dela de antes de mim. Vidas ruins todas duas. A nossa, como o senhor saberá. A outra, igual, de filha do padre Meganha, amo e santo dos bandidos da Serra do Raio. Roubada como as irmãs, porque a mãe, doida, e o irmão, cismático, não achavam homem nenhum bastante bom pra marido delas.

O ladrão dela, Zé Goela, moço comprido, cabeludo, era filho de um vendeiro de baixo da Serra. Apearam e ele veio falar comigo. Queria abrigo e ajuda de proteção e serviço. Abrigo dei. Proteção vi logo que não precisava; estava longe demais do cunhado ciumento. Ele mesmo não parecia ter medo. Serviço também não. Queria é lucrar, mercando meus remédios e ferros. Isso qualquer um queria.

Disse que ficasse os dias que gostasse, depois tomasse rumo. Nem vi a mulher. Estava nos preparativos de saída da tropa e viajei naquele dia mesmo. Só depois, no caminho, vim a saber por um arrieiro da beleza de estampa de santa que ela era. Maldei logo que aquele magricela, com um mulherão assim, acabava tísico ou corno.

Voltei, dois meses depois, cuidando que estivessem longe. Não, lá estavam, esperando. Na chegada, atravessando com a tropa o pedral do Pacuí, vi Inhá bem de perto, as saias meio arregaçadas, lavando roupa. Nos vendo chegar ela se levantou, meio saudou lá de longe, com cara embuçada. Vi, então, com meus olhos, a soberana beleza dela.

Assim que desapeei, veio o tal Zé Goela, falante, saudar obsequioso. Desarreiou minha besta e lá ficou oferecido. Perguntei, de sopetão, o que é que ele estava esperando ainda ali. O homem quase desmoronou, entrou em desculpas e, afinal, disse que tinha esperança de fazer negócio comigo. Mercar qualquer coisa, era com ele, disso tinha experiência do balcão do pai. A mulher para escritas e contas estava sozinha.

Enquanto conversávamos ela veio vindo, saudou, altiva, com os olhos e o queixo, e ficou ali junto, calada, escutando; mas me olhando, lambido, com aqueles olhos em calda. Ouviu nossa fala desigual, o moço dela oferecendo os préstimos dos dois pra saírem com tropa minha. Eu, escutando ou só falando, desconversado. Só pensava: mando ele com a tropa e fico com ela aqui. Não é negócio, pensei. Afinal, tomei minha decisão e arrematei que com ele negócio eu não queria nenhum.

No baixio do desânimo, disse que podia era dar a ele, dados, dois burros com suas bruacas, carregados de mercadoria boa para ele enricar no garimpo. Zé Goela quase caiu de cima de si mesmo. Quis logo conferir, se era dado mesmo de graça que eu dava.

É, disse, mas a dona fica.

Ele virou-se, espantado, olhou pra Inhá. Ela arregalou os olhos interrogantes e meio que levantou as duas mãos abertas, na altura dos peitos, como quem pergunta: que fazer?

Não é que o homem aceitou o trato?

Lá se foi ele, naquele mesmo dia, de tarde, montado na sua besta, tocando meus dois burros com a rica carga e levando também o cavalo arreiado em que ela veio. Lá se foi, trotando alegre.

Quem fez melhor negócio, aquela tarde? Eu, ficando com aquela cadela? Ou ele que, livre dela, terá, talvez, enricado com minhas bruacas? Dele não sei. De mim, só sei que preferia não ter visto nunca aquela vaca vadia de minha vergonha.

Lembro como hoje o que se seguiu à saída dele.

Entrei em casa e ela veio atrás, como se tivesse sempre vivido ali comigo. Atravessei a sala, entrei no quarto, ela atrás. Aí me voltei para ela, surpreso. Inhá, com toda calma, se chegou mais a mim com um pano na mão e encostou. Era uma camisa meio costurada: vinha tirar medida. Até hoje me pergunto por aquela camisa. Terá adivinhado, a feiticeira, tudo que ia suceder? Já sabia cada passo que eu ia dar, cada palavra que ia dizer? Tinha já tecido e alvejado aquela camisa de tucuio e depois costurado na minha medida, para mim? A camisa estava perfeita, só faltava pôr botões. Ou a camisa era dele, do Zé Goela e ela não tinha adivinhado nada? Nunca pude saber. Ela tomou a medida, como se fosse a coisa mais natural, conversando não sei o que, no tom mais singelo.

Eu, o tempo todo só pensava em jogar Inhá na rede e comer. Mas não podia fazer nada. Uma hora me entesei, tomei coragem, agarrei o braço dela e puxei para mim. Veio macia. Quis arregaçar o vestido, apalpar, ela deixou, mas logo recuou. Puxei para a rede. Ela resistiu um pouco de leve e me disse: espera aí. Foi lá fora e voltou com duas enxergas que tirou da varanda. Estendeu as duas no chão, pôs em cima, calmamente, um lençol que achou por lá, sentou e estendeu uma mão pra mim, convidando. Sentei ali ao lado, me encostei nela, abri, entrei, gozei. Foi assim que ela me deu ou me comeu.

Vi então, em todos os detalhes, que Inhá era mesmo beleza real. Perfeita em cada uma das partes e no resto todo. Morena cor de rapadura goiana, os cabelos castanhos escorridos, olhos claros de mel, aguados. Não vou descrever toda aquela mula-sem-cabeça, não. Baste ao senhor saber que era bela, calma, escolada. Diferente, em tudo, das mulheres que conhecia. Diferente também, muito, das que vim a conhecer, depois. Não tinha o fogo da Milinha. Nem os emburramentos de Mariá, felizmente. Era todo o contrário das inocências de siá Mia. Quem teria domado tão bem aquela onça? Zé Goela, pelo jeito, não foi. Terá sido o casmurro do irmão? Isso é o que sempre perguntei.

A qualidade principal de Inhá não era a beleza real. Era um não-sei-o-quê, próprio, especial. Uma senhoria nata, sem esforço e sem soberba que se impunha doce a todo mundo. Onde entrasse se destacava. Entre muitas mulheres, a gente só tinha olhos para a presença dela, soberana. Esta mulher é que, aquela tarde, entrou no meu quarto e tomou conta de minha casa e de minha vida. Dona de si, distinta. Logo, dona de mim, senhora.

Inhá tinha tudo para ser a melhor mulher esposa desse mundo. Só não tinha é vergonha, seu padre. Sua primeira providência, lá em casa, foi mandar Uraca embora. Não queria ninguém mais, nenhuma mulher dormindo lá. Depois arranjou uma moleca que é essa mesma Calu que está aí na cozinha, para ajudar. Comida do marido dela quem fazia e dava era ela, dizia.

Sendo assim majestosa, achava jeito de parecer humilde. Qualquer lugar onde estivesse, se eu entrasse, se levantava, atenta. Nunca ficou sentada, estando eu de pé. Hábitos da casa do padre Meganha. De lá trouxe também outras prendas: sabedoria de fazer doces e bolos, chás e chocolates, gemadas e comidas de tempero e coisas muitas que eu nunca tinha tido na vida e nunca tive depois, tão boas e tão finas.

Dormíamos juntos e na cama. Ela nunca quis saber de rede. Disto nada direi, nosso convívio foi meio vida de marido e mulher que pede respeito. Mas tenho gosto de contar ao menos um costume misterioso dela que nunca encontrei noutra; nem esqueci jamais. Depois de cobrir Inhá, quando eu me encornava, cansado, ela dava seu jeito de ir à cozinha buscar uma toalha escaldada no vapor para pôr em cima de minhas partes. Aquele calor me reanimou muitas vezes para repiques, seu padre. Outro dengo recordado de Inhá era o de dormir sempre abraçada num travesseirinho que trouxe e o de falar com ele, não como se fosse uma boneca, mas um menino, um filho. Às vezes, se eu não reprimisse, a mim também teria gostado de tratar com gracinhas, como se falasse com criança.

Com Inhá nas Águas Claras, vivi preguiçoso com mais gosto de ficar em casa do que de sair no mundo. Espaçava viagens, mandava Militão com a tropa para cima e para baixo, pedia a Nheco que atendesse às encomendas entregando burros e recebendo garrotes, de um lado e de outro, pro norte e pro sul.

Voltei até a cuidar eu mesmo do criatório junto com o corno do negro Fico que tinha virado meu muleiro. Lá mesmo muitas vezes tomei café e comi bolachas que Inhá levava no meio da tarde, enquanto estava de serviço. Ela, safada, ficava ali olhando. Nunca maldei. Esse era um hábito das pretas todas de Águas Claras que gostavam de se achegar, recatadas, escondendo risos, para ver as trapaças do muleiro. Inhá não disfarçava, ficava ali junto, olhando. Nunca importei. Desde menino sei bem que toda mulher gosta demais de ver os bichos se cobrindo e mais ainda de ver um homem esquentar um garanhão na mão e meter a pica rija dele numa jumenta para a ejaculação instantânea. A atração da cruza em si é rápida. Não o preparo paciente que entesa o jegue, nem os arranjos de esquentar a cavala. Pra isso às vezes eu pegava Romo, o melhor mulo que tive, e punha ali na frente do brete de cruza pras éguas verem e se engalarem. Quem mais se engalava, eu vi depois, era a mula-sem-cabeça da Inhá que nunca perguntava nada, mas lá estava, olhando, vendo, apreciando.

Acabado o serviço íamos os dois pra casa onde eu gostava de ficar sentado ouvindo o leque-leque do tear de Inhá tecendo braças de tucuio. Ela fazia roupa para todo menino das Águas Claras. Gostava também de bordar bordado de ponto e de cruz no bastidor e eu de ver o trabalho lento, calmo, daquela mulher majestosa, quieta, lá sentada, fazendo, desfazendo, trefazendo naqueles serviços sem fim.

Nestas tardes Inhá contava casos, recordando mais para ela do que para mim, idos da infância e da mocidade lá na Serra. Vez por outra lembrava a mãe com suspiros e o pai sempre com expressão de receio. Fui fazendo assim, na cabeça, uma imagem do que era aquele homenzarrão vermelho, sumido e achado naqueles matos, brigando com fazendeiros e com peões, a todos querendo empurrar pro céu. Ele mesmo pecando, pecando.

Inhá contou que uma vez viu, assombrada, o pai colocar em fila, uma atrás da outra, todas as mulheres dele com as filhas e os filhos que tinham dele também, puxando o canto da procissão. Quereria aquele padre, santo e bandido, pedir perdão dos seus pecados, cantando por tantas bocas as ladainhas da Virgem? Ou foi só por descaso de homem desleixado demais da conta? Quem vai saber?

Contava Inhá que a mãe viúva, doidela, visitava toda tarde o cemitério ao lado da igreja. Ficava lá uma boa hora, balbuciando disparates e batendo com uma vara de marmelo no tufo da campa do padre Meganha.

Pra ele, ofício de sacerdote é tirar os homens da mão possessa do demo. Mas se ocupava com empenho de muitas outras coisas. Inhá contou, de relance, saídas de grandes cavalhadas que desciam serra abaixo, nas correrias de jagunços que o padre Meganha regia. Nunca ela falou, nunca jamais, foi do irmão. Dele soube no dia que Inhá chegou, pelo Zé Goela, como cismático, que não dava as irmãs em casamento a homem nenhum.

Livre daquele finado padre e pai todo-poderoso do alto da Serra, derramando seu poder pelas quatro vertentes, finado por uma bala de ouro sacramentada. Também livre daquele irmão de que nada sei, mas suponho o pior. Livre, afinal, do besta do Zé Goela que por ela passou sem mossa. Veio Inhá, desimpedida, encher a minha vida. Não deixou espaço vazio, seu padre. Tudo que eu podia querer de uma mulher tive dela, naquela vida de quem não tem o que fazer. Vida de quem já ganhou a vida. Vida de homem casado feliz. Vida de corno, chifrudo.

Um homem é um homem mais os amigos e amores que guarda no peito. Será? Quem se plantou em mim, amigo tão amigo, amor tão amado que me fez seu servo? Eu sou eu mesmo, eu só. Não guardo ninguém comigo cativo. Também a ninguém me avassalo.

Não deixei nenhuma confusão meter-se no meu peito. Sou eu apenas. Só conto comigo. Não me devo a ninguém, a nenhum amigo, a nenhum parente, a nenhum amor. Nem a mim mesmo me devo. Podia mudar, amanhã. Hoje mesmo, se quiser, saio por aí pra ser outro, como tantas vezes me sucedeu. A ninguém deixaria esperando, procurando. Nunca decepcionei ninguém; porque a ninguém dei esperanças exageradas. Sou dono de mim. A ninguém dou contas.

Todos os que fui, foi por minha conta e risco. Fui e sou pra mim somente. Gostem ou desgostem de mim, sou assim. Dono senhor de mim.

Sou homem sem causa nem missão. Existo pra ser eu mesmo, me exercendo no desempenho de mim, dentro de minha regra: ser quem sou. Pra quê? Pra nada. Vivo porque vivo. Vivo pra viver. Vivo ainda porque ainda não me mataram. Ainda não.

O senhor, não, seu padre, meu confessor. O senhor se deve a Deus e aos homens. É criado de seus tantos irmãos, parentes, admiradores muitos, todos devotados. Vive para ser o que eles sabem e esperam: o homem de Deus na santidade.

Poderíamos acaso nós dois nos falarmos, olhando um ao outro, cara a cara, atentos, interessados? Duvido muito. Meu jeito brusco, seco, ríspido, não se casa com seu jeito cortesão, gordo, bondoso. O senhor é gordo? Se nos conhecêssemos eu não me confessaria jamais com o senhor. Nem o senhor pararia de ouvidos acesos ouvindo essa minha longa confissão. Teria dito: está bem, meu filho. Está bem, mas se apresse. Veja a fila, tenho mais que fazer. E aí me sapecaria uma absolvição destas que dá às suas beatas pelos pecadinhos de merda lá delas.

Já estou eu, outra vez, arreliando com o senhor meu amigo, meu confessor. Nego em palavras escritas a humildade que sentiria se tivesse que dizer, com palavras de minha boca, tudo o que registro nessa crônica dos meus dias. Releve, seu padre, esse seu velho amigo ou quase amigo, quase parente que nesses Laranjos meus, nossos, fina e amofina.

Como isso é uma confissão, tenho uma coisa a dizer ao senhor que, nessa altura, já pode ser dita sem riscos. Eu me preocupei muito sobre como obrigá-lo a ler atentamente minha confissão. Sei que vai precisar muito tempo, vai ter que dedicar horas de dias e semanas lendo e meditando. Minha preocupação é como entrar no seu espírito para fazê-lo sentar na cadeira todas as vezes que tem que sentar pra me ler e tresler, pensar e perdoar.

Foi já atento a essa necessidade que pus nas primeiras páginas aquela referência à herança, onde digo que ao senhor eu quero para confessor, testamenteiro e herdeiro, dando em números meus bens. Ela surtirá seu efeito, eu sei.

Além disso, outra providência que tomei, e digo aqui ao senhor, foi a de treinar, com todo zelo, o meu amigo Militão. Ele está instruído para, logo na primeira hora, dizer ao senhor, com toda clareza, que leva esses papéis para o padre que, escolhido por ele, será meu herdeiro. Adiantando de saída que não se trata de nenhuma penca de moedas pra matar a sede das almas; mas de um rico legado de riquezas muitas. O senhor me releve essa fala soberba, meu padre, esse é meu jeito. Sou homem de verdades cruas e entre eu e você não pode haver pensamento recôndito. Eu tinha mesmo de contar aqui que minha intenção real, verdadeira, é subornar o amigo.

Cada dia, cada hora, vejo, por mil sinais, que esse mundo não é mais meu. Nem esses meus Laranjos, com o povo que pus aqui, são meus. Nem deles eu dou conta. Quase me zanguei hoje, vendo Lica, a filha do Antão, enorme de buchuda. Está com a barriga a ponto de estourar.

Era uma meninazinha quando chegou. Cresceu aqui, varrendo a varanda e depois a casa inteira. Se pôs em estado, com a ajuda das minhas mãos, esfregando os peitinhos nascentes dela. Agora, me aparece prenha. Não me falou, nem saudou. O que fez foi espigar o passo quando sentiu o meu olhar cair em cima dela.

Quem será o pai? O próprio Antão? Jamais! Ele é homem sério, sistemático. Quem pode ser, se aqui não entra ninguém? Os vaqueiros são todos casados e todos morrem de medo do Antão. Quem terá prenhado a filha do matador? Alguém foi, barriga não se pega rezando nem bestando.

Com ela tive breves bodeios de que me lembro. Sempre com cuidado de não destapar a menina para não ofender o pai. Gente assim, como Antão, não é de se cutucar. Mas sempre mostrava agrado quando via ela se chegar pra perto de mim, na varanda, com a vassoura na mão, varrendo. Chamava Lica pra mais perto de mim, mandava largar a vassoura, porque não posso com poeira, mas não deixava ela sair dali.

A diachinha negaceava, arteira e regateira, com cuidado de não ser vista por Calu nem por ninguém. Afinal, se achegava pra junto da rede ou da preguiçosa onde eu estava. Vinha devagar, roçar seus peitinhos no meu ombro e se encostar pra eu mexer nela, na rachinha dela, por cima da calça, depois com os dedos metidos lá para sentir os pentelhos apontando ainda sedosos.

Esses foram os gozos que tirei dela, repetindo velho o que tanto gostei de fazer menino: alisar o estufado dela, apalpar as bochechas da bunda, sentir o calor da rachinha sem nem tirar a calcinha. Isto, apertando meu pau, no gozo do desejo pervertido. Nada mais que bolinas. Nada de arranhar a virgindade, nem trisquei o pau, nunca. Um dia ela sumiu. Quem sabe por quê?

Pois é essa Lica que hoje eu vi aí, atravessando pelos fundos o meu pátio no caminho de casa do pai. Prenha. Não vou pedir contas disso a Antão. Não é de minha conta. Antigamente, seria. Fazendeiro que se preze cuida dos gados e das gentes de suas terras. Toma conta. Eu não. Ando cansado e desanimado. Já não sou palmatória do mundo.

Nunca adotei ninguém. Por quê? Tanto menino aí, quantidades de afilhados meus, afetando afeições. Nunca liguei. Apesar disso alguns mostram pretensões de preferidos. Talvez até de herdeiros. Besteira. Não sou padrinho de ninguém.

A pessoinha que esteve mais perto de ser adotada por mim, como filho, foi Tião. Não me esqueço da figura dele. Até hoje o vejo, acenando para mim, do fundo da memória. Era um moleque claro que nasceu no Roxo Verde, filho da nega Socó, com algum branco que esbarrou nela. Foi seu primeiro filho, prenhado e parido quando Socó ainda era papável. Depois emagreceu, e lhe cresceram aqueles papos de cordão com três bolas. Nunca vi lugar para dar papudo como o Roxo Verde. Tanto que as Águas Claras pegaram o nome de Rego dos Papudos.

Tião cresceu lá, diferente dos outros por branquelo e espigadinho como a mãe quando menina. Ainda pequeno deu de aparecer lá em casa, rodeando a cozinha. Queria restos da minha comida. Como não fazia nada, nada ganhava da cozinheira. Será por isso que tomei simpatia por ele? Tião não era alegre, mas tinha um sorriso bom que abria quando qualquer um olhava. Lembro até hoje do seu riso menino, de boca ainda banguela da primeira dentição. Depois, garoto, ganhou dentes alvos de mulato e seu riso ficou mais aberto, melhorado. Acabei me acostumando com a presença dele.

Quando acordava, de madrugada, ele já estava ali, esperando o resto do meu café. Bebia na caneca de folha, molhando a galheta que eu deixava. Naquele tempo de depois da Inhá eu quase não falava com ninguém, senão em tom de ordem e em assunto de serviço. Com Tião, sim, até puxava prosa, comentando coisas. Principalmente quando ele me acompanhava, nas andanças serra acima, serra abaixo ou ao longo do córrego vendo a criação. Ele, de certo, não entendia nada e só dizia sorrindo: nhô sim, sim sinhô. Não podia era me pedir a bênção, estava proibido. Ele não. Todos os outros podiam. Este foi o primeiro gesto de afeição com que diferenciei Tião do resto daquele povinho.

Numa noite em que o encontrei dormindo numa esteira na varanda lá de casa, abraçado com outro negrinho, desfiz o nó e pus Tião para dormir numa rede, dentro de casa. Acho, agora, que ele nem gostou. Teria preferido ficar de cachorrinho, ao relento, com os outros; ou dormir no rancho da mãe. Era uma ordem. Eu, rei, dispunha, ninguém desacatava. Com Tião lá em casa, tomando café e saindo, voltando para o almoço, para o café da tarde e pra janta, tive companhia na mesa por muito tempo. Ele sentava na ponta do banco, comendo no prato com a mão, fazendo capitão e me escutando.

Contei a Tião, ali, e principalmente fora, para as cozinheiras não ouvirem, muita história minha. Falei da minha vida de menino e de soldado. Enfeitando. Das belezas do Vão. Das grandezas do mundo.

Tião foi, antes do senhor, meu único confidente. Bom de ouvido. Inocente. Calado ou só com aquelas exclamaçõezinhas dele, e sem nenhum entendimento. Com ele eu falava a verdade sem vexame. Contava casos, fluente, arrotando importância; menos para Tião do que pra mim mesmo, para me convencer de que era verdade. Contei a ele como tinha conquistado e depois mandado rolar uma filha de padre muito safada, que virou mula-sem-cabeça.

Nessas histórias todas eu aparecia mais como queria ser e as coisas aconteciam como deviam ter acontecido. Tião só dizia: nhô sim. Terá ele dito alguma vez: nhô não?

Tião devia estar é com sono quando, depois da janta, eu carregava ele para a andança de ver o sol se pôr no alto da morraria. Ele ficava ali, sempre atrás de mim, cachorrinho, alegre, risonho.

Pois não é que Tião morreu? Com tanto nego ali, à toa, e me morre logo ele.

Morreu rapazinho de caxumba infeccionada. Nada adiantou o muito remédio de farmácia que dei e mais o que Socó trazia e dava, eu quisesse ou não quisesse. Morreu. Mandei enterrar na baixada dos pretos e botar uma cruz em cima.

Não falo com ninguém há dias. Ninguém. Estou aqui enterrado no silêncio. Calado. Calu, distraída, mal-e-mal faz os serviços. Bilé me olha desconfiado, de longe, fugindo de mim. Leio nos olhos dele que se pergunta: quando é qu'ocê morre, patrão? Que será de nós, depois? Devia dizer a ele: fica tranqüilo, Bilé besta, que eu não morro não. Já não. Quando morrer, deixo vocês arranjados. Mas não, não digo nada. Não vale a pena.

As únicas vozes que ressoam aqui, enchendo essa sala do meio, com sua conversa engraçada, esganiçada, são meus velhos amigos. Todo santo dia, nas mesmas horas da boca da noite, eles enchem essa sala, graças a Deus. Falam, discutem, brigam, me amolam e dão beijos estalados. Ontem, uma tal Davina pediu um cheiro de cangote a um padrinho que tratava ela de bichinha. Não deviam pôr coisas dessas no rádio. Onde é que vai o mundo com essas conversas? Há lá alguém que chame outro de bichinho e peça um cheiro de cangote? Onde? Mas eu gosto. Gosto muito de uma novela, demais. Apesar de tudo, é gente fazendo de conta que vive, de verdade, uma vida que até podia ser, devia ser.

Minha vida, aqui, só e calado é que não daria novela nenhuma. Meu mundo é silêncio. Quando desligo o rádio e volto ao natural, o que fica é o silêncio. Tão silencioso que ouço o pio de uma saracura a meia légua, piando. Meu ouvido fino nesse silêncio ouve o vento zunindo na copa das jaqueiras ou das mangueiras, conforme vente do nascente ou do poente. Ouço até os assobios finos de vento entrando, estrangulado, na torre da capelinha. Quando só ouço o silêncio, ele se eriça de pios de morcegos, de finos trinos de grilo, de berros da saparia. Se, por um instante, tudo cala, o silêncio grita. Aí durmo e sonho atormentado.

Sonhei essa noite, seu padre, um sonho besta. Pesadelo. Eu não era eu, era um frango molhado, assustado, no terreiro do Lopinho, correndo disparado daqui pr'ali. Tudo porque não era um frango à-toa. Era um frango de cabeça pelada. Só que minha cabeça não era de frango, era o que o senhor sabe, minha verga carnal, vermelha.

Morria de medo dos galos. Eram vários, todos de cabeça erguida, vigilantes, armados de esporas afiadas e de longos bicos amarelos entreabertos, cristas eriçadas, andando de um lado para outro, tomando conta do terreiro, prontos para comer, engolir, qualquer coisa.

Eu, encolhido, amedrontado, me escondia para não ser visto; querendo disfarçar aquele pescoço pelado e aquela cabeça de pica, ali, indecente, oferecida. Sofri demais, acordava, dormia outra vez, sonhando sempre esse sonho doido, de que eu era aquele frango e que os galos só queriam bicar minha pica. Nisso passei a noite.

Aquela desgraça tenho de contar. Estava eu de viagem com a tropa, quase chegando na Bahia. Militão ia de tropeiro, Nheco de boiadeiro, viajando paralelos. Eu passava de uma a outra, regendo. Com isso atrasei uns dias o próprio de Juca, Quinzim, de me alcançar. Vinha das Águas Claras com recado, mas deu primeiro com a tropa. Veio a mim, que estava na boiada, junto com Militão. Vi, logo, na cara dos dois a desgraça retratada. É Inhá?, perguntei besta, pensando que ela estivesse doente ou morta.

Quinzim, angustiado, olhou Militão e os homens em torno, deu uma volta completa com a mula e, afinal, disse, me olhando, que o assunto era reservado. Era ordem do Juca só falar comigo. Acertei minha mula com a dele e disse: desembucha menino, desembucha logo. Ele: Dona Inhá fugiu com Fico.

Fiquei apalermado, parado. Eu e aqueles homens meus todos que ouviram. Militão é que perguntou: quando? Fazia ao menos sete dias.

Saí do estradão, ganhei o mato ao lado em cima da mula e fui andando de passo.

Estava no Chapadão das Mangabeiras que nunca mais quis ver. Ali fui me curtindo devagar no amargor da certeza daquela notícia impossível de acreditar. Então aquela égua fugiu com meu muleiro? Então, aquele corno me traiu e corneou? Não adiantava ir atrás, a dianteira deles era demais. Tinha é que pôr meus homens todos na oitiva, procurar, descobrir. Rodei tempos, não sei quanto, sempre montado sem rumo, naquele mato.

O chapadão estava debaixo da cerração branca das queimadas. O sol corria enorme no céu, tão frio que se podia olhar de frente. Na terra, o calorão do mormaço. A própria mula acabou me levando de volta onde o pessoal estava acampado ali no mesmo ponto. Eu não disse palavra.

No outro dia seguimos viagem. Quinzim, não sabendo que fazer, nos acompanhou também. Adiante Militão se animou a me falar no assunto. Quis saber se eu não ia mesmo tomar nenhuma providência. Fiz que não com a cabeça. Não tinha falado desde a hora da notícia. Só, então, falei: se mato, só mato: se não mato, ela acaba puta de soldado.

Militão insistiu dizendo que achava o que quisesse naqueles sertões. Logo retificou que eles estariam longe. Sabiam bem que naquelas cem léguas de ao redor das Águas Claras, meu reino, de correr com tropa pra cima e pra baixo, se ficassem, eu terminava encontrando. Estariam longe, nalguma vila ou cidade; espantando o mundo de andarem juntos aquela mulherona desempenada e aquele negrinho grosso, reles.

A safada fugiu prenha do Fico. Junto com a chifrada, esta gravidez está até hoje entalada na minha memória. Vivi desde então engasgado neste ódio mortal, cuspindo fogo de perguntar, sem pausa, por quanto tempo aquela mula-sem-cabeça me corneou com aquele preto filho da puta, metendo o sujo pau dele na racha babada dela? Tanto e tanto que emprenhou a desgraçada. Isso penso doendo de raiva mansa, impotente, de me deixar doente. Corneado pela dona que tinha por esposa, a quem tudo dei, sem pedir nada. Dela justamente, da altaneira, distinta, honesta é que recebi o lanho incurável dessa chifrada que até hoje me sangra. Por que teve de me cornear? Dói demais também perguntar por que aquela filha de padre, esganada, teve de procurar homem? Então, não sou homem macho suficiente para qualquer mulher?

Só me resta o triste consolo de saber que sem aquela gravidez ela podia ter ficado a vida inteira me corneando com aquele negro filho da puta e com outros e outros, sem eu nunca saber, nem desconfiar.

Não me explico é porque não saí logo, no instante, atrás dela. Por que não dediquei minha vida e não gastei tudo que tinha a essa vingança que eu devia ter cumprido? Que é que me conteve? Seria feitiço dela me paralisando? Um fio demoníaco nos ligando, me amarrando naquela égua por anos e anos, além do ódio impotente, é este feitiço. Corno sou. Corno manso decerto fui aos olhos dos negros que sabiam da trança. Quantos saberiam?

Anos vivi de alcatéia, esperando, buscando um rastrozinho que fosse para sair atrás deles e cumprir minha lei. Para executar neles a vingança que compus detalhada, em mil dias e mil noites, gozando ver, na idéia, o que havia um dia de gozar com os olhos e com as mãos, sobre os corpos dos dois e da cria.

Nunca tive dúvida nenhuma sobre o que cumpria fazer com os dois. Ainda na névoa branca da chapada, pensei e vi, com toda a clareza, como cumpria obrar, sem nenhum espírito de vingança. Nenhum. Só dando a cada um e aos dois o que tinham merecido. O que pensei, planejei em detalhes, foi só deixá-los juntos, atrelados, para todo o sempre.

Ele nu, sangrando no fígado: gemendo, morrendo, apodrecendo, fedendo. A puta, viva, sem um arranhão, de mãos atreladas com lonca molhada, amarrada nos pés dele, ali na sombra da gameleira grande do pedral das Inhaúmas. Isto é o que me cabia fazer, sem nenhuma desnecessária malvadeza: caçá-los, por esse mundo-sertão que de mim não esconde ninguém. Vivos agarrá-los no laço, como cem vezes agarrei, e levar lá pra onde os pretos exemplam safados. Lá, deixar os dois atrelados como atrelei tantíssimas vezes, para ficarem juntos, unidos, jungidos por todo o sempre: um no outro, o outro no um, conjugados no seu amor de perdição.

Só ali, com os dois bem atados e amarrados, sem palavras, sangrar como sangrei, de uma sovelada só, o fígado dele. Sem palavras, deixá-los como deixei, na sombra da gameleira. Bem ali. Naquele lugar meu, certo e sabido. Isto fiz eu, estritamente, gozando repisar cada detalhezinho da minha obra perfeita. Esta vingança foi, ainda é um pouco, o meu manjar. Ela eu urdi na mente, detidamente, me contendo até do mais difícil, que foi me proibir de ficar olhando, vendo. Sorvendo a primeira agonia deles; e depois de finda a dele, assistir à longuíssima agonia dela, da filha-da-puta, da víbora, da mula-sem-cabeça. Assim procedi, meu confessor, em todas as horas de dias e noites sem conta, vivendo no espírito a vingança que minhas mãos nada fizeram jamais para obrar. Por quê?

O que fiz foi seguir com a boiada pra Bahia; lá vender o gado e regressar. Em casa, nas Águas Claras, tranqüilo, tirei uma por uma todas as coisas dela ou as minhas quase todas em que ela tinha tocado, de tudo fiz um monte na frente da casa e toquei fogo. Os negros, a meia distância, olhavam temerosos. Não sei o que pensaram. A eles todos sempre culpei daquela culpa dela.

Nada fiz. Nada pude nunca fazer, atado pela impotência de nunca ter sabido dela.

Digo ao senhor, seu padre: não há dor pior que dor-de-corno. Gera uma vontade de matar que só comparo com a de vingar um filho morto. Ando esses anos todos debaixo da ameaça de ser alcançado pela mão possessa da jararaca da Dóia, que quer cobrar em mim a vida do filho morto. Sinto, quase vejo, a mão furiosa dela me buscando. Assim sentirá, até hoje, a safada da Inhá, minha mão em busca dela, da vingança que ela me deve, tanta.

De espanto, confesso ao senhor, é que mesmo sendo grande, meu ódio não foi nem metade do que devia ter sido. Por quê? Tenho pra mim que até os negros estranharam, que eu não me acabasse, buscando e arrebentando aqueles dois.

Nunca falei disto com eles. Só Militão cruzou uma vez o olhar comigo, no entendimento de que procurávamos o rastro.

Além da queima, minha outra providência única foi mandar Tiça embora. Isto porque Militão soube pela mulher que Inhá, ajudada pela feiticeira, tinha tentado de todos os modos botar fora, num aborto, a criatura. Não conseguiu, graças a Deus. Quando fugiram o bucho dela seria visível de tão estufado. Daria talvez até para eu ver quando saí, se, menos besta e confiado, tivesse tido olhos e tino de olhar e ver.

Não sei o que me reteve. Penso, por isso, que foi feitiço o que me fez vingar dela só em pensamento, urdindo e tecendo por anos e anos vingança tão planejada e pensada que, na verdade, nunca fiz esforço maior para pôr em execução. O sentimento que tenho da traição dela é de um ódio raivoso que vem misturado com a pega de um certo resguardo. O que sinto mesmo, seu padre, sei agora, é como se ela fosse minha mãe e eu descobrisse, de repente, que minha mãe é uma puta.

Aqui estou eu, outra vez sozinho, nessa minha sala do meio da casona dos Laranjos. Não pus os pés fora de casa nas últimas semanas. Nem ninguém veio cá me ver, de serviço ou de visita. Não vi ninguém.

Só essa Calu e esse Bilé, que são mais trens meus do que gente propriamente. Com eles nem convivo, coexisto, sentindo as distâncias que nos apartam. Os dois também me olham estranhados, como se eu fosse natural da lua, e não daqui. O certo é que não sou do lugar deles. Nem da raça deles. Nem da nação deles. Nem da casta deles. Nem da laia deles. Também eles não são minha gente. São é meus, sem razão nem explicação. Caí na sina deles como o amo, nem melhor nem pior do que outro qualquer, pensarão.

Sina de negro é servir. Há séculos, milênios, eles servem. Resmungões, sempre tirando o corpo, se poupando, mas servindo. Sem eles, eu estaria apeado. Sem mim, eles estariam perdidos. Nos conformamos. Eu com a moleza deles. Eles, com meu mando duro. Está no destino, não podemos escapar uns dos outros. Fugir, para onde eles haveriam de fugir? Saindo daqui, de minhas mãos, iam cair nas mãos de outro senhor, pior talvez, pensarão consolados. Nesse mundo dividido em fazendas, só se pode sair de uma pra cair noutra.

Esses dois, o que gostariam mesmo é de voltar lá pro Roxo Verde. E lá, na preguiça, envelhecer. Felizmente aquilo é reino meu. Eles sabem. E eu não vou deixar. Eu também até que gostava de voltar prà lá; não pro lugar, mas pr'aqueles tempos meus de lá, se fosse possível.

Até parece que me queixo de solidão, seu padre. Bobagem. Não tenho queixa nenhuma não. Sempre vivi só. Mesmo quando andava rodeado de gente de minha igualha, em convívio parelho, vivia sempre só. De poucos tenho saudade. Quase só de siá Mia. Os mais, todos, foram gentes com quem e contra quem combati, nas guerras da vida. Não sobrou nenhum para ser amigo válido, como um pai, um irmão, um filho. Parentes, o senhor sabe, não tive nenhum.

Hoje, pensando nisso, vendo que não tive nem tenho nenhum cristão ao meu redor pra me dengar, me veio a idéia que eu nem fui parido de mulher, fui fundado. É verdade, isto parece que sou, seu padre, descobri agora: fundado. E o fundador sou eu mesmo. Eu só, sem mãe de bem-querê; nem pai de temer; nem filho de atentar. Nada. Meu pai sou eu. Minha mãe também. Até meu filho, sou. O que há, sou eu só.

Mesmo assim, contido em mim, tanto virei este mundo nos meus fazimentos, com tanta gente topei, que tenho muito que contar. Cruzamentos maus tive muitos, de que não me esquecerei: trombadas, como as de meus mortos, de que já falei ou falarei. Outros, bons, também tive, confluentes. Nenhum como o de siá Mia, mas muitos recordáveis. Amigações com mulheres que, me chifrando ou não, cada qual na sua hora, me deu, em gozos, meu gosto de viver. Amigos, quais? Nenhum amigo tão amigo que, agora, pudesse chamar para viver aqui comigo. Os mais, companheiros, que de mim não terão recordação, nem eu deles, memorável.

Hoje é meu dia de melancolia, como o senhor vê. Ruim para balanço de pecados. Que fazer? Isto é no que dá essa servidão de confessar em que o senhor me tem rendido; puxando memória para trazer à minha presença, evocadas, gentes idas e sumidas. Dentro de mim, para uns sorrio, quando a lembrança é boa. A outros arrenego, quando a trombada foi de ofensa e morte. Para isso vivo, me recompondo a mim e comigo os mais com que convivi. Todos, afinal, sou eu mesmo. Neles me visto e revivo, numa existência de palavras, suas nossas vidas vividas, esquecidas.

Garimpeiro da memória, aqui fico me escavando, para arrancar do peito essas pepitas de velho zureta. Sou pior que meu pai Bogéa. Ele sempre colhia um xibiu vendável, eu nada.

Assim é. Mas pior seria se eu não tivesse inventado esta confissão. Creio que perdia o juízo na doideza dos pensamentos desordenados. Aqui, maginando, escrevendo, vou organizando, na palavra, o meu passado e o dos outros. Obrigo meus recordos a entrar em ordem unida, sob o comando da minha voz. Só nisto, mandando nas lembranças, ainda tenho mando.

Uma vantagem tirei da cornada da Inhá: foi a de me fechar. Endureci. Sem couro duro homem nenhum enrica nem se apruma. Fiz da raiva fria minha carapaça de cágado. Atrás dela estou protegido. Minha ira calada, sofrida, da impotência de saber o impossível de pôr a mão nela, me empurrou pra frente. Caí no trabalho com fúria dobrada. Vivi anos de trabalheira insana só dedicados a duas sortes de coisa. Traficar no ânimo de enricar com a tropa e com a boiada. E tocar o Vão que foi a tarefa de minha vida.

Em lugar das duas viagens costumeiras, passei a dar três, cada ano, e até quatro; só parando em casa nos meses mais chuvosos do inverno. A tropa cresceu demais, às vezes andava até com cinqüenta mulas, mais carga que um caminhão. Quando acampávamos nos pontos de venda mais movimentados, era um armazém. Arrumava as cangalhas num quadrado; em cima delas punha as bruacas abertas para mostrar a mercadoria. Ali no meio, Militão e eu negociávamos com quem aparecia.

Fazia menos dinheiro que fama com minha mula farmacêutica, levando suas duas bruacas de remédios. Toda gente acreditava que cada remédio bom que veio depois da guerra era coisa minha. Por minha mão conheceram o aralém que acabou com as maleitas; as sulfas e penicilinas com que limpei homens e mulheres das venéreas. Esses remédios e outros muitos, eu vendia pelo lucro que davam e pelas oportunidades de negócios que me abriam.

Onde eu mercava mais contente era no garimpo, ouvindo a conversa daquele povo altaneiro de tão soberbo. Da altura do que eles pensam que são, olham pra um lavrador ou criador com o maior desprezo, como se fossem gente reles sem ambição, nem coragem, nem hombria.

Vivendo na miséria, molambentos, até a mim me olhavam de cima, como se já fossem donos das fortunas que teimavam em achar onde não plantaram. Sempre havia um ou outro com saldo de algum achado de vulto, pra comprar ferramentas. Muitos, com ganhos menores, compravam de tudo, principalmente o que é a grande aspiração da vida deles: uma boa mula bem arreiada. Meu negócio era vender caro, como minhas próprias de uso e de estima, as mulas que montava.

Nas feiras onde parava, o povo juntava na mula mascate das duas malas sortidas de toda boniteza de novidades de que mulher gosta. Negociava também com os fabricos do sertão: arreios, laços, chapéus de couro, comprados na Bahia.

Meu negócio principal não era esse. Ganhei dinheiro grosso foi levando encomendadas e sortimento de mercadoria para negociante e encomendas de fazendeiros. Desde enxovais de noiva e imagens de santo até o que se imaginar, além de ferramentas de uso e gasto. Todos sabiam que era só me encomendar. Nesses negócios quase não corria dinheiro. Era na troca, feita a conta do valor do que compravam e sabendo quanto valia a cabeça de gado, era só apartar e entregar ao Nheco.

Vendi também muita besta de sela e burro de carga de minha produção e muito toureco que trazia do Triângulo para zebuar a gadaria goiana. Comércio honesto em que todos ganhavam. Cada uma daquelas viagens era um rodeio de cem léguas ou duzentas. Numa, eu descia a Catalão, Araguari e Uberaba para vender bois e comprar ferros e touros; depois subia negociando pelo Paranaíba até Goiás Velho e com uma volta pelos garimpos dava nas Águas Claras. Na outra, saía já negociando mercadorias e burros direto para Barreiras na Bahia, lá vendia o gado e voltava rodeando o alto sertão goiano de Pedro Afonso para retornar a casa. Na terceira volta, ia do sertão mineiro pelo lado do São Romão, cortando terras até o baiano de Catolé e voltava por cima para alcançar a Barra, lá me abastecer e regressar.

Bom trabalho que exigia manha e tempo para mercar com lucro, no que comprava e no que vendia. Gostei demais daquelas andanças de minha vida de tropeiro com tropa de até sete lotes de sete burros. Madrugar. Comer. Arreiar. Andar duas, três horas. Desarreiar. Almoçar. Arreiar. Andar mais duas horas. Desarreiar. Jantar. Revisar e cuidar cada animal. Conversar. Dormir pra madrugar.

Nunca pude foi acompanhar Nheco tangendo boiadas para cima ou para baixo. Esse é serviço que requer paciência maior que a minha. Quando as duas lidas se encontravam, era sempre uma festa ouvir as novidades dos boiadeiros e dos tropeiros. Eu, na minha rede, me divertia com as bocagens.

Nheco não tinha igual para contar casos e era também inigualável para levantar cabrochas em todo ponto que pousasse. Fosse num curral de pasto de arrendo, fosse num descampado, onde quer que parasse ele levantava mulher. Conhecia todas de nome; por umas sabia das outras que os fazendeiros escondiam teúdas, no fundo de suas terras. Era Nheco chegar e elas saírem atrás, como se, pelo faro, descobrissem.

Nunca vi homem assim para atrair tamanho bando de vagabundas que ele trepava e largava, dando uma coisinha, sem a nenhuma se afeiçoar. Eu também pastei muito no gado mulheril do Nheco. Quando acampávamos ele me dizia em que noite elas vinham. Armávamos as redes de jeito, meio afastadas dos outros e, chegada a hora, sem falta, elas caíam lá.

Se viesse uma só eu comia primeiro. Nunca fui de sobejos. Se fossem duas folgávamos e depois, sendo de meu gosto, trocávamos. Os agrados ele mesmo dava, conforme o mérito, tirando da bruaca dos armarinhos. Nunca soube o nome de nenhuma dessas caboclinhas, nem se comi a mesma duas vezes. Era tudo ali no escuro, calado, sem arreganhos preparativos e ligeiro.

Dos negros, sei que não fodem assim, gostam mais é de bodear. Mas a caboclada goiana, esta eu duvido que seja de gozo estirado. Goiano é como bicho, fode calado, no mete-mete rápido até esporrar agoniado e sacudir o pau como se tivesse mijado. Eu também, naquelas fornicações de estrada, sempre fodia assim, com o gozo alto, estalado, seguido do desfastio. Era quase como se fosse uma bronha na chupeta da dona. Nheco mesmo, apesar de tão mulherengo, era um fodedorzinho galo, sem maneios, bodeios, escanteios, ou qualquer dessas artes da safadeza.

Tomei hoje uma decisão irrevogável. Minha cara o senhor não verá. Nem a cara de ninguém meu. Queimei hoje os retratos que tinha. Se algum escapou, ninguém saberá de quem é. Ou de quem foi. Mesmo sabendo, logo esquecerão. Terei morrido, estarei esquecido. Inapelavelmente.

Todos vivemos escavando cada dia a cara da velhice e a cova do esquecimento eterno em que havemos de mergulhar. Cada dia, cuidando viver, eramos e cavamos o buraco de nossa cova. Nos dias de alegria, sôfregos, nos escalavramos e cavamos até mais.

Colhi hoje a alegriazinha à-toa de queimar aqueles retratos. Os meus, tão diferentes de mim, queimei logo, com gosto, pegando numa ponta, acendendo na vela, e deixando queimar devagar debaixo das minhas vistas, quase até queimar meus dedos. Alguns, sobretudo os de siá Mia, me doeu ver encolher e esturricar. O rosto da finada foi o último pedaço que queimou do retrato grande de nosso casamento. Ficou ali encolhendo, enrugando, como se ela envelhecesse, agora, debaixo do fogo, o que não pôde envelhecer na vida. Todos queimei.

As mais daquelas caras de siá Mia, eu nunca tinha visto. Eram retratos dela menininha de colo. Dela, menina rezando. Dela, mocinha em flor. Dela, moça lendo. Dela, com o pai, não sei em que jardim, de verdade ou de mentira. A finada, com quem convivi pouco, continuará viva em mim.

Queimar os retratos não encurtará a existência de siá Mia? Ela só existe mesmo é no meu pensamento, estica comigo, em mim, sua vida breve. Por que tive de queimar todos os retratos dela? Sem eles como é que vou avivar minha memória? Temo, agora, que sim, que me esquecerei. Eu sempre voltava a vê-los.

Por que os queimei? Sei lá. Queria queimar eram as caras minhas que se fixaram naqueles momentos mortos que não desejo recordar. Os dela, com seu jeito de passarinho que tinha desde criança, tímida, mansa, silenciosa, pra que é que fui queimar?

Como verei siá Mia nesse espelho dela, único, que sou eu mesmo com minhas lembranças embaçadas? Verei, bem sei, é a cara dela morta. Tesconjuro. Verei mais diluída, mas sempre verei siá Mia de noiva minha. Ainda que me esqueça, um pouco, das expressões, vou me lembrar dos gestos. Sobretudo do jeito dela sentada, na ponta da cadeira, com o bordado esticado no bastidor, agulha na mão, quieta, suspensa, parada. Maginando. Aprendi a não assustá-la nessas horas com as minhas brusquidões, para não vê-la o dia todo aflita.

Mamede caiu aqui outra vez. Conheço minha gente, mandaram Mamede pra me espiar. Foi Dóia? Quem foi? Todos, decerto, ou nenhum. Ele mesmo é que de metido, enxerido, quer ver, saber. Todos querem saber de mim, como agüento essa tosse. Terá sido praga deles? Se perguntam é se morro e quando.

Querem saber tudo de mim, do Mulo, para comentar, para conviver uns com os outros, cordiais, falando de mim, com piedades e penas. Cago neles todos, seu padre. Cago mesmo, o senhor me perdoe.

O que eu gostaria de fazer, se pudesse, o que gostaria mesmo, seu padre, era de ver morrer e enterrar, eu de coveiro, a cada um de meus conhecidos e a eles todos. Toda essa cambada de gente, boa e ruim, que conheci nesses sertões, e que agora quer saber de mim. Saber pra quê? Pra falar! Pra dizer!

Hoje Mamede me caiu aqui, outra vez. Ficou uma hora lá na varanda sentado no tamborete, com a xícara equilibrando no joelho. Tive de mandar pôr no travessão da grade. Às minhas poucas perguntas respondeu com parcas notícias. Quando eu começava a expectorar, ele parava, esperando, olhando, e depois não continuava. Como perguntar mais me cansava, fechei os olhos e deixei ele ficar ali me vendo. Por dentro, fervia de raiva. Afinal, levantei, sem aceitar a ajuda oferecida dele e fui, enrolado no cobertor por cima do pijama, pro meu quarto, sem despedir.

Posso até adivinhar as palavras com que o mofino vai anunciar por aí minha morte próxima. Está finando, dirá. Acabado, nas últimas, garantirá. Morre mesmo, o Mulo, coitado; dessa vez não escapa. Morre. Que fazer com um filho da puta desses? Bom mesmo, seu padre, seria viver muitos anos para desenganar esses sacanas.

Estou enfarado dessa confissão, seu padre. Isto é uma bronha. Lá fora, a gente vive, sofre, sente. Eu, cá dentro, apalpo passados, me consolo. Vida convertida em palavras é pura palha: bronha. Vou é sair por aí, ver meu mundo debaixo desse sol leve da manhã.

Não tinha nada que ver. Tudo igual, na casa, no terreiro, no curral. Bom mesmo só achei o cheiro de estrume e mijo que me fez espirrar. Tudo igual, a cara dos bois e a cara das pessoas. Iguais. Todos mastigando a vida, ruminando. Pachorrentos.

Melhor mesmo é escrever meus recordos. É viver esse viver que me resta de fazer de conta, com desculpa de confissão. Onde estava? Na tropa, vendendo quinquilharias. Trocando ferros por bois.

Naqueles dias alcancei ser reconhecido como homem de coragem provada. O gozo foi pouco, logo descambou. Minha fama degenerou. Em lugar de me verem como valente, poderoso, dador, passaram a me ver como malvado, matador. Li muitas vezes, em cara de gente séria que eu queria amiga e confiante, estampar este fero retrato meu de matador.

Vi isto, em homem e mulher, na cidade e na roça, em gente que ao me reconhecer, de relance, se assustava de dar de cara com aquela pessoa de tanta má fama.

De primeiro, eu tomava tudo a peito, disposto a me ofender por qualquer dá-cá. Depois, não queria nem ouvir, nem saber de ofensas. Se deixasse, ia comprar as zangas de metade do mundo. Corri o risco de virar uma espécie de comprovador da honra e da coragem de todo sem-vergonha metido a valente que andava pelas feiras desses sertões de Goiás.

Aprendi dificultosamente a sustentar minha fama como quem cumpre palavra empenhada, meio me desculpando, sem aumentar agravos. Muito valente surgiu diante de mim, pra se exibir, na certeza de ganhar patente da valentia maior do mundo, só de me ofender e, se preciso, matar.

A muitos desarmei com a cortesia fria que aprendi a dar. Não deixava vaza para ofensa que não fosse muito clara; dessas mortais, que exigem verdadeira valentia, coisa rara. Escapei assim de matar uns tantos. Não de humilhar alguns afoitos. Lembro bem de dois desses bravateiros. Um em Corruptela que, sem razão nenhuma, atirou em mim, errou, eu perdoei e sujiguei. Outro na feira do Bonfim que se chegou a um grupo em que eu estava e sem quê nem pra quê começou a falar desafiante.

Alegava que não tinha corpo fechado mas não tinha nascido homem que fizesse ele recuar. Dizia isto e outras bobagens e todos viam que se dirigia a mim. Eu, enjoado desses casos, falava baixo, do outro lado, não querendo escutar, fazendo que não era comigo. Quis até sair, de manso; mas quando dei um passo, ele notou e tripudiou, falando de valentias faladas, que não passavam de bocagem. Isso, gritado.

Aí me veio aquela idéia malvada e ali, num repente, executei. Tinha na mão minha taca de tropeiro trançada de lonca de cavalo, flexível como uma cobra. Era a extensão de metro e meio de meu braço e mão. Como um raio, levantei a taca e estalei a chibata, como um tiro, numa pedra ali bem no pé do bazofeiro. O homem se cagou, seu padre, cagou bosta mesmo de susto apavorado. O estalo da taca abriu a tripa gorda dele, cagou. Saiu andando de lado, meio torto. Aqui estou eu contando bravatas.

Seu padre, o tempo está danado. O sol escureceu ao meio-dia e uma bruma de chuva de vento cobriu tudo. Estou tinindo de frio. Eu e as galinhas enfileiradas atrás da cortina de goteiras que escorre do telhado.

Goiás é uma terra plana, alta, mas de morraria aplainada. Os capins nativos daqui são os mesmos das serras lá de Minas. Mas nascem amaciados pela brandura do clima. Bom demais para o gado. Ruim demais para gente. Para mim, então, é mortal.

O senhor aqui, meu padre, estará apalaciado nessa minha casona. É de dar gosto, espaçosa, bela. Melhor ainda é o terrão farto e bom ao redor dela. Nada há no mundo como esses Laranjos. Mas não pense que são tudo maravilhas. Vai depender dos seus bofes. Se são como os meus, bons de asma e enfisema, o amigo vai penar.

Nessas alturas planas, suspensas, de ares leves, apenas sobrevivo. Às vezes a chuva exagera e chove dias sem parar. Às vezes são as ventanias que ventam sem sossego. Às vezes caem raios, dia e noite, como se o mundo fosse se acabar. Os aguaceiros, as ventanias e as tempestades me atormentam demais. Eu me sinto um inseto, sem ar, no meio de um mundo aguado, ventoso, desatinado. Só não me entrego ao desespero porque não é de homem desandar.

No meio dessas tormentas sempre faço votos de ir para a cidade. Mas que cidade? Luiziânia, onde tenho casa? Brasília, que vi nascer, minha vizinha? Grãomogol ou São João del Rey de minha juventude? Não tenho nenhuma cidade minha a que deseje retornar. Só penso nisso pra fugir, na mente, dessa chuva daqui; esquecido que terei que aturar as chuvaradas de lá.

Melhor cá. Não sou da cidade. Mas do mato também não sou. Donde sou? Não sou de lugar nenhum. Nem sou de ninguém. Eu sou é eu e sou só meu. Serei do sertão de Surubim, onde nasci, nos cafundós de Grão-mogol? Isto fui e é o que menos fui. Depois, com 20 anos me fundei, indo para guerra em São João del Rey. Lá, caí na vida e vim rolando até cá para aqui me acabar.

Agora sou desses meus Laranjos. Não. Não sou daqui. Isso aqui é que é meu. Por ora. Logo, amanhã, um dia destes, eu morto, será seu. Quando suceder, essa casona despovoada de mim, restará uns tempos zureta, esperando o novo dono. Esperando pelo senhor, seu padre, meu confessor que com a graça de Deus será o Senhor dos Laranjos, dono da casona e do laranjal velho.

Senhor das Grotas Frias e das Quebradas.

Senhor das Grupiaras de Cima da Serra.

Senhor dos Verdes Outeiros.

Senhor das Noruegas Cinzentas.

Senhor das Veredas Luminosas.

Senhor dos Verdes Pastos, das Verdes Mangas.

Senhor dos Currais, dos Sítios, dos Aramados.

Senhor da Mata e do Capim: Colonião, Jaraguá, Melado, Gordura.

Senhor dos Rios e Córregos, das Lagoas e Lagoinhas.

Senhor dos Gados, dos Cavalos, dos Vaqueiros, dos Burros, dos Burricos e dos Mulos.

Só não será o senhor do Mulo. Eu estarei morto e sepultado, desfeito em lama de gente, queimada de cal, para ser reduzido a osso em pó e, por fim, a nada, nadíssima. Só restará de mim minha alma desgarrada do corpo, no alento derradeiro para trotar eternamente no Purgatório dos pecadores mal-arrependidos.

Eternamente não, porque logo serei recuperado por suas orações e missas, seu padre, para ser perdoado, salvo, com a alma lavada e passada na sua máquina de confissão. Confio até em que, quando o senhor chegar nessa altura de minha confissão, Deus que me lê, já tudo me tenha perdoado. Minh'alma, solta dos grilhões e penitências da primeira hora da eternidade, já estará no Céu. Assim seja. Amém.

Quem me abriu os olhos para ver a fazendinha de merda que eu tinha foi o ladrão de meu compadre Catalão. Com ajuda dele e da política goiana, eu tinha registrado minhas cinco posses das Águas Claras e outras tantas para ele.

Todas elas juntas, pouco passavam de quinhentos alqueires. Foi o finado Catalão que atiçou minha ambição. Mostrando o terrame imenso, sem dono, em torno de mim, me fez ver que estava feito besta ocupando aquele tiquinho. Embarcado na conversa dele, sempre em Cristalina, porque Catalão nunca mais voltou às Águas Claras, é que cresci em planos e ambições. Disto resultou meu encargo de marcar no chão e o dele de demarcar na lei e nos cartórios, com a ajuda de senadores e deputados do partido do Governo, uns dez mil alqueires pra mim no Vão do Paranã e o triplo disso pra ele com seus amigões, no Buritizal e no Varjão do Ovo.

Eu sentia, naquela hora, que estava dando a eles um terrão imenso, um país enorme de pastaria natural, mas dava contente. Naquela dação, recebia em troca o pedaço mais bonito da Terra, a mata mais forte que jamais se viu.

Virei escravo na servidão desse serviço. Nele pus a energia e o dinheiro que ganhei como tropeiro e como muleiro. Naqueles anos longos, só fui abridor de fazenda, na frente dos meus homens. Cortando picada a machete. Esticando corrente. Viajando pra buscar topógrafo. E pagando, pagando. Gastei muito dinheiro. Contente me sentia de me saber o fundador de um país, um país grande ou dois países, o deles, os poderosos e o meu, postos os dois no coração selvagem do Brasil do Meio.

Um e outro com limites naturais, correndo no divisor de águas por cima das serras, e baixando por rios caudalosos para fechar quadriláteros perfeitos. Pus meus negros a trabalhar duro como nunca tinham trabalhado na vida, ameaçando, pagando salários, prometendo pontinhas de gado, para ajudar no devassamento e na demarcação. Obriguei até a fazerem roças por lá para retê-los, mas nenhum queria ficar. Nem esperar a roça crescer eles esperavam. Ninguém queria viver naquele mundão ermo e vazio. Negro é assim, vive em sociedade. Só anos depois, com pata de gado e vaqueiro atrás, é que comecei a povoar meus campos. Mas aí veio a desgraça que vou contar.

Eu ia todos os anos duas, três vezes a Cristalina ver o compadre, pagar os impostos e molhar as mãos de seu Tião dos Anjos. Homem bom. Graças a ele me livrei do primeiro bote traiçoeiro. Numa daquelas viagens ele me pôs a pulga, deixando a suspeita de que a coisa não ia assim de bem. Saí intranqüilo, dei meu rodeio e voltei para molhar mais a mão dele e destrinchar a história.

Vi, então, que a coisa era feia. Os homens não se satisfaziam com o Capão do Ovo. Aquela imensidade era pouco pra ambição deles. Além do deputado, do senador e do governador, queriam pôr o advogado do Estado no negócio. Para isso era preciso meter a mão no Vão.

Subi a serra de meus ódios, como nunca tinha subido. Aquela canalha me impondo a servidão dos gastos e dos trabalhos doidos de anos e ainda querendo me roubar. Saí espavorido, prometendo a Tião não fazer besteira. Ele pedia: durma no assunto, major Filó, durma pelo amor de Deus em cima disso, ao menos essa noite. Amanhã o senhor toma decisão. Não sou disso, fui direto pra casa do meu compadre, perguntar ao filho da puta o que era aquilo.

Na caminhada de ida, com os pés me carregando depressa, a cabeça me clareou. Vi logo que o plano deles só podia dar certo, acabando comigo. Estariam é esperando eu terminar o serviço todo, pra, então, me liquidar. Isto no Vão, ou ali em Cristalina, porque nas Águas Claras era impossível. Tantos negros ao redor de mim, alvoroçados, não deixariam chegar tocaieiro nenhum. O plano deles podia ser pior, me acusar de algum crime, e mandar os meganhas da polícia goiana. Esse é o estilo goiano fazendeiro de resolver assuntos tortos. Acabar comigo. Disso é que, mal ou bem, eu tinha que me livrar.

Cheguei lá, cumprimentei mal e mal a comadre, sapequei bênção sem palavra na cabeça de Cirilo, meu afilhado de dois anos, e fui pra sala, meio gritando que esperava lá o compadre. Foi me ver e destrancar o riso para pôr na cara de susto a sua culpa e covardia.

Fiz sinal que fechasse a porta; ele duvidou, mas fechou. Aí, tirei o revólver da guaiaca, pus em cima da mesa com a mão no gatilho, e disse: a conversa é curta, meu compadre, filho da puta. Acho que dela você sai morto. O homem ali, com a cara mortificada, me escutou. Disse que sabia do plano deles, da combinação com o advogado do Estado e vinha só para avisar a ele que meus homens estavam a postos: vão acabar com você e sua família. Quero até o sangue desse corninho do Cirilo. Tem dois anos, não é? Pois é. A ele também dei ordem de sangrar. É assim. Se arrancarem um fio de minha cabeça, carneio sua família toda, seu filho da puta. Fiz ver que não sou goiano, que perdia o meu, mas ele se fodia.

Quando o compadre falou, me surpreendeu: confirmou tudo; era esse mesmo o plano. Acabado o serviço, acabavam comigo pra tomar o Vão. Agora ele via o impossível que era. Não queria briga comigo, pactuava o

que eu quisesse. Ia ele mesmo propor que o advogado ficasse com a metade da parte dele que era demais. Nunca ia ter gado para tanta terra, metade já dava para vender e comprar o rebanho. Saí inimigo, mas combinado e ameaçante: não desarmo meu gatilho, não. Meus homens ficam aí olhando seu povo. Tomara que eu não morra!
 De volta cuidei foi de tratar uma treita com Izupero Ferrador. Ele ia escolher e fazer andar ameaçantes por Cristalina, uns homens dele, passando pela porta da casa do compadre. Mandou vários, sempre variados. Um fez a maldade de visitar o finado e perguntar por Cirilo. Catalão nunca pôs a mão em nenhum. Izupero para isso é perfeito, não tem polícia que possa com ele.
 Não voltei mais à casa do compadre, mas comecei a ir mais a Cristalina, sem pernoitar. Lá, conversava com seu Tião, por ele sabia que, tanto quanto ele via, o registro das terras marchava. O Vão no meu nome, o Buritizal e o Varjão no do compadre e de um testa-de-ferro.
 Só me senti mais seguro quando forcei a mão e fui um dia com o compadre a Goiânia visitar nossos sócios, o procurador, o deputado e o senador. Este me saudou palavroso. Era homem floreado, cidadão. Disse que me conhecia demais, repetiu meu nome inteiro gabando: sei que pode levantar mil homens armados nesses nossos sertões. Só se for armados de foice, senador. Para mais não tenho não. Ele riu como se quisesse que eu entendesse que ele entendeu o que eu disse e o que eu não disse. Falando de negócios, descrevi as terras de cada um deles, gordas, vastas, pedindo gado. O senador disse que não queria tocar nada nas dele, ainda não. Só pedia que eu cuidasse de evitar invasões que dessem trabalho. Gado não punha não. Estava era jogando no futuro do Brasil. Jogou bem.
 Deputado e procurador desconversaram, planos tinham, mas ainda não era hora. O que cabia era, primeiro, refazer na boa forma os mapas que eu tinha levan-

tado para sair o registro e o decreto. Avisaram que podiam aparecer por lá os administradores do fazendão de um paulista que andava querendo se associar com eles. Levariam carta do procurador, recomendando o homem ao meu finado compadre. Lá fui eu, pro meu, confiante como cavalo manso. Eu só existia, naqueles anos, é pro serviço de abrir o Vão. Minha servidão e minha glória.

Tempo brusco, carregado. O dia amanheceu debaixo do maior alvoroço de tempestade. Fiquei aqui na cama encolhido muito tempo, procurando um resto de calor meu mesmo, com medo da friagem. Trovejou demais, mas só rendeu, já de manhã, um cordão de chuva que ficou caminhando até meio-dia, ao redor do boqueirão, sem chegar aqui.

Tomei café me esquentando no borralho da cozinha. Estava bom demais. O calor doce escorrendo goela abaixo; minhas mãos ossudas, quase assando no braseiro. Aí vieram, com a fumaça, os acessos de tosse de cachorro e eu vim para cá, pra sala do meio.

Dói nos ossos esse frio goiano. Frio de matar velho tossidor. E vai piorar, meu Deus. É tempo de invernada. Se não for hoje, será amanhã ou depois: vão se enfileirar os dias e as semanas de chuva de granizo de noite, garoa de manhã, neblina de dia. Eu, sem pique e sem pilha, como é que eu vou suportar, seu padre? Sabe Deus. Ou não sabe, porque não liga. Vá lá Deus se ocupar de um velho que está com frio em Goiás?

Meu consolo que hoje me anima a escrever vem do gosto que tive, esta noite, de ficar teso, bem uma hora, pensando em Emilinha. Foi bom demais. Invoquei demorado, fazendo ela vir jovem como era então, a mim, também na força da idade que já não tenho. Tantos anos faz que mandei ela rolar. Hoje fiz Emilinha voltar tal qual era, então: alegrinha, cheirosa, dengosa, me falando na sua língua do viu-bem-viu? Assim me falou a mulinha, mansinha, dengando, risonha, igualzinho à danada daqueles tempos.

Quanto daria hoje, agora, para ouvir aquele trinado dela: viu, bem? Viu-meu-bem? Por que é que enjoei de Emilinha? Era mulher demais para mim. Gastei de tanto uso o gosto e o gozo que podia tirar dela? Que mulher é suficiente para um homem e excede e sobra e enjoa? Tivemos nosso tempo e basta. A Emilinha real, se viesse hoje aqui em carne e osso, haveria de me querer tesudo demais. Ou terá abaixado o facho? Uma Emilinha velha, gasta, não quero. Nem acesa do fogacho de antes, pelos vexames que daria. Qual, hoje, estará velha, coitada, boca murcha, pelancas, bunda caída. Assim há de estar. Assim não quero, não.

O senhor estará aí pensando mal de mim, seu padre. Essa é a verdade. O que quero dela é só a figura que teve e com que se foi, naquele dia. Quero é essa Emilinha que no sonho me volta meiga e fogosa. E quero recebê-la como eu fui; aquele homem inteiro, tesudo, para acariciar aquela minha Emilinha de há tanto tempo, para verter nela toda a minha gala.

Lembro muito bem da primeira vez que Emilinha me serviu. Gostei demais. Ela também. Ficou ali na rede, o vestido arregaçado, parada, olhando pra mim. De certo querendo repito. Eu nem percebi. Ainda não conhecia a esganação dela. Nem sei ao certo se ela queria mesmo mais. Podia até achar que isso fosse impossível.

O homem dela, Emigio, opilado, velhusco, decerto mal deu conta de comer o resto do cabaço e só montava uma vez ou outra. Ele tinha comprado Emilinha da mãe, não sei por quanto. Isso sei ao certo porque isso ele mesmo disse ao Militão, quando pediu três contos que mandei pagar. Emigio era capataz de garimpo, bom como ninguém para farejar ouro e achar cascalho bom ou grupiara rica. Mas não garimpava. Ficava de gerente, representando o patrão, com o dinheiro pra comprar a produção diária. Honesto como toda essa gente garimpeira, de toda confiança. Mas, homem macho mesmo, duvido que fosse. Corajoso também não era.

Vi Emilinha quando, viúvo de novo, acompanhava Militão, andando com a tropa, pelos garimpos. Eu estava de passeio. Vi bem ela olhando a caixa de bugigangas. Cheguei perto, senti a beleza poderosa dela. Mostrei uma brilhantina, ela cheirou; depois um par de brincos, ela botou no furo das orelhas se rindo. Eu disse: é seu, de graça.

O dono dela, Emigio, olhava, meio afastado, mas dentro do cercado das bruacas. Vi quando Militão rosnou para mim, apontando. Olhei pra ele, os olhos miúdos dele tremiam. Aflição. Olhei pra ela, os olhos grandes dela brilhavam, pediam. Tesão. Agarrei a mão de Emilinha e saí de costas para Emigio, mão na mão.

Fomos para o barraco onde eu estava arranchado. Comi ela ali, na hora, ainda me lembro como. Eu me desabotoei, tirei as calças e ela tirou a calcinha, sem disfarce e jogou ali ao lado. Aí, arregaçou o vestido e veio a mim, mostrando o escudo e as coxas. Nós dois de frente um pro outro, passamos as pernas na rede e nos sentamos recostados. Ela com as coxas em cima das minhas, me olhando e com as partes à mostra ofertadas. Eu me virei por cima já metido dentro dela. Navegamos. Saí saciado. Satisfeito? Jamais. Não podia era adivinhar que minha fome dela era sem fim. Naquela mesma tarde, montei de novo; de noite, outra vez. Assim foi por tempos e tempos enquanto ela esteve comigo, até aquele dia de peste que qualquer hora vou contar.

Na viagem de volta pras Águas Claras ela foi comigo queixando, chorosa, da bunda inchada de nunca ter montado tanto a cavalo. Bons tempos negros aqueles. Tempos em que perdi tanto em gentes e bens. Tempos parados, andando pra trás. Mas tempos bons de que me lembro prazeroso. Neles, mais que em outros, vivi vida de homem exercendo minha hombria, montado na Emilinha minha mulinha.

Juntos, descobrimos, eu e ela, ela e eu, aprendendo de ninguém, todas as safadezas mais safas deste mundo. Como negar que o pecado é um talento minucioso que está no fundo do corpo da gente? Aí está, à flor da pele, depositada toda a sabedoria do corpo. Basta triscar, um no outro, roçar no seu par, para se acender em fogos. Meu par mais parelho desta vida, o que acabei descobrindo, depois de muito buscar em buraco de muita mulher foi mesmo minha mulinha Emilinha. Perdida e achada de mim pela graça de Deus.

Vão do Paranã. Saudade doída daqueles idos venturosos. Vão do Paranã. Eu, na força e na inocência dos trint'anos. A mata florestal maior desse mundo. Saída virgem da mão de Deus. Tanto verde. Um mundo imenso de léguas de mata; da mata mais alta e espessa. Negra. Enormíssima.

Eu fiz aquela mata tremer, urrar, ardendo inteira debaixo do meu fogo, aceso na maior fogueira que jamais se viu. O mundo todo queria pegar fogo. A terra arfava, esfumaçando debaixo do calor medonho. Estalos de metralha. Fagulhas. Artilharia de canhões. Foguetes. Bombas de estrondo dos troncos queimados que trincavam e partiam.

Aquele mundo verde, entroncado, poderoso, aberto em palmas, esgalhado, lá no alto, debaixo do meu fogo escureceu. Acinzentou. Amarelou. Ficou rubro e azulou para logo perder as cores e só deixar no mundo o preto das tronqueiras queimadas sobre a brancura do manto de cinzas.

Completado o rodeio de fogo, meus toucheiros se juntaram comigo. A nado, passamos pro outro lado do Paranã onde eu tinha queimado antes uma coivara velha. Lá ficamos olhando o fogaréu arder, desfazendo o verdemundo vegetal e com ele as mil raças de bichos e pragas que tinham aquela mata por morada.

De repente, o que vimos foi o ar grosso, recheado de fumaça, estremecer animado como se ganhasse vida. Era o turbilhão de abelhas, marimbondos, cigarras, besouros que rodopiavam enlouquecidos. Ouvimos, depois, o estrondo da revoada aloucada de quanta ave e pássaro esbaforido saía de todo lado, batendo asas na busca de outro rumo, longe dos ninhos queimados.

Aí eu vi, me lembro como hoje, o chão do outro lado tremer e remexer fervendo de cobras rastejando em desespero no meio de tatus, tamanduás, caxinguelês desnorteados. Onças de todo pelame saltavam n'água esturrando. Atrás delas vieram bichos e bichos atropelados. Vi, até com pena, um veado atado no chão, querendo fugir sem poder: tinha os pés queimados. Uma vara de caititus descabeçada se derramou toda no rio, batendo os queixos, urrando desesperados, como só porco· assombrado sabe urrar. A bicharada apavorada saía d'água, bem na nossa frente, sem nenhum temor, tanto era o medo do fogo saltando em labaredas por todo lado.

Dias e dias, semanas e semanas durou o fogaréu queimando. Um mês inteiro precisou o céu para devorar as cinzas levantadas pela ventania. Nuvens tarjadas, pesadas de carvão em pó, de terra calcinada, se moviam, pesadas no nevoeiro esfumaçado. O sol nascia e morria, enorme, como uma bola de carne, rubro como brasa, frio e tão apoucado de forças que mal dava para atravessar o nevoeiro e, um pouco, alumiar o mundo.

Até no oceano mais remoto, na mãe dos mares, onde ninguém me viu e jamais saberá de Goiás nem de mim, até mesmo lá, uma grama haverá chegado da cinza da minha floresta queimada. Um grão dela lá estará dissolvido, nas águas grossas de sal virgem, ajudando a mais amargar aqueles mares de sal amargo.

Acabada a mataria, o borralho ficou queimando tempos e tempos. Por fim, o fogaréu cessou e o mundo morreu. Lá ficou a terra aberta, exposta como uma ferida, debaixo do céu escaldado, arfante. Só então caíram, em tufão, as chuvas negras, sujas, lavando o céu e depois a terra sedenta. Enxurradas espumosas de cal escorreram por todos os rumos. Aquela decoada de soda bruta se espraiou matando os peixes das águas doces, os mosquitos dos mangues, as caças e bichos sedentos.

Muita água minha, daquelas, foi dar no velho Chico, buscando mais água em que se dissolver, purificar.

Outras sujas águas daquelas minhas, descendo o Tocantins, foram ferver na boca do Amazonas, lá por Belém do Pará. Só lá, no maior agual do mundo, repousaram.

Mais águas vivas das minhas enxurradas, correndo ligeiro, foram dar no Paraná, no Paraguai, na Argentina, entoldando um mundo de águas limpas para envenenar vacas, capivaras, jacarés.

Aquela queimada minha, dissolvida, foi um purgante que dei ao mundo. Laxante purificador.

Gosto demais de lembrar daquele longo estio em que sondei, com toda a paciência, longamente, a mata minha, andando ao redor dela toda, inteira, e dentro dela, em todo rumo, até conhecer cada província daquele mundo de terras e de selvas. Tudo isso para planejar com calma o fogaréu. Calculadamente.

Depois, foi a operação de guerra do ataque pela frente e pelos flancos, com todas as bocas de fogo postas onde mandavam os ventos estudados de cada hora. Sem eles, ajudando, coadjuvantes, jamais se acenderia todo o fogaréu que era preciso para queimar de vez a imensidade do Vão.

Longos foram os tempos meus, impacientes, de espera do fim das chuvas que choveram para apagar totalmente o borralho. Para devolver a cor aos ares vidrados. Para empapar a terra calcinada. Para refazer os rios e riachos. E para preparar o pouso imenso, descomunal, do capinzal pai-d'égua que plantei. Ó alegria aquela minha das mãos cheias de finas sementes lançadas no ar, fartamente, na hora exata, no dia certo, na lua própria.

Para tarefas desta grandeza são feitos homens como aquele que eu fui. Dele me lembro como se fosse outro. Orgulhoso, é certo, dos seus feitos; meus feitos. Mas sabendo, com tristeza, que ele é ele e eu, agora, apenas eu. Não somos um e nem seremos jamais.

Aquele mundo tão meu do Vão, campos que abri a fogo no universo, já não é meu. Abaixo de Deus, quem fez o Vão fui eu. Mas ele não é meu e nem será mais meu. Jamais.

É verdade que acabei com o desgraçado do Amaral, emissário dos que me tomaram o Vão. Pouco consolo é! Que adianta matar um Amaral? Era doutor, mas era um empregado: gerente nem é gente. É menos que esses matadores meus, Izupero, Antão ou os tocaieiros de Dóia. Esses, de profissão, são matadores investidos no seu ofício, encarnados na profissão. Outro serviço não aceitam. Só dão a morte.

Os gerentes, não; são funcionários do furto alheio. Ladrões por procuração. São fantasmas dos patrões. Piores até do que fantasmas de mortos verdadeiros. Esses, ao menos, um dia viveram pecando com gozo seus próprios pecados que depois purgaram. Gerentes são tristes defuntos viventes. Nem dá gosto matá-los. Acabado um, surgem mil, disputando o emprego, o lugar prostituto de favorito. Lambe-cu do patrão, com direito a casa, a roupa, a ganho. Quem não quer? Gerente é puta, teúda, manteúda. Nem isso é. Não fode com o patrão; é fodido, não goza.

Muitos terão sucedido aquele Amaral que finou. Todos merecendo a mesma sorte, mas também desmerecendo. Aquela morte para ser cabal devia ter caído era na cabeça do dono verdadeiro ou nos donos todos que se associaram, mancomunados, acumpliciados, para furtar o que era meu e continua sendo, por direito. Mas eles são inatingíveis. Quem é que pode matar uma sociedade anônima?

Muita gente conheci, roubada, prejudicada, humilhada, destratada por essas empresas e que só soube ficar bestificada, balançando a cabeça feito calango. Que fazer? Nada! Eu, ao menos, acabei com aquele filho da puta.

E o senhor aí, seu padre, estará querendo que eu me arrependa daquela morte também, não é? Tome juízo, homem. Não sou disso, não. Temer, temo demais o peso da mão de Deus. Mas foi Ele mesmo que me fez como sou, que me deu vergonha na cara para não me avacalhar diante da ameaça de poderoso nenhum. Não me arrependo, não.

Só me dói não ter podido montar, lá no Vão, uma máquina de morte que finasse todos os gerentes daqueles desgraçados, até falir a sociedade anônima. Mas qual! Eu é que acabaria falido e preso e humilhado, como humilhado estou. Salvo, mas apoucado, diminuído. Depois que aprendi aquela lição, só me restou meter o rabo entre as pernas, como cachorro surrado e vir m'embora ganindo baixinho, envergonhado.

Será que esta minha doença do peito não teve origem má, naqueles dias, de fel, de tanta vergonha e humilhação? Depois de tanta glória, abrindo o Vão, ser escorraçado é pena que mata um homem. Não tendo morrido, para conviver com minha frustração, adoeci. Dizem que toda doença é arte de micróbios que carunchain a gente. Será alguma raça de micróbio a que me seca, e empapela os bofes nesse enfisema. Mas esses bichinhos trabalham bem comigo porque encontraram, em mim, um desgraçado surrado e abatido como eu estava. Ainda estou.

Coitado do homem que tem pena de si mesmo. Eu não! Tenho é ressentimento. Amargura. Infelicidade não é comigo. Estou no mundo para o que der e vier: matar ou morrer. De tudo experimentei, assim é que sei viver. Comendo pelas beiradas, se o mingau está quente. Soprando o café escaldante para não queimar a língua. Mas comendo, bebendo como cabe a um dono e senhor. Não é ruim não, seu padre; mesmo humilhado, a gente güenta.

Perdi o Vão, mas tenho a glória, que não é pequena, de ser dono, senhor, desses Laranjos. Consolações são, palavras. Fosse o senhor milagreiro, o que eu pedia de milagre é que me devolvesse o Vão.

Por que me chamam de mulo e não de manga-larga, por exemplo? Esse sim, eu merecia, é nome glorioso de cavalo garanhão, puro sangue. Para ser o Manga-Larga, eu tinha de ser inteiro, com as bolas redondas dependuradas, intactas e o cano do pau duro e elástico como borracha de pneu.

Não. Sou mesmo é mulo. O Mulo dos meus pretos do Roxo Verde. Em comparação com eles, brancão, grandão. Só não sou é bestão, como correspondia ao chefe branco da negrada daquele mocambo.

Ninguém nunca duvidou foi de meu poder de mando. Minha bruteza não é herdada, nem roubada. É tida, havida, por mim mantida na raça. Mestiço sou. Calculo que oitavão, quer dizer, uns sete avós brancos e índios para um negro. Provavelmente uma negra. Sou de raça misturada, híbrida. Não tanto que se dê em mim o tal vigor dos meus mulos grandes e desempenados. Sem igualha nem comparação, seja com o jumento seja com o garanhão que os gerou.

Sou mulo é só no nome, um mulo mofino, de ponta de rama, estéril como todo mulo; sem o poder de transmitir a outros minha semente. Triste vigor, esse dos mulos. Fechado em si. Estanque.

Que importa isso? O importante na vida, na minha vida, é que saí do Lajedo um menino tão reles que chamava Trem; me construí no dia em que matei Lopinho, para ser o rapaz Terezo das Cagaitas. Depois fui Terêncio e debaixo desse nome vivi aqueles anos-ponte que me trouxeram ao que sou, o Mulo; vestido de Filó, seu Filó, Philogônio.

O soldado Terêncio, com a Graça de Deus, hoje é, na boca do povo, o Coronel Castro Maya, dos Laranjos: falado, invejado. Isso digo com soberba de legítima vaidade, orgulho. Justa soberba. O pai e a mãe desse Coronel Maya sou eu mesmo, que me fiz com o pouco barro ruim de meus começos.

Pena é que ninguém possa apreciar minha grandeza. Dela nunca falei, nem com siá Mia. Não podia contar meus fazimentos e refazimentos, sem dizer que não sou nem eu mesmo; que até meu nome de uso quem me deu fui eu. Essa cara e esse jeito que tenho são máscaras escondendo uma essência que não é minha, nem de ninguém existente neste mundo. Aquele homem que, de natural, devia resultar do menino de Lajedo, do soldado desertor e que eu não sei quem teria sido, sumiu. Desapareceu, para abrir o espaço que o Coronel Castro Maya chegou para se abancar e ocupou completamente para ser tal qual sou: eu mesmo no que hoje sou.

O êxito que tive na vida foi o de dar os mil passos todos, um depois do outro, concatenados para ser eu, melhorando sempre, sem retrocesso, com a graça conivente de Deus. Agora, na véspera do outro passo, o derradeiro, meu destino vai melhorar ou piorar? Tenho medo. Quem não teria? Até hoje tive nas mãos a minha rédea. Amanhã, vou cair nas mãos de Deus. Saio deste mundo que conquistei e é meu, pra cair no d'Ele! Perco a vida daqui, leve e breve, fugaz, pra cair na d'Ele, duradoura, definitiva. Eu morto, me apago, me acabo aqui na carne do corpo natural, desfeita em carniça para liberar, naquele momento instantâneo, minha alma que vai saltar, solta, na imortalidade.

Aí está a armadilha de Deus. Terrível! Em lugar de nos dar o que pedimos: a vida eterna, a imortalidade, aqui, na vida verdadeira, Ele só nos dá essa eternidade do Além, para ficarmos interminavelmente mortos. Eternidade que ninguém pede, nem deseja. A não ser, talvez, algum santo, sem um grão de dúvida da própria santidade, com inteira e completa fé na beleza e na gostosura da Glória Eterna.

Eu, coitado de mim, sem fé nem santidade, me vejo morto é como uma alma danada, perdida, fantasmal. Esconjuro!

Já falei de Mariá. De quem ainda não falei? É aquela filha de Ruana, a dona da pensão de beira de estrada; a mesma que uma vez persegui, em cima do cavalo, bati com o peito num galho, caí, e ela menina ficou olhando, se rindo, fugiu.

Na hora que o destino me pôs na frente de Mariá mulher, eu me encantei. Foi quando ela chegou com o amásio nas Águas Claras. Eu estava conversando com ele, quando ela entrou. Aí eu vi, estatelei. Ela também, creia o senhor. Visgo; visgo instantâneo. Saudei e já lembrando dela de antes, comi Mariá com os olhos. E ela a mim, penso. Nos entendemos ali, tão claro, na frente de Cazé, como continuamos nos entendendo, por meses, anos.

Lembro tão bem daquele instante, naquela tarde, que ele está isolado na minha memória, separado de tudo mais. Vejo a luz avermelhada saindo da telha vã e caindo na cara dela. Vejo o cabelo espichado de grossos fios duros, não sei de que cor. Vejo a pele dela, morena, rosada. Revejo Mariá inteira no que foi: fruta madura, manga-rosa. Quantos anos teria? Quinze, dezesseis, se tanto. Não era a mulher mais bonita desse mundo. Nem era tão bonita como a cadela; mas pra mim naquela hora, eu não pedia mais que ela.

O ruim foi que, junto com o encantamento e o desejo, no mesmo ímpeto, saiu do meu peito o receio. Tive medo de Mariá. Não fosse ela também me cornear. Eu estava escaldado da Inhá. Não queria entrar noutra desgraça.

Assim é que dei o primeiro passo com Mariá, já de pé atrás, ressabiado.

Comi Mariá na rede do quarto, duas vezes naquele primeiro dia. Mandei sair pra junto do Cazé. Por quê? Queria muito ela pra mim, mas sem o poder de me ofender. Queria também, talvez, fazer Cazé sofrer meu destino de corno. Machucar a ela também eu quereria, pra me vingar da outra.

O destino deles e o meu se tramou, enredado, quando levei os dois comigo para o ranchão. Nesse tempo, eu parava mais era no Vão do Paranã, ocupado na colocação dos marcos da demarcação. Pus Cazé mais longe, encarregado do trabalho no Varjão do Ovo do meu compadre Catalão. Lá a sina dele se complicou.

Um dia mostrando a Cazé o pedrão enorme, azulado, que surge no meio do campo e dá nome ao Varjão, decidi dar a volta completa, para ver o outro lado. Montamos nos cavalos e lá fomos, em passo rápido. A volta era de mais de légua. Lá chegando, num momento, subitamente, vimos, surpresos, meio encoberto, um ranchão de índios, quase encostado na rocha. Nos acercamos, rápidos, e topamos lá com quantidade de mulheres e crianças.

Entramos em fala e começávamos a apear quando surgiram os homens da tribo. Decerto, vendo as famílias deles nas nossas mãos, decidiram vir correndo pro nosso lado. Tão surpresos de nos ver, como nós a eles. Vieram mansos com visível preocupação de nos aplacar, apaziguar. Desenterraram do chão da maloca e nos deram dois cachos de banana, que surgiram amarelos, meio dourados, tinindo de maduros. Comemos ali mesmo. Em troca, dei uma faca a um deles. Trouxeram depois uma paca moqueada, que sentamos pra comer bem, bebendo a água fresca, trazida por eles numas cabaças pretas, trabalhadas. Dei, em troca, uma caixa de fósforos.

Ficamos ali uma hora, e saímos para acampar mais longe. Minha idéia era passar a noite lá e seguir viagem no outro dia. Nossa surpresa foi de madrugada, ao acordar, quando vimos que não havia mais nenhum índio por ali. Tinham sumido no mundo. Voltamos à maloca e me lembro que andei todo o ranchão, bisbilhotando os fojos, tirando as coisinhas que guardam, enfiadas na palha. Era uma casona grande, feita com madeira verde, porque era toda retramada como uma cesta gigante. Olhamos bem aquela trenzada de índio ali, buscando sinal deles. Nada. Tinham sumido.

Viemos embora e eu disse a Cazé que não mexesse muito com os índios: se via que era gente arredia mas mansa. Deixasse ficar, eles seriam os negros do Catalão, quando ele viesse povoar aquelas campinas com seu gado.

O compadre é que não gostou da idéia. Eu fui acabando de contar que o fazendão dele era tão bom que até índio tinha e ele esbravejou: Qual nada, seu Filó, isso é uma desgraça. Índio, onde bota o pé, a terra é dele. Temos é que acabar calados, com essa raça! Vi logo que não tinha mesmo outro jeito. Só se conseguiria legalizar a posse daquelas terras se não houvesse nem notícia de que lá moravam índios.

Quem se encarregou do serviço foi o besta do Cazé. Serviço maior do que ele, se via. A alma era dele; a mão também era: dele a culpa. Cazé foi quem conversou, planejou e acertou tudo com Catalão. Empreitada de morte. O pecado será também dele, não meu. De volta Cazé escolheu os homens que bem quis, combinou a paga e saiu em caravana. Levou dois bornais de farinha com rapadura: um bom, outro com arsênico. Saíram bem armados no rumo dos índios que outra vez acharam lá no ranchão deles.

Chegaram, apearam, desceram um bornal, comeram, e deram pros índios, que também comeram. Era do bom. Quando trouxeram o bornal ruim, os índios desconfiaram de alguma coisa. Adivinharam. O certo é que nenhum quis comer. Aqueles homens tiveram que pegar os índios à viva força pra meter a paçoca na boca deles. Envenenaram assim uns poucos que estrebucharam e os outros, apavorados, começaram a fugir. Aí, os homens de Cazé com ele, a pé e a cavalo, perseguiram até acabar com a indiada na faca e no tiro.

Quando voltaram, Cazé estava amarelo como se saísse de uma sezão brava. Nunca mais ficou bom. A doença dele foi ter feito mais do que o fígado dava. Nunca curou.

Eu e Mariá, que desde as Águas Claras fodíamos na frente dele, continuamos fodendo, sem o menor resguardo. Ela, de fato, não era dele, era nossa. Fosse de dia, fosse de noite, quando dava vontade, encostávamos na rede e fodíamos. Enquanto isso a barriga dela crescia. Eu sabendo que não era meu. Ela sabendo que era do Cazé. O Cazé também sabendo que era o pai. Meu gosto maior naquele tempo, confesso, era todo dia levantar a saia dela, pra ver a barriga inchar e apalpar as partes dela estufadas. Assim, fui vendo aquela gravidez crescer cutucando a cabeça do menino com meu pau. No fim, só comia por trás, pra não esmagar demais a pança prenha.

Nisto morre Cazé, se mata. E nos mudamos para as Águas Claras. Mariá ficou comigo de teúda-manteúda no uso goiano. Tratada pelos meus negros como dona e senhora. Comigo viveu um estirão grande de tempo, me servindo contente, mas sempre foi muito casmurra. Só fazia bulha ralhando e batendo no barrigudinho dela.

Estava sempre ali, pronta para me abrir as pernas, mas meio indiferente. Só sei que gostava porque gosmava. Entrar na Mariá era trabalhoso. Ela tinha a coisa meio seca e travada. Vencida a resistência, quando me via posto inteiro lá dentro, sentia como ela se aguava, melada. Mas era sempre muda, como se fosse proibida de gozar. E era: mulher direita não dá gaitada, goza calada.

Até hoje gosto, tenho amizade, por Mariá e Lauzim. Ele nasceu depois da morte de Cazé do modo que o senhor sabe. Acho que já contei como, aquele dia, se pendurou na trave da porteira principal do Vão. Mariá estava dormindo comigo, apesar de muito barriguda, e só acordou quando vieram chamar e depois mostrar, espantados, o serviço feio que aquele desgraçado tinha feito nele mesmo. Enterramos o Cazé atrás do curral.

Lauzim cresceu nas Águas Claras, dormindo no meu quarto, mamando na mãe ali, como se fosse filho nosso. É cria minha. Não sei por que é que ele tomou pavor de mim. Manifestava esse medo de todo modo. Acabou me dando raiva dele e da mãe.

Enjoei dela também porque Mariá, de alguma forma, ficou suja daquela morte nojenta do marido. O certo é que meu fogo foi baixando, até que apagou. No fim tomei tanto enfaro dela que até me punhetava na rede, com ela deitada na cama, oferecida, ali ao lado. Bronhava, mas a ela não comia. Não podia? Não queria? Que sei eu? Enfaro é coisa que às vezes dá em homem.

Quando larguei de cobrir Mariá, ela, sentindo-se rejeitada, deu de dormir na cozinha. Parece que se acostumou, gostou, ficou lá, no lugar dela, com o filho. Mas continuou zelando tudo feito dona-de-casa. Lá estaria até hoje, senhora, se eu não tivesse dado outra casa pra ela morar quando casei.

Até hoje vive com o filho nas Veredas, na casa que vou legar. Vou? Sei lá. Isso já não é comigo; é com o senhor, seu padre, meu confessor e testamenteiro. Faça o que bem entender. Mariá é parte de sua herança, coisa sua, para ser destinada segundo sua santa vontade.

E olhe que ela não é feia, não senhor. Morenona, sacudida, fornida de carnes para encher mão de homem em qualquer lugar que o senhor agarrar. Enfarei dela porque é da vida a gente enjoar. Assim se deu. Será por que ela ficou suja do sangue do Cazé? Qual! Se ele nem sangrou! Ficou seu tanto suja foi do visgo daquela morte feia dele, enforcado, dependurado, balançando de madrugada na trave da porteira do Vão.

Bonitona era, ainda será, aquela nossa dona Mariá.

Acordei tinhoso. Será por que sonhei com a jararaca? Aquela peste, agora, nem de noite me dá paz. Estarei com medo dela? De sua mão comprida me agarrar aqui, desprevenido? Estou turvo, seu padre. Opaco. Vejo o mundo atrás de névoa de meus olhos baços. Sinto as coisas com um tato grosso. Logo hoje que precisava ter meus sentidos acesos. O Laranjo está cheio de gente. São os vaqueiros de Sebastião Melo que, com os meus, apartam a boiada que vendi.

Uma dinheirama. Mais ouro meu pra deixar no banco, à toa. Como aplicar? Compro boiada de engorda? Compro mais novilhas para aumentar o criatório? Uma novilhona é capaz de viver mais do que eu. O senhor tinha de estar aqui, meu padre, cuidando do que é seu.

Sozinho, como hei de cuidar de tudo? Isso é um pedaço grande do mundo. Pede olho vivo, mão forte, cabeça boa de homem para ser bem cuidado. Pede também muito gosto e muita ambição. Eu de tudo isto tive demais. Hoje estou deserdado. Nem tino, nem zelo, nem cobiça tenho mais. Toda velhice é ruim.

Mais ruim ainda será velhice na pobreza. A sua não corre esse risco, meu padre. Vai ser mole. Como é, compro novilhonas pro senhor criar? Ou compro boiecos de engorda? Garrotes, não precisamos. O plantel nelore cresceu bem, nas mãos do Amaro dá mais touros do que precisamos. Ele é sério e é bom de serviço. Zela o gado e comanda bem a vaqueirada, que escolhe e põe no campo. Enquanto o sol dá pra divisar uma rês, ele tem gente na lida. Debaixo dos olhos dele o gado multiplica.

Amaro saberá comprar? Terá olho para tanto? Não! Negócio de compra é outro. Vaqueiro para isso não dá. Se desse não seria vaqueiro.

Como não posso sair por aí, comprando gado, o melhor mesmo é não fazer nada. Deixo o dinheiro à toa no banco para o governo pastar. Deixo à toa meus pastos de todas essas quebradas frescas, por falta de boi pra pastar. Assim não me apoquento, me aposento. Não, isso também não quero não!

Por que hei de me preocupar? Sou lá seu servo pra ficar zelando o que é seu? Virei seu criado? Sou, acaso, vaqueiro de meu confessor?

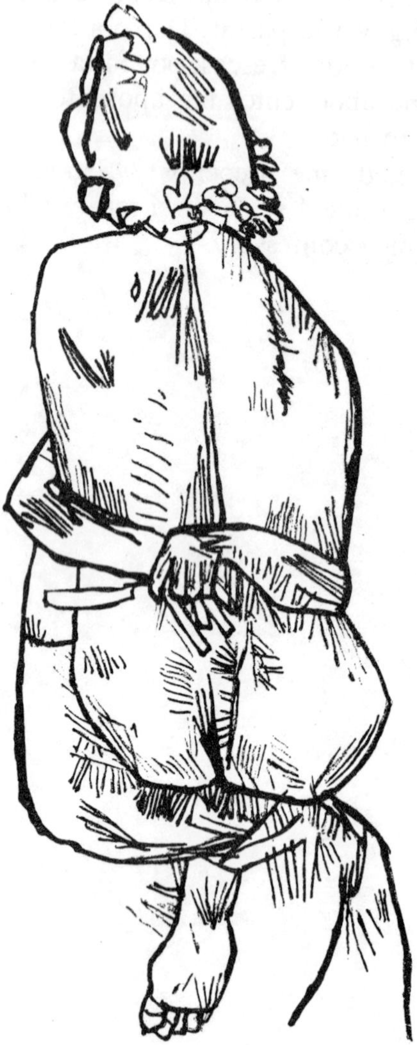

Viajando naqueles sem-fim

Viajando naqueles sem-fim, conheci gente em pencas, de fazendeiro a enxadeiro. É verdade que muito pouco cidadão prestante. Os mais eram matutos pobres. Além de muito negro quilombola e até índio manso e bravo que também não é gente. Pra mim, de trato parelho, só fazendeiro e comerciante, branco de cor ou de posses e algum sitiante remediado. Mas não negava trato a ninguém, com todos mercava leal.

Fiquei conhecido, até demais, como o tropeiro dos ferros e, principalmente, dos remédios. Por mais que tivesse crescido dentro e fora de mim o fazendeiro que eu já era, ninguém via. O que viam era o tropeiro da botica que não atendia doente, nem receitava, mas vendia todo remédio que se pedisse. Curei muita gente, seu padre. Lavei aquele povo das sezões e das gonorréias que padeciam demais.

Numa destas voltas conheci, um dia, o falado coronel Zé Alves, o mais importante fazendeiro das bandas do Carretão. Homem cismático, compenetrado; mas bom de trato, respeitoso. Era oriundo das famílias dos contemplados que foram os herdeiros em bens, terras, escravos, gado e casas de uns padres expulsos não sei por quê.

Vivia num casarão imponente no alto da fazenda do Brejo dos Alves com a filha única, Dona Miracema, órfã, criada por mãe de leite. A filha não é outra senão a finada siá Mia, minha futura esposa. A ama é mesmo essa jararaca da Dóia. Então, para mim, a moça era Dona Mira e Dóia era siá Teodora. Uma donona magra, muito senhora de si mesma, com essa tez roxa da gente de família goiana antiga. Debaixo do mando dela tudo corria nos eixos ali na casa dos Alves.

O coronel, sofrendo de reumatismo, às vezes passava meses entrevado. Quase nunca saía da fazenda: Alves é sapo, mora é no Brejo. Imaginava, dizem, que se pusesse o pé fora de lá, podia morrer. A filha, moça já, parecia menina. Morena cor de telha, cabelo escorrido, lustroso, arrumado em trancas certinhas. Bonita.

Com isso de levar remédio comigo e do coronel Zé Alves gostar demais de remédio, comecei a freqüentar o Brejo. Ia muito, também, pelo gosto que me dava o trato dele. Passávamos horas sentados na varanda tomando café e lendo bulas. Eu vendo e ouvindo o coronel ler e escolher: esse é pro meu reumatismo; esse pra enxaqueca da comadre; esse aqui pro fígado da menina Mia; esse depurador de sangue é pra fulano; esse regulador, pra beltrana. Comprava grosso; às vezes queria até comprar, confundido, o que já tinha. Confiava mais nos meus remédios, escolhidos ali, do que em receita de prático e até de doutor. Na realidade, confiava é no olho dele mesmo lendo as bulas e escolhendo no meio do estoque que eu levava. Assim fomos criando amizade ou ao menos costume.

Ele, sistemático, pouco perguntava por mim e por meus negócios, sem especular demais. Eu, reservado, respondia aquele mínimo que é preciso. Por insistência do coronel um dia deixei de pernoitar no barracão e fui dormir na casa. Privilégio de mais ninguém.

Nos aproximamos mais, uma vez, quando mandei a ele, por mão de próprio, a receita e os remédios de um médico baiano, que consultei a mando dele, junto com carta minha de explicações para o tratamento da artrite. Quando voltei, ele perguntou se eu tinha redigido aquela carta. Disse que sim, ele insistiu: mas é do seu punho?

E não havia de ser? perguntei. Ele aí arrematou que estava contente de saber que eu era letrado.

Tempos correram e um dia o coronel me deu uma boiada de umas 700 reses para vender nos Montes Claros. Não pedi nem aceitei papel. Fui, vendi, voltei com a bruaca de dinheiro e entreguei. No acerto, quando ele perguntou quanto era meu serviço, eu disse que só queria dele o favor de aceitar aquilo como favor. Pedi que não me ofendesse arrenegando. Aceitou, agradeceu.

Continuamos no trato, os tempos correram, eu sempre gostando e aprendendo com aquele homem de jeito antigo, casmurro, mas delicado, macio e distanciador. Naquela fraqueza de sobejo de gente, baixinho e magro, cara mirrada, atrás de um bigodão enorme, ele tinha mais mando e autoridade que quanto homem rompante eu tinha visto. Admirava, invejoso, aquela força oriunda de posse antiga, acumulada em gerações, que saía tranqüila pela boca do coronel Zé Alves.

Assim foi que uma vez, estando eu pousado lá, siá Teodora pediu, discreta, que eu ficasse na sala, depois da janta, para um particular. Jantamos, ela saiu com o coronel e voltou. Eu, sentado, me levantei. Ela, com gesto duro me fez sentar de novo e de pé desenrolou devagarinho o novelo.

A princípio parecia só querer conselhos ou que eu ajudasse a procurar um noivo para a filha do coronel. Ele teria medo de morrer deixando a filha solteira. Seu medo mesmo era deixar o Brejo dos Alves sem herdeiro. Precisava de um noivo para a filha que, a seu tempo, desse a ele o neto que havia de tomar conta daquele mundão. Lá morando e cuidando, tal como tinham feito o tresavô, o tataravô, o bisavô, o avô, o pai e ele mesmo.

Rolou nesta conversa, ela dizendo sem nada declarar que o coronel e parece que ela também faziam gosto que eu casasse com a menina. Falou que falou, eu calado estava, calado fiquei. Estatelado.

Como ela não parava mais com o assunto repicado de tão explicado, perguntei se a menina Mia não tinha vontade própria. Dóia mostrou as garras, contestando: que vontade pode ter? Moça de família obedece a vontade do pai. Eu me despedi sem mais dizer.

Só falamos no dia seguinte quando fui saudar a tal Teodora e dizer que não queria ver o coronel. Nada podia dizer a ele. Precisava pensar. Expliquei que eu era homem de posse pequena, mas minha, crescendo na minha mão. Achava também que a moça devia ter vontade própria e não faltava nesse mundo muito homem bom, finos cavalheiros, melhor do que eu para casar com a menina dos Alves: se procurasse, achava.

Antes do meu sogro, uma família fazendeira fez gosto em me dar a filha moça em casamento. Nem pensei aceitar. A mãe, siá Deja, me agradava demais. A filha nada. Altussa, pele suja, dentes graúdos amarelos que mostravam as gengivas roxas, quando ela inventava de rir. A mãe era igualzinha. Mas, sendo gorda e velha, a feiúra dissolveu nas banhas.

Siá Deja requeria trato de tia e só me chamava de cometa. Nome próprio do meu ofício de tropeiro; justo, pela exatidão de tempos em que eu caía lá, levando encomendas e agrados. O marido, seu Januário, era um amarelinho seco de carnes, desengonçado, como se tivesse as juntas frouxas, balançando. Na cama devia desaparecer, como um filhote, afundando nas banhas de siá Deja. Só marcava sua presença na vida, como homem de caráter, por uma cicatriz velha, de um lanho fundo que levou na cara cortando toda a testa e a caixa do olho esquerdo, lá dele. Restos de briga de facão, a que era muito dado o povo do Unaí.

Naquela família eu queria bem era só a siá Deja. A imagem que tenho dela, e até hoje me dá gosto rever com os olhos da memória, me devolve siá Deja sentada no bancão da sala, com os peitos de fora e dois nenéns mamando, um em cada seio: o derradeiro filho e o primeiro neto. Ela pariu uns vinte, criou quinze filhos.

Homem macho estava ali, naquele corpinho de seu Januário. Trabalhando com a coisinha mesquinha lá dele prenhou, inchou, sem paradeiro aquela carnação imensa de siá Deja.

    Poucos casos outros me lembro de moça donzela que de vontade própria rabejasse pro meu lado em requebros e olhares na intenção de namoro. Sempre fui tímido com mulher. E como nunca dancei, não facilitava o jogo delas. Talvez por isso nunca namorei. Achava e acho que encostação com moça donzela é safadeza. Putaria se faz é com puta. Até olhar moça cara-a-cara me encabula.

    As poucas gaiatas que me impuseram conversas logo me perturbavam por perguntonas. Queriam saber logo de minha família, onde vivia, de minhas irmãs, quantas eram? Aquilo me arreliava.

    Acontece também que nos sertões onde eu andava como tropeiro havia pouca família mesmo, guardando zelosa a virgindade das filhas. A esse luxo só se davam as escassas gentes fazendeiras, os negociantes com grossos bens e algum que outro sitiante teimoso. O mais daquele povão era misturado. Olhando bem cada casa se via que centrava é nas mulheres que pariram filhos de muitos homens. Pai era o nome do último que encostou lá pra envelhecer.

    Cada menina principia com esfregações de que acaba prenha. O rapaz, apertado, amiga e fica uns tempos. O mais das vezes, quando a parida envelhece e enfeia, ele vai s'embora, deixando vaga pra outro.

    Como eu nunca encostei em moça, nem prenhei ninguém, fiquei fora desses desarranjos. Para tratos finos, casamenteiros, só passei a servir depois de madurão, quando pus dentadura e ganhei posse e estampa. Aí, casei.

Meu viver é essa especula. Rememorar. Reviver, de coração pesado em palpitações, ou leve, vibrante, idos da vida vivida. Esse o viver de quem vive na espera. Esse o meu ofício, hoje.

Comi a vida. Agora, rumino meus recordos de curraleiro, carreiro, soldado, muleiro, tropeiro, fazendeiro. Tudo isso fui. Hoje, pastoreio essa fazenda da memória. Vivo, me desvivendo na busca de meus idos, sidos, tidos. Do futuro só espero negrores.

Enquanto isso vou catando, como burro velho, aposentado, nestes pastos de soca, os tocos verdes ou secos, doces ou travosos, que ainda me restam e me comovem. Pasto lembranças. Rumino reminiscências.

Essa minha vida, olhada da ponta de cá, foi uma existência movida, sem pausa, apressada. Que é que eu buscava? Valia. Queria era ter valia entre os homens, eu que nasci na merda. Nisto vim, forçado, com Deus me cutucando, o Diabo me esporeando. Assim vim, num trote aflito. Quase sempre contente.

De burreco a burro velho, fiz carreira, quase cheguei a cavalo. Quem me dera! Cavalo é bicho fino, já nasce feito. Só pede uma mão de acerto. É como filho de fazendeiro, cresce deitando raízes pra baixo e galhos pra riba, frondosos, despreocupado, na sombra. É dono da boa, morna, vida dele. Nós, capiaus, mesmo brancos, mas broncos, somos é negros; gente de serviço, mais próximos da natureza dos bichos. Isto fui. Nisto nasci. Graças a Deus me refiz. Até branqueei por força do dinheiro e do mando soberano. Ao menos a mulo cheguei.

Com a voz débil que me resta para ordenar, faço e desfaço nesse espaço. Quem, pobre, seja preto, seja branco, não teme nessas redondezas todas a fala, a voz, a vontade do Mulo? Quem, rico, não me devota respeito? Mesmo minguante, guardo um poder que o mundo acata. Ainda. Por quanto tempo?

Meu revólver tem balas velhas, de pólvora podre. Minha faca que foi navalha está cega, enferrujada. Minha taca, largada. Pior ainda que o revólver, a faca e a taca, é a mão que empunha: seca, nó de pau, atravessada de grossas veias roxas. Trêmula, nem parece minha.

Nos amanhãs que tenho, nada urge, só me cumpre esperar por Ela. Esperar a Esperada Indesejada. Vivo, se isto é vida, sozinho, a triste espera.

Hoje estou triste de dar dó. Triste e só neste mundo povoado de gente sobrante. Conto é com o senhor mesmo. Só. Ninguém vem cá.

Espera aí, seu padre. Eu não me entrego, não! Estou é bem. Demais! Meta sua compaixão no cu. Piedades não quero, nem careço. Sou homem inteiro. O pai de mim sou eu. Eu sou meu filho único, órfão. Só eu choro por mim. Eu só me basto.

Saí do Brejo dos Alves, pesado de preocupação, leve de esperança. Isso de casar com moça de família fazendeira antiga me desafiava. Claro que eu queria. Tinha pensado demais nesta possibilidade. Sonhado. Mas uma oportunidade real assim, de fazer minha a filha única e todos os bens do fazendeiro mais rico do Carretão, era realizar um sonho bom demais. Dava até medo.

A proposta dura e mole, saída, estirada, da boca de Dóia era de pegar ou largar. Agoniado, sofria. Teria feito bem em adiar? Não querendo perder por voraz, podia eu perder por apático. Quantas vezes tinha me perguntado quem herdaria aquele mundão de terras e de gados. Afinal, eram os méritos que fiz, com paciência, diante do coronel que frutificavam.

Querer eu sempre quis. Mas nem ousei ter esperança de alcançar aquele fazendão enorme, com sede apalaciada, ajardinada. Cinco sítios servidos de benfeitorias finas. Gadão chifrudo, tão bom de melhorar. Papéis antigos, seculares, sem contestação possível, herança da Igreja do tempo que Goiás era Pernambuco.

Por mais que trabalhasse na vida, não teria nem tempo na minha existência inteira de fazer um fazendão daquele. Era muito menor que o Vão, mas muito trabalhado. Gerações cuidaram por séculos daquilo que, afinal, se resumiu na mão do Coronel Zé Alves, o mais sabido. Enrolou negócios com os parentes todos, pagando quinhões com casas e dinheiro vivo para deixar o Brejo inteiro, livre, na mão da filha única. E, por via dela, cativo, pros netos que eu tinha de dar.

Essa história de gerar netos alheios começou a me atazanar. Junto com ela, a preocupação fina de pôr à prova meus papéis, com gente da Igreja que tudo sabe. Como pôr um filho na barriga da filha do coronel Zé Alves? Como casar sem certidão de batismo, em matrimônio anunciado em proclamas? Aquilo não era nenhuma missão de desobriga que sapeca casamentos de gentinha. Quem mais cuida no mundo que o mundo não caia na mão de bastardo, não é a Igreja?

Por mais que negaceasse querendo me alegrar não passava a turvação. O dia todo viajei preocupado. Pernoitei com a boiada no Socó e segui viagem para Luiziânia, no outro dia. Lá minha inquietação só aumentou. Demais. Terei sido precipitado? Homem de siso, em matéria tão delicada, não atropela. Queria voltar atrás. Mas não, me desmoralizava, pior seria. Tinha era de ir adiante com fé em Deus: se estava na minha sina herdar o Brejo, cedo ou tarde se cumpria a vontade divina.

Cheguei em Luiziânia na boca da noite e fui encontrar Militão que estava com a tropa no curral. Havia novidades. Os negros estavam alvoroçados com o mundo de gente que andava me sondando. Todos queriam saber tudo de mim: mulheres, filhos, posses, dívidas, crimes, ódios. Logo vi que não era nada, os sondeios vinham do Brejo. Era meu futuro sogro se informando.

No outro dia cedo, rodei Luiziânia vendo pessoas, fazendo negócios, até que dei com Chico Peres de Cristalina. Baiano atolado em Cristalina, negociante de cinco portas. Conversa vai, ele me perguntou o que eu sabia do caxixe que estavam fazendo no Vão. Onde estava eu, lesando ou lesado? Tranqüilizei o homem que não; mas saí desnorteado. Que seria aquilo?

Muita gente entrou no Vão, atrás de mim, abrindo fazendas demarcadas a partir dos limites das divisas que fixei, mais para o norte ou para o sul, em terra sáfara. Em cima desse povinho é que seria o tal caxixe. Para meu lado de dono do coração mesmo do Vão é que não podia ser. Qualquer coisa que houvesse a notícia me teria chegado por seu Tião dos Anjos do lado cartorial; por meus pretos vaqueiros que eu tinha lá no Vão; pelos vizinhos, todos amigos.

Parti, antes do almoço, para Cristalina na boléia do caminhão de um empreiteiro de Brasília. Apeei na porta do cartório. Desci e já na cara do seu Tião vi que a coisa andava mal pro meu lado. Era verdade! Era comigo! Isso me disse logo e depois explicou. Não me tinha mandado dizer nada porque acabava de saber. A coisa não era dali, municipal, era de Goiânia, trança grossa do governo estadual e até do federal. Só podia me adiantar o que dava o Diário Oficial sobre a criação de uma Companhia Paulista Colonizadora do Paranã que tinha recebido autorização legal e verbas para colonizar uma área enorme entre a Serra dos Rins, o rio Verde, e o rio Azul, afluentes do Paranã. Como não existia a tal serra, nem os tais rios, disso eu tinha certeza, aí exatamente estava a tramóia.

Piquei para Goiânia. Lá vi que estavam mesmo furtando o meu naco do mundo que somado aos Buritis e à Várzea do Ovo formava um país de quarenta mil alqueires. Tudo era agora da tal companhia.

Que noivado que nada, seu padre. Minha cabeça se lavou disso. Só me ocupei daí em diante foi de recuperar o meu. Tempo sofrido de peleja como nunca tive. Mais trabalhoso e mais ingrato até do que o trabalho enorme de abrir o Vão a fogo e machado.

Nunca precisei de tanta coragem para viver, como preciso, agora, para morrer. Por que não me enfaro da vida? Sei lá. Sei só que viver me cansa, mas não quero mais do que viver. Assim sem ar, de bofes queimando, seja como for.

Felizmente tive meu tempo de viver gozoso. Todos os dias aconteciam coisas em torno de mim. Eu comandava, dono, um bom pedaço deste mundo. Entretido em mandar, ocupado em me exercer, não via, naqueles dias, o bom que era viver. Até me zangava, demais, com o gozo de viver de minha negrada: tirando o couro do serviço, batendo caixa, dançando, cantando, rindo à toa, namorando, fornicando, sem pensar em futuros.

Eu só cuidava de alargar meu mando, acrescentar meus tidos. Para quê? Para dar ao senhor, seu padre! Ao senhor que nunca vi, nem verei. Ao senhor que para mim nem cara, nem nome tem. Para enricar o senhor, para deixá-lo aí na boa vida é que labutei a vida inteira.

Meu gozo era estar no meu mando de muleiro, de tropeiro, de pioneiro, de fazendeiro, tudo vendo e prevendo, ordenando. Claro que também fruí meus gozos menores de cobrar dedicações, de coitos e de amores. Sem tempo demais para nisso dissipar; mas sem de nada disto, também, jamais me privar.

Não me sabia feliz; me achava, no máximo, desinfeliz. Sempre fui despreocupado de felicidades idiotas ou de infelicidades soturnas. Eu era inatingível. Alegre seria eu? Não diria. Penso mesmo que todo homem alegre é gaiato. Mas não era triste. Meu modo era este sóbrio e sombrio que cabe a quem está na obrigação de reger; ou não está, mas não sossega. Eu nunca sosseguei.

Senti sempre esporas nas ilhargas; não esporas de Deus, nem de ninguém. Esporas minhas mesmo que me cavalgava duro: freios retesos, pés firmes nos estribos e as rosetas das esporas cumprindo seu serviço, sangrando.

Pra quê? Pra nada. A serviço do senhor, meu padre confessor. Amassando a fortuna que deixo em suas santas mãos.

Estava eu nas Águas Claras acomodando meu gado e meu povo enxotado do Vão, quando lá chegou um próprio com recado de siá Teodora e do coronel Zé Alves. Era a confirmação do meu noivado: siá Mia queria.

Quem trouxe a notícia foi Godo, o filho da jararaca, irmão de leite dela. Veio, assim, à minha casa conhecer quem um dia tinha de matar.

Rapaz forte, desempenado, apeou, deu o recado e ficou por ali, assuntando. No curral, parou horas vendo o trabalho. Gabou muito, dizendo que gostava era de ter um criatório assim. Pus tudo ali à disposição dele, o semental e a experiência. Mas dissuadi: não é mais negócio não, seu Godo. Agora é tempo de caminhão e de jipe. Ninguém mais põe numa besta o dinheiro que vale.

Deixei Godo lá com os muleiros se informando sobre a arte das cruzas. Nunca me surpreende que as pessoas queiram ver e não se cansem de perguntar sobre essas artes. Pouco ofício haverá com tanto enredo delicado e ciência tão complicada de destrinchar. Até hoje gosto, ainda, de repensar, contando aqui o que é um muleiro bom, como foi o Lopinho. E como eu fui, melhor ainda.

No nosso ofício, homens e animais têm de ser ensinados desde novinhos. Para isso crescem juntos os meninos que serão muleiros, vendo e se exercendo desde cedo no ofício. Os animais selecionados crescem ali também. Os garanhõezinhos vendo os garanhões no serviço. As potrancas e as jeguinhas sendo fodidas pelos meninos e assistindo e vendo e decerto invejando o que sucede com as mães e, logo, sucederá com elas também.

De tarde, na mesa do jantar, respondi o convite do coronel. Iria, dentro de uma semana. No dia vinte e seis de outubro, meu aniversário, estaria lá, no Brejo dos Alves. No outro dia, ainda na escuridão da madrugada, acordei ouvindo bulício. Era Godo, já de arreios na mão, andando pro rumo do curral. Fui lá, saudei e convidei pra tomar o café. Comemos o quebra-torto na cozinha e ele esperou minha empregada, Mariá, preparar a matula que ia levar.

Saímos pro pátio onde Nheco já tinha o cavalo dele arreiado. Ia montar, quando vi que uma ferradura estava solta. Disse logo: não consinto que o amigo ganhe estrada com a montaria nessas condições. Aceitou, mandei buscar os petrechos e fiz eu mesmo o serviço. Agarrei a perna e o pé do cavalo, arranquei a ferradura solta, aparei o casco com minúcia e cravei a nova. Fui à outra pata e fiz o mesmo, para equilibrar as duas ferraduras. Antes de pôr as da frente, olhei pro Godo que disse: não carece, tenho pressa. Despedimo-nos ali e lá se foi o afilhado de meu sogro, irmão de leite de minha futura mulher, que um dia trançaria na morte sua vida com a minha.

Chegado o dia certo, marcado, estava eu de manhã cedo entrando na casa do coronel, no Brejo dos Alves. Fui bem recebido. A jararaca, fria, cordial. Conversamos pouco. O coronel veio de pijama com um abrigo por cima, me saudar. Vi que estava mal, olheiras roxas, empapuçadas, a voz trôpega, a mão trêmula, que não deixou nem tomar o café. Estava mal. Voltou logo pro quarto.

Siá Mia, discreta demais pra noiva, mal me deu a mão, frouxa, saiu. Fiquei rodando pela sala, ressabiado; fui ao quarto que me tinham reservado e, afinal, quando saía buscando o que ver ou fazer, entrou Gerdásio pra me visitar. Era o vaqueiro principal. Veio com Jasão e com Deoclécio, moradores velhos da fazenda, acatados porque eram netos de gente que servia os Alves.

A conversa caiu na doença do coronel. Soube que um doutor de Cristalina tinha andado lá. Ficou uma semana, dando remédios, mas o homem só piorou. Falavam dele em voz baixa, como se daquela distância alguém pudesse ouvir a conversa de mau agouro.

Para o almoço a mesa grande estava posta. Nela a toalha enorme e três pratos: o de siá Mia, o do coronel e o meu. A jararaca não ia comer conosco. Quando sentamos nós dois, veio ela dizer que o coronel também não vinha. Ficamos eu e Mia, cada um de um lado da largura da mesa, olhando a comida colorida, temperada, gostosa.

Tentei várias vezes puxar prosa com siá Mia. Vi que não dava. Acabada a comida na saleta tomando cafezinho, outra vez me esforcei para falar. Ela não reagia. Fui ficando sem jeito. Afinal achei assunto. Comecei a falar não de nós, nem de mim, mas do Vão, o fazendão mais lindo do mundo, que eu abri e que estava com tanto medo de perder. Contando a trama, senti nos olhos de siá Mia um calor de solidariedade ou de pena. Primeira prova de carinho que ela me deu. Continuei contando, sofrendo e gostando de ver que ela sofria comigo a perda que eu tanto temia.

Só de tarde fui ver outra vez o coronel. Entrei no quarto e lá estava ele tão afundado, no meio dos travesseiros que mal se via. Saudando, me disse alguma coisa como quem pergunta se eu sabia por que estava ali. Sei, sim senhor, disse, vim pedir a mão de sua filha. Ele sorriu: é isso mesmo, meu genro, faço gosto. Conversando mais me disse que ela também fazia gosto. Contei a ele que tinha conversado com siá Mia.

Aí veio um acesso de tosse, Dóia entrou e eu saí. Quase esbarrei com siá Mia que, atrás da porta, escutava nossa conversa. Rimos, eu chamei e nos recostamos na varanda, olhando o jardim. Comentei a doença do pai e ela me disse, então, que ele queria o casamento logo. Ela tinha medo. Não falou de morte, mas era o que dizia, com gestos de tristeza. Me deu coragem, e eu disse mentiroso: qual o que, meu sogro há de abençoar nosso filho. Ela riu doce, e eu pedi: dá cá essa mão. Apertei, carinhoso, a mão de minha noiva. Esse nosso carinho único antes de casar. De noite, depois da janta, sentamos e eu fiquei, horas, vendo siá Mia jogar paciência.

No outro dia, conversando melhor com o coronel, ele disse que queria o casamento logo e me deu uma carta que já tinha escrita para o bispo de Goiânia, entre outras várias de negócio. Contei por alto meus dissabores no Vão. Foi ruim, o homem se assustou demais, tossiu muito. Escreveu ali mesmo um bilhete para o advogado da família e, tossindo demais, quis saber todos os detalhes do embrulho e do esbulho. Acrescentou umas frases mais na carta, mandando o tal advogado tomar o caso em suas mãos como causa dele próprio, dos Alves. Várias vezes me disse: nada de violências, seu Philogônio. Nada de violências.

Foi com esse freio na boca, me contendo, que levei adiante as duas causas que tinha na vida: a demanda e o casamento.

Um morto é um morto. Uma coisa, menos que um bicho. Quando acabar de morrer, eu, você, qualquer outro, não serei mais eu. Seremos cadáver. Um defunto já não é uma pessoa, é um trem. Eu mesmo terei saído, espavorido, com minh'alma afinal liberta. O que fica para ser sepultado é a carapaça, a carcaça da gente, tão coisa como um pedaço de pau.

Onde estarei eu mesmo, um minuto depois de minha morte? Sei, não. Livrada do corpo, minha alma ganhará asas brancas pra voar pro Céu ou pro Inferno? Pode até que se desfaça em gás, que subirá pelo ar. Um miasma, assustando gatos eriçados.

O importante é a gente não ficar atrelado naquele corpo morto, vendo como apodrece devagar, as unhas e a barba crescendo. Pior ainda seria a danação de sair por aí apavorado. Apavorante. Eu mesmo, no meu corpo morto, mas sem sentido próprio, privado da alma guia. Como certos fantasmas de que fala quem viu. Alma penada num corpo estropiado, andante, é coisa medonha. Nunca vi, mas sei de gente que, em perfeito juízo, viu. Acredito: alguns mortos, não sei por que castigo terrível, saem com seus corpos ambulantes assombrando o mundo. Sina ruim, castigo ruim demais que não mereço. Ninguém merece.

Peço ao senhor, seu padre, que daquelas missas que me deve, reze umas duas pelas almas penadas desses defuntos andantes cumprindo o destino ruim de assombração. Também peço a caridade de dedicar meia dúzia delas às almas das gentes com quem me dei mal neste mundo. Sobretudo, os que esbarraram comigo e morreram.

Meu amigo Calango do Quem-Quem, homem sério, conta como certa a história de um homem que se viu na Eternidade brigando outra vez todas as brigas que tinha brigado no mundo. Todo furado de bala, cortado de faca na vida e na morte. Brigando sem poder mudar de sorte. Destino triste de que o senhor me há de salvar, meu confessor. Deus seja louvado.

Tempos negros aqueles, meu padre, de sofrimento sem méritos, de impotência sem desabafo. Por dentro, sujigado, montado por meu sogro, mastigando os freios com que ele me continha. Por fora, subjugado pela safadeza dos poderosos trapaceiros municipais, estaduais, federais. Todos acumpliciados. Eu, por mim, explodiria matando senador e deputado e procurador e morrendo três vezes, depois, na mão de cada um deles. Contido, o noivo de siá Mia fez o que tinha que fazer: agüentou o pau, calado.

Três vezes fui a Brasília pedir audiência que não me deram. Cinco a Goiânia, as mais delas para falar com o imponente advogado dos Alves. A ele paguei conta cara pelo conselho que me deu de desistir e pela carta que mandou ao coronel pedindo para me dissuadir de uma demanda perdida. Eu reclamava o que era meu: meu mundo do Vão que abri com minha mão. O Vão que só é de Deus e meu. Não havia argumento nenhum que o advogado pudesse levar à justiça. Enrabado, é como eu me sentia: esbravejando, rilhando dente, impotente.

O serviço deles foi perfeito. Invejável. Meus papéis todos de demarcação, feitos ali no chão do Vão com meu suor, serviram só de referência. Neles situaram, com limites supostos, supostos sítios de velha ocupação que naquelas matas teriam existido, antiqüíssimos, com direitos certos, todos comprados e pagos pelos paulistas. Tudo legalizado por atos e decretos editados em Brasília e Goiânia pelos governos do Estado e da União e tudo sacramentado por seu Tião dos Anjos em Cristalina. Manda quem pode, obedece quem tem juízo.

Tudo perfeito. Tanto que se eu pusesse questão na justiça, o invasor e trambiqueiro seria eu. Não ficou um rio que fosse, com o nome antigo que tinha. Todos rebatizados. Serviço limpo de um filho da puta que com a bunda sentada na cadeira e com a caneta na mão fez o que quis com as minhas matas e pastos do Vão. Apagaram para sempre, na Lei, minhas marcas indeléveis: as picadas da demarcação feita à corrente lanço-a-lanço; os marcos de aroeira lapinada bem fincados no chão, acerados; meus aramados aprumados; o fogo descomunal; a pastaria vasta. De tudo só me ficou a memória e o gosto de salitre que até hoje sinto travando na boca cada vez que volto a esse maldito assunto.

Os posseiros todos que, navegando nas minhas águas, estavam abrindo fazendas no Vão, foram também alcançados. Os limites deles, reais, corriam por rios que não eram mais. Caudalosos rios verdadeiros que para a lei nem nunca tinham existido. O que existia é o invento dos rios com nome de cor, das serras rebatizadas.

Serviço limpo, sem jaça, que converteu numa chicana meus anos de cativeiro abrindo o Vão.

Eu tinha um fazendão, pensava. Só tinha era uns papéis ruins. Papéis melhores me passaram pra trás. Descobrir tudo isso, comprovar por mim e desistir eu mesmo, levou meses de desgosto e humilhação.

Acomodar nas Águas Claras meus vaqueiros escorraçados do Vão como invasores foi dura provocação. Eu tinha, ainda, o consolo de Deus que, me tirando o Vão me prometia o Brejo. Eles não tinham mais nem patrão.

Daqueles homens ouvi a história da invasão. Estavam no seu trabalho, confiantes, quando deu de chegar gente estranha estranhando que eles estivessem lá. Vinham imponentes, com ares de donos. Eram muitos, todos baianos, com jeito mais de briga que de serviço. A ocupação deles foi tocar fogo em todo rancho que eu tinha levantado e pôr fora todo homem meu que vivia lá dentro. Com eles, o gado de criação que eu começava a juntar. Escorraçados saíram tangendo o gadinho, se juntando na estrada e se reconhecendo como homens meus do Roxo Verde, ou como gente dos vizinhos. Escorraçados.

A raiva me estourou inteira por uma coisa à-toa. Foi quando chegou o velho Gero, meu vizinho, pra me dizer que o gerente da tal companhia, seu Amaral, gordíssimo, estava abrindo dois campos de aviação, um na sede dos Paus Pretos, outro no sítio do Unhão, pra que os novos donos, empresários paulistas, pudessem ver com o pé no chão a terra deles que só tinham visto voando por cima.

Quis tanto ir lá! Meu gosto seria chegar, saudar o importantíssimo gerente, e matar. Lá me acampar e esperar o pouso dos ladrões. Doía minha cabeça e o corpo todo no gozo e no esforço de imaginar isso: eu lá matando.

Não fui, não. Vi bem que era meu fim. Mais que meu sogro, o que me conteve foi meu juízo. Ali estava minha sepultura, visível. Eles me queriam, me esperavam é lá. Com aquela capangagem baiana me acabavam. Cachorros.

Mandei foi minha mão, com ela meu coração: meu compadre Izupero Ferrador. Ele cumpriu o trato. Só não trouxe o par de orelhas que pedi. Não pôde colher, explicou, eu relevei. Mas trouxe a história de como matou Amaral.

Emilinha de meus encantos. Passou a tarde toda aqui comigo. Encantada. Longe vão os tempos em que me encantava as tardes, com sua verdade. Hoje só assim vejo, revejo, tiradas do fundo de mim, suas mil caras tristonhas e engraçadas. Andando, se requebrando ou parada. Vestida ou pelada. Falando ou calada. Sentada de cócoras num canto, ajoelhada; principalmente recostada. Deitada na rede ou no catre. Enrodilhada.

Uns dias ela era só alegrias, ria à toa, boas risadas. Outros passava suspirando, dengosa, amuada, até gemendo chorosa de machucada. Tanto rezava piedosa, balbuciando seu rosário longuíssimo, como se levantava de cima dos joelhos pra me beijar pecadora. A boca trêmula, molhada. Vivia acesa, recendendo de desejo. Eu, farejando, teso.

Tão pequena, todo eu nela me cabia, contido, engolido por suas bocas e gretas sugadoras, na dança lenta, ardorosa. Quebrada a força do desejo, se quietava desfalecida. Extasiado, eu me escornava. Mas logo tudo recomeçava. Eu a apalpar a penugem de seda escura do corpo todo de Milinha. A alisar a cabeleira negra de grossos fios duros, brotando como crina no cangote. A raspar com a lixa do queixo os tufos de pentelhos eriçados, no estufado palpitante, subindo pela santa greta melada. Aí, pentelho com pentelho, entrávamos outra vez em fúria para cavalgar sôfregos; eu, garanhão, na potranca Emilinha, Milinha minha mulinha.

Parecendo a todos discreta, inocente, comigo sozinha era rainha. Exigente. No seu jeito suplicante, minha mulinha Emilinha, depravada como uma puta. Vivi tempos debaixo do fogo dos seus ardores. Feitiço. A verga só de triscar nela estremecia do desejo de mergulhar, até a raiz do talo.

Escravidão. Doce escravidão, dirá o senhor. E seja, e foi que eu sei, aquele meu viver atado no oco dela. Só queria, outra vez, aquele cativeiro. Quando saía, um dia eram semanas, pensando nela, apurando gentes, gastando mulas na pressa de retornar pra junto da cadela.

Estremeço de pensar, agora, na minha Emilinha perdida há tanto tempo. Hoje, tiro outra vez meu caldo, em louvor dela. Pecado? Saberá o senhor. Esse visgo não fui eu que inventei, foi Deus. Sofreguidão de amar, paixão carnal, é servidão de homem. Tenho para mim que o Senhor só consente dentro da vida o que não pode ser pecado de perdição. Virtude talvez não seja. Quem diria que um garanhão ou um touro tesudos são virtuosos? Mistérios, meu padre. Essas escrituras divinas inscritas na carne das criaturas é que exibem Suas leis secretas.

Salvação e perdição, tudo para Ele talvez seja o mesmo. Para nós é que não. O meu asno Sargento, se pensasse, cogitaria talvez que eu sou um deus de grandes mistérios, manipulando sua tesão e seu sêmen na cria e recria de minhas criaturas muares. Tudo feito pro meu ganho, segundo meus pessoais interesses; não os do asno ou da égua; nem o das crias deles que não contam. Assim sou eu, mulo e muleiro de Deus Nosso Senhor, pau de toda obra nas Suas santas mãos. Deus seja louvado e me perdoe. Amém.

Meu casamento é, agora, o que cumpre lembrar e contar. Na verdade, de tudo aquilo só me lembro mesmo, com força, é da angústia daqueles dias meus de ira impotente. Nem senti o gozo de ganhar o Brejo. Só tinha forças para a dor de perder o Vão.

Saí da fazenda para Goiânia, ainda de noite, levando cartas do coronel Zé Alves para o bispo, para o gerente do banco e para o advogado da família. Siá Mia mandou um bolo de cartas para Candinha de Cristalina, e através dela, para muitas outras amigas e parentas.

O advogado me recebeu imponente, leu a carta, conversou, olhou meus papéis, como já contei, e pediu tempo pra estudar o assunto e sondar a disposição do círculo dos poderosos. Dias depois, fui a ele pela solução e o que veio a mim foi a conta exagerada e o conselho: desistisse. Já contei, também, como ele só abria a boca para me dizer: não tem jeito nenhum. Contra a gente com que se meteu nem eu nem ninguém pode nada. Esta é causa em que só se entra pra perder. Esse, o conselho que comprei caro.

A conversa do bispo foi de dias: me recebeu, abriu a carta do meu sogro, tirou e olhou contente o cheque que tinha dentro. Quanto seria? Leu e releu, me olhando, como se quisesse conferir que era mesmo com aquilo só que a filha do coronel ia casar. Perguntou pela saúde dele, cheio de atenções. Por fim, me pediu que dissesse a ele que gostaria demais de celebrar pessoalmente o casamento, mas estava de viagem para Roma. Mandaria o monsenhor fulano, vigário da capital. Falou com ele pelo telefone e ficou combinado, ali mesmo, que dentro de tantos dias, na sexta-feira, às nove horas da manhã, um bom carro estaria na porta do palácio pra levar o sacerdote.

O gerente de banco teve que tomar informações na agência de Cristalina, onde eu tinha contas. Aí, não pôs mais dúvidas, colocou meu nome na conta conjunta do coronel e de siá Mia. Vi, então, o saldo disponível: gordo demais pra tempos de inflação, pensei, já meio dono.

A minha confissão ao bispo na capela episcopal foi pecado que, agora, confesso. Sabendo que tinha mesmo que mentir, porque não podia me entregar assim à toa, me preparei para contar um caso bem contado. Escolhi minha história com Mariá, que contei por partes, pondo mistério. O bispo, abespinhado, começou a especular. Primeiro neguei que aquele menino fosse meu. Admiti a custo que talvez pudesse ser, essas coisas são difíceis de apurar. Por fim, confessei, arrependido e envergonhado que era mesmo filho meu. Dom Castroaldo sorriu, contente. Mais adiante, garanti a ele, com toda tranqüilidade, que a morte de Cazé foi suicídio, por vontade própria dele, sem intervir mão de ninguém. O homem caiu numa agonia danada, disse eu, depois do despotismo de maldade que fez com os índios. No desespero, acabou se enforcando. Finalmente, dei a ele todas as garantias de que a minha história com a Mariá era coisa finda e acabada.

O bispo ouviu contente, e no fim, com a mão no meu ombro, dispensou atestado de batismo que teria que vir das lonjuras de Unaí, no alto sertão mineiro e me aconselhou a contar o caso do filho de Mariá a meu sogro: ele precisa saber que há esse bastardo no mundo para, sem exagero de filiações, dar algum amparo ao menino. Por penitência, prometi rezar um rosário inteiro que ainda estou devendo e dar uma boa esmola para a construção da matriz. Dei a maior da minha vida: os nove contos de réis que ganhei do Baiano e de Dominguim.

Naqueles dias de Goiânia comprei meu enxoval. Quantidade de camisas, cuecas, meias e até pijamas. Não podia entrar na cama de minha noiva, donzela, vestido num camisolão do corte de Inhá. Também comprei este terno de sarja azul e esta camisa dura branca, esta gravata preta, estes sapatos de verniz e as meias de seda que aí estão e com que serei enterrado. Mandei fazer uns ternos de brim cáqui e um branco de S120. Saí me sentindo tão cheio de roupas como quando recebi o enxoval de soldado em São João del Rey.

Fui de Goiânia para Cristalina. Queria ver meu compadre Catalão; ler, na cara dele, o medo de me ver. Foi a comadre que me recebeu. Apavorada, perdeu a fala até de gritar pra dentro de casa, chamando o marido. Grunhiu.

Veio ele de olhos estatelados. Sentamos, calados, afinal desembuchei: como é que você está metido nesse furto? É ladrão ou é furtado?.

Aí ele entrou a falar, em tom de conselho, que eu vendesse o Vão. Vender o quê, se já me roubaram? Mais calmo contou, numa conversa longa, que não tendo dinheiro para tocar fazendão tão imenso, ele mesmo há tempos tinha cedido sua parte aos sócios. Ainda insistiu, cretino, que eu devia vender a minha.

Não tive mais paciência. Virei as costas e saí ameaçando: isso tem troco, seu corno. Besteira minha; essa ameaça solta muito me custaria depois. O que eu queria era matar, eu mesmo, aquele corno. Deus não me deu esse gosto.

Deus é Deus, nós somos criaturinhas de merda. Eu sou e sei. O senhor, meu padre, não é santo, é? Deseja ser? Não há aprendizado para santo, como há para sapateiro, suponho. Alcançar a santidade será exercício difícil. Se muito se quer, peca-se de orgulho. Se pouco, de soberba. É preciso querer a santidade, ir a ela, modesto e constrangido, com gosto mas sem gozo. Sofrendo docemente.

Eu não tenho que me preocupar com isso. Os santos homens Deus fez de outra carne diferente da minha. A sua, seu padre, fora de qualquer pândega, é carne santificável? Para eles, os santos homens, o corpo é só o campo em que se exercem as virtudes da alma forte, dominadora. Assim será. Um santo nasce de uma alma forte que cala as vozes tão altas da carne em gente como eu. Carne ungida, a deles. Eu não. Tal como fui feito, a carne em mim é que tem voz de mando. Nem tanto que me avacalhe. Mas também não cultivo ares, nem aspiro, nem espero ser visto por ninguém como homem santo.

Santidade não é só cavalgar a si mesmo para se pôr no trote da lei de Deus. Santidade é o gosto de se dar aos outros, não em agonias de mártir, nem em caridade soberba, mas de algum modo benigno, clemente. O senhor é capaz de santidade? Algum padre é? Todos são, cada qual a seu modo? Quem não é?

Santidade é virtude do sofrimento. Não é dádiva. É conquista, alcançada lutando contra natura. Quem é santo neste mundo? Eu, não, felizmente! Se Deus me quisesse para santo, me domava com rédea curta: com firmeza no frio do freio de ferro, dentro de minha boca; com esporas sangrando minhas virilhas. Assim, entregue a mim, como vim vivendo, montado de cabresto e calcanhar nu, meu reino era daqui. Tinha de ser.

Não tirei gosto nenhum daquela viagem de genro a Goiânia e Cristalina. De negócios meus foi ruim; de confissão, humilhante. Voltei me sentindo um saco esvaziado. Só me movia uma doida vontade de fazer alguma estripulia. Ao menos morder eu queria, precisava, para recuperar minha alma. Assim, desfeito, despojado da minha hombria, brochado por uns ladrões inatingíveis, eu acabava se não fizesse nada.

Com esse espírito fui bater nas Águas Claras. Lá me esperavam tristes providências. Primeiro tirar Mariá que estava arranchada há tempos na minha casa e lá tinha sido vista pelo Godo. Não foi difícil dizer à casmurra que ela e a cria iam viver em casa própria, no sitiozinho das Veredas onde ainda devem estar. Tinha também de conversar com meus negros e tomar ímpeto para começar vida nova.

De fato, comecei a ser outro na tarde em que me chegou a notícia, levada pelo Solidônio, de que o tal gerente Amaral estava morto. Ri, esperando as orelhas encomendadas. Se viessem frescas, eu comia.

Qual! Zeloso que é, Izupero só veio me contar passado um mês. Limpo, o serviço dele. Perfeito. Chegou com a espingarda velha na mão, como vizinho reclamão de gado transviado, que estava se retirando. Entrou na sala do Amaral e lá estourou com dois tiros de chumbo grosso, à queima-roupa, de uma vez só, a pança do paulista. Espalhou bosta por todo lado. Montou e ganhou mundo.

Esta morte mandada que dei ao Amaral, quero que o senhor ponha na lista de minhas virtudes. Não se equivoque, de pensar que é pecado. Nem me venha alegar que ele não tinha culpa, porque era um pau-mandado. Assim era. Mas qualquer pau que me cutuca, leva esbregue meu, com a graça de Deus.

Só o consolo pouco desse feito, miúdo na proporção do que perdi, me devolveu o ânimo para encarnar meu papel de noivo, e depois de marido, já vestido na figura do capitãozinho Maya do Brejo dos Alves. Será que Deus, achando demais o que me dava, ao me entregar o Brejo, me tirou o Vão? Sei lá, bem pode ser. O Brejo, nunca mereci. O Vão, sim, nada nunca foi tão meu.

Comemorei quando meus pretos me fizeram a festa de bota-fora. Gostei demais. Reforcei com muita pinga, um churrasco de dois bois e os rojões todos do estoque de tropeiro que eu mesmo soltei, a tarde inteira.

Naqueles dias eles me contaram a história do Brejo. O que é que esses negros não sabem? Todos eram contos da escravaria de lá, inclusive um escravo branco, Tuga, chefe de um levante, matado pelos Alves, de forma cruel, pra exemplar. Aquela doçura de seda do trato de meu sogro escondia ferros de um senhorio severo. Quem sabe mais duro que o meu?

Soube aí, pelo Ximango, a origem da riqueza dos Alves. Eram comboieiros. Arrematando lotes de escravos no porto e trazendo tangidos pra vender nos goiases, é que enricaram em terras e gados para merecerem o Brejo dos Padres.

Meu jipe novo fez sucesso na festa. Toda preta que deu pernada comigo quis uma volta e deu. Vestidas, enfeitadas, na melhor roupa que tinham, passearam embonecadas de minha casa ao Roxo Verde: ida e volta.

Montado no jipe, vestido de cáqui, rilhando a dentadura, de óculos pretos, saí pro Brejo. Seria um noivão velhusco com cara de bom para fundar família. Ia levar pros Alves o sangue novo que meu sogro queria. Sêmen.

No dia e hora, estava eu lá fazendo o papel de futuro dono, para receber os convidados do meu casamento.

Conheci, então, a parentela goiana dos Alves. Gentada de cidade, quase só primos de segundo e terceiro grau, deserdados a uma, duas e três gerações, da posse do Brejo com o consolo de outras heranças que já tinham gastado.

Não gostei deles. Nem eles de mim. Cada um me encarava como quem olha um sortudo e clama contra as injustiças do mundo. Deviam pensar que, por mais primo longínquo que fosse cada qual, o dono daquele terrão todo devia ser ele, não eu. Na secura de uns, na gentileza de outros o que eu sentia, patente, era o ódio invejoso de quem ia pegar, pela mão de siá Mia, tudo o que fora de avós deles.

Quase todos eram funcionários, com essas caras que eles têm de povo remediado, que vive mamando nas tetas do governo. Desnutridos, mas se tendo na conta de gente fina. A mim me olhavam com desprezo, como quem vê um capiau rude e grosso.

Eu passava as tardes jogando paciência com siá Mia e a noite conversando com aqueles parentes impossíveis. O bom desse convívio desencontrado é que fui alcançando alguma intimidadezinha com siá Mia. E também certa conivência dela. Isso senti vendo como se inquietava quando perguntavam demais por parentelas minhas. De onde é que são? Quando é que chegam? Aí siá Mia, exibida, tomava liberdades que não tinha, de pôr a mão na minha mão. Uma hora até passou a mão no meu cabelo.

Gente minha, parentes, eu sabia que não vinha: nunca tive nenhum. Fiquei surpreso foi de ver chegar, primeiro, o Deba com mais três compadres meus: seu Catão, Quiroga e Tutiá. Depois, gente e gente e mais gente. Até me perguntei, modesto, se era mesmo amizade ou só pura curiosidade de ver a cara de quem ganhou a sorte grande. Seja o que for, me deu contentamento ver chegar aquele povão alegre que festejava, comendo e bebendo à tripa forra, meu casamento. Gostei de mostrar aos Alves que minha gente era mais prestante que eles: fazendeiros, sitiantes, garimpeiros, tropeiros, mascates, muleiros — daqueles ermos goianos.

Meu sogro saía, meio carregado, de manhã, para tomar sol na varanda e lá ficava, protegido por Dóia, de toda aquela parentada pidona que queria se aproximar. Ela não deixava ninguém se aproximar. Com um ramo verde numa mão espantava os mosquitos, com a outra mão, abanando em gestos rígidos, ia pondo pra fora quem chegasse querendo puxar prosa. Só nisto a alegria de meu casamento foi pouca: ver meu sogro se acabando e a filha, agoniada, sofrendo.

Por fim, no dia aprazado, trazidos de táxi por Militão, chegaram o padre, o escrivão e o fotógrafo, para cumprirem seus ofícios. Comeu-se e bebeu-se o que Dóia tinha preparado e comprado. Era muito. Comida fina e grossa, da que se quisesse. Doces, pro geral, em potes cheios, servidos com concha em pratos fundos. Pros somíticos, mesas de alfenins figurando os bichos do mundo e os anjos do céu. Bebidas finas e finas pingas.

Militão chegou ontem das Águas Claras com novidades. A principal foi uma briga feia do filho de Mariá, Lauzim, com o filho do finado Dominguim, Chiquito. Aqueles dois se odiaram a vida inteira. Agora, começam a se cortar de facão. Qualquer dia um mata o outro ou os dois se acabam. Estão lá, cada qual na sua rede, curando os lanhos. As mães, decerto muito aflitas, também inimigas sem se falar. Que se danem!

Ambos são meus afilhados, como de resto toda a criançada das Águas Claras. Mas se acham muito mais, porque são claros. Lauzim, branco de pai e mãe; quer dizer, branco quanto pobre pode ser: branco sujo, moreno. Chiquito, branco de pai, é mulato. Os dois pensam também que serão meus herdeiros. Isso suponho, pelo jeito deles é fácil adivinhar.

Dizem que Chiquito faz de conta manhoso que pensa que é filho meu. Pensar não pode. A mãe dele e os negros todos estão lá para dizer que o pai dele é Dominguim, que embuchou a negra Siriá, antes de morrer. Não saberá, talvez, é que o pai morreu por minha mão. Ou sabe?

Será que Lauzim também tem alguma dúvida? Saber que eu vivi com a mãe dele, anos, sabe demais. Cresceu lá em casa. Não pode é se lembrar do pai. Quando Cazé morreu, nem tinha nascido.

Diabo do Lauzim, puxou o pai, morre de medo de mim. Medo ou ódio? Será que ele, na inocência, adivinha e me culpa da morte do pai, dependurado? Sei lá, culpa não tenho naquilo. Nenhuma. Matou-se porque quis, desgostoso, com a vergonha de ser corno e com a fraqueza de não ter coragem de romper com tudo ou de acabar comigo.

Estou complicando as coisas, seu padre, não foi nada disso, não. Cazé era um safado, começou querendo ser comborço de mãe e filha. Era corno manso, de cornice sabida, consentida, desde o dia que trouxe Mariá pra mim. Eu fiquei no quarto com ela e ele, de volta do curral, ficou na varanda, esperando. Sabendo. Depois de refodida é que eu disse que podiam ficar, dei as redes e os mantimentos. Lembro-me bem da cara de Cazé, recebendo, agradecido, a carne, o toucinho, o sal, o sabão e o café. Pondo tudo no saco e saindo, gesticulando. Agradecido.

Corno é gente diferente. Terá feito de conta que levei Mariá pro quarto só pra conversar? Amizade antiga, terá pensado. Qual o quê! Ele nem ninguém podia se enganar tanto. E se ele se enganou naquele primeiro dia, não se enganou nos outros. Ela só dormia com ele; o dia passava era lá em casa comigo. Tanto nas Águas Claras, como depois, por tanto tempo, no Vão. Às vezes até dormíamos. Comigo estava Mariá quando Cazé se finou. Acumulou, por tanto tempo demais, tanto ódio e tanta raiva, tanta vergonha, que um dia se matou.

Estou confundindo, outra vez, seu padre, não foi nada disso. Cazé se matou foi de arrependimento pelo morticínio feio daqueles índios, com veneno, de machete, de tiro, de foice. Ele e seu bando de facínoras. Me lembro como chegaram, sujos do sangue dos bugres, ele com os olhos acesos de matador sem costume. Nunca voltou ao natural. Ficou sempre estatelado, até aquela madrugada, no curral.

Tudo foi arrumação dele. O que Cazé tinha de fazer lá no Varjão do Ovo era só esticar corrente de topógrafo. No Vão, era tirar leite pra mulher e me sustentar de conversas e atenções. Contratei foi pra isso, tomar conta dos homens, isso fazia eu, fiscalizava, pagava. É serviço de dono.

Não entrou na cabeça dele, ou só entrou tarde, que matador tem de ter pasta assassina. Mesmo matador de índio que não é gente, mas tem forma de gente, precisa ter coração. Sem tripas, frouxo, querendo, por muito corno, parecer bravo, se fodeu. Sem forças pra me olhar na cara; muito menos para me matar, de frente; ou mesmo com um tiro nas costas, Cazé se finou. Corajoso!

Lauzim parece que puxou o pai. Com repentes de coragem espalhafatosa, mas não podendo sustentar uma briga. Isso me disse hoje o Militão. Meio filho meu de criação, dei trato distinguido a ele por tantos anos, mas a paga foi ver que se apavora demais comigo. Sempre foi assim.

Menino, quase não me aparecia, mas se dava comigo, pedia a bênção ligeiro, já querendo escapulir. Eu, às vezes, chamava, querendo ser pai dos bons. Chamava vem menino, para encostar a cara nas minhas pernas, como correspondia. Ele se paralisava de espanto, com a cara estatelada do pai, o jeito emburrado da mãe. Só vinha se eu chamasse, gritando, birrento, já pra palmada. Surra nunca dei nele. Só croques e algumas palmadas de estalo, para amansar.

Com o Chiquito nunca tive maiores tratos. Viveu sempre lá do lado dos negros. Cresceu, por isso, mais duro e se pôs, logo, no papel de mandão. Aquele vai dar trabalho. A mim e ao senhor, seu padre. É esperar para ver. Saiu ao pai, raça de matador. Aquilo é ruindade só, mal e mal recoberta de cordialidade para engabelar. Militão até gabou: é avalentado, mas comigo muito respeitador. Veremos.

Fiquei pensando na Mariá, com um pouco de pena; me comoveu a palavra que mandou, pedindo pro filho bênção e proteção. Coitada. Mariá é a pessoa a quem estive mais ligado nestes anos, mais de vinte, de nosso convívio. Lembro dela menina, gorducha, na casa da mãe. Quando eu viajava só, sem tropa, sempre parava lá. A pensão era completa: cama e mesa. Se bem que na cama de Ruana nunca deitei. Podia, talvez, se quisesse. Ela dormia separada da filha, creio que para facilitar o atendimento dos hóspedes. Comigo nunca teve intimidade nenhuma.

A filha estava sempre ali. Foi crescendo e enseiando debaixo das minhas vistas, nas espaçadas visitas. Maliciei que já era moleca feita, fodível, pelos modos de mulher com que agarrou de me tratar, regateira, oferecida e esquiva. Negaceando. Por esse tempo é que dei aquela corrida atrás dela, a cavalo, no meio de um tabuleiro, e levei um tombo feio. Antes e depois olhei e vi, tesudo, Mariá crescendo taludinha, os peitos empinando, o escudo estufando. Nunca pus a mão nela; não pude, a mãe sempre ali tomando conta.

Mariá só me serviu mesmo foi para aumentar a tesão na mãe. Chegada a hora, um tempo depois da janta e da meia dúzia de frases de prosa, caía o silêncio. Aí Ruana mandava a menina pra cama e ia coar o café na cozinha. Eu ia junto. Fodia ali, levantando a saia e, por trás, metendo, enquanto ela coava o café, sisuda, como se aquilo nem fosse com ela. Sempre encontrei Ruana sem calça. Será que não usava? Ou tirava pra coar café? Mulher estranha. Que mulher que não tem mistério?

A gente se casa é pra quê? Pois é, pra isso, não é? Isso também hei de contar. Não pense o senhor que seja em ofício de confissão. Não. Conto pelo gozo que me dá rememorar na regra do respeito, passando por cima de detalhes ofensivos.

Eu vinha com tesão acumulada de semanas, meses. Tinha pensado mil vezes naquele dia, naquela hora, antecipando, me preparando. Tinha medo demais de encontrar minha mulher furada. Se fosse assim, que fazer? Minha intenção era não cair em bodeios com siá Mia, mulher-esposa não é pra isso. Queria fazer o próprio de mansinho, junto com ela, passo a passo, devagar. Assim foi, no começo, ao menos.

Esperei por ela, no quarto, vestido no pijama; siá Mia veio com camisola de crivo que deixava ver mais do que escondia, tudo que ela tinha para mim. Vieram aí os beijos e afagos que me devia. Foram espichando, molhando. Eu, passando a mão nela, vestida, parte por parte. Ela me acompanhando com gosto. Lembro bem o bom que foi sentir a mão de siá Mia, ali na escuridão, passar na minha cara, refazendo a forma da boca, do nariz, da testa, das orelhas, do queixo; alisando a favor e contra a barba. Eu, enquanto isso, apalpava ela toda, sobre os panos; debaixo dos panos. Através da cava da camisola, senti os peitos duros, quentes. Aí levantei a camisola, desvesti, e vim acompanhando a seda das penugens, do pé ao joelho e às coxas e por elas acima.

Eu, bolinando siá Mia, aceso de tesão. Ela me acariciando como quem quer reconhecer, para não esquecer nunca mais, e ter pra sempre, na ponta dos dedos, a forma do homem que era dela. Apalpando com outras intenções, eu tremia afogueado.

Quando dei por mim, tinha tirado o pijama e a camisola dela. Estava ali siá Mia, nua, pernas abertas, eu em cima, com o pau duro na mão, roçando, pincelando a rachinha peluda dela. Sôfrego, aflito, naquele ímpeto, explodi, gozei. Esporrei ela toda por fora, nos pentelhos. Vexado, limpei eu mesmo com a calça do pijama, envergonhado do que tinha feito. Logo vi que ela não estava ofendida, se dava. Acalmada minha tesão eqüina, recostei ao lado dela, deitei, ainda acariciando, sentindo o cheiro de mel e leite que recendia.

Nesta hora minha cabeça rodava angustiada em pensamentos desvairados. Maliciando, me perguntava pela virgindade dela que não tinha provado. Fui salvo pela fera de fêmea que havia em siá Mia, como há em toda mulher que desperta. Senti isso quando pus a boca naquela mecha de cabelos, que ela tinha na nuca, debaixo da cabeleira. Ela toda tremeu.

Entesado outra vez, sempre com o pensamento ruim nas coisas que estava imaginando, maliciando, me pus nela, duro. Pus a cabeça dentro e fui entrando, cavalgando afoito, aflito. Aí, seu padre, senti a barreira, o escudo dela, me contendo. Quase chorei da alegria de ter ali na ponta do pau aquele santo tapume. Eu podia sentir, sopesar e empurrar. Empurrei, emocionado, ela gemeu; gemeu mais, entrei todo, gozando e sentindo o tremor dela. Primeiro, nos músculos das coxas, que se encolhiam e desencolhiam, estremecendo. Depois, no corpo inteiro. Eu esporrando, gozando. Ela tremendo, esse foi o gozo, desgozo, de siá Mia ao se sentir mulher, desvirginada: aquela tremeção. Logo se acalmou. Eu me acalmei também. Tinha posto no fundo dela minha gala sem semente.

Seu padre, eu não gosto de padre, nunca gostei. Quando vejo um até me assusto. Por dentro, me persigno. Não pense o senhor que seja de piedade, respeito. Nada disso. A visão de uma batina o que me dá é medo supersticioso. Não é caçoada não, seu padre.

Eu, como muita gente mais, acho que ver padre, freira e gato preto dá um azar danado. Diante de um hábito, em vez de sentir inveja e desejo desafiante de também tudo largar para servir a Deus e à salvação da alma, temos é temor. Será porque o que é de Deus e seus mistérios nos assusta e ameaça?

Meu padre, no espaço dessa confissão espichada vim ganhando uma intimidade abusada que até pode ofender, vexar o senhor. Me releve. Sou assim, sempre fui. Não posso tomar confiança com ninguém que não trate de abusar. Se não tomo as rédeas de mim, e me conduzo ao pasto e à tropa, fico dizendo e fazendo bestagem. Se deixam, meu padre, eu monto. Monto mesmo.

Homem nenhum é bom demais, nem ruim demais, apenas é. Eu também. Contente comigo, não digo que seja. Conformado, estou. Assim me moldei com a massa de que estou feito. Para outras coisas não servia. Prestava mesmo é pra tomar conta de um pedaço do mundo e mandar num bocado de gente. Essa, a vida minha que vim fazendo às trombadas, somando mais do que restando nas obras dos meus dias.

Assim cheguei a esse poço sem fundo de lembrança, que despejo em cima do senhor. Sou, hoje, um mulo cheio de reminiscências. Eu nem supunha que coubesse em mim, nem em ninguém, tanta lembrança como as aqui recordadas. Com surpresa vi quanta estava em mim guardada, soterrada, querendo sair, sopitar, sangrar.

Recordos não são, realmente, nada. São só ecos perdidos de idos que aqui ressoam em tom de confissão. Ecos de coisas e pessoas boas e más, passadas todas, que regurgitam e ressurgem como mágoa de dores antigas ou como gozo de passados prazeres. Uns, misturados com risos de alegrias, ou outros com a angústia dos ressentimentos.

No silêncio destas tardes longas daqui dos Laranjos, que outra coisa podia eu fazer, senão meter-me dentro do meu peito e ir tirando fora esses recordos? Por isso só me entrego a essa escrevinhação interminável. Para confessar meus pecados, não precisava tanto. Isto foi antes, quando começou. Hoje escrevo por escrever; porque não tenho mais o que fazer. É vício que peguei.

Não seria, também, pra posar diante do senhor, seu padre? Bem pode ser. De uns tempos pra cá ando com tendência de enfeitar as coisas. É como se tivesse certa discrição diante do amigo. O certo é que ando querendo aparecer bem a seus olhos.

Cuidado, seu padre, cuidado. Estou é querendo engabelar. Não só ao senhor, mas a mim também, com ilusões, figurações. Não chego a falsificar os fatos falando de uma vida que podia ter sido a minha, mas não foi. Não tanto. Mas ando sem coragem de enfrentar a vida que foi, verdadeiramente, com os olhos lavados para ver as coisas na dureza dos coloridos e dos negrores delas.

Sempre fui circunspecto, mais fechado que falante. Sou calado. Era. Hoje, sou um homem indiscreto por artes dessa confissão. Mudei de atitude, jamais cuidei que pudesse me descobrir diante de ninguém como me exibo aqui por escrito diante do senhor. Minha antiga discrição era para esconder e disfarçar meu ser verdadeiro. Minha indiscrição de hoje é para me enfeitar, arredondando os casos pela vaidade de querer parecer melhor do que sou.

O grave é que não faço estas figurações para salvar minha alma, tornando essa confissão mais autêntica, e merecedora de perdão. Faço isto é movido pelo vão desejo de deixar de mim um retrato forte. Admirável. Quero ser querido, louvado, admirado. Ainda que para isso degrade e deturpe minha santa confissão.

A causa de tudo talvez esteja em que estamos ficando íntimos demais. Quase amigos. Quase parentes. Quem é que conta seus podres aos íntimos?

Minha vida no Brejo caiu logo na rotina. De noite dormir com siá Mia. Acordar de madrugada, sentindo nas minhas pernas o calor dos quadris dela, me entesar, remontar. Cavalgávamos até cansar.

Eu ficava um pouco mais, ajudando o dia a clarear. Aí, levantava e ela comigo. Sempre contando os sonhos bons que tinha toda noite. Pra mim, aqueles sonhos é que davam força a siá Mia para o desengano de ver o pai morrer, na mão de Dóia. Ajudando o pouquinho que a jararaca consentia.

Os meus foram tempos atribulados, tomando conta daquela fazenda difícil. Tão rica e tão boa de render, mas não fazendo dinheiro nenhum. Ou só fazendo o dinheiro demais que o coronel tinha para gastar; pouco, comparado com o que podia dar. Minha ocupação, primeira, foi esticar os aramados bambos, acerar cercas, consertar estradas e remanejar o gado, tirando dos pastos pisados para pôr nos viçosos.

Outra ocupação maior foi conhecer e aprender a tratar e conduzir aquele povão que resistia, manso, ao meu mando. Nunca vi fazenda tão invadida de gente à-toa, que lá se multiplicava, consentida. Cada um com direito a seu rancho, estragando pastarias, metendo gadinho deles e cavalos no meio da cavalhada e da boiada da fazenda.

A vida mudou quando morreu meu sogro. Uma tarde, eu ali vendo, ele se apagou, discreto, com a mão na mão da filha. Ouvi o choro fino de siá Mia. Encostei nela, consolador e já senti, atrás de mim, o vento do sopetão com que Dóia saía. De certo, para chorar longe. Nunca mais vi aquela jararaca. Até hoje. Nem quero ver.

Enterramos o coronel Zé Alves como ele queria, na capela da fazenda, afastando os ossos dos avós, pra meter o esquife dele no meio.

Todos, eu também, tivemos acesso de tosse quando desceu o caixão no meio daquele monte de cal virgem que tinham deitado na cova. Saímos tossindo, lá pra fora. Eu chorando do cal, siá Mia de tristeza.

Ficamos zanzando ali, mais uns dias, até que tomamos o jipe para rolar mundo. Podia bem ter levado siá Mia, e até quis, para ver o mar, as capitais que ela não conhecia, nem eu. Mas eu dizia que conhecia. Ela queria muito ver. Ficamos foi rodando por Luiziânia, Cristalina, Goiânia. Eu, mais angustiado que na fazenda, no ofício de acompanhar dona senhora em visitas e compras intermináveis.

Depois de mês e meio, fomos voltando devagar, como quem alonga passeio. Eu, empurrando siá Mia para casa. Ela, me empurrando, também, mas reclamando que eu era igualzinho ao pai: o único lugar do mundo que presta pr'ocês é o Brejo. Que a vida dela ia ser sempre a de fazendeira porque o Brejo é que era dono dos Alves. Nos tinha ali cativos, para tomar conta de terras, gados e gentes.

Voltamos pro Brejo. Dois anos mais bem bons de viver, vivemos lá. Os melhores da minha vida. Saía pouco, pra minhas voltas por Águas Claras; vendo negócios nas cidades. Menos ainda, para visitar fazendas vizinhas onde acontecimentos importantes nos chamavam.

Estive foi cuidando do Brejo. Guerreando aquele povo de preguiça mansa. Acho que é da natureza dos goianos serem assim. O que um mineiro faz num dia, goiano leva uma semana. Goiano anda devagar. Goiano não tem pressa. Goiano acha que a vida é pra viver, calmo e tranqüilo, sem ferrão nem sofreguidão. Até nos gozos, goiano deve ser mole, frouxo. Vivi azucrinando o povo daquela fazenda infestada de gente.

Mais que criatório de gado pra vender, o Brejo era ceva de gente sobrante, imprestável. Resistiam, se perguntando decerto: o que é que esse homem quer? Eu queria era mais, mais serviço deles, pra isso empurrava. Assim foi que carpi aqueles anos.

Essa noite não dormi nada. Nadinha. O senhor já verá por quê. A idéia assomou e tomou conta de meu bestunto, instantânea: se dormir, morro! Cadê dormir?

O sono vinha pesado, me empapuçando as pálpebras, areiando os olhos; mas o medo me dava forças para resistir. Mesmo não querendo.

Nunca passei por isso antes. Nem quero mais passar, seu padre. Diga quem quiser que é bobagem. Estou cansado de saber que é. E daí? Medo é medo, sentimento inexplicável. Ânsia feia que vexa um homem depois, mas na hora comanda. E há medo maior do que o medo da Morte?

O que quero, agora, que acordei Calu para coar meu café que já tomei aqui mesmo na cama, agora, que é dia claro, o que eu quero é dormir.

Até logo, seu padre, vou tirar uma soneca.

Deu não, meu caro. Não deu mesmo não. Mal cochilei. Sono de velho é sovina. O perdido não se recupera. Mesmo cansado como estou, cochilo, madorno, mas não durmo. Estou com o corpo moído como se, menino, tivesse levado uma sova. Uma noite de vigília apavorada acaba com a força da gente.

Eu sabia, seu padre, sabia a noite inteira, que fechando os olhos mergulharia no sono e na morte. Sabia, com toda certeza, que não ia dormir, ia morrer, me matar sem querer suicidar. Resisti tanto para viver, como e principalmente para não morrer. No fim, o cansaço era tanto, que eu nem tinha tanta gana de viver. Tinha mesmo era horror de morrer.

Pensei muito, demais, nessa nossa confusa confissão. Achei até que devo passar tudo a limpo, resumindo, para não gastar tanto sua paciência. Mas receio voltar atrás e nunca acabar. Ou acabar eu, sem chegar ao fim. Não posso morrer assim, solto e desamparado, no meio do caminho dessa confissão, no jejum do seu perdão.

Decidi, por isso, continuar escrevendo até o fim. Depois, se o tempo der, reescrevo resumido, e vou deixando, ao lado do oratório. Se a morte me pegar em qualquer tempo, o compadre Militão apanha os papéis e sai com eles, atrás do senhor.

Nesses pensamentos da noite me prometi preencher logo, hoje, sem falta e sem demora, os papéis do testamento que recebi de seu Tião dos Anjos.

Outra culpa minha daqueles anos do Brejo foi um animal que matei de raiva. Animal mesmo, bicho, muar, e não homem humano; gente, como outros que finei. Dessa morte também não me arrependo, nem podia, nem cabia. Mas ela provocou tamanho banzeiro, ascendeu tal revolta ao redor de mim que tenho de contar o fato aqui ao senhor. Não como pecado que não é, mas como recordo ruim de que a vítima fui eu, ou quase.

Eu vinha do Brejo dos Alves, em viagem batida de dois dias no tempo da doença de siá Mia. Vinha montado em Fuança, besta ruça, tão boa de estampa como de passo. Estava cansado. Não tanto da viagem, porque aquilo não era jornada de me estorvar. Cansado eu vivia naquele ano, atormentado, pela agonia das dúvidas de que tivesse contaminado siá Mia com doença do mundo. Por isso, pensava, é que ela me rejeitava. Era o tempo das recusas, sofridas, chorosas, que não se explicavam. Também estava muito agoniado pelo desafio que enfrentava de mostrar àquele povo preguiçoso, atolado lá no Brejo, que eu era o único senhor e dono do Brejo e deles. Ganhei, então, um trato duro, comigo e com todo mundo. Com siá Mia também.

Quando eu chegava na praça de Luiziânia, já vendo o sobrado alumiado com as luzes da algazarra, vi que o povo todo estava reunido ali num leilão que o padre fazia para a padroeira. A mesona do leilão estava lá bem ao lado da escadaria do sobrado. Era um pandemônio de lances gritados, sanfonas tocando, leitões grunhindo, confusão de galinhas e patos e perus e sobretudo de foguetes e rojões e falas e risos e choros e cantos de gente, gentinha, gentalha, agitada debaixo das luzes dos candeeiros catinguentos de carbureto.

Saindo da noite negra, silenciosa, do estradão, a besta ficou nervosa, trêmula, debaixo de mim. Eu em cima dela, meio atônito, deslumbrado, encandescido, arrodeei a multidão com cuidado e fui me chegando pelo lado, para junto da escada do sobrado, onde tinha de apear. Aquela demasia de algazarra me arreliou e assustou a besta mais de uma vez. Quando um rojão estourou nas pedras bem nos pés dela, Fuança esperneou e se desmandou querendo fugir do mando do freio. Esporeei duro, ela ressentiu, desgovernou.

Tudo isto ali na praça pedrada, na frente do povo. Eu, tropeiro de ofício, muleiro de profissão, fazendeiro, homem de respeito, não tendo mão de mando sobre uma burra de sela. Pus mais mando, meu mando mais duro nos ferros da espora e do freio para forçar a besta a ceder e a ir, passo-a-passo, tranqüila, para onde eu queria e ela devia: um mourão de aroeira ao pé da escada. Fuança, contida, foi indo dura, resvalona, como se temesse mais perigos de dor e de morte do lado dela, no chão da rua, do que por cima dela, montado nela.

Aí se deu o estropício. A desgraçada andou rápida o que faltava para chegar no mourão e lá, nervosa, se pregou nele, forçando minha perna direita em cima da aroeira, a ponto de quebrar. Num relance, tirei o revólver e estourei a cabeça da burra com um tiro. Ela arriou e eu saí de cima, deixando lá no pedrado do chão a bicha arriada, estrebuchando.

Subi correndo a escada e mal entrei na casa, passado o susto do tiro, aquele povão se exaltou feio. Acabou o leilão da santa. Só cuidavam de gritar, xingar como doidos, desagravando Fuança, como se ela fosse gente vivente, em agonia, que eles tivessem de socorrer. Uns poucos ousados subiram a escada até o meio, batendo os pés, berrando desaforos. O pior que ouvi foi: mulo desgraçado, matou sua mãe.

Fiquei lá dentro afobado. Intranqüilo. Meu medo era aquele povo invadir a casa e me obrigar a matar uns quantos. A confusão durou mais de hora. Comi a matula que trouxe e tomei um café que fizeram pra mim. Isso tudo temendo aquela multidão enfurecida que, na sua raiva insensata, podia me fazer matar uns tantos, por uma besteira.

Fiquei quieto, sentado, com o revólver solto no coldre. Acoitado. Assustado. Esperando. Afinal, veio o padre Severo, esbravejou, e a raiva do povo foi passando. Só ficou um ou outro, na praça, praguejando, arruaçando. Mal dormi naquela noite, agoniado. No outro dia dei a maior esmola que o padre viu para pagar o leilão que a morte de Fuança desandou.

Noite estrelada nesses altos campos goianos. O carreirão das almas corta o céu, rebrilhando, coruscando em fogos. Se brilho de estrela estalasse, essa seria uma noite ruidosa. É só silêncio.

Tudo aqui é paz silente. Até eu, afinal, acalmado de minha dor. Só não da angústia de mim e dos idos meus, do desconsolo de ser quem sou. Até meus bofes negros estão tranqüilos. Ronronam esperando a alta madrugada pra me atormentar. Nem tossir, tusso. Nem espumar, espumo. O ar da noite, leve, me alivia.

Tudo vai bem no mundo e vai bem comigo. Mas estou afundado, outra vez, na vil tristeza. Tristeza negra das minhas. Desconsolada. Tristeza de ser eu mesmo. Tristeza de estar no fim. Tristeza de ter vivido à toa. Tristeza de gostar de mim.

Quando ela vem, como hoje, nas suas forças maiores, o que posso fazer é isso: me entregar. Se fosse outro, chorava; se tivesse coragem, acho que esbravejava, esperneava, xingava. Sendo quem sou, trinco os dentes, baixo as sobrancelhas e mergulho em mim até o fundo. Que jeito!

Viver esse fim de mim já não me assusta tanto. O que fiz na vida também não me preocupa. Nem meus pecados, de que dou conta, me pesam demais. Sinto até um certo alívio de minhas culpas, divididas com o senhor, seu padre, e um pouco também com Deus que tudo sabe, sempre soube. Tudo pôs e dispôs. Eu cumpri.

Tristeza é ausência de alegria? Alegria será ausência de tristeza? Ou uma não tem nada a ver com a outra? São estados de alma em que a gente sabe que está, sente, mas não explica. Quando me acho em alegrias fico com cara de besta. Essa cara idiota que vejo nos ridentes. Em minha cara não cabem risos. Só quando caio nesse meu reino sombrio da tristeza é que me acho em mim, em meu jeito natural, desajeitado, sem graça, entre ruim e desgraçado. Desinfeliz.

O senhor também cai em tristezas dessas, redondas, circulares, envolventes? Ou sua tristeza será reta? Que importa! Sua tristeza, sua sina, que me importam? Do senhor, o que me importa é só o poder que recebeu, com a ordenação e a consagração, de meus pecados perdoar. E se não tem esses poderes, estamos falados. Veja bem, esta confissão é para Deus. Não é para homem nenhum da minha igualha. O senhor é meu intermediário, meu instrumento. É meu conduto de falar a Deus.

Minhas alegrias de Senhor do Brejo, marido de siá Mia, se acabaram, estancadas, quando começou a doença feroz. Uma cólica insuportável, uma dor lacerante, em que ela se encolhia, sem poder mover, nem falar. Às vezes gritando de dor.

Começou ela me recusando. Eu não podia nem tocar nas partes dela. Mas ainda não se queixava. Eu vendo que ela passava mal, mas siá Mia calada. Por fim, não suportando mais, entrou naqueles berreiros da dor dilacerante.

Em mim, o que doía, seu padre, doía terrivelmente, era a certeza de que eu, com minhas doenças de homem, tinha apodrecido os miúdos de siá Mia. Isso eu vi, disso tive certeza certa, quando ela começou a minar pustema e a feder. Fedia terrivelmente. Foi quando veio o médico; olhou, disse que aquilo exigia internamento e fortes exames. Só deu remédio pra dor.

Fomos pro hospital de São Miguel Arcanjo em Goiânia. Lá passei dois meses terríveis. Só consolado do triste consolo de saber, afinal, que eu não tinha apodrecido siá Mia. O que ela tinha era o tumor mortal. Inominável. Explodiu ali e se espraiou pelo corpo inteiro.

Perdi minha mulher assim. Minha luta por muito tempo foi esquecer a cara de siá Mia nos estertores. Foi apagar em mim a visão dela gesticulante nos ritos da dor, desfeita na palidez mortal, nas olheiras, no hálito ruim, na catinga, no cabelo pregado na cabeça, no enjôo de mim e de todos. Eu queria recuperar a siá Mia minha namorada, minha noiva, minha **mulherzinha**. Era impossível. A única siá Mia que havia, por muito tempo, era aquela, estraçalhada, moída, pela fera indomável.

Quando levamos siá Mia para morrer em Luiziânia, não agüentei ficar, saí de viagem.

Vou me lembrar, enquanto viver, do dia da morte de siá Mia que eu não vi. Cheguei depois. Desapeando vi, senti no ar, aquela paz sinistra da visita da Morte. A casa toda aberta, o ar parado, aquele cheiro estranho: alfazema azeda. Candinha me saudou em voz baixa, seca, como se me tivesse visto naquela manhã.

A paz, o cheiro, o tom, diziam: morreu, morta está! Morta. Passando pela porta da sala vi o esquife. Idiota indaguei: finou? Dois dias e duas noites sofreu, coitadinha; no terceiro, disse Candinha, descansou.

Saí pro terreiro, no fundo da casa e fiquei muito tempo ouvindo o crocar das galinhas d'angola, que eu nunca tinha visto tantas, juntas, cantando. Olhei também, como quem estranha, prestando atenção em cada detalhe, como Militão desarreiava minha mula, dava o bornal de milho e depois alisava, paciente, demorado, com o raspador de ferro.

Aí me preocupei em compor a cara antes de ir pra sala, conversar. Falar o quê? Falar com quem? Com a comadre, única amiga dela? Falar de quê? Siá Mia não era mais minha, nem de ninguém. Eu não queria falar com ninguém. Menos ainda com qualquer pessoa do povão do Brejo que entrava e saía por toda a casa.

Tristes eles viram, sofrendo, o senhor deles finar lá na fazenda. Agora, em Luiziânia, viam siá Mia finar. Estavam órfãos. Muito mais do que eu: estranho e intruso. Indesejável. Mas dono. Dono e senhor deles todos.

Vivo revivendo sem parar a vida dos meus mortos. Mortos e tranqüilos eles estarão. Ao menos aqui nesse mundo. Eu, não. Vivo intranqüilo, como se ainda pudesse salvar a vida deles, morta e acabada há tanto tempo. Ou me salvar eu, na outra vida, da cobrança do resto da vida deles que arrematei antes do tempo. A vida de cada um é a que tinha que ser. Cada qual morre na sua hora.

Por que me preocupo tanto? Morto meu, só tenho um: a finada. Ela só. Siá Mia, minha morta parada lá atrás, cristalizada na idade jovem em que morreu. Terrivelmente feia. A doença sorveu toda a beleza dela. Em poucos meses siá Mia se acabou.

Assim é que me lembro dela, agora que queimei os retratos. Não tenho jeito de pensar nela, como era antes. Só vejo a cara chupada, pele e osso, amarela. Esbugalhada. Feia.

Não são ainda mais meus os mortos a quem dei a morte com minhas mãos? Não. Serão mortos dos outros, de quem se lembre deles. Meus é que não são. Algum terá sido querido na vida? Duvido. Não vejo nenhum que fosse muito querido. Só o Godo, certamente, pela mãe; pela Mia. Irmãos eram, de leite, mas irmãos. Mal me lembro dele.

Dos outros, pouco me lembro. Lopinho me aparece inteiro na memória, com sua barba sempre malfeita, os olhos empapuçados de cachaceiro. Do Baiano não lembro nada. De Dominguim vejo o aprumo de moreno alto, cabelo negro, barba cerrada, dentes bons. Sorridente. É assim sorrindo que ele me aparece. Sorrindo seu sorriso falso de antes de me dar a morte. Do Godo me lembro bem demais: claro, meio roxo, cara da mãe, desempenado, na força da idade. Assim ficará na eternidade. De Medrado, só me ficou a caolhice torta, na cara crispada. Dos outros nada.

Qualquer dia eu também estarei morto, entre eles. Longe deles, queira Deus. Nem minha finada Mia a quem tanto quis, queria ver no Além. Ninguém, não quero ver nenhum. Ninguém. Decerto, lá, os mortos vivem sós, cada qual em seu lugar, enrolados no seu sudário, curtindo sozinhos seu penar. Lá, eternamente, estarei eu também. Eternamente só. Sozinho. Mais sozinho do que aqui. Desamparado.

Preciso é parar de moer esse meu moinho de engendros. Nada sei da morte, nem posso saber especulando. Paz, meu Deus, é o que quero. Paz.

Fechei o caderno e fui escutar meus únicos amigos, a boa gente da Rádio Nacional. Ouvi, primeiro agoniado, querendo achar engraçado sem poder. Depois, quando peguei o fio, lá fui eu com eles nas conversas, nas cantigas, nas notícias. Passei horas ouvindo, como toda noite. Nunca cantei na vida, mas agora, de tanto escutar, reconheço muita cantiga de letra e de tom. Vou dormir, seu padre. Até amanhã.

É hora de arrematar essa história de herdeiro do Brejo. Morta siá Mia e enterrada, o que quis foi me ver livre do povo dela arranchado na casa de Luiziânia, me azucrinando. Principalmente da Candinha que até nas horas de angústia arranjava jeito de me dar lambadas de olhar melado.

Saí do cemitério para cima do jipe e toquei para o Brejo com Militão e Nheco. Não sabia bem o que ia fazer. A fazenda era minha morada, voltava pra casa, para o que era meu e precisava de minha mão, de meu cuidado. Eu é que tinha de tomar conta, reger, tocar pra frente.

Fui, sem planos, na inocência de quem busca o seu. Não cheguei na sede da fazenda. Quanto quase chegava sucedeu a desgraça. Eu, nem ninguém, podia esperar aquilo. Foi na boca do mata-burro que eu tinha mandado fazer, na entrada do aramado grande, ao lado dos currais maiores da fazenda, que ficava junto de uma tronqueira coberta de mato. Quando reduzi a marcha para assentar as rodas nos paus do mata-burro, ouvi o estalo de tiro falhado e, em seguida, o ric-ti-tac do 44 remuniciado. Aí, vi Militão saltar instantâneo na tronqueira e ouvi o ribombo de um tiro e um berro esganiçado. Quem matou quem? Virei a cara e já vi Nheco, que tinha saltado pelo outro lado, rolar no chão da estrada, atracado com um homem de cáqui. Quando levantou, lá estava o outro, degolado. Era Godo. O filho da puta me tocaiava ali, para matar. Morreu ele.

Militão saiu do mato sangrando da perna arrebentada pela bala da carabina. Nheco tremia do susto de começar sua vida de matador. Logo juntou gente em quantidade, e o vozerio e a raiva deles foi aumentando e me enervando. Mantive todos quietos com meus berros, não deixando ninguém me perturbar enquanto estancava, com torniquete, a sangria e encanava, mal-e-mal, a perna do Militão.

Aí dei ordens para entregarem o corpo de Godo à jararaca da mãe dele, no Tapuia. Pus dois homens de testemunha no jipe, e me toquei de volta para Luiziânia. Queria dar socorro de médico à perna de Militão, muito arrebentada. Queria também acertar logo com as autoridades de Luiziânia o sucedido. Queria também sair dali para não matar alguns.

Militão medicado, fui falar com o delegado que já sabia demais do havido. A coisa espichou com testemunhos e declarações. Senti que havia malícia. Queriam não só a gorja, que a polícia toma sempre.

Estavam era me implicando no caso para chantagear grosso. Apesar da morte ser da mão do Nheco, era de mim que eles queriam cobrar. A mim é que escolheram para réu.

Nos dias seguintes a coisa se enrolou mais e eu tive a idéia, não sei se boa se ruim, de procurar o advogado dos Alves pra enfrentar o advogado de acusação que já estava ajudando o promotor, por conta da jararaca. Fui a Goiânia falar com o importantíssimo advogado, me explicar e a ele me entregar. Entreguei mesmo, de papel passado. Entreguei muito mais do que queria. Virei uma coisa nas mãos dele. Encarregado do inventário do Brejo e de me defender dos crimes que me acusavam, se espalhou como quis. Regeu.

Só me enrasquei tanto porque o caso do Godo se complicou com a morte, simultânea, numa tocaia, do meu compadre Catalão. Como todos sabiam, porque eu mesmo contei que tinha jurado ele de morte, gritando pra quem quisesse ouvir, o principal suspeito de mandante fui eu mesmo. O processo foi se complicando, com acusações outras de mortes que não fiz. No fim eu figurava como o pior matador de Goiás.

Para arrematar essa história digo ao senhor que levei mais de ano para me livrar, a mim e ao Nheco, das acusações de morte e outro tanto de tempo escorrido e angustiado, para fazer reconhecer meu direito de herdeiro único do Brejo. Isso só alcancei junto com os papéis de venda do mesmo Brejo, que o safado do advogado vendeu de porteira fechada.

Até minha roupa ficou lá dentro. Só pude tirar, meio roubado, parte do gado, e pela porta da frente umas coisas da casa, pertences de siá Mia e da família, graças ao velho Deoclécio. Pagas as custas, recebi pelo Brejo perto de 12 mil contos. Uma titica. Ruminei esse vômito amargoso, quase tanto como o do Vão. Até hoje rumino.

Quando nasci achei este mundo feito e acabado. Malfeito? Bem-feito? Que me importa? Não tenho outro, acessível. Senão aquele, o Terminal. Também Ele já vou achar feito. Bem-feito? Malfeito? Não sou juiz de Deus, meu Senhor, criador, castigador. Ele é que é meu juiz. Autor e juiz. Relojoeiro que cobra dos relógios atrasos de dias, de horas, de minutos.

Habito esse mundo que não é meu. Não me foi dado. Nele estou arranchado. Nem aluguel pago. Ou pago? Só se for o imposto de viver tossindo, condenado a esperar a morte, e com esse meu medo da passagem para o Outro Mundo. O Indesejado, que Deus inventou e mantém, não sei onde, me esperando.

Estou assustado com isso tudo. Espantado. Nada posso contra o Todo Poderoso. Contra Ele quem pode, o quê? O único poder que tenho é o de me matar para acabar de uma vez com o mando d'Ele. Mas não resolve. Nem esse poder tenho. Os suicidas também se matam na hora deles. Tudo está escrito.

Não se assuste, meu confessor. Não sou dos que se matam. Eu mato é o outro. É aquele que Deus escala para eu sangrar. Inocente ou culpado? Matador ou matado? Quem determina é Ele, não eu!

Na verdade sou coisa de Deus. Sou é o Assassino Divino. Lopinho, que eu furei com aquele prego, quem matou fui eu? O Baiano, de couro duro, que tanto me custou sangrar, é morto meu ou d'Ele? A Dominguim finei para não morrer. Medrado foi morto porque era zarolho. Matei mesmo a eles? Estas minhas contas são só minhas? Não, elas são é de Deus, só d'Ele, Senhor da sina de cada um.

Só Ele é competente para dar a vida ou dar a morte. As mortes minhas são só meio minhas. São muito mais d'Ele. Deus, sabendo da sina minha e de cada um, foi quem consentiu que ela se cumprisse. Quem municiou meu revólver? Quem alarmou minha alma para tornar tudo inevitável? Crimes meus?

Só Deus tem competência para ter culpas neste mundo. Nós, mandados d'Ele, temos só nossas sinas prescritas. Fatais. Sem a supervisão d'Ele não conseguimos acabar nem com um morcego. Quem sou eu para revirar o destino de alguém a quem Ele tivesse ensejado viver? Quem sou eu para, sozinho, sair um dia, faminto, do Lajedo e chegar a ser quem sou, sem a graça de Deus?

Vivi toda minha vida, vivo ainda, Deus seja servido, debaixo do cabresto d'Ele. Com Sua espora de cavaleiro na minha ilharga, sangrando. Assim vivi e vivo eu, matador de Deus, Assassino Divino. Quando era potro bravio, bramante, cuidava que podia desmontar meu cavaleiro. Depois, cavalo inteiro, obedeci, resfolegando, para dar conta das missões que Ele foi me dando: viagens, carretos, mortes. Até achava que este mundo, eu é que regia com meu mando. Depois, capado, aguado, trotei como pude, debaixo do sol, noutros fazimentos e desfazimentos. Agora, à espera da Morte, não tenho ofício, nem obrigação, exceto esse de escrever confissão. Espero.

Cumpri, Senhor, minha sina de homem, projeto de Deus, sem finalidade minha própria nenhuma. Existimos para quê? Pra nada? Cumpri, carpi, carneiro de Deus que sou, a sina que me foi dada. Dura sina assassina. Agora, balindo na estreiteza desse passo moral, pergunto: pra que vivi? Amanhã, na amplidão da eternidade, esvaziado de qualquer sina, desvestido de mim, que serei eu? Nada?

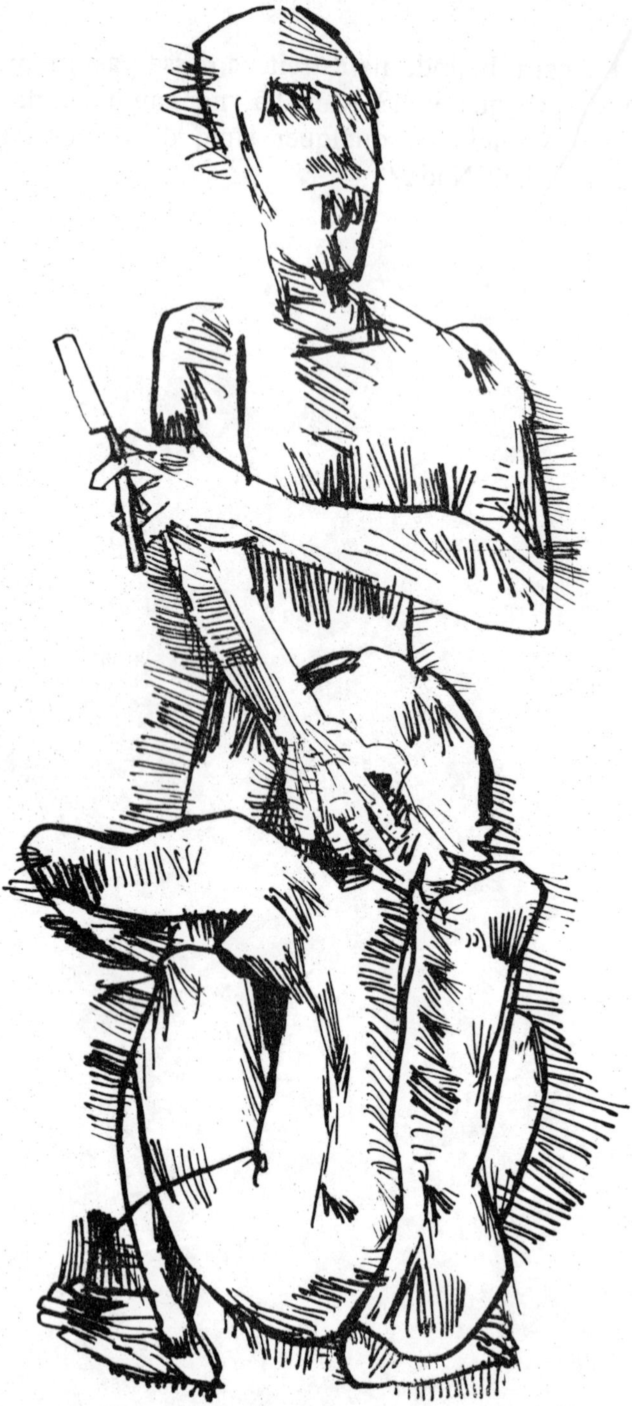

Saí, assim, em busca de mim

Saí, assim, em busca de mim num viajão de ano e meio. Fugia de uma ordem de prisão no processo que rodava na mão do advogado.

Viajei pra trás, buscando meus mundos de antes numa viagem como essa que faço aqui, escrevendo. Só que aquela não foi de pena. Foi de pé no chão; ou de roda do jipe na estrada. Vendo, revendo todo lugar onde tinha ido, vivido, minhas vidas de antes.

Comecei visitando o povo do finado Nam; agora vivendo debaixo do mando dos donos das terras deles. Feia vida de pobres de Deus, purgando culpas no eito e na pinga. De lá, fui ver meu amigo Calango, para uns dias de convívio pausado. Queria é contar, espaçado, as guerras em que andava para não pagar culpas que tinha e não tinha. Calango me ouviu calado. Só recomendou que me aquietasse. Quando já ia embora, me disse que é sempre mais tarde do que a gente pensa. Tarde pra quê? Cismas de Calango.

Do Quem-Quem fui dar em Paracatu. Lá procurei a casa do armeiro, a do atacadista e a chácara do muleiro. Não achei nada. Nem ninguém. Terra ruim. Tem cabeça de burro enterrada. Só dá pra trás; se mudou foi pra pior. Nada do que vi naqueles tempos de moço, tantos anos antes, desapareceu ou era irreconhecível. Mas tudo estava degradado. Triste coisa é buscar a moça na megera que saiu dela. E a moça já era teia.

Em Belo Horizonte, a estação e o mercado eram os mesmos. A cidade é que cresceu desfolhada. O xadrez de ruas retas deitado na morraria virou um suplício. Um sobe-desce, cruza-recruza, que confunde demais. O casario alto é feio, fraco, frio.

Passei uma tarde vendo uns homens levantar e embarcar um pirulito de pedra num caminhão. Olhava era o mulherio passante. Tantas. Muito mais do que todas as donas que vi antes e depois, na vida inteira. Iam e voltavam passeando, seriazinhas. Nenhuma tinha boceta.

No outro dia parti para São João del Rey. Lá passei dias demorados numa pensão. Conversando com viajantes. Comendo queijo e leitão. Andando à toa na beira do rio. Olhando casonas velhas. Entrando nas muitas igrejas.

Ali, um pouco, me achei porque tudo pouco mudou. Ou mudou menos do que eu, o rapazinho aflito que tinha fugido de lá, sofrido. Vi bem que estar ali não me ajudava a recordar. O rapazinho, aquele, só estava em mim.

Os quartelões do exército eram os mesmos, desmerecidos. Olhei por fora, espaçado, aquelas imensas construções vazias, diminuídas. Até soldados tinha muito menos: frágeis, raquíticos.

Da casinhola do Baiano sem culpa, não vi nem rastro. O armarinho sumiu. No lugar, uma bomba de gasolina. Enchi o tanque e saí rodando atrás da casa das primas do cabo Fi e depois da rua do Meirim, onde morava Almerinda. Nada. Aquela gente só existe pra mim. Sumiu no tempo.

Por Montes Claros passei ligeiro. Pedi a bênção a uma velha que vi com cara de santa e me mandei no rumo do Grãomogol. Lá caí em mim, seu padre. Gostei demais de ver tão conservada, toda a cidade minha. Estava tal qual eu tinha deixado: morta. Tão morta que nada mudou. Só uns muros caídos, umas paredes mais pançudas, muitos telhados desabados. Mas as ruas lá estão, pedradas. As calçadas de lajedo altas, iguais. As jaqueiras, os jenipapeiros, as mangueiras e os tamarineiros dando frutos, indiferentes.

Até a cadeia era a mesma, com presos de cara igual, pendurados como macacos nas grades com as pernas pra fora. Um cabo palitando os dentes com cara de faminto, podia ser filho do Vito. Tudo igual. A igreja de pedra vermelha, bonita, já sem padre residente, nem coleção de borboletas na sacristia. Nas ruas vazias pouca gente demais para tanto papudo, tanto banguela, tanto aleijado. Tudo igual. Morto. Acabado.

Lá demorei, fazendo ponto numa pensão e viajando no meu jipe em busca do Lajedo e das Cagaitas. Queria ver no que tinha dado a parentela do Bogéa, do Lopinho, do seu Duxo, do Lé, do Romildo. Achei os lugares sem ninguém, nem lembranças deles ficou. Se eu não estivesse aqui para dizer que existiram, teriam sumido de todo.

Esse mundo é um vendaval. Passados trinta anos, não fica nada. Principalmente no mundo da gentinha ou mesmo da só remediada: tudo muda de mão. O povo de um lugar, tangido, vai procurar outro, num redemoinho sem fim.

Na fazenda das Cagaitas que, afinal, se chama como seu Duxo queria, um cego sabia o nome do antigo dono: Íssimo.

No Lajedo só vi o lugar da casa onde cresci, restos dos currais de muleiro, e o sítio alto onde Lopinho morreu. De tudo mais, tão vivo e presente dentro de mim, não há mais nada. Reconheci pelos lajedos o lugar de apanhar água no córrego e de meus carinhos com a alvacenta. Um tronco carcomido de aroeira, onde uma dona batia roupa lavada, me lembrou de Ana das pedrinhas.

Voltei a Grãomogol e lá fiquei rodando aquelas poucas ruas, me procurando. Vi e olhei bem os lugares onde derramava o camburão de bosta. A ponte de ver as moças passarem arreiadas para a missa. Eu, rapaz, podia até ressurgir lá com aquele latão fedido na cabeça. Tudo igual.

Na pensão conheci uma dona Beu que lavou minha roupa. Recebia suja num dia, entregava limpa e lisa no dia seguinte. Ela mesma muito limpa, nova, clara. Com requebros me olhou, vi que dava. Um dia, na entrega, peguei na mão dela e fodi. Quando voltou, não queria mais ali. Fui à casa dela, de a pé. Tinha uma menina pequena, o pai sumiu no mundo, nada mandava. Talvez nem voltasse. Pela conversa, procurava marido: pedia a Deus um homem sério que ajudasse a criar a filha. Esclareci logo que eu não era esse tal. Pra arranjos de família não prestava.

No quarto, aprendi minha lição. Com medo de ser prenhada, ela se embolou, me enrolou e afinal vi o que queria: se virou, me meteu e me comeu, ao revés onde não é devido. Aquela dona Beu que fodi tão recatada lá na pensão, quieta, sem vagidos de dengos nem gemeções, ali era outra. Com meu tronco dentro, naquele oco torto, se transmudou. Eu, que nunca tinha visto cu babar, vi. Aprendi, com os dias, a fazer como ela queria: dobrada, eu pondo pelo avesso, e ao mesmo tempo bolinando as vergonhas dela. Rebolava, gemia, se mexia, suplicava, viciada. Fiquei uns tempos fazendo, todo dia, aquele serviço pra ela.

Afora essa Beu, tudo era ruim no Grãomogol; a comida da pensão, a tristeza do povo infeliz. Cansei daquele fundo do mundo. Saí rodando pelos estradões mineiros, me perdendo, me achando. Um dia, dei em Fortaleza. Vivi lá uns tempinhos olhando mulheres que não davam, e negaceando para não entrar num negócio de cavacar pedra azul.

Afinal desisti. Fui ver o mar. Vi o mar baiano de Caravelas. Eram dois. Por cima, o verde coqueiral sem fim, agitado pela ventania desenfreada. Por baixo, o agual

verde, movente, batendo na praia, espumando: medonho. Molhei os pés, era frio. Tomei um gole, era ruim.
    Ganhei estrada outra vez, tentando, experimentando, avançando, recuando. Fui dar no Caitité, mãe de homens enxutos, retos. De lá desguiei mais pra cima, fui rever Jequié. Voltando tomei outro rumo, me perdi muitas vezes e, sem querer, me achei nas barrancas do São Francisco. Lá parei tempos, até fixei morada demorada na cidade da Barra. A pensão era boa e lá encontrei Nina. Com ela me enrolei.
    Era dona diferente de quantas conheci, tão desbocada, como delicada. Só me pedia coisinhas, lembranças. Mas queria uma todo dia: bala-doce, pó-de-arroz, perfume, até flor, se eu desse, gostava.
    História aflita a que Nina me foi desanovelando aos poucos, sem eu perguntar. Nem era preciso. Ela, de si, falava sem parar. No começo, com recato por minha cara sisuda. Depois, tomou conta de mim, falava como matraca. Era filha de um mecânico encalhado na Barra e morto na mão de um polícia ladrão. A irmã amigou com Jesualdo, o dono da pensão. Ela foi junto, meio criada dos dois; até que virou bolina dele e, afinal, comborça da irmã.

Tristeza é doença mortal. Aqui estou nessa sala do meio da minha, nossa, fazenda dos Laranjos. Mas estou mesmo é afundado na tristeza, minha fazenda maior. Nela é que existo, como o doente grave existe é na doença.

A tristeza é meu país. Um reino sem limites, nem fundo. Um fazendão maior que o mundo. Nele estou desde que acabei de contar pro senhor a história minha do Brejo. Brejo dos Padres. Brejo dos Alves. Brejo do Mulo. Brejo de quem?

Maior que minha tristeza, só é meu medo da Morte. Dói só de pensar que pode estar chegando a hora do meu passamento. Pra onde? Pra quê? Minha alma treme, se encolhe sofrida pedindo mais vida. Será medo que tem por saber, intuir, o que há de vir? Sei lá. Só sei é da fundura desta minha tristeza.

Esses dias me ocupei demais da vida que podia ter sido, mas não foi. Eu, amadurecendo como o capitão Filó, do Brejo dos Alves. Eu, marido da siá Mia, pai da filharada dela, autorizando cada filho homem a pôr nome dos Alves no nome para perpetuar a Família. Eu, tomando conta daquilo tudo como um cativo, para aquelas crias, menos filhos meus que netos do coronel Zé Alves.

No fundo, melhor foi, talvez, que sucedesse o que sucedeu: linhas tortas de Deus Pai. Siá Mia, quando visse que não paria porque eu não podia, em que reinos entraria? Tristeza de ressentimentos, sem perdão? Fúria calada ou ódio raivoso, alucinado, levando à loucura descabelada? Qual seria nosso fim?

Nesses dias de angústia, só me consola saber, durante todo o correr do dia que, na boca da noite, meu amigo, meu único amigo, entrará por esta sala adentro, me dando seu: boa noite, amigo. Responderei: boa noite, amigo. E aqui ficarei, escutando. Ele me dirá o que se passa no mundo. Me dará notícias dos viventes. Me falará de gente importante, que já tenho, até por familiares. Me contará casos engraçados, que ouvirei atento, rindo, contente. Me fará perguntas que responderei. Como seria minha vida sem ele?

Muitas vezes pensei, agora repensei, se não é a ele que eu devia legar meus bens, em testamento. Seria o justo, às vezes penso. Afinal, fora do senhor, nessa confissão, jamais tive convívio íntimo com ninguém. Minha família de convívio diário é o povo do rádio e de todo ele, meu parente amigo mais querido, é mesmo o Paulo. Não posso nem supor é como ficaria a cara dele, quando dissessem que um coronelão de Goiás o apadrinhou. Será que se riria de mim? Conheço a cara dele de revista. Ia rir demais.

Não! Meu herdeiro é o senhor mesmo, seu padre. Não tem perigo, o senhor será meu único herdeiro. Além de meu confessor, é meu amigo. E já meu sócio e até meu aliado, me ajuda a cumprir a vontade de Deus.

Qual é a vontade de Deus? Terá Ele uma vontade tão detalhada que caiba até a mim cumprir uma parte? Qual! Ele não quer saber de mim, nem de ninguém!

Nesses dias de tristeza e raiva, penso que quem cuida do mundo é o demônio Eliazar. Assim é. Vivemos nesse mundo, livres como os bichos, para fazer o que der na santa gana. E se há alguma coisa que se tenha que pagar, pagamos é aqui mesmo. Malfeitos, com sofrimentos.

Seria bom. Pena é que não possa ser assim. Eu gostaria demais: meus malfeitos equilibrando com os pedaços ruins que vivi, comendo merda, bebendo o fel do Demo. Transes ruins como meus passos negros: minha fuga, menino, da casa do Lopinho. A saída, rapazinho, das Cagaitas para a cadeia no Grãomogol. A deserção do quartel, atropelando aquele Baiano. A viagem a Cristalina, quando soube do roubo do Vão. A grande volta de retorno ao meus idos, em que Medrado morreu na minha mão.

Outras minhas travessias curtas e grossas, de sofrimento maior, foram a da enrabação pelo major, e a da conversa com meu compadre ladrão. Dura e sofrida, mesmo, que até hoje me volta, em pesadelos, foi a corneada que levei da filha da puta da Inhá. Nunca perdoei nem vinguei.

A mais dura, pagadora de pecados maiores que todos os meus, foi a perda do Vão. Essa, preste o senhor atenção, essa nem a Deus perdôo. Se é pecado, trate de me absolver e aliviar como possa. Esse é meu sentir.

Volto aonde estávamos. À Barra, à minha azarada viagem de volta. Saí de um dia pro outro, como se fosse para uma viagem qualquer, ali perto, deixando a casa e tudo com Nina. Dinheiro pouco, para ela não desconfiar. Meu medo era me ver metido em berreiros de ingratidão. Afinal, peguei ela furada e comborça da irmã.

Só montei casa porque não pude evitar. Foi depois de uma briga das duas, que até me pareceu forçada, e da nossa expulsão, minha e de Nina, lá da pensão, pelo Jesualdo. Eu já estava era meio enfarado, querendo largar aquela vida, à-toa, de comer Nina e a comida dela de dia; fazer a barba de tarde com Mauritônio; ver cinema de noite; em casa, de volta, conversar horas sobre cada fita; e tornar a comer Nina.

Nunca vi mulher tão faladeira, nem tão despachada, desbocada. Para contar romances estava sozinha. Recatos mínimos, que se espera de toda mulher, não tinha. Contou e recontou, minuciosa, a longa desavergonhada descabaçação dela, pelo cunhado.

Começou com tempos sem fim, de bolinas que queriam parecer carinhos, mas eram malvadas. Quase sempre nas partes. Tudo com a irmã ali vendo, participando. Na cozinha, Jesualdo pegava a menininha, enquanto a mulher cozinhava, e com agradinhos ia melando a rachinha dela. Na sala, se não tinha hóspedes, punha Nina no colo, sentada, apalpando toda ela. Afinal, no quarto, na cama era nela, em lambeções, esfregações que se esquentavam os dois para a fornicação.

Um dia, Nina entrou no jogo, por vontade própria. Disse que até ela mesma pediu. Jesualdo se virou e em lugar de meter na irmã, meteu nela. Não deitou sangue, nem sentiu dor. Gostou, desde a primeira vez. Viciou. Tinha uns doze anos, se tanto. Lá ficou dividindo o cunhado com a irmã e dando pra todo hóspede que acoçava.

Nosso assunto hoje é outro. É a viagem azarada, aquela. Saindo da Barra, encontrei logo a estrada boiadeira, seca, poeirenta. Nuns passos, mal era visível no chão. N'outros, era visível demais, esburacada pelas rodas rígidas dos carros de boi.

Meti por ela adentro no meu jipe mal dirigido. Viajava devagar, entrando aqui e ali naquele chapadão, tão conhecido meu do tempo de tropeiro. Queria rever os povoados e procurar amigos antigos. Encontrei alguns, agora fregueses do Militão, que me recebiam hospitaleiros. Eu parava, pousava à noite, às vezes o dia e a noite e até repicava quando a conversa prometia, seguia caminho.

Num povoado bem adiante, encontrei solto um tal Medrado. Homem moço, zarolho dos dois olhos, bom motorista e mecânico melhor ainda. Era o que eu precisava. O jipe na minha mão dava enguiço todo dia. Eu mourejava, desarvorado, naquelas estradas desertas, buscando quem me empurrasse para o carro pegar; ou quem me rebocasse. Cheguei a fazer viagem de meio dia arrastado por junta de bois. Com Medrado não havia problemas; na mão dele o jipe não enguiçava. Quando dava galho ele mexia nos ferros, ajustava aqui, desajustava ali, reaparafusava acolá e consertava na hora.

Saímos adiante. Viajamos semanas, naquele estilo meu de buscar todo lugar que queria rever procurando velhos conhecidos. Assim fomos, companheiros, quase amigos. Eu prometendo dações, favores, proteções.

Levava comigo, na mala, dinheirão graúdo, tirado na agência da Barra. Dinheiro demais para gastos de viagem. Dinheiro de menos para negócios. O necessário para dar segurança que só tenho com o tutano do governo, no bolso.

Um dia, abrindo a mala vi aqueles olhos vesgos do Medrado, se metendo no meu dinheiro. Vesgos e esverdeados, o que me dava certeza de maldade inata. Fui pegando desconfiança. No fim, já era medo dele acabar comigo. No ermo daqueles estradões da chapada já goiana, nada mais fácil do que ele me finar para, com meu jipe e meu dinheiro, cair no mundo. Pro Norte ou pro Sul.

Apavorado, passei a dormir com o revólver na rede. Duas vezes acordei assustado, achando que ouvia barulho suspeito. Não era nada; Medrado roncava, ou fazia de conta. Seguimos viagem, o meu receio crescendo. Virou medo, de medo passou a terror. Comecei a destratar o homem, provocando seu orgulho. Uma vez ele me disse que não era negro meu. Ameaçou me largar no próximo povoado. Seguiu adiante, decerto com os olhos no jipe que eu tinha prometido deixar pra ele no fim da viagem.

Éramos já dois inimigos viajando juntos. Naquelas voltas e reviravoltas do estradão goianeiro, procurando povoados e aguadas, eu e o zarolho, nos odiando.

Um dia, quero dizer, uma noite se deu a desgraça. Acordando assustado com medo dele, já de revólver na mão, vi Medrado atrás de minha rede, embuçado, numa moita rala. Ainda tonto de sono, só meio despertado, taquei fogo. Medrado deu um urro medonho. Levantei e vi, horrorizado: estirado no chão ele se retorcia com a mão nos rins. Era noite clara, pude ver bem que o homem estremunhava em cima da bosta. Estava era cagando, de calças arregaçadas.

Entendi, no instante, o tamanho do meu malfeito. Fui adiante, que jeito? Era preciso rematar aquela desgraça. Estourei a cabeça dele com um tiro. No ímpeto daquela hora, decerto pensei que o melhor era finar logo, para o homem não ficar ali, naquela agonia de sofrimento. Fiz o que a gente faz com cavalo estropiado ou cachorro doente, merecedor dessa caridade.

Amanheci sentado na rede, assombrado. Querendo me arrepender, me arreliava. Uma hora pensei em dar um tiro na cabeça, para me castigar do erro e me aliviar da vergonha de ter matado aquele zarolho de puro medo.

Naquela noite de breu, afundado no meu terror, quase morri de medo. Medo de ver Medrado se levantar dali do lado, alma penada ambulante, pra me mostrar os seis buracos de meus tiros. Medo de algum visitante da noite, vivo ou fantasma, que viesse me acusar.

Na primeira luz do dia, fiz o que cumpria. Enrolei Medrado na rede dele e no meu cobertor, apertei o embrulho, até formar um pacote duro, bem amarrado com cordas e cinturões. Joguei no fundo do jipe com a minha roupa em cima e ganhei a estrada, andando devagar, em busca. Afinal, me lembrei de um grotão que há por aquelas serranias, jogando as águas no rio Alvo, afluente do Tocantins. Saí da estrada, pus a gasolina das latas no tanque e fui no rumo daquelas noruegas. Segui buscando caminho com a roda do jipe até topar com a morraria.

Lá, subi ao ponto mais alto que pude, pus fora o defunto e tentei carregar. Era impossível de tão pesado. Arrastei aquele fardo pelos pés serra acima e, pondo os bofes pra fora, lá cheguei. Descansei um minuto e empurrei o finado no despenhadeiro. Desceu rolando, descambando, bem uns cem metros até ficar enleado nas galharias, quase no fundo. Voltei. Lutei como um danado para achar o estradão e pegar o rumo oposto.

Só me vi livre, passado meio dia, léguas adiante quando caiu um chuvão enorme. Saí do jipe e deixei aquela chuva me lavar, me molhar, me acalmar. Montei outra vez e continuei rodando. Uma rapadura, foi o que comi naquele dia. Já no fim da tarde, fui dar num curral, longe, onde uns tropeiros estavam acampados. Nos reconhecemos. Fiquei lá, esquentando fogo, comendo paçoca que me deram. Escutando, calado.

Nenhuma testemunha podia haver contra mim, pensava. O zarolho está morto e acabado. Se um dia me perguntarem por aquele homem que saiu comigo, que direi? Quem perguntaria? Nunca ninguém perguntou. Ninguém soube nunca do que nos sucedeu. Decerto era um cristão, na hora de morrer uma morte assim, que atravessou no meu caminho. Sina.

Cheguei nas Águas Claras dias depois, com espírito de cobra. Mais calado do que parti. Os negros me olhavam ressabiados, se perguntando se aquilo ainda era paixão da viuvez, raiva da perda do Vão; ou ressentimentos pela venda do Brejo. Calados, me olhavam de lado, com medo. Mais medo que o de sempre.

Minha catadura inteira mostrava minh'alma amarga. Dei de ter uns pesadelos de morte, de que acordava agoniado gritando, apavorado. O pesadelo pior era de alguém que ia me dar morte com punhal, com faca, com tesoura, com facão. Eu escapava na última hora aos berros, com o metal já entrando no meu couro.

Tão ruim estava que aceitei a abusão de tomar uns banhos de cheiro que Socó me preparava nas regras da velha Tiça. Ela era, agora, a oficiadora das benzeduras dos meus pretos. A verdade é que com cada banho daqueles fui melhorando. Afinal, pude dormir tranquilo, sem medo de entrar outra vez naqueles pavores.

Só agora, nessa missão de escrever em confissão tintim por tintim toda a minha vida, é que este caso do Medrado volta à minha mente. Dessa morte minha culpa é certa, seu padre, reconheço. É verdade que culpa mais do medo em que caí e de que muito me envergonho, do que minha mesmo. Não contratei aquele homem com nenhuma intenção maligna. Nem pensei nunca que havia de matá-lo. Mas quem pode garantir, com toda segurança, se não era ele ou eu? Se alguma razãozinha eu não teria naqueles receios alucinados, tão diferentes do meu natural. Não quero me desculpar, nem reduzir minha culpa, que o senhor há de perdoar. Quero é explicar, ao amigo, com franqueza, mas também com claridade, como foi todo aquele caso desgraçado.

Aí está, meu padre, nas suas mãos de sacerdote mais esse pecado grosso meu, para ser perdoado. Em minha defesa só alego que Deus, em Sua onisciência, sabia muito bem o que nos ia suceder naquela noite de azar. Se quisesse evitar a morte do Medrado, podia perfeitamente ter salvo a mim dessa culpa, e a ele, daquela morte feia. O que sucedeu a mim, a nós dois, tinha toda a marca de sina. Era destino nosso, inevitável. Cumpri minha parte, sofrido, Deus foi servido, graças a Deus.

Aí está Calu, com Bilé atrás, acendendo os aladins. Para que tantas luzes, hão de perguntar? Manias de seu Filó, responderão. Toda noite é dever deles, nessa hora, acender um aladim na sala de dentro; outro na do meio e o terceiro na sala de fora. E acender lampiões em todos os quartos, na cozinha e na copa. Essas luzes ficam aí acesas.

O único trabalho deles, de noite, depois de me servir o chá é cuidar delas. Eu me recolho e eles ficam olhando as luzes, tirando morrões, atiçando mechas, regulando, deitando querosene, trocando camisa dos aladins, até a hora de apagar, que é depois de eu desligar o rádio lá no quarto, quando supõem que já dormi.

Para que essas luzes minhas, apagando as cintilações estreladas da noite goiana? Não quero viver de luz baixa, lunar, como vivi tantos anos. Vivia, de fato, era na escuridão. Só ficava acordado se a lua desse pra olhar as caras. Agora, quero luz ao redor de mim, se não a noite inteira, ao menos enquanto estou aceso.

Esses Laranjos são uma ilha de luz na noite de cinco léguas em torno. Gosto disto. Gosto de pensar que ao redor da casona só o meu gado rumina o capim que pastou de dia, bom capim; assustando-se às vezes com assombrações de boi; mas logo aquitando os cascos no chão, ao ver minha ilha de luz iluminada. Enquanto viver, minha ilha estará acesa, cada noite, marcando no centro do mundo o meu lugar.

Depois de mim, ora, depois de mim, será como antes. A escuridão secular dos negros escravos garimpeiros que aqui tiraram tanto ouro. Antes, ainda, era a noite negra dos índios que por milênios aqui viveram à toa. Depois, serão os seus tempos, seu padre. Depois, ainda, os tempos dos seus herdeiros.

Aliás, isso me preocupa. Vejo que o senhor tem um defeito grave para meu herdeiro. É o outro lado da sua qualidade de padre, necessária para perdoar meus pecados nessa confissão escrita. O reverso dela é que o senhor, você, meu filho, é celibatário por voto divino e, por isso, não me pode dar o neto que eu nunca tive. Já o vejo, amanhã, morrendo como eu agora não de peitos podres, mas de outra corrupção qualquer e se perguntando, também, que fim dar aos meus, seus bens? Não é justo. Sobre isso não posso dispor. Mas tenha a santa paciência de deixar que eu me preocupe.

Vamos adiar de uma geração o apossamento definitivo desses Laranjos com gente que o possua, para ele viva, aqui morando, gerindo seu próprio patrimônio. Duas gerações até, se o senhor fizer a tolice que eu faço de depositar seus ovos nas mãos de outro padre. Não faça isso não, meu confessor. Peque, até, se for preciso, mas deixe esses meus trens na mão de quem tenha gala livre e vontade de verter seu sêmen em mulher fecunda. Parideira. Pelo amor de Deus, faça isto, gere.

E não pense que seja pecado. Qual'é? Conheci muito padre chefe de família. Entre eles, Meganha, pai da Inhá. Revoltoso, acabou assassinado com uma bala de ouro. Outros muitos fundaram famílias importantes. Têm hoje netos e bisnetos: políticos somíticos, ricaços cachaços, funcionários salafrários: Melo, Alves, Chaves, Teixeira, Silveira, Franco, Borges. Tudo é casta de padre.

Nunca pensei que fosse me preocupar com gerações e dependências de ninguém. Jamais imaginei que, um dia, pedisse um neto ao genro que nunca tive. Isso sucedeu

a meu sogro. Agora sou eu que, aqui, peço ao senhor que gere descendência minha.
  Que pedirei amanhã? Esse mundo é sortido. Essa vida, imprevisível. Não estamos a salvo de nada. Tudo pode suceder a um cristão. Até querer entrar na pessoa de outro para filiar filho e neto alheio.
  Cuidado, amigo, tenha cuidado comigo. E com você também, se guarde. Sou uma mosca varejeira, botando meus ovos de podridão, em qualquer carniça.
  Qual ovos, qual nada! Desvarios são! Idéias! Não há aqui pai, nem neto. Nem ovo nenhum, nem nada. Só eu, elucubrando. Perdoe e releve, meu padre.
  Quero é não pensar nela, na Indesejada, na minha Morte inútil que não apagará quase nada nesse mundo. Exceto essas luzes de querosene que acendo toda noite nos Laranjos.

Curado dos pesadelos, fui ficando nas Águas Claras. Militão saiu da casa antiga e foi para a nova que mandei fazer ali junto. A vida foi se organizando, eu retomando, do lado de cima e pelo alto, o comando do negócio e de minha pretada.

A verdade é que eu era dispensável ali. Tinha gente minha bem treinada para todo que-fazer. Militão, no comando de tudo, até dos pretos, desde a morte de Juca. Nheco, zelando o gado. Quinzim, levando meu muleiro.

Toda noite eles vinham, como tinham acostumado, com o Militão. Para contar novidades, se alguma notícia tivesse chegado de fora. Para dar conta da viagem, se tivessem saído e voltado. Para ajudar a planejar algum serviço, se fosse o caso. Eu ficava ali, ouvindo Militão conversar com eles, também conversando, naquele convívio quase parelho.

Meu trabalho principal, nesse tempo, foi mais de brincar que de cuidar da criação. Tinha crescido demais. Não há nada melhor no mundo que um bom empregado. Na mão do Militão, as Águas Claras floresceram. Separou os animais, fazendo um criatório só de éguas, para ter ventres. Outro, separado, com o semental de jumentos, que estava uma beleza. Apartado dos dois, levava a produção, a recria e o apronto dos burros e bestas. Tudo tinindo.

Eu andava com Militão, no meio dos animais, ele mostrando cada um, me fazendo reconhecer nesse a semente do primeiro jumentão meu, o Cabo, comprado em Paracatu. Noutro, o sangue do manga-larga de Dominguim e de alguns outros garanhões imponentes que tive. Só dava tristeza ver que minha produção de burros de carga e bestas de sela estava de somenos. Já não vinha fazendeiro ali escolher a mula de passo ou a tropa de serviço de sua fazenda. Continuava se vendendo, mas pouco e mal.

Mariá, nesse tempo, quis se acercar, de certo na ilusão de voltar comigo. Eu não quis, chamei de volta foi essa Calu para cuidar de mim e da casa, com o marido Bilé. Ela leva os ensinamentos de Inhá, na lavagem da roupa, no passar as camisas engomadas, e, sobretudo, no preparo das quitandas que eu me habituei a comer.

Voltei um pouco ao uso dos bodeios com a safra de molecas novas que ficavam rodeando o criatório e a casa. Esperando um assovio. Entre muitas esquecidas, me lembro de Zita, comprida, com seus peitos de cabrita, espichados e finos, pelo bom gênio e porque estava prenha. Eu gostava de ver a barriguinha dela crescer e os seios inchar, doloridos.

Outra moleca a que me afeiçoei foi Tuba, alegrinha, baixota, redonda, bunda de ló, peituda, desleixada e até fedida. Toda vez eu mandava Tuba tomar banho ou lavar as partes com sabonete. Era alegre de dar gosto e bem mandada como nunca vi ninguém. Bodear, para ela, não era coisa séria. Fodia como se estivesse brincando.

Nesse tempo de pouca ocupação, viajei muito para não perder o hábito. Ia à toa a Luiziânia, Cristalina, Goiânia. Fui algumas vezes até Brasília ver aquilo crescer. Só depois de ano nesse sem-que-fazer, quando afinal depositaram no banco o saldo da venda do Brejo, tive que mudar de vida. O dinheirão no banco minguava que era um horror. O preço que pagaram não dava pra comprar nem metade do gado de quando o negócio foi fechado. A política do governo era aguar todo o dinheiro. Eu só via a urgência de pôr aquela massa mole no que ainda desse pra comprar. Disso falei com seu Tião dos Anjos, pedindo conselho pra comprar alguma fazenda meiã. Assim começou a conversa de que resultou, um dia, a compra desses Laranjos.

Confessando aqui, por escrito, vou encontrando o tom apropriado para contar ao senhor, recontar, a mim, minha vida vivida. Vou aprendendo a pensar nela, buscando razões e desrazões que nunca percebi. Viciei nisso. Acho até que, se terminar essa confissão, começo outra vez, tudo de novo, rodando em mim, revendo, revivendo idos, tidos, havidos.

Já não confesso como no princípio pra resgatar minha alma dos grilhões da Eternidade. Confesso, agora, é mais a mim que ao senhor. Pescando aqui, em águas passadas, idos esquecidos, revivo cada um deles, sentindo outra vez um pouco do gosto que tiveram de gozo e sofrimento nos meus tempos de vida verdadeira.

Esse tempo meu de agora é de repasse do que foi.

A vida passou por mim como um vento. Às vezes tempestuoso, me atravessando, dilacerando. Às vezes brisa suave, acariciante. Durante a brisa, gozava despreocupado o meu viver de cada hora. Durante a tormenta, só tinha tempo pra enfrentar os riscos. Gozando ou sofrendo eu era um bicho que a vida trespassava acordando instintos, despertando astúcias.

Hoje, nesse viver refletido, eu me tenho diante de mim como um filho. Fico me olhando surpreendido. É o meu eu que sou agora, sentado nessa sala do meio, sabendo bem quem é, revendo comovido o que eu fui a vida toda que vivi tão desatento. O risco que corro agora é me perder nesses recordos, esquecido da própria confissão. Fujo até de pensar a sério nela. Pensar, por exemplo, que sem saber seu nome inteiro, meu padre, não poderei fazer o testamento.

Tenho aqui na mesa os papéis cartoriais mandados por Tião dos Anjos. O primeiro que preciso é saber o nome dos meus herdeiros e do meu testamenteiro. Pelo que ele escreve, entendo que até vem cá se eu chamar, trazendo os livros para, em dias, tudo redigirmos sacramentado na lei. O que ele não sabe, inocente, é que meu herdeiro não é, será, porque é meu confessor, que me confessará depois da minha morte. Para esse problema, não tenho solução. Ainda não.

Outra dificuldade a enfrentar é meter na cabeça do Militão as instruções que tem de obedecer para encontrar meu confessor, o senhor, e contratar minha confissão. Tenho já o argumento único capaz de estremecer Militão. Mais do que lealdade a mim; mais que jurar pela mãe, já morta; pelas filhas, perdidas; o que vai comover aquele negro até o tutano, eu bem sei, o que é. É mostrar que, sem cumprir à risca minhas instruções, ele não herdará as Águas Claras, nem o povo dele as terras onde vivem no São Benedito.

Lá fora está chovendo. Choveu a noite inteira. É meio-dia e continua caindo o aguaceiro. Essa chuva não pára? Sol hoje não vimos, nem veremos. Hoje, não. A umidade empapa o ar dificultando respirar. Pareço um sapo de boca aberta, bebendo esse ar aguado de aguaceiro. A casa está dentro de uma bolha de ar, metida n'água. Se estourar, o aguaceiro inunda tudo: acaba-se o mundo.

Terá sido assim que se acabou o mundo da minha mãe, no Surubim? Qual, que exagero, aquilo lá foi chuva feia, tromba d'água. Encheu tanto os córregos que eles saíram pelos campos arrancando mata, desabando casas, arrastando cercas, gado, gente. Todo aquele mundo lá foi boiando no meio da galharia descabelada, dias e dias. Minha mãe no meio. Até o mar, tempos depois, deve ter sofrido o empurrão das águas sujas de terras, sangues, seivas. Como é que me salvaram? Quem foi?

Aqui a chuva é essa chuvinha à-toa, goiana, de todo ano, no tempo de invernada. Boa chuva para amolecer a terra, refazer pastos, limpar as águas podres. Ruim é só pra mim. Quando chove, sinto o ar pesado, sem sustança. Respiro resfolegando feito cavalo aguado.

Também estou tossindo demais. O mel requeimado no mastruço já não alivia. Tusso tosse de cachorro empesteado que não gosto de tossir. Gosto menos ainda de ver alguém se incomodar com minha tosse. Por que hei de me vexar de ver que essa negra Calu e o besta do amásio dela estão me vendo acabar? Sei lá, o certo é que me vexa. Eles não podem fazer nada. Nenhum médico pode fazer nada.

Quem pode? Se eu tivesse aqui uma filha, uma afilhada; ou mãe ou madrasta ou enteada; uma irmã ou até uma cunhada; ela teria o direito de tomar conta de mim. Mas essa negra não é nada. É só minha empregada. Nem isto, é criada.

O que é que ela é? É a mulher de Bilé. Os dois são gente minha antiga, vinda do Roxo Verde, colada em mim a vida inteira. Até me lembro dela moleca, antes de entrar em estado. Foi a moleca mais arisca de lá. Tão arisca que me chegou tapada. A única negrinha que destapei.

Descabaçada, ficou mansa, derreada. Amigou, sumiu. Quando chegou o tempo de Inhá, entrou pra dentro de casa, aprendeu o serviço, foi ficando. No tempo de Mariá, pouco ajudou. No reino de Emilinha, se afastou, não entrou. Chamei quando retornei às Águas Claras.

De lá vieram comigo os dois pra cá. Bilé, imprestável, não é capaz de fazer nada. Ela diz que não pode passar sem ele. Mentira. Antes, pode ser que ajudasse; agora, nada. Anda zureta. Ontem fiquei danado de ver Bilé querendo acender um lampião de querosene sem pôr o pavio pra fora. É sempre assim, e ainda é metido a me querer bem. Outro dia, estava dizendo a Calu que preparasse o meu chá, que eu estava tossindo demais. O que é que ele tem com minha tosse? É tosse de cachorro. É feia, mas minha.

Parece até que eu exijo razão de parentesco ou outra para essa gente me zelar. Calu me zela porque zela, porque ela entrou na minha sina e eu entrei na sina dela. Sou o senhor, o amo, que ela tem que zelar. Eu também zelo por ela. Todo mundo zela todo mundo e ela tem que me zelar e eu tenho de aceitar.

Vê o senhor, seu padre, me zanguei. Quem diria que eu, Philogônio de Castro Maya, velho, afundaria nessa prostração? Pareço mulher parida ou menino, de rabo entre as pernas, lamuriando, mijando de medo, diante do mundo, da vida, da Morte. O pior da velhice é essa entrega. Sou um homem rendido, chorão, implorando impossíveis.

Nessa casona, hoje, um homem espera a Morte. Eu. Nem homem sou. Sou é um des-homem, de punhos atados, de dentes cerrados, de pernas peadas, aos pés do Senhor. Meus olhos ainda vêem, mas se duro vão ficar opacos. Meus ouvidos ainda escutam, entendem, logo ficarão moucos. Viver mais significa, para mim, mais me acabar, perdido, cego, surdo. Não é impossível, até, que vire um traste desmemoriado, arrastando, caduco, a minha demência, num camisolão como o velho Íssimo. Sem o carinho sovina que ele teve do povo das Cagaitas. Cachorro e cavalo de neto que não tenho.

Deus me livre desse fim. Não me dando a Morte que não quero, agora. Mas esticando minha lucidez e meu poder de mando. Quanto? Será que Deus está deixando esse fecho do balanço, na minha mão? Até parece que é Ele quem, lá de cima, pergunta: Ei, você aí seu Filó, vosmicê quer morrer agora ou logo mais? Seguramente, ainda não quer. É verdade, Deus, não quero morrer, não. Prefiro ficar aqui maltratado, cachorro de quem se aposse desses Laranjos e me ponha coleira: um velho Íssimo caducando. Tudo é melhor que a minha morte. Amém.

Ando mal, meu padre. Mal da cabeça. Mal do corpo. De tarde essa febrinha. De noite a tosse. Mas o pior não é isso. É uma variação que deu de me dar. A cabeça desgoverna e sai aí, por onde quer. Será desse vício meu de confessar? Metendo a mão na consciência para tirar o que a memória tem guardado, destrambelhei. Ando desarvorado.

Abri a caixa das fantasias, meu padre. Vejo fantasmas de noite e de dia. Nisso vivo, com os olhos empapuçados da febre, de tosse e de fantasiação. Às vezes tenho medo de endoidar. Mas não endoidei, ainda não. Ando é confuso. Sei diferenciar, bem, nos meus lembrados, quem é pessoa carnal de quem é fantasia vã.

Na verdade todos são fantasias, evocações, que saem de dentro de mim: fantasmais. Mesmo a gente que eu vi, viva, e que viva está ainda, para mim volta mais fantasma do que gente que nunca existiu.

O senhor mesmo, eu nunca vi, nem verei, mas aqui está; me atentando, me consolando. Não é mais do que essa gente das novelas que me entra toda noite pela sala e pelo ouvido adentro. Gente que também nunca vi ou só vi de retrato numa revista que caiu aqui. E não gostei de ver. É tudo fantasma.

O povo de verdade que existe hoje pra mim é essa gentinha de dentro da casa ou de ao redor: trens meus são, não contam. Conta é a fantasmaria de minhas ilusões.

Anda tão solta que até componho enredos inteiros, imaginando coisas que não foram, nem poderiam ter sido. Assim estou de variado. Pareço menino pondo formigas a brigar como dragões. Assim estou.
 Penso e repenso o meu passado, refazendo e consertando. Tiro do lugar meus malfeitos que fiz e ponho bemfeitos que não fiz, pra ver o que dá cada enredo.
 Lopinho que eu matei com aquele prego, num dos enredos fica vivo e eu cresço lá no Lajedo, até o dia em que fujo com o velho Bogéa, meu pai, para ser garimpeiro, aqui em Goiás. Acho muito ouro e enrico, caso e compro esses Laranjos.
 Noutro enredo, é aquele Baiano que não morre. Eu continuo no quartel, vou para a guerra na Itália, volto tenente. Chego a coronel da ativa. Só parei de sonhar quando achei que podia acabar general de polícia goiana. Não gostei. Doidices.
 Penso horas em siá Mia, fazendo de conta que ela viveu e tivemos filhos. Uns tarados, dando trabalho de tão doidos. Outros, caminhando já pra doutores. Um já formado, advogado. Nenhum querendo viver no Brejo.
 Um enredo em que demoro sonhador é o de Inhá, a mula-sem-cabeça, que me vem com outro caráter. Nos revejo vivendo juntos passo a passo, ela passando de potranca a cavala debaixo de mim, envelhecendo devagar. Eu, em cima dela, aprendendo a ser gente, distinto, senhorial. Por que Inhá deu de ser tão porca?
 Traço assim enredos complicados. Todos diversos do real em alguma coisa. Exatamente aquela que foi o gatilho que me sapecou num rumo ou no outro e me perdeu. Vagueio horas nessa vadiação do espírito. Principalmente na boca da noite, antes de ligar o rádio, e de madrugada quando acordo e fico na cama esperando o café.
 Desses enredos um há que me azucrina demais. É o de rever o trato nosso dessa confissão. Penso e repenso

que devia pegar meu jipe novo, com outro Medrado na direção, e sair por aí vendo padres e bispos para escolher, eu mesmo, o que me servia para terminar logo essa purga. Acho nessas horas uma tolice estar aqui escrevendo para um padre que não vou ver, temendo que isso não dê certo. Melhor seria, penso, procurar um padre cristão, para conhecer bem e fazer dele, se desse vontade, meu herdeiro. Como vê, ando deserdando o amigo.

Qual, passo e repasso e sempre acho que o melhor é isso que faço. Daqui das redondezas os padres principais conheço todos. Nenhum presta. E de longe sei de alguns piores, na ganância por dinheiro. Um bispo desses mandou lotear e vender o cemitério velho da cidade. Às famílias ricas, deu um prazo para tirar os ossinhos dos antepassados e levar para o cemitério novo. A ossada dos pobres o prefeito tirou, botou num caminhão e jogou numa vala. Agora, o que era o cemitério de Montes Claros é um bairro de putas. Pode um homem confessar com um bispo desses? Mesmo com bispo virtuoso, mas principesco demais como Dom Castroaldo que aquela vez me confessou, eu não confesso não.

Nem com padre nenhum. Já vejo o vozerio do povo dizendo: há seis dias está ajoelhado lá, contando seus pecados, aquele coronel Maya dos Laranjos. Aí alguém diria: que coronel que nada; aquilo é o tropeiro Filó das Águas Claras. Que outras coisas mais dirão? Não vai faltar quem diga que é o Mulo: um mulo se confessando, vejam, coisa nunca vista.

Esses são pensamentos ainda articulados, das horas em que estou desperto. De noite, a variação piora, desvario. Basta que a noite caia para eu entrar na sonolência e começarem a me surgir os espantalhos. Me vejo montado num cavalo tocado a querosene, voando pelos céus, botando fogo pelas ventas e raios pelas patas, por essas morrarias de Goiás.

Aí acordo, acendo a vela do quarto no pé da Santa para me livrar de alguma malineza. Fico quieto. Quando passa o medo e cochilo, os desvarios voltam. Às vezes vejo espantalhos: eu mesmo transformado em lobisomem, galopando, montado numa mula-sem-cabeça; ou caras de gente desconhecida, homens e mulheres. Carrancas que me olham. Caras rindo. Carrancas desesperadas. Por enquanto me assustam, muito. Ainda não me dão medo demais. Sei que são sonhos, fantasias.

Aqueles tempos de meu retorno às Águas Claras foram também tempos de muita política. Todo mundo vivia agitado como se tivesse de acontecer coisas novas toda hora. Uns queriam passar o mundo a limpo. Outros não.

Rebotes desse banzeiro chegaram nas Águas Claras. Lembro bem de um Porfírio chefe de posseiros que invadiram umas pontas de terra, e estava em briga com donos e grileiros. Esse Porfírio veio a mim como quem pede conselho e ajuda, mas a conversa me arreliou. Logo de saída, fez uma comparação desarrazoada da situação dos posseiros, lá dele, com os negros meus de Roxo Verde. Eu disse claro que não tinha nada daquilo, não. Os negros estavam no que é meu. Eu até podia dar a eles, se quisesse, mas daria de vontade própria. Posseiro, não tinha nenhum ali.

Disse a ele que era contra esse negócio de entrar em propriedade alheia e achar que podia ficar, contra a vontade do dono. A conversa foi arranhada, apesar do homem ser de pêlo macio. Falava arrazoado sobre direitos que teriam seus posseiros por viverem há trinta e muitos anos naqueles lugares ermos, tendo que enfrentar, de repente, grileiros que chegavam com papéis de cartórios, como se fossem donos daquilo, desde a criação do mundo. Não gostei.

No rastro dos posseiros apareceram, depois, viajando de jipe, uns homens vindos de outras bandas. O primeiro que chegou vinha, aparentemente, a negócio. Conversou comigo alvoroçado sobre posseiros amotinados. Falou mal do governo comunista de Jango, traidor dos fazendeiros.

Um pouco me inquietou a idéia da guerra revolucionária dos trabalhadores contra os patrões. Quando estourasse, todos nós fazendeiros estávamos correndo risco de sermos assaltados por operários e camponeses alçados. Seríamos despossuídos, roubados e talvez até mortos. Certamente.

Sondou minhas relações com os negros e, afinal, entrou na conversa dura. Queria me vender cinco inas com dois cunhetes de bala cada uma para minha segurança e para o que desse e viesse. Qualquer dia esse sertão pega fogo, dizia. Gostei do negócio; paguei em cheque, mas exigi o dobro de cunhetes. Precisava para treinar os negros, queria ter um grupo bom de briga.

Meses depois me apareceu outro grupo, de paulistas, agora numa combi. Acolhi bem porque vi logo, pelo tom de voz e pelo jeito do principal, que era oficial do exército ou alta patente da polícia. Deu um nome, decerto falso, pediu um particular e ficou foi horas conversando comigo. Eu bocejava de ouvir aquela fala tão sem fim. Ele queria me convencer do que eu já estava convencido. Mas o homem continuava empolgado, esbravejando contra o comunismo ateu, contra o governo corrupto, inepto e débil, dominado pelos comunistas que estavam por fazer a reforma agrária. Não ficaria um fazendeiro, a terra toda seria dividida, saqueada. Quando quis falar de democracia, liberdade, família e religião, eu pedi água. Não precisava, não.

O medo dele não me convenceu tanto como as quinze metralhadoras, com muita bala, que no outro dia me deu. Dadas! Aquilo só podia ser negócio sério. E nao era coisa de gente de baixo querendo subir. Esse povinho assanhado de cobiça não tem nada pra dar. Contente, combinei com o homem que armaria um grupo na maior discrição e ficaria ali, à espera. Se a guerra começasse ia combater feio e duro.

Nesta altura ele pegou uma nota de cinco cruzeiros, dobrou de jeito e fez nela quatro buracos separados. Tirou os quatro pedacinhos, guardou na carteira dentro de um envelope marcado e me deu a nota, dizendo que era a senha. Eu só devia aceitar ordens de combate de quem viesse com um daqueles pedaços. Foi aí que eu vi que o negócio era mesmo seríssimo. Devia haver muito comunista e a guerra dos pobres contra os ricos podia começar a qualquer hora.

O homem se foi e eu fiquei nas Águas Claras, coçando a barriga e sonhando com a guerra. Imaginando batalhas. Formei mesmo um grupo de negros de boa pontaria; gastei umas balas com eles, atirando num fundo de camburão e lá fiquei, me iludindo. Se a guerra começasse, eu já saía feito capitão do meu grupo. Juntava mais gente na vizinhança, armada do que fosse, e buscava rumo; se possível ia me acoitar no Vão para de lá sair em combate. Era terra minha a recuperar. Quem sabe?

Se a guerra durasse, eu podia até voltar ao exército pela rama de cima. Retornava no alto, quem sabe glorioso coronel de patente, refazendo no bom minha carreira militar interrompida. Gostei demais de sonhar com aquilo no meu sem-que-fazer das Águas Claras. Como o senhor sabe, a guerra não veio. Tudo passou, veio a democracia. E eu perdi aquela boca.

Seu padre, meu banho de bacia estava pelando que era uma beleza. Esperto, como pedi a Calu. Não é que aconteceu? Voltaram minhas forças de homem, seu padre. Fiquei lá, um tempão, agarrado na raiz, gozando o gosto todo de sentir, outra vez, a dureza dos ferros lá de dentro do meu mastro.

Coisa bem feita é pau de homem. Mole, é um saco vazio, molambento. Intumescido, enrijado, comanda o mundo. Hoje me investi, outra vez, nas glórias da dureza de minha santa verga.

Não há no corpo da gente nada como o pau. Nada tem essa tenra força rígida. Beleza!

Fiquei lá na bacia nu, me apalpando, pensando nas mulheres donas de minha vida. Aceso em desejo. Não alcancei gozar, mas gostei demais de ficar querendo que uma delas, por milagre, me aparecesse ali meio vestida. Não tirei sumo. Só espichei o quanto pude, na água morna, a dureza de minha tesão recuperada.

Um homem que fica de pau duro ainda é homem, seu padre. Está é vivo. Pode até rejuvenescer, principiar outra vez a viver. Quem sabe? Esta asma de enfisema bem podia sarar. Meus bofes secos, rejuvenescer. Isto sim, seria um milagre de Deus, Nosso Senhor: devolver minha hombria. Só isso peço, contrito.

Chegada a hora, o destino mostrou o que é que eu estava fazendo nas Águas Claras: esperava Emilinha, minha mulinha. Naqueles anos ela ocupou e gastou a minha energia de homem e me deu gozo maior do que todas as minhas mulheres, de antes e depois.

Emilinha, minha mulinha, dela já falei. Boniteza. Quem sabe, torno a falar. Não tanto em fala de pecado, que também houve meu naquele trato duro que dei a ela. Mas também dela, cadela, que só queria viver engatada.

Trazida do garimpo onde achei, peguei e paguei. Emilinha se assentou lá em casa. Arreliou logo com Calu, mandou embora e se pôs de dona. Incompetente pra tudo era ela; menos para tomar conta de mim. Ignorante de tudo que são sabedorias, sabida de me ensinar lições na regra de que o importante da vida é só viver. Lá vivemos aqueles nossos breves anos bem vividos. Eu, só ocupado no descobrimento das taras e dos talentos dela. Ela, me desvendando.

Dei por mim, um dia, vendo que estava enrolado em sacanagem demais, quando chupado e mamado esporrei na cara da mulinha e vi ela se lambuzar, feliz, com minha porra. Era demais. Homem sério não faz isso. Mal pensei, seu padre; logo esqueci, para continuar afundado naquele poço de luxúria.

Os últimos tempos meus com Emilinha são tempos já misturados com as viagens de compra dos Laranjos. Tião dos Anjos mandava notícias e lá ia eu ver o processo ser cozinhado.

Vi com que arte os impostos e moras atrasados, as dívidas e seus juros com bancos e particulares foram sendo unificados e multiplicados.
Vi a causa subir de instâncias.
Vi os prazos da lei e do processo se cumprindo descumpridos.
Vi os editais serem editados.
Vi, afinal, chegada a hora em que a fazenda dos Laranjos do inventário dos Arantes ia ser posta em leilão.
Vi, com medo, os importantes se juntando, muitos futuros vizinhos, na intenção de arrematar.
Vi ser imposta pelo juiz a condição de que o leilão era a dinheiro vivo ou em cheque visado para garantir ali na hora o lance vencedor.
Assisti, calado e confiado, àquela gente porfiar. Quando se acalmavam, aprumados no lance maior, seu Tião me olhou e eu disse cinco e cem. Um ainda repicou cinco e duzentos. Eu pus cinco e quinhentos e por cinco milhões e quinhentos mil cruzeiros comprei. Podia ter comprado por 5.300 me disse Tião, mas eu estava afoito. A mim, com custas e azeite de Tião custou mais. Muito mais.
Comprando os Laranjos ganhei o desgosto de muito vizinho de olhos na fazenda melhor da região, mas incapaz de arranjar mais do que insuficientes milhões. Quem alçou o preço foi gente vinda de Goiânia, na fumaça da notícia de que ia sair barato. Empregados, procuradores, não ultrapassaram a ordem bancária que tinham, senão com ninharias. Ganhei eu. Artes de Tião dos Anjos.
Um pouco me ajudou na compra dos Laranjos a teimosia do povo de Ludovico, que nunca deixou ninguém entrar para ver o que era esse fazendão. Requeriam de quem arrematasse a potência de escorraçar com eles. Estavam apossados aqui há muitos anos contra lei e justiça, feito donos desse pedaço do mundo. Compradores de

longe, não querendo contendas, precisando ver com os olhos o que compravam, terão desistido. Ficaram os fazendeiros de ao redor e aquele goiano do lance alto que ninguém reconheceu e eu, com dinheiro grosso na mão, para comprar, refazer e povoar esses Laranjos.

Deles eu sabia tudo, melhor do que se tivesse nascido aqui, porque aqui nasceram e cresceram o Juca e o Militão que são, neste mundo, meus melhores olhos de ver. O serviço de limpeza foi feito, como tinha que ser, nem na lei dos ludovicos nem na minha. Mas na legal, com a mão da lei e aquelas benditas inas.

Comparado com o Brejo dos Alves, esses Laranjos me ficaram caros. Mesmo hoje, refeitos e povoados de gado, não valem o que valia o Brejo. A vantagem única é não estar pragado de gente. São campos livres pro gado crescer sem nenhum agregado, nem sitiante, nem vaqueiro de meação. Aqui é no salário pago adiantado, por feira, que mando dar o ano inteiro.

Matar é fatalidade. Sucede a um homem arriscado de morrer, que escapa, com a ajuda de Deus, para cumprir, em outro, a vontade divina. Não roubei meu destino de ninguém. Vivi o meu, que Deus me deu. Vestindo meu couro. Sentindo meus gozos. Sofrendo meus medos. Carpindo minhas penas.

Agora, quase findo o serviço dos meus fazimentos, quase findo também esse serviço divino da confissão, que é só do que me ocupo, começo a sentir um vazio. Não tenho ninguém pra matar. Não tenho de salvar ninguém. Sou o resto de mim. Vivi, já, o que era de viver. Sou a sobra.

Sou um Tico, o resto-de-onça do Vão, sem sua meia bunda que a onça comeu, deixando ele troncho, seco. Isso sou eu, um Tico. Nenhuma onça comeu meu rabo. A vida foi que me acabou. Esgotei todo o que-fazer prescrito de minha sina.

Ninguém é livre para nada. Nem Deus. O mando desse mundo, feito por Ele e largado ao Azar, é do Azar. Deus não é o Azar, mas também não é Todo-Poderoso. Terá lá suas regras que ele mesmo se impôs. Regras do bem. Proibições do mal. O Azar, não. Esse pode tudo. É a carne da sina de cada um, com a regra só de não ter regra: do impossível acontecendo cada hora. É a sina.

Quem sabe que barbaridade vai cometer amanhã?

Meu padre, estão acontecendo coisas nesse meu mundo. Será que não mando mais nesses Laranjos? Ontem ao anoitecer ouvi tropel de cavalos ferrados e conversa de Calu na porta da cozinha. Chamei, ela disse que era gente de seu Antão. Fiquei cismando à noite inteira. Ela não disse vaqueiros, nem parentes que seriam serviçais meus ou familiares dele. Disse gente. Gente de seu Antão. Nem disse que era povo dele, significando essa miuçalha goiana. Disse gente! Então entra gente na minha fazenda, em terra minha, e não é pra me ver?

Até agora, é de manhã, ninguém me deu contas de quem chegou. Não sei se ganharam estrada depois de falar com Antão. Nem sei se aí estão. Estarão ainda aí? Perguntar, não pergunto não. Passei a noite agoniado com a minha tosse e a manhã toda, mais ainda, com essa preocupação. Que é que querem aqui esses três cavaleiros? Então, eu tenho um homem, Antão, contratado para me guardar e ele fica aí fazendo e desfazendo? Fala com quem quer. Até recebe, autônomo, quem bem entende? Pode ser? Não pode! Chamo Antão às falas? Não chamo?

Meu desassossego atravessou metade do dia. Só na hora do almoço apareceu Antão. Chapéu de couro na mão, respeitoso; pedindo licença para uma palavra. Era a explicação: não foi nada não! Vendo que eu estava todo teso e atento ao assunto, ele discorreu explicado sem cair em indiscrição. É do ofício dele ser calado. Assim deve ser. Os três homens são irmãos, fazendeiros de por aí. Herdeiros, por enquanto. Quereriam um serviço, segundo Antão disse, ou deu a entender. Ele rejeitou. Não está disponível para empreitadas. Hoje sou homem de paz, disse. Tenho aqui meu cantinho seguro, pra criar meus filhos, debaixo da sombra de meu patrão. Não quero outro. Isso disse e assim é.

Os homens só apearam na casa dele o tempo de falar e comer a carne de sol que trouxeram e Antão assou no espeto. Deixaram de presente uma quartinha de cachaça de alambique de barro que Antão me trouxe, presenteada.

Homem fino, esse Antão. Sabe que qualquer risco arranha o pêlo do meu mando; se cuida. Veio alisar. Até mandei Calu assar na brasa e comi com gosto um assado de carne de sol. Inveja da que os visitantes da noite comeram ontem? Ou apetite recuperado com a talagada da pinga? Danada de boa, especial.

Esta confissão esticada tem uma vantagem. Vai me acostumando com a idéia da minha morte, amém. Penso nela com mais sossego. Meu corpo nunca vai acabar de aprender que é mortal, vai morrer, se acabar. Mas a alma vai ficando mais resignada.

Não pense o senhor que eu esteja consolado. Nada disso. Essa virtude não tenho. Estou me sentindo é condenado. Fatalizado. Mas como o que não tem remédio remediado está, disso quero convencer minh'alma. Ela repele aflita. Não quer sair dessa carcaça gasta. Tomo minhas providências. Que fazer?

Quero ser enterrado no chão da capela, mas no caixão que vou encomendar. Tenho mesmo de encomendar. Se não eu, quem é que vai me sepultar num ataúde de meu gosto? Na mão desses meus pretos corro o risco até de ser enrolado numa rede e metido, encolhido, num buraco redondo no meio da capela. Assim eles enterram aos que matam, para não deixar fedendo arrependimento no nariz dos vivos. A mim não hão de enterrar assim.

Como encomendar o meu esquife? Não quero ir a Luiziânia, nem a lugar nenhum, tratar disso. Nem consinto que a notícia corra, agourenta, de que já chegou a hora de minha morte, amém, encomendando caixão. Não. Esse é serviço que me há de fazer meu compadre Militão. Só ele, nos longes daqui, discretamente, pode comprar à vista pagando o que for preciso, um caixãozão solene de madeira de lei, o mais caro que houver, para minha última morada.

Se nisto eu tivesse querer, queria mesmo era comprar, no Além, um Laranjos pra mim, com a casona, a capela, a gadaria e o pessoal de campo e de serviço. Mas esse é quinhão seu, meu confessor. Eu, até receber o sitiozinho com as seis cabras pretas imortais que dão no Céu, vou morar resumido dentro do esquife de pau que Militão, com meu dinheiro, há de comprar.

Preciso é que ele venha logo e parta logo a fim de procurar e achar o melhor, o maior esquife que houver. Bom seria um ataúde escavado numa peça só de peroba clara ou de mogno, daqueles imensos que eu queimei no Vão. Isso não alcanço achar; se achasse, não tinha como trazer aqui o carapina competente e discreto que escavasse no tronco o oco do meu corpo, e entalhasse por fora a figura de um esquife de estilo.

Não, a solução é comprar de alguma funerária grande e rica de Brasília o que lá houver de mais apropriado. Brasília terá um esquife de meu merecimento? Aquilo é terra de funcionário, sem eira nem beira. Gentinha enterrada em caixão de pinho paraná, forrado de pano ou envernizado pra disfarçar.

O Rio, sim, está cheio de velho rico, esperando zeloso sua própria morte. Qual! São uns mofinos, esses cariocas. Ninguém lá pensa na própria morte. Estão ocupados é no viver. Isso de meditar na morte é coisa de homem de sola que nem eu, curtido no seu próprio sumo. por gosto ou por necessidade.

Bom mesmo é mandar Militão procurar em São Paulo. Lá morrem imponentes ricações com familiares sôfregos, esperando a morte sonhada do pai e do tio, do filho da puta dono da burra de dinheiro que eles hão de herdar. Essa parentada agourenta é que compra esquifes colossais, nobilíssimos. Paga caro porque, tendo de enterrar o morto antes de herdar, precisam mostrar uns aos outros seus sofridos sentimentos. Por lá é que hei de achar um esquife grande, nobilíssimo e singelo no seu madeirão de lei. Belo em seus metais de prata 900 ou banhado de ouro 18.

Um caixãozão pai-d'égua desses é que mereço e quero. Só não preciso é de metais preciosos. Se tiver, que já venham embuçados para ninguém cobiçar. Se nem rir demais se deve, hoje em dia, pra não mostrar molas de ouro.

Preciso dizer ao Militão que traga o meu féretro muito bem embalado, para não dar falatório nas estradas e na vizinhança. Encaixotado na forma de uma máquina de engenho, moinho, ou mesmo alambique que eu esteja montando aqui. Desembalado, será posto na capela para lá me esperar. Assim será.

Não gostei de Emilinha não, seu padre, por ela me enrabichei. Quase me perdi. Que é que eu, donzelão, tinha que perder? Nada, não. A não ser lascas de honra e o resto de respeito que tinha por mim. Ficar aí, desmazelado, debochado, isso não queria. Muito foi o risco que corri, creia o senhor.

Emilinha não era desse mundo. Ou era, demais da conta. Safada de nascença. Nela havia o sumo de dez, de cem mulheres muito fêmeas. Tanto que extravasava, sopitava em cheiros e babas, suspiros e choros. Era uma força viva, selvagem como esses bichos silvestres que a gente caça e carneia e vê que são perfeitos de tão bem feitos. Bem criados, com a carne e a gordura, o pêlo e os dentes, de dar inveja. Pastor feito Deus não há para criar os bichinhos d'Ele, soltos, no fundo desses matos selvagens. Com ela vivendo comigo ali nas Águas Claras meio que adocei. Tinha olhos até pra ver boninas.

Emilinha era meu xerimbabo. Ou seria, se fosse uma criaturinha à-toa, solta na natureza; cumprindo os instintos que Deus armou dentro dela. Inocente seria. Mas não. Sendo gente e gente mulher, ela tinha deveres, obrigações morais, regras de compostura e recato que cumprir. Às vezes, até se esforçava, humildezinha, para obedecer. Mas, não podia, era instinto demais.

Nela verti mais óleo meu que em todas as outras mulheres que tive, demais. Eu cheio de paixão e desejo, em cima dela, tesudo, fornicando. Ela me comendo insaciável. Às vezes ficava a manhã inteira sem sair. Emendava de tarde. O senhor não acredita? É de duvidar, seu padre, mas acredite. Minha memória está aí dizendo que é verdade.

Emilinha me fez homem como jamais fui antes nem depois. Parecia até feitiço. Eu e ela, inesgotáveis. No princípio, eu perguntava se ela inda agüentava. Sempre agüentava. Eu mesmo é que, esfolado, me afastava, ressabiado. Emilinha se aquietava, tranqüilinha, não pedia mais, nem provocava. Só ficava ali, cheirando, recendendo, queimando as carnes dela própria naquele almíscar de cabrita. Bastava eu triscar, sem querer, tocar na bunda ou nos peitos para renascer outra vez em mim toda a tesão mais dura.

Sempre pensei que gostava mesmo, preferia, uma mulher fechada, apertada. Qual o quê! Em Emilinha, o que gostava mais era de ficar horas entrando por todas as três bocas babadas, de babas minhas e dela. Não se escandalize, não, seu padre. Agüente, que é confissão.

Durou tempo esse rabicho. Anos. Deixei de trabalhar, quase. Entregava todo que-fazer meu ali nas Águas Claras na mão da negrada. Eu não fazia nada. Só queria ficar deitado ou rolando pela casa, ao redor dela, na safadeza ou na olhação dos dengos de Emilinha. Via o sol subir e descer no céu através do telhado vermelho, sem sair de casa. Só tinha olhos de ver Emilinha, meio descadeirada, levantar, ir à cozinha, mal e mal cozinhar um feijão de corda pra nós dois, muito malfeito. Eu, atrás dela, na sala, na cozinha. Atrás de ver o balanço dos peitos; os requebros da bunda; o redondo da barriga; os lisos joelhos e até os pés dela pisando terra batida. Às vezes cobria a mulinha nalguma esteira, ali no chão.

Quando saía de casa, na obrigação de algum serviço, ia pensando nela, imaginando o que estaria fazendo; decerto, se lavando, se penteando. Voltava logo.

Aquela agarração foi me dando ojeriza. Primeiro pouca, depois mais e mais. Aí foi, acho, que me acostumei à ruindade de machucar Emilinha quando montava. Se era por trás, agarrava os peitos e esmagava os bicos como quem aleita cabra. Se era de frente, agarrava firme nas bandas da bunda dela, deixando marcas de machucado. Logo vi surpreso, mas não muito, que ela sofria, é verdade, mas gostava daquele trato duro. Aquela mulher não tinha jeito, não, seu padre. Endemoniada.

Vi, por fim, me convenci, de que ela me vencia, me amofinava. Era mulher demais para um homem só. Eu não podia com a mulinha, reconheço. Percebi isto, acho, quando vi que era a inhaca dela que me regia. Cheira até hoje nas minhas ventas aquela inhaca de Emilinha. Pouco a pouco tomei raiva dela e do cansaço em que me trazia, subjugado, naquele rabicho sem termo.

Não pense o senhor que exagero falando da inhaca da Emilinha. O senhor logo verá que era demais. Era tanto o bodum e tão forte, e tão cheiroso que até os cachorros farejavam chorosos, ganindo com o focinho encostado nas virilhas dela. Isso foi o que acabou de arrematar e arrebentar o meu rabicho; o que me fez quase acabar com a vidazinha mirrada dela, numa surra como nunca dei em ninguém, e que pouca mulher haverá levado nesse mundo.

Esse assalto de raiva súbita, de fúria cega, feroz, furiosa, me deu no dia que, voltando do mato e entrando em casa, ao ir pro quarto onde ela estava descansando, menstruada, senti logo na porta a inhaca do paquete dela, cheirando. Quando cheguei no quarto, o que vi foi Emilinha, deitada, nuela, de pernas abertas em cima da cama, sendo lambida nas partes sujas lá dela pelo meu perdigueiro. Não agüentei, não, seu padre. Agarrei o cachorro pelas orelhas e joguei fora. Aí agarrei nela e comecei a dar aquela coça confessada de arrombar nariz em sangue, empapuçar olhos e quebrar dentes. Depois, levei a safada arrastada e larguei pros meus negros no rancho dos vaqueiros, gritando: taí pr'ocês, essa cadela.

O que eles fizeram, ignoro. Nunca quis saber. Saí dali a cavalo, em viagem. Quando voltei tinham dado sumiço nela. Sobre isso nunca perguntei. Pecado? Não sei, tanto rabicho meu não valerá mais que um venial. Dela, da desavergonhada, porca, cadela, decerto pecado haverá e muito. Só que esse não é de conta minha, nem cabe nessa confissão. Mas, releve, seu padre, e daquelas missas que o senhor me deve, reze uma, pelo amor de Deus, pela alma de Emilinha.

Recordar aqui as mortes que fiz não será matar outra vez, em espírito, um povo já morto, enterrado, esquecido? Matei, agora remato. Claro que não. Um homem vivo é um ser encourado, cheio de ossos e por eles sustentado, mas é vulnerável: mortal. Um morto, não. É só um defunto que aí está seco, frio, acabado. A própria memória dele nesse mundo logo estará apagada. Só a alma, parada, ficará eterno em algum lugar, penando.

A idéia de que meus mortos existem me incomoda. Aqui, eles não existem de qualquer forma que se apalpe, se veja; acabaram. Só como almas penadas, ainda podiam insistir. Lá, sim, estarão reunidos, convivendo. Onde? Como? Posso imaginar meus mortos, vivos, nas vésperas da morte deles, de pé, sentados ou andando; sem suspeitar de que sua hora ia soar. Nem podiam. A morte, aquela, bem podia ter sido a minha.

Aos mortos, já mortos, não imagino. Acabados nesse mundo de vivências, terão corpos, terão caras? Terão mando? Uns mortos mais vivos que comandarão o mundo dos mortos? Não serão os bons, certamente, esses mandantes. Serão os piores, os vitimados, com suas caras sofridas, ressentidos. Purgando pecados furiosos: as maldades que fizeram e as muitas mais que teriam feito se durassem.

Mortos de repente, sem tempo de arrependimento, não deu pra Deus relevar culpas em confissões arrependidas. Estarão penando e brigando, inconsolados.

Será que se lembram do mundo? Meus matados se lembrarão de mim? Saberão que fui eu que os finei? Quero dizer, eu e Deus, porque eu sozinho podia lá acabar com ninguém? Penso que se Deus consente aos mortos pensar em alguma coisa, será nos pecados deles próprios, nas suas danações, não nas alheias, minhas ou de outros. Mas como haverão de esquecer, ignorar, o único acontecimento realmente importante da vida deles, depois do nascimento, que foi sua morte? Esquecem. Pode até ser que nem se lembrem de que foram vivos, que nem saibam que estão mortos. Serão uns sonsos, bestando na eternidade. Tontos.

Não pode ser. Precisam pelo menos ter conhecimento perfeito dos seus malfeitos que Deus estará cobrando sem parar. Como ninguém peca sozinho, se lembrarão de mim. Saberão?

Como serão eles? Cada um terá a cara e a idade com que eu os finei? Uns velhuscos, outros maduros, outros jovens na força da idade. Um capenga, um fornido, um bonito, um zarolho, um gordo barrigudo, um magricela. Alguns já gastos, no fim. Os mais com mais vida por viver do que a vivida.

Eu, que escapei, aqui estou envelhecendo. Se um dia topássemos na Eternidade, quem reconhecia quem? Nenhum deles me reconhecia. Se encontramos, por acaso, sou eu que vou saber que esse aqui é o meu morto tal e tal. Eles não, me deixariam passar, como um velho qualquer. Talvez até um velho bom, purgando não saberão que leves culpas.

Essa idéia me consola. É bom saber que não vou continuar brigando, odiando, na Eternidade. Com homens, me entendo; não me entenderia é com aqueles mortos meus matados, feitos espíritos fantasmais. Topar com povo com que vivi desavindo, encontrar qualquer um deles, seria terrível. Esconjuro!

O assassino é uma qualidade de pessoa, seu padre, um ser especial. Aparentemente é um insensato que atenta contra a lei de Deus, ao acabar com uma criatura humana. Só por isso o assassino já seria execrável. Mas Deus o fez assim para cumprir secretos desígnios lá d'Ele. Seja o que for, o assassino é um coitado, mas é um ente divino. Não será inocente, mas sendo um coitado predestinado só é digno de muita pena e até de consolação. Por sua falta de siso no uso da razão. Por seu duplo fadário, de matador convivendo com a morte; de pecador, purgando eternamente.

Merecerá o assassino alguma pena divina? Ele é o destinado por Deus a cumprir na vida triste sina e até padecer penas. Depois de viver aqui seu fadário, em que pode pegar e pagar até pena na prisão, deve ainda ser, no céu, recastigado?

Nesse mundo de leis e de política que precisa exemplar alguns homens, pra que os outros não se matem todos, se compreendem as penas. No outro mundo, aos olhos de seu Criador, o assassino só merece clemência. Perdão. Seja pela brutalidade insensata de matador. Seja pela tristeza de seu destino que só deve inspirar piedade. Talvez, até compaixão.

Assim será? Se assim for, os assassinos, reunidos todos, viverão apartados num pasto especial do Céu, como anjos ruins, matadores, mas divinos. Cumpridores da vontade do Senhor.

O ruim deste castigo de viver apartado é estar reunido com a raça ruim de todos os matadores valentões, boçais e brutos. Não gosto desse destino. Quem escolheria aquele rebanho do Céu para nele viver a Eternidade do Após-Morte? Ninguém. Muito menos eu, lá estarei tristíssimo. Talvez até assinalado, com um cincerro no pescoço pra cada morte que fiz, badalando, como cabra leiteira de baiano pobre.

Ludovico aqui nos Laranjos era amo e senhor. Rei, na frente de uma família grande que tive de apear inteira. Não pense o senhor que tenha nesse passo novos pecados meus a perdoar. Nada disso. Só fiz executar o mandato judicial lavrado por seu Tião dos Anjos e posto nas mãos dos meganhas de Cristalina, no dia e hora da saída deles pro serviço. Isso pra não me atraiçoarem.

Cuidei foi de mandar junto, para ajudar, o Izupiro e o Antão. Cada um com seus homens dele. Armados com minhas inas.

Não ficou um só de semente daqueles mulatões todos, nem da pretalhada que eles tinham aqui acoitada, os sales, os alencar, os gomes e outros muitos.

Serviço necessário, seu padre, limpeza pública desses campos contra gentio alçado. Desavindo. Apossantes do alheio. Capazes até, se largados aí, de crescer como praga de pasto, para atacar e tomar outras propriedades. Alguém tinha por força de acabar com aquele povaréu. Fui eu.

Estes ludovicos tinham a firmeza de estarem assentados numa ponta de terra própria deles mesmos, ao lado desses meus Laranjos. E também a do principal deles ser guarda-fio do Telégrafo. Andando esses sertões pra cima e pra baixo, no ofício de limpar o mato debaixo das linhas, tinham amizade com toda corja de bandidos que por aqui há com fartura. Como meio funcionário, também tinha trato fácil com os meganhas.

Assim foi que se perderam. Vendo os policiais chegarem Ludovico cuidou que era outra vez gente dele, na busca de algum matador desastrado. Quando compreendeu que era a morte dele que vinha chegando já estava entregue, querendo festejar, feito besta, a chegada dos velhos amigos. Não ficou nenhum. Ninguém.

Entrei aqui sem cuidado para conhecer esses Laranjos já meus. Comprado e pago no leilão. Vi, como resto dos ludovicos, as paredes esburacadas de metralha aqui da casona. E fora, o resto da casa principal deles, lá no pé da linha telegráfica e de umas quantas das tantas rancharias de parentes e acoitados deles, adentrados nos Laranjos, pastoreando o povão que tinham no serviço.

Esse mulatão Ludovico tomou empáfia porque, de começo, como empregado do governo, se sentia autônomo, sem deveres com a fazenda. Depois, porque se arvorou em capataz desses Laranjos, com ou sem o consentimento dos herdeiros. Muitos demais para terem uma vontade só e única. Nisso é que dá querer demasias, sem competência para reter. Abocanharam tanto que entalaram. Jibóia que engole boi.

Senhores daqui por anos, puseram a negrada no cativeiro de morar nos Laranjos para não cair nas mãos da polícia como bandidos, mas aqui viverem debaixo de taca. Trabalhavam feito escravos pra eles mesmos, nos roçados, alambiques e fabricos. Não mercavam quase. Isso era um reino deles, um quilombo da negrada, sem querer relação com fazendeiro nenhum.

A mim coube dar remédio a tanta demasia contra lei e contra natura. Não estou alegando virtudes, não senhor. Acho até que me exercer na qualidade de dono e senhor, nem é mérito, é sina.

Nós, fazendeiros, somos a mão de Deus, na imposição da lei e da ordem nesse mundo. Sem nós, os donos, para pastorear o rebanho divino, no temporal, e vocês, sacerdotes, no espiritual, esse mundo estava perdido. Nossa obrigação maior é exercer esse mando com o pé da espora firme no estribo e mais firmeza ainda no freio.

Sem rumo certo e sem mão firme, de amo, perdíamos o melhor que tem neste mundo que é o rebanho humano. Sem esses pretos e mulatos e mestiços entreverados que são nossas pernas e nossos braços, pra fazer o que fazemos, ninguém aprumava. Não se pode é cair nas demasias de dações e inações como os derradeiros donos desses meus, nossos Laranjos.

Aqueles Arantes de ponta de rama, degenerados de tanto casamento com prima e sobrinha, eram a pior raça de gente goiana, antiga, no dizer dos meus pretos, que é muito dizer. Tantas desavenças tiveram em pleitos e demandas com vizinhos de perto e de longe; tantas ziguiziras armaram dentro da própria família, que se acabaram. O último deles que viveu aqui, morador permanente, poderoso, famoso, foi seu Alfeu, lembrado por seus muitos malfeitos.

Principalmente pela vingança que cobrou de um violeiro que roubou e arrombou a filha dele. Pôs cavalhadas em todos os rumos na caça do moço e da moça, fazendo saber a quem tivesse juízo que acolher e acoitar aqueles dois seria a morte. Afinal, pegou o casal. Da moça furada, não sei o que fez. Do moço que veio amarrado e capado, Alfeu não pediu a morte, quis foi cinco braças de lonca.

Amarraram o violeiro, nu, pendurado pelos punhos, costuraram a boca com agulha e linha e começaram o serviço. Foram tirando a pele em tiras fininhas de couro, primeiro da perna e da coxa e do braço, de um lado. Depois, da perna e da coxa e do braço, do outro lado. Por fim do tronco do corpo, começando nas virilhas, e subindo, rodando o homem e subindo mais pra rodear inteiro, sempre puxando a fita de lonca, para desvesti-lo todo da sua pele, até o pescoço. Lá deixaram esbugalhado, bufando pela boca costurada, enquanto morria, aquele bicho rubro, vermelho, de que só ficaram intatos a cara, os pés, as mãos, os bicos dos dois peitos e o umbigo.

Estas maldades os Arantes pagaram com juros. Ao menos o derradeiro deles que, velho e acabado, caiu nas mãos daquelas cobras. Ludovico judiou demais dele. Arranchado aqui na casona, pôs dona Luizinha Arantes no serviço. Terá abusado dela? O certo é que viram a velha servindo o negro, solícita, sorrindo, toda banguela, porque ele tinha pisado na dentadura dela.

A mim foi que Deus mandou pôr cobro nesses assombros, me assenhorear desses Laranjos para, aqui, esperar o senhor, meu confessor.

Sou só e me basto. Nunca precisei de ninguém. Jamais. Às vezes prezo a companhia de um amigo, conversador discreto, que não seja perguntão demais. Mas logo canso e posso passar tempos sem ver outro.

Só tenho o convívio da gente de serviço, que é mais um trato. Eles não fazem companhia a ninguém. Só pedem ordens e ficam aí esperando, calados. Até agradecidos, se o mando não é muito duro.

Nunca ninguém precisou de mim. Nem eu de ninguém. Exceto siá Mia. Estamos quites. Com a gente que conheci, sempre vivi apartado. Nunca precisei de ninguém, nem preciso. Viva cada um metido dentro de si, no que é seu, de si contente. Essa, minha lei. Assim é que quero. Quando um sai de si, precisa ser reconduzido, de bons ou de maus modos, a si mesmo: não se meta! Não se intrometa!

Convivências amigais são gozos de vida de família, que tenho visto meio de longe. Não invejo. Acho até, às vezes, que vivem mais é de zangas, invejas e implicâncias que de afagos e carinhos. Qualidade de gente que eu gabo como boa e aprecio, é gente contida, de pouco esbanjamento em palavras e gestos. Os homens na retidão. As mulheres na discrição.

Um homem precisa ter sua coragem, sem ousadias temerárias, nem fanfarronadas; uma coragem firme e visível, sem receio de ofensa nem agravo. Um homem precisa é ser reto e sério.

Mulher, não, com elas é diferente. Nelas cabem doçuras e dengos, desde que seja entre quatro paredes, no escuro. Fora daí, minha regra de bem viver pede às mulheres que sejam trabalhadeiras, sóbrias e discretas. Não devem é ser sisudas.

Numa dona cabem bem as alegrias. Cantorias mesmo, sem exagero, lá na cozinha, às vezes é bom de ouvir, escutando de longe a melodia. Também podem e até devem ser carinhosas, demonstrando ternura, sem perversões pecaminosas. É bonito ver uma mulher servindo seu homem, cordial. Uma mãe amamentando criancinha; uma filha penteando a mãe; jamais o pai. Toques, não.

Minha vida bem podia ter sido diferente. Há um espaço que não foi coberto no meu existir. É o que siá Mia teria ocupado, se durasse. Quando ela se foi, me deixou nesse vazio, com um sentimento, lá dentro, de que sou órfão dela. E por fora, esse homem que sou, querendo parecer duro na fala e nos gestos, soberbo, altivo, sem gosto por doce nem doçura.

Mentira que não sou assim. Represento. Minhas brutezas serão de nascença? Podia eu ser diferente, se as coisas não fossem como foram? Não sei como, mas imagino que seria difícil ganhar e manter meu poder de mando, agüentar o esporão de minha ânsia de riqueza, cultivando umas qualidades arredondadas, cordiais. Isso tudo seria, se a vida pra mim tivesse sido morna, branda.

Não acho que eu seja bondoso, ninguém acharia. Perverso também não fui nem sou. Alguma bondade fiz, procurando acharia. Maldades nem precisa procurar. Mas atos pervertidos, retortos, de um homem imprestável de ruim, bandido, isso não fiz, não. Gente assim vale só a bala com que se arrebenta um deles. Conheci muitos demais e quero que o senhor não me confunda com eles.

Duas sortes de peste há no mundo piores que praga de pasto, impossíveis de se acabar. São as valentias façanhudas e a vagabundagem ociosa. Esses meus sertões goianos, baianos, mineiros, por aqui tudo, são povoados demais destas pragas de gente sem prestança. Os valentões só não são piores porque o poderzinho deles é muito pouco e porque pouco duram. Onde encontram uma vaza, fazem descalabros. De mais de mil avalentados que conheci, a maioria sumiu, não ouvi mais falar. Passaram. Muitos morreram de mortes feias na mão de outros. Uns poucos escaparam, fugindo do lugar onde tinham fama, pra viver retirados. Uns poucos sentaram praça na polícia, que consente muito malvado; ou foram servir como matadores a algum poderoso necessitado de ajuda pra ter audácia e empáfia.

O que esses avalentados têm de comum é o revés de não acatar as leis desse mundo. Sem competência pra mudar nada a seu favor, eles se exaltam, esbravejam. Mas só esbravejam o tempo necessário para chegar o disciplinador e acabar com eles, repondo a vida no lugar. O que perde esses sertões goianos, tornando a vida perigosa, é essa praga. Perderia de todo se não fossem contidos. É demais a fartura de homens desmandados que correm mundo, aventureiros, atrevidos. A muitos apaguei seus fogos, sem precisar matar, só fazendo sentir o peso do meu mando manso, fatal.

Outra produção ruim desses sertões, essa mais numerosa ainda, é a quantidade desmedida de gente sem vontade, nem ambição, vagabunda, que só quer da vida a boa vida de comer à tripa forra sem trabalhar nem se esforçar. Assim são os meus negros de São Benedito. Por eles não haveria progresso no mundo, tudo ficaria resumido em criar uma galinha de pescoço pelado para comer com quiabo no molho pardo e alguma rocinha de milho para fubá. Eles olham coisas grandes como a linha telegráfica, uma estrada rodoviária, uma cidade capital, como atentados contra a natureza que de ninguém pede esforços desmedidos.

Nesse mundo de valentões revoltados e de gentinha roída de preguiça, uns homens feito eu, disciplinadores, são indispensáveis. Minhas durezas vêm daí, do preparo do meu próprio couro, que tive que fazer, me endurecendo no corpo e no espírito, para enfrentar tanta valentia ousada e tanta preguiça à-toa. Cumpro a missão que Deus me deu nesse mundo, quando me compôs com sina de abridor desses sertões, de criador e povoador. Sem gente do meu tope, só haveria valentões se estraçalhando e a negraria se desbocando.

Acima deles, acima de nós, acima de todos, conduzindo a vida neste mundo, há duas redes esticadas no bastidor. Uma, das leis de Deus que nos faz temer a perdição eterna e nos contém, impedindo demasias de malvadeza. Outra, das leis dos homens que regulam a vida nos sertões e nas cidades, e dão segurança ao viver.

Nunca tinha pensado nisso, antes dessa confissão. Vejo, agora, que esse mundo tá muito mais bem feito do que imaginava. Santidade e propriedade, salvação e prosperidade. Tudo é sagrado, seu padre, o homem e a sociedade, agora percebo. Tudo é divino, graças a Deus Todo-Poderoso. Amém.

Tive visitas hoje, seu padre. Maria Rosa do Sumé veio com o irmão, me ver. É uma moça clara, esbelta. Essa raça dos Prates está aprimorando. A mãe, aquele bacalhau seco; o pai, um rolete de cana, baixo e grosso; ela é moça vistosa. Junto com o irmão faz um par bonito. Os dois altos, desempenados, alourados.

Que é que esses Prates novos querem de mim, dos meus Laranjos? Que é que vêm fazer aqui? Pra qualquer lado que fossem, seriam acolhidos em casas cheias de gente falante. Fazendeiros comedores de quitutes. Aqui, só tem esse pouco agrado do café com beiju que mandei servir; e a delicadeza da conversa pouca que me forcei a dar. Sem exageros, pra que não venham demais. Mas também sem sovinice, pra que não falem muito mal de mim.

É a segunda vez que os dois me caem aqui nessas últimas semanas. Que é que querem? Por que é que deram de vir me ver? Amizade comigo, quererão? Qual o quê! Pra quê?

O velho Prates do Sumé o que mais queria na vida era se apossar dos Laranjos. Esteve lá no leilão, não arrematou porque não teve dinheiro vivo para acompanhar. Antes do meu lance se arredou, rosnando. Perdeu a aposta ou desmereceu a jura que terá feito de vir morrer aqui nos Laranjos. Não vem, não.

Está chegando é minha vez, minha e sua, nossa vez, agora, de comer as terrinhas dele. Isso é o que sucederá se esses meninos não souberem zelar pela herança; se caírem junto com os irmãos, em desavenças e agravos, como é quase certo que cairão. Aí compramos o Sumé na bacia das almas. Somado com esses Laranjos ele formaria uma fazenda boa e grande como poucas haverá.

Terra é o único bem que não farta a um cristão, seu padre. Gado, não. Qualquer rebanho logo chega na conta limite que é o do agüente dos pastos e das aguadas nos anos de seca. É preciso estar por baixo desse tope pra não perder dinheiro. Lavoura, também, não há quem queira abrir toda a que pode. É trabalhoso demais e arriscado. Terra não tem limite pra se ter e ninguém se enfara. Sozinha ela se cuida. Com uso ou sem uso, valoriza sempre.

Gostei de ver os dois irmãos, principalmente a mocetona. Dá gosto olhar os pernões dela, mal disfarçados debaixo do culote; os peitos estufados, querendo rasgar a blusa. Cheguei a pensar, uma hora, que ela se empinava pra mostrar aqueles peitões rosados separados por um rego fundo.

Só me vexei demais foi quando a danada entrou lá na casinha. Fiquei aqui esperando. Demorou. Pelo menos urinou. Eu me envergonhei demais. Bem que podia ter mandado pôr água encanada e privada moderna na casona. Poder podia, posso ainda, se o senhor fizer gosto, mas não adianta. Meu banho é de bacia e só obro no urinol; se quiser, o senhor ponha, quando chegar seu tempo.

Maria Rosa não deu demonstração de desgosto pelo caixote furado e pela fedentina que vem lá de baixo. Saiu despachada, balançando os cabelos, sorridente, falante. Ficou mais uma hora aqui junto de mim, conversando, se mostrando. Eu só pensava é no escovão dela orvalhado de mijo. Que é que esses Prates querem de mim? O que é que ela está querendo? Que é que eu faria hoje, se uma moça assim me desse?

No passo de um a outro dos eus que vim sendo, houve sempre um tempo em que, ainda sendo um, eu já era outro. Nesses tempos misturados, alguma força me impelia. Qual foi? Deus ou o Diabo?

No primeiro passo, de menino a rapazinho, quando dei cabo do Lopinho no Lajedo, não vejo a mão de Deus me assistindo. Ele bem podia ter me livrado daquela culpa. Aonde estava? Menos ainda vejo Deus nos outros passos funestos meus de rapaz a homem, quando me fiz ou fui refeito, passando de piolho-de-meganha a soldado e a cabo e quase sargento, xibungo e castrado, em São João del Rey. Onde estava Deus?

Onde estava quando saí espavorido, para ser desertor, tropeiro e muleiro, pelos sertões de Goiás, atropelando e passando por cima daquele Baiano? De todos os meus mortos, o único inocente. Estará no Céu, entre anjos! Mas me abriu, arrombada, a cancela dos Infernos. Quem me empurrou pr'aquela morte? Quem podia me ter livrado dela? Eu, sozinho, me armei e matei aquele homem? De lá, vim trotando, sem guia, por esse mundo de Deus e do Diabo.

Muito tempo pensei que podia ser, era e sou, o Assassino de Deus. Hoje caí em mim que não pode ser. Isso não existe. Agora pergunto: serei então o Matador do Diabo? Engabelado por suas manhas, enredado em suas malhas, é que eu me terei perdido e destinado a um Inferno derradeiro? É injusto demais! Aqui viver a sina assassina e no Além o fadário de pecador? Também não pode ser.

Vim vivendo a vida, empurrado, fazendo o que estava destinado. Se não sou o Assassino Divino, também não sou o Matador do Diabo. Sou é eu, um homem só, mal-armado para a vida, enfrentando sua sina. Cumprindo.

Minha vida, vejo agora, naqueles passos e em outros, desdobrou, transbordou. Eu podia, em cada uma daquelas horas, tomar um rumo que não fosse o de matador? Podia mesmo? Que portas me estavam abertas? Penso que aberta, escancarada, só aquela em que investi e me perdi. Ou a de minha morte, renegada.

No Grãomogol vivia o padre Olegário que visitava a prisão. Podia me ter chegado a ele pra confessar a morte que eu fiz no Lopinho? Podia nada. Só se fosse doido de me entregar. Nem tinha por quê; se eu só me arrependia da castração do perdigueiro. Ele não teria nem entendido. Confessar não podia mesmo. O padre, aquele, nem nunca me viu. Andava com piedade é dos presos condenados, que já via agarrados pelo Diabo para serem metidos no Inferno. Eu era uma coisa à-toa. O carrega-bosta da cadeia.

Em outros passos, como naquele São João del Rey de tantas igrejas, que porta me foi aberta? Não vejo nenhuma, não. Podia, é certo, ter ficado lá no exército; mas minha natureza não dava para estar sujeito ao mando daquele major come-homem.

De tudo isto, seu padre, só uma conclusão salta clara: Deus nunca foi meu guia. Bem pode ter sido o Diabo. Que é que eu sei de tentações do Demo, que tanta gente teme? Nelas, nunca pensei demorado; nem cuidei mesmo que pudessem existir. Agora, confessando, caio em mim: meu ímpeto assassino bem pode ser inspirado pelo demônio. Ele é que, com a mão nos meus olhos, me cegando, não me terá deixado ver as portas que Deus decerto me tinha abertas.

Que posso fazer, agora, que meus matados já matei? Nada. Não adianta pensar que foi o Demo que armou a minha mão para acabar com o Lopinho, com o Baiano, com o Dominguim, com Medrado. Se a culpa dessas mortes ele pôs em mim, no Céu haverá atenuantes. São mortes com mandante, como as outras que fiz, por mão alheia: Amaral, Ludovico ou que, sem querer, provoquei: Godo, Catalão, Solidônio. O Diabo tem licença de Deus para tentar, atormentar, perder, desgraçar quem fica caído nas mãos dele?

O que hoje aprendi é que não há Assassino Divino. Como também não há Matador do Demo. Somos pobres homens, vulneráveis, que pecando se salvam pela confissão. Deus seja Louvado.

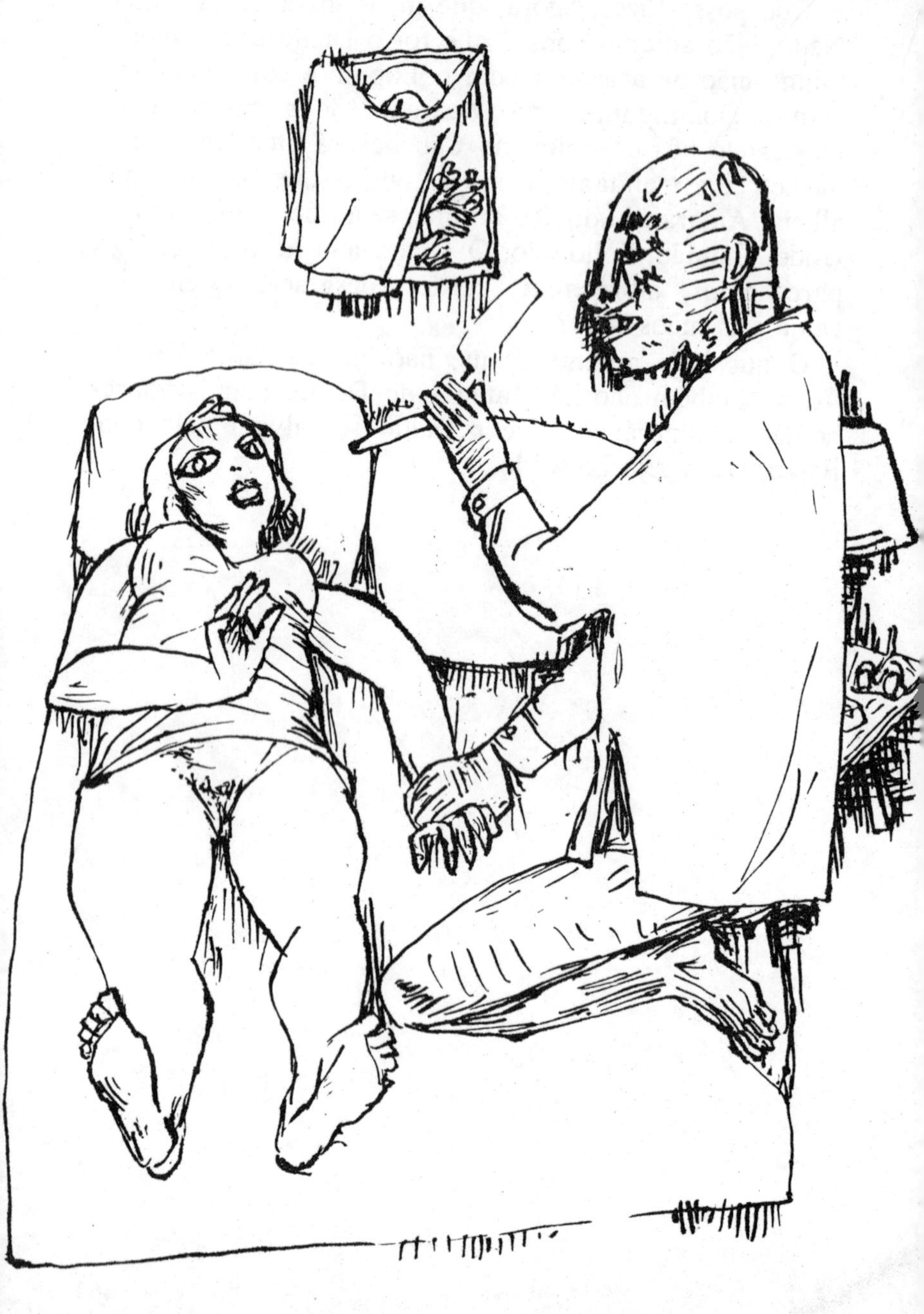

Isso não é nenhuma confissão

Isso não é nenhuma confissão, ambos sabemos.
Escrevo para me livrar de mim.
Escrevo para esquecer quem sou.
Escrevo para relembrar meu idos.
Escrevo para ser seu amo.
Escrevo para habitar seu espírito, enquanto você me lê.
Escrevo para dizer minhas verdades, tortas, mas minhas.
Escrevo para ser, permanecer, eu mesmo.
Escrevo pra não morrer. Se morro, paro. Se paro, morro.
Quem só fala, por mais que diga é esquecido quando cala. Quem escreve, não. As palavras ficam nas páginas coladas, fechadas, se significando umas com as outras. Enquanto durar o papel e o olho leitor, ficarão aí, palpitando, esperando, dizendo, entendendo.
Moro em cada página dessa confissão. Nelas estou hoje mais inteiro do que em mim. Nelas, estarei pra todo o sempre, depois de mim: sendo. Por isso, escrevo.
Minha alegria de vivo está, hoje, em ficar aqui enrolado nesse cobertor, escrevendo. Não me basta, é verdade; mas me alivia, consola. Estou vivo, ainda, porque escrevo.
Vivo para escrever esta confissão estirada em memória, que ninguém há de ler. Só você.
Antes, no começo, eu queria que a vida durasse para completar minha confissão. Agora, peço é que essa con-

fissão se espraie e dure para encher o vazio de minha vida esvaída. Escrevo para ter um espelho em que me ver.

Escrevo é para conversar com você que me lê.

Com quem mais eu queria falar? Com ninguém, nem com Paulo. Não. Com ele, talvez valesse a pena. Se ele viesse aqui, se parasse um dia comigo na varanda, querendo conversa, conversaríamos. Eu contaria casos, me engrandeceria. Escutaria também os casos sem conta que ele conta. Depois, ficaria junto do rádio, tomando conta, para ver se algum assunto da nossa conversa saía lá. Se a visita dele fosse anunciada, passaria noites inteiras desperto, pensando, inventando, relembrando, os casos goianos, mineiros, baianos, para com ele rememorar e depois, ouvir, talvez até romanceados, teatralizados. Mas, qual. Aqui nesses meus Laranjos é que Paulo jamais há de parar. Procurá-lo por esses mundos, lá de fora, não vale a pena.

Será que escrevo por não ter aqui com quem conversar? Ter, tenho até demais. Não vale é a pena.

Escrevo, porque escrevendo me indago. Duvido, às vezes, até me espanto, emocionado, com as idéias que vão me passando pela cabeça, depois de saírem pela ponta da pena. Penso hoje é com a caneta.

Escrevo para livrar do esquecimento as palavras dessa silente confissão. Navegando nesse rio de palavras com a cabeça livre, ando pra cá e pra lá, por todo o já vivido. Mergulho até no que há de vir, tentando adivinhar o que será.

Fantasio até meus impossíveis do Além: sair cavalgando sozinho pelos campos sem fim da Eternidade.

Lá vou eu, sem pausa, em cima do meu cavalo fantasma que não come, nem cansa, nem tropeça, nem relincha. Eu bem montado, rédea na mão, sigo rumo, enrolado na japona, sempre igual, cavalgando sem norte, para lugar nenhum.

Entre o cavaleiro e eu, a diferença é que estou aqui arfando, com os peitos queimando do ar que me falta. Ele não respira. Só cavalga meu cavalo negro que balança a cabeça e as crinas, abana a cauda trançada, levanta e bate as patas ferradas e segue caminho abrindo seu espaço na névoa espessa. Criando ao pisar o piso em que pisa.

Quando cheguei nesses Laranjos, com meu gado e meu povo, desembarquei no deserto. Vindo do alto da serra, o que vi debaixo do céu goiano, lavado, foi o descampado imenso salpicado de capões, cortado de braços de mato acompanhando rios escondidos. Tudo deserto, sem viv'alma. De criações, só umas cabras saltavam daqui pr'ali.

A casa, essa casona, era um taperão medonho, com buracos de metralha pelas paredes ventradas, os tetos caindo, cupins enormes amontoados no chão das salas. Por baixo, uma imundície de ratos roendo. Por cima, o fedor de morcegos esvoaçando. Por toda parte, a praga de lacraias, muriçocas, pulgas.

Arranchei como pude, do lado de fora, junto do pátio, como se fosse acampamento de tropa. Aí recebi vizinhos nas primeiras visitas. Militão foi comprar material, contratar homens para tudo refazer. Aos poucos foram chegando os caminhões de cimento, arame, tralhas e trens e o pessoal de obra.

Gastei semanas, então, a cavalo, junto com Militão e o finado Juca, numa viagem longa, de conhecer meus reinos. Eles reconhecendo as terras da meninice, recantos de metade da vida de servidores antigos dos Arantes. Eu me investindo no meu. Contente.

Passamos primeiro pelas taperas queimadas do pessoal dos ludovicos e dos malfeitores que mandavam com eles: sales, gomes, alencar, outros muitos. Um abuso desses negros é se darem nomes das famílias a que serviram como escravos. Assim para cada Alves e Ludovico branco de boa cepa, há a negrada de alves e ludovicos correspondente.

Dentre todos não sobrou ninguém; quem não morreu, escafedeu. Não sobrou viv'alma. O serviço de limpa foi completo. O que os meganhas não acabaram na primeira hora, Izupero e Antão caçaram e metralharam depois. Espavoridos, uns quantos ganharam a vida escapando. Ainda estarão correndo.

Daqueles tantos lugares antigos, uns eram bons; mas achei melhor tocar fogo no que ainda não estava queimado. Escolhi para meu povo sítios novos, plantados em outros pontos que fui apontando. Percorremos naquelas voltas todos os limites do fazendão, procurando e achando ou não, os marcos antigos; vendo aonde as cercas estavam conservadas; onde cercas novas tinham de ser feitas. Nisto gastei meses, enquanto as obras corriam, no refazimento desses Laranjos.

Foi a única volta que dei completa no meu mundo. Desde então sei do que é e do que se passa, olhando e vendo com olhos arrendados. Juca é que construiu as casas dos sítios novos, estirou os aramados e fez de aroeira meus currais. Morreu do esforço, coitado. Morreu contente, de volta a seu canto. Sem essa luz, esses ares, ele já não vivia.

Um serviço grande meu, depois, foi sair por aí com Nheco comprando as novilhas que reforçaram o gado que eu trouxe, meu, das Águas Claras; e meu também, mas meio roubado, do Brejo que estava debaixo das ordens do advogado esperando novos donos. Chegamos até Uberaba na busca do plantel de reprodutores e corri sertões buscando ventres. Nunca fiz melhor negócio, ganhei nessa compra grande o que tinha perdido na inflação. Esse povo do fundo vendia novilhas aos preços de antes.

Meu serviço maior da vida, mais zeloso e mais caro, foi o mau negócio que fiz no refazimento dessa casona.

Vendo a sua grandeza de agora, o senhor mal pode imaginar a tapera que era. As paredes de adobões, tive que mandar desfazer, só deixando de pé o esqueleto de aroeira. O teto deu trabalho. Primeiro, o madeirame carunchado a ser refeito. Depois, as telhas; foi preciso descobrir um atafonero capaz de fazer outra vez telhas grandonas como as de antigamente. Isso Militão me achou.

Hoje, aí está cobrindo uma quadra de quinze braças de lado, para bem sombrear o varandão externo de braça e meia e tendo, no miolo, o terreiro ajardinado e a cisterna fechada que refrescam essa sala do meio. Só na varanda, nos argolões das colunas que sustentam o telhado, o senhor pode hospedar um batalhão. Tomara que nunca hospede, não.

A capela o senhor vai ver, há de gostar demais. Gostar no que é agora, totalmente refeita. Quando vi, mal reconheci como capela, era uma tapera tão feia que lá nem pude dormir. Só ficou o casco destelhado e um resto de altar com quantidades de santos de pau, da feitura dos negros e até as abominações deles nas figuras de aleijados, cabeças decapitadas, pés e mãos arrancadas. Tudo afundado em meio metro de bosta de morcego. Neste monturo é que achei restos de um corpo do crucificado, cravejado com cravos de ferradura. Juntei essas idolatrias todas de hereges e enterrei fora da capela.

Hoje, o senhor verá, é uma beleza, de bem cuidada, as paredes pintadas de rosa; as portas e janelas de branco. Assim é essa capela minha, de Nossa Senhora da Boa Morte. A torre, alçada do lado de fora, com seu sino de cobre, dá gosto de ver e de ouvir. A casona, a capela e os barracões das antigas senzalas compõem uma sede de·fazenda como poucas haverá.

Pus tanta cabeça e tanto dinheiro no refazimento dessa casona, bem sei por quê. Ela é o meu altar, seu padre. Aqui, mostro ao resto dos homens o que é, o quanto vale, esse Coronel Philogônio de Castro Maya. A casona aí está, posta de pé, grandona como nunca foi, para meu orgulho.

Eu, que me dei essa casa apalaciada, merecia ser é pai de familiona com dez, doze filhos e netos às dezenas. Não sou, não. Mas ela está aí, para mostrar, visível, meu poderio. Num cerco de cem léguas em torno, por todos esses sertões, mesmo ganhando rumos de Minas e de São Paulo, o senhor nada encontrará nem parecido. Portentosa, antiga, imponente como essa casona outra não há. Feita pelos antigos, descobridores de ouros goianos com os escravos que sobravam do serviço nas grupiaras escassas. Mantida e refeita por gerações de famílias antigas que aqui se sucederam mandando, falindo, até chegar a última dos Arantes, falida também. Agora o senhorio é meu. Amanhã, seu. Tomara que você saiba zelar e cuidar.

Naqueles primeiros tempos, tive muita visita dos vizinhos de todos os lados. Eu recebia, fazendeiro, generoso. Quem vinha me ver tinha trato de rei. No café da manhã: beijus de tapioca, mingau de araruta, coalhada e queijos, canjica, bolos e biscoitos. Comidas mais e muitas, próprias, no almoço e outras, variadas, na janta, se ficasse o dia todo. Pra isso, Calu tinha até ajudantes, labutando no forno e no fogão, de dia e de noite.

Com o tempo o pessoal de obras se foi e as visitas foram espaçando. Por quê? Um pouco porque eu mesmo enjoei da trabalheira que dava tamanhas atenções. Deles terá sido também, que recuaram por vontade própria. Tinha que ser assim. Minha fama ruim de outros lugares tinha que chegar aqui. Não por feitos meus de roubo ou de morte que, na riqueza, esses não contam. Mas por defeitos maiores, piores, de quem veio do fundo, antigo muleiro e tropeiro.

Não escrevo há dias. Falta de vontade de mergulhar em mim, pescando pecados. Falta de assunto para comentar com você. Hoje, as idéias me atropelam.

Acordei agoniado, pensando que Militão devia estar aqui há dias e não veio. Mandei um próprio atrás dele, para vir logo dar conta dos meus mandados. Como é que posso confiar neste negro? Lealdade ele tem, bastante. Malícia é que não tem nenhuma.

Preto é assim. Inteligência mesmo às vezes até que tem. Mas não presta pra nada. Só dá pra bobagem. Um dos meus negros, Mefó, falava com fluência uma hora inteira, se quisesse, de trás pra diante, sem errar uma letra. Como não sabia soletrar, dizia as sílabas, ou lá o que fosse, na divisão dele. Sem erro. Outro, Nico, fazia versos de rima, como quem respira. Escrever, fazer conta, ou qualquer coisa servível, para isso a paciência deles não dá. Nem a sapiência. O melhor que eu encontrei foi mesmo Militão. Mas dele, bom mesmo, é só a lealdade.

Sonhei hoje outro sonho de pesadelo. Estava no Céu ou no Limbo, não sei, sendo julgado. Era um salão enorme, branco, claro de doer. Lá eu nuelo em pêlo era acusado por um anjão vestido de preto, de asonas meio sujas, que era a cara do meu advogado dos Alves.

Padeci, seu padre, mas me defendi. Ali, diante de mim, aquele promotor celeste me arrasou pelos crimes e pecados sem defesa que cometi contra a lei dos homens. E com menos defesa ainda, dizia ele, na lei de Deus.

Quanto à lei dos homens, admiti: é verdade. Na de Deus, duvido. Meu Juiz, graças a Deus, é Deus mesmo, que me fez capaz de meus pecados. Sim ou não?

O promotor celeste berrava que ofendi a Deus matando tantos homens com minhas mãos, peças de minha máquina de viver que só se movem debaixo do mando do meu coração e de minha cabeça. É verdade, respondi, como é que vou negar? Mas não é meu corpo pecador que vocês têm de julgar. É minha alma, que Deus mesmo fez indestrutível. Imortal.

Mortais também eram os que mandou pro Além; mortais e inocentes, dizia o promotor. Mortais e ainda mais inocentes eram as criaturas que, de pura maldade, finou: aquele perdigueiro capado e a mula Fuança.

E se assanhava contra mim, esbravejando que a um eu matei porque me espancava; a outro, porque me amedrontava; a outro mais, porque me enrabaram; a outro ainda, porque era zarolho. E aqueles bichos de Deus por quê? Por quê? Continuou por aí afora, destroçando minhas parcas razões de lavrar aquelas mortes.

Eu, engasgado de vergonha, tremia de estar ali, com meu emblema de fora, na frente daquele santão, todopoderoso. Tinha minhas culpas estampadas na cara, me sentia um coitado de réu já condenado, acovardado de tanta culpa. Como explicar e provar que sou inocente? Como argumentar, estando eu nu, sem asas, com o pau de fora, morto de vergonha?

Acordei chorando.

Tenho novidades, seu padre. Ruins. Vi minha cara e me espantei demais. Estou medonho. Um macaco de peludo, a barba em tufos nos beiços e no queixo, branqueando, suja. A cabeleira dura, grisalha. A sobrancelha assanhada. Olhos esbugalhados. Boca murcha, chupada. Ruim de ver.

Passo mal há três semanas, sem sair da cama, me acabando de tosse e agonia. Vi, acordado, muita madrugada entrar roxa pela veneziana, clarear o dia, e se mudar em noite e amanhecer outra vez, sem dormir nada. A vela agourenta, de pôr na minha mão moribunda, esteve todo o tempo ali, pregada no pires, junto da caixa de fósforos, na mesa do oratório. Quis mandar tirar, sumir com aquele agouro. Não mandei, maior era o meu medo de passar, sem uma vela alumiando.

Mas isso não é o pior. Tem mais. Muito mais.

Hoje, melhorando, mandei Calu trazer um banho quente, aqui no quarto. Ajudado por ela, entrei na água fervendo. Também com a ajuda dela, me lavei, tirando a crosta de suor e gordura da febre, pregada na cabeleira e no couro. Foi triste ficar ali, me apalpando, vendo, sentindo os restos de mim.

Eu me via, me sofria, como se fosse outro. Procurava entender o que era diferente, sem atinar. Afinal vi: não sou mais nem parecido comigo. Com quem fui. É certo que antes pouco me olhava. Hoje fiz a besteira de me ver. Estou um caco, seu padre, um molambo. Eu era seco, duro, firme. Agora vi a que me reduzi: um saco molhado. Sou só um velho tossidor, trêmulo, sujeito a vertigens. Quem diria?

Todo me apalpei lá na bacia, com a tristeza de me descobrir tal como sou. Gambito de pernas. A batata é uma pedra de sabão correndo no meio da pelanca. A bunda mirrada murchou. O pescoço chupado, de galinha, com o gogó solto em cima. As partes nefandas estão pretas, encoroadas. Minha pica é um bico de mijar. Os pés enormes com unhas crescidas em garras, negras.

Para isso é que escapei de tanta bala e tocaia, de tamanhas malquerenças? Essa é minha vitória? Não há doença pior do que velhice. A mim me escalavrou. Sobrevivi para ver, testemunhar, como me acabo ou como a vida acaba comigo, comendo minhas carnes, me entortando os ossos, encarquilhando, oprimindo, doendo.

Mas isto não foi o pior.

Foi ruim demais deixar Calu me lavar, ensaboando, esfregando com a bucha e depois derramando mais água do balde, em cima, para enxaguar. A negra me lavava como se lavasse um menino. Será que pensava que já me lavava defunto?

Levantei cansado e aí veio o pior. Passando a mão na barba crescida, tive idéia de me barbear. Peguei a navalha com a língua de sola e fui pra junto da bacia de pé, ao lado do espelho.

Lá, na moleza do cansaço que o banho me deu, distraído, fiquei afiando, reafiando e me olhando. Vi, muito tempo, aquela minha cara, prestando atenção com toda inocência; reconhecendo em cada ruga minha que aquele não era eu, sem perceber a quem olhava.

Aí, compreendi de estalo, assombrado: a mesma cara, o mesmo turvo olhar, a mesma boca chupada, retorcida, o mesmo nariz grosso, a mesma testa estreita, a mesma barba redemoinhada. Foi a barba que me deu o estalo da certeza. O que eu via no espelho, não era eu, era ele. Era o finado Lopinho. Ele, tal qual era há quarenta anos, quando morreu. Compreendi: aquele filho da puta me fez matar nele a meu pai.

Parecença assim, não há de acaso. Não há tanta semelhança, cara com cara, a mesma, igual, que não seja de pai com filho, carnal.

E ninguém me tinha dito, nunca, nem eu suspeitei, jamais. A birra do filho dele viria, talvez, daí, se é que ele sabia. Alguma fala de malícia de Lenora podia ter escapado para eu lembrar, agora. Nada. Eu nunca pensei, nem percebi, nem de longe, nenhum vínculo que não fosse o de afilhado, adotado, rejeitado: Trem. Pensei muito tempo e até hoje pensava que meu pai fosse Bogéa, por ser, daqueles homens todos, o mais bodeador e procriador.

Saber que Lopinho foi meu pai, é meu pai, me espanta demais. Ele nunca foi homem de caridade. Via em mim era o trem, o caveirinha barrigudo que mandou trazer quando Tereza morreu no aguaceiro lá no Surubim. Só me olhou com alguma atenção quando viu em mim o bom curador das bicheiras das criações dele; o bom manipulador de garanhões e jegues. No todo dia eu era o menino malcriado que ele devia regrar na taca.

Agora não posso ignorar: sei com certeza que Lopinho era meu pai. Ainda é. Sempre será. Cara com cara, a mesma cara. Infelizmente. Tenho que levar, comigo, na minha cara, essa cara dele, enquanto viva. Alma, graças a Deus, não tem cara. É um bafo, uma sombra.

Piorei demais com aquela visão, seu padre. Nem fiz a barba, fui direto pra cama, tossindo, sem ar, tremendo. Tanto que nem pude comer. Tomei o remédio mais forte, o que me incha e empola, mas alivia o peito. Queria uma melhora para suportar a novidade. Dormi umas horas, angustiado. Acordei, agora, já de noite, para vir falar com o senhor.

Com isso nossa história se complica, amigo. A minha e a sua, meu caro. Nessa confissão, agora, seu trabalho é reperdoar aquela morte, complicada com a ciência que hoje tenho de que nela houve o assassínio de meu pai. Bandido ou não, imprestável ou não; e ele era um bandido totalmente imprestável; o certo, também, é que Lopinho era meu pai. É. Não legítimo, mas carnal.

Qual pai, qual nada. Ele foi só o reprodutor que cobriu minha mãe no emprenhamento de que ela me pariu. Não espere que eu me arrependa por saber que, nele, matei meu pai. Qual! Se nunca consegui me arrepender da morte que dei a ele, para me salvar da sua mão dura de castigador, como é que vou me arrepender agora, sabendo que aquela peste sendo meu pai, eu tinha até direito de esperar dele um trato mais amigo? Qual, de mim não espere ajuda, não, seu padre. O senhor há de me perdoar esse pecado grosso e cabeludo como eu pequei e pecaria outra vez.

Sina dura essa minha, você não acha? Por que Deus teve que complicar tanto a minha vida, me meter menino debaixo da bruteza de Lopinho, e deixar ele ali oferecido, fácil, estornado naquela rede, em acesso de febre sezão, pronto para a morte?

Um pouco me entristece descobrir, tanto tempo depois, devassando na minha cara a cara dele, que sou mesmo filho do finado Lopinho. Parece até castigo. Castigo para mim ou castigo pra ele? Eu, nisto, sou inocente. Matei a ele, é certo, mas matei foi meu castigador, a mão dura que me punia. Não matei jamais a um pai que nunca soube que ele era, nem suspeitei.

Também não me culpo de ter aumentado o sofrimento dele por saber que morria na mão de filho. Lopinho finou tranqüilo, sem nem saber que morria. Muito menos que morria de morte matada. Menos ainda, que era eu quem o finava. Para ele, eu era o reles caveirinha barrigudo, o Trem que veio do Surubim. Jamais quem haveria de enfrentar a ele com sua taca e um prego. Deus seja louvado.

Aqui vou eu vivendo sozinho esse meu resto de vida. Sozinho nesta sala do meio da casona. Sozinho não, lá estão, no fim do corredor, a velha Calu e o Bilé, esperando a hora de apagar os lampiões. A um grito daqui, está Antão com sua gente e mais o povo do caseiro. Não muito longe, as famílias dos agregados e vaqueiros mais de perto; umas cinco.

Não morrerei sozinho, como você vê. Mas também não morrerei acompanhado. Essa gente toda, para mim, não é ninguém. Eu para eles o que sou? O patrão, o senhor, o amo. Sim, essa a palavra, amo. O coronel Castro Maya dos Laranjos, para eles é o Mulo, o amo desalmado. Por que haviam de me querer? Eu pago na mesma moeda. Vivo só.

Ninguém tem existência mais real nem é de convívio mais íntimo pra mim, hoje, aqui, do que esse pessoal da Rádio Nacional. Dentro da minha idéia e dentro de minha vida, tudo se esgarçou tanto que os finados e acabados, e os vivos sobreviventes, são todos uma coisa só: ausentes.

Fantasma é Lopinho, meu pai, que eu finei sem saber, cumprindo sina. Pai ignorado e recordado que em vida, comigo, nunca exerceu paternidade. O que diria eu, hoje, a ele? Eu que agora me sei seu filho e nele recuperei meu pai, que nunca tive, nem quisera ter tido? Que diria eu a Lopinho? Nada.

Fantasmas, igualmente, são as mulheres que amei. Siá Mia, tão meiga, lá se foi, afundada na morte. Inhá que eu tanto tenho de odiar; sumiu há tanto tempo. Que diria eu, hoje, a ela se me aparecesse aqui, pedindo perdão? Nada. Milinha que, de besta, rejeitei com medo de suas ânsias e cheiros e que haveria de ser uma galinha se ficasse comigo. A Emilinha, se aqui quisesse vir em visita, eu receberia? Só se fosse para dar uma esmola.

Fantasmas são todos: minhas mulheres, meus amigos, que não tive nenhum. Até meus negros que vivos, com medo, esperam lá no Roxo Verde. Uma ordem minha fixa ou muda o destino deles.

Desgraça: desalojo imediato, o Mulo tudo vendeu ou deu.

Salvação: o danado nos legou este chão. É o que tenciono fazer. Farei?

Até os bichos, animais, que me importam, são fantasmas. A jumentinha alvacenta, aquela, continua viva no fundo de mim, pronta a ressurgir com seu focinhozinho preto, frio. Anum me surge às vezes, pedindo cana-doce. O velhaco do garanhão de Chico Dominguim escoiceia com seus cascos ferrados o chão de pedra de minha memória. Quando ouve assovio, procura, fiel, seu antigo dono. O perdigueiro que capei me vem sempre vivo, alegre, rosnando, saltando, em bravatas. Romo e Fuança, burro e mula, meus irmãos. Fama, minha querida madrinha. Daqui saúdo a eles todos e dou roletes de cana e milho debulhado na mão.

Bichos meus, quase gentes, até mais humanos que certas gentes. A eles sempre me dei mais licença de querer, acarinhar. Como é fácil fazer agrados num bicho. Pra mim, gente humana é que é esquiva, difícil. Inacessível.

O que eu sou, hoje, seu padre, é um poço de lembranças. Uma engenhoca de recordar, mais capaz de convívio com lembranças do que com pessoas de carne e osso, todas tão sujas de raiva e suor, cobiça e malineza, esperteza e burrice. Tesconjuro.

Envelhecer é isso. É ir restringindo o mundo da gente, reduzindo a convivência, é ir-se resumindo até caber, inteiro, dentro da gente mesmo. Quando o recolhimento se completa, só resta morrer, e, enquanto não morrer, viver como eu vivo, pra dentro, enrustido. Ruminando idos vividos.

Dia de tristes alegrias, seu padre. Chegou meu caixão funerário. Tal qual eu queria. Grandão e preto. Soleníssimo. Os metais vieram disfarçados com esparadrapo. É de imbuia maciça. Madeira que cupim não rói. Muito bem lixado, envernizado. Móvel fino como vi poucos.
    Você até gostaria de ver. Por dentro, um luxo só. Acolchoado de cetim roxo escuro. Experimentei, com Militão ao lado, pedindo pra não agourar. Gostei. Aprovei. É uma cama de hotel. Amplo e confortável. Melhor que meu catre de couro em que durmo às vezes.
    Comprou em Brasília mesmo. É caixão de primeiríssima. Igual a uns poucos vendidos ao governo para sepultar ministros. Segundo Militão, é melhor que os modelos destinados a senadores e deputados, mais claros e sem forração de seda natural.
    Só não gostei do luxo besta de uma janela de vidro em cima, para devassar a cara do defunto. Não poderei ver ninguém me olhando, nem quero que ninguém me veja morto. Nisso já dei jeito: cobri a vidraça, dos dois lados, com folhas de jornal coladas. O acabamento desmereceu meu féretro preto. É melhor assim.
    Alguma besteira esse negro tinha de fazer.

Moro mesmo é nesta sala do meio, imo da casona. Aqui dentro estou mais a jeito que no ventre de minha mãe. Principalmente depois que ela se povoou, com o povão todo que aqui chamei nessas falas de confissão.

    Reunindo aqui os tantos eus que fui, junto com as outras gentes com que topei na vida, pude me repensar, me encontrar. Aqui perdi a inocência do meu viver impensado. Hoje sou um homem curtido de me pensar. Lavado de bobagens. Limpo de ilusões. Isso acho eu, o senhor o que acha?

    Que é vedado ao homem, proibido, por ruim e pecaminoso? Que é permitido, consentido? Nada? Tudo? Sabemos o que pode ser louvado: bondades, caridades. Também sabemos o que é condenado: pecados capitulados: roubos, mortes. Mas no que sai da alma da gente como propensão natural, ou no que sucede sem nosso querer como é que se há de distinguir o virtuoso do vicioso? Sei não. Tudo são sinas, parece.

    Nunca acabarei de entender as intenções divinas: desígnios. Predestinação. Se Ele não me queria assim, por que me fez assim? Se me queria chafurdado nas fraquezas, atolado nas fezes, por que me deu essa destinação impossível de santidade? Herói eu podia ser num ímpeto insensato, se tivesse ido pra guerra, suponho. Sábio também, quem sabe, se não tivesse nascido pelado no Surubim. Santo, não. Santo eu não podia mesmo ser, nunca. Jamais. Para tanto me falta a bondade natural, contente de si mesma e essa capacidade dadivosa de dar e receber amor. A minha é pouca, mesquinha.

Felizmente eu não tenho, ninguém tem, de ser herói, nem mártir, nem santo, nem sábio, nem nada. Só temos é que ser homens inteiros, capazes de nossa hombria, sem soberba nem vergonha. Homem inteiro eu fui? Eu sou? Não. Pode lá um mulo, castrado por Deus ou pelo Diabo, se julgar um homem inteiro? Como alguém, decepado, capado, ofendido, que não amou direito a ninguém, nem se deixou amar, pode se ter por um homem cabal? Eu não! Outro há de ser, se é que há, se é que existe. Conhecer, não conheci nenhum.

Muito homem melhor que eu, num detalhe ou noutro, vi. Nunca invejei. Cada qual tinha seu defeito. Perfeito, nenhum. O senhor é perfeito, seu padre? Não. No meu juízo não é, não. Pode um padre virtuoso, casto portanto, ser um homem inteiro, cabal? Claro que não. Ser padre é aceitar ser meio homem, pelo amor de Deus. Sacrifício maior não há. Viver a vida toda sem mulher é demais. Não só mulher de cama com as virilhas abertas, oferecidas. Também mulher de coração grande, peito aberto, escutando a gente e falando, compreendendo.

Como eu, com a muito puta da Inhá. Isto digo eu aqui, meu padre. Digo, sim, não estranhe, não. Eu também só hoje, agora, estou descobrindo, estou me consentindo entender o que soube desde sempre: amor mesmo da minha vida foi ela, aquela cadela, só ela.

Sei, agora, disso e de outras verdades que jamais suspeitei. Só de ter tido a coragem de pensar nelas, sem me resguardar, nem me iludir, fui alcançando compreender outras verdades de mim que às vezes assustam.

Sei agora que ao contrário do que sempre pensei, siá Mia nunca me importou muito. Quis, por muitos anos, me convencer de que sofri demais a morte dela. Não é verdade. Aqui, nesta casona, confessando ao senhor, eu vi que não.

Mais quis amar do que amei a uma. Mais quis odiar do que odiei à outra.

Deu para aparecer muito urubu demais. Antes, não havia ou eu não via. Agora, é o que mais dá. Revoando nos céus, parados no ar, planando, pousados por aí. Eles enchem esses Laranjos.

Chamei o compadre Benedito Gomes, homem de sabedoria, para ver se descobria e me explicava a causa de tanto urubu. Não sabia. Pus um vaqueiro buscando alguma carniça de rês, de caça, de gente, morta por aí. Ele buscou e rebuscou em vão. Não achou nem gato, nem rato. Nada.

O que viu foi só urubu. Demais. Sobrevoando as casas, os currais, as morrarias e principalmente a lapa. Lá pousam e parece até que dormem sobre as pedras mais altas, olhando pra cá. Agourando.

Aqui mesmo no quintal da casona, aparecem, esvoaçantes, baixam e brigam, pinicando o que encontram. Ninguém consegue enxotar. Às vezes penso que ficam conversando uns com os outros, sérios, como se isso aqui fosse a morada deles. Saltam, andam, grasnam, fedem, se coçam e largam sua imundície de piolho e praga, empestando todo mundo.

O Antão, sem ser consultado, veio me dizer que é costume desses bichos, quando chega o tempo da postura, se reunirem assim. Cada tantos anos eles voltam à mesma pedraria certa, sempre a mesma, para ali pôr seus ovos cinzentos e tirar seus pintos brancos, penujentos. Depois somem os mesmos anos, até completar o tempo de voltar.

Disse também que não adianta atiçar. Eles ficam mesmo se eu fizer casa no alto da lapa e puser morador, eles ficam até botar e chocar os ovos nojentos deles. Vai ver que até na cama do desgraçado.

Tive de me conformar, calado. Não posso deixar esses urubus me vencerem. Nem deixar ninguém pensando, por aí, que eu acho que essa urubuzada é agouro da minha morte. Faço que não vejo essas galinhonas pretas de pescoço pelado, saltando pelo terreiro, com seus pés esbranquiçados, como se estivessem na casa deles. Tesconjuro.

Passei meia noite e a madrugada em vigília. Descobri, afinal, meu pecado verdadeiro. Pecado que pequei a vida inteira, meu padre. Pecado de que me arrependo e vexo, demais. Sabia que minha balança do peito, medidora do bem e do mal, não podia ser tão torta. Sabia que sou um pecador, mas não atinava com as culpas de minha alma.

Agora sei, meu padre; sei bem qual é meu pecado que confesso; meu pecado de pecar a vida inteira é medo, é terror, é pânico, é pavor. Medo de morrer. Medo de viver. Medo de foder. Medo de brochar. Medo de aviadar. Medo de homem. Medo de mulher. Medo! Morro de medo, seu padre. Sempre fui um medroso.

Atravessei a vida tremendo de medo. Agora mesmo, o que move minha mão para escrever em confissão, é medo. Medo da morte. Medo da vida eterna. Medo de Deus. Medo dos Anjos. Medo do Diabo. Medo medonho que me acorda de noite, suado, agoniado. Medo de dia, pavor de enfrentar os riscos de viver: a tocaia, a dor. Medo de noite: assombração de alma penada.

Medo até desses merdas humildes que me servem e me servirão até a morte. Porque têm ainda mais medo de mim que eu deles.

O medo é a mola do mundo, seu padre. Sem medo esse mundo não funcionava. O que é que faz todo bicho tão arisco? Medo! Quem é que não tem medo? Todo ente vivo é e sabe que é um saco de pele vulnerável demais. Qualquer estocada me fura, me acaba, esvaído no sangue derramado. Assim é.

Decerto, por isso Deus nos armou não só desse medo protetor, mas também dessa vergonha tão grande de ter medo, que é nosso medo maior. Sem esse outro medo arteiro, nos entregávamos todos. Ninguém nem saía de casa. Ficava chorando, atrás da porta ou metido no buraco, com medo de furar o pelame e derramar o caldo da vida.

Meu pecado maior foi sempre ter medo demais. Deus nunca me faltou com um alentozinho para levantar meu ânimo, mas eu recaía. Matei Lopinho, foi de medo dele acabar comigo. Aquela provação de surras com que Deus decerto purgava minha alma para o Além, foi demais para minhas poucas forças. Acabei com ele.

Matei o Baiano para não cair na perdição como xibungo do major. Às vezes penso, me consolando, que servi a ele, quem sabe, mandando sua alma inocente de culpa pro Céu, sacrificado pelos meus pavores. Qual, ilusões.

O que não me perdôo, nem me consolo é ter feito tudo isso por medo, puro medo. Se eu fosse um homem inteiro, sem trisca de covardia, acabava com o major ou resistia firme. Mas não, me larguei, desertei de meu destino de sargento de guerra, talvez até de chegar a oficial no bem-bom da paz, xibungando outros. Tudo perdi pra cair naquela vida de tropeiro e de muleiro de que só me salvei por milagre.

Matei Dominguim de puro medo dele me matar. E me matava, aquele desgraçado. Quem duvida? Coragem era a dele. Assumiu na frente do mundo, descarado, sem farsa, sua sina de bandido matador. Só pedia respeito aos homens para a grandeza sua de quem se fez e se proclamou dono da vida e da morte de todo homem que topasse com ele. Eu nunca fui assim, não. Nunca fui bandido encouraçado de coragem. Jamais! Sempre tremi de medo.

Foi de medo que matei Medrado, o zarolho cagão. Medo dele estar me atraiçoando com aqueles olhos cruzados, lá dele, que vejo aqui, agora, na minha frente, querendo me apavorar.

Dos homens que vi morrer, o único que olhei na cara com calma foi o Godo. Decerto porque não fui eu mesmo que finei. Fiquei olhando o corpo estrebuchando até acabar de morrer, vendo a cara amarrotada dele, olhando com meus olhos vivos pra dentro dos olhos dele, vidrados. Olhei, vendo correr aquele rio de sangue; olhando, contente, reconhecendo que não era eu. Era ele, aquele peste, que ali no chão se acabava, morto de tocaia infeliz. Feliz para mim. Perturbado como estava, mal dava conta do jipe; sem os negros não escapava. Naquele dia finava ele, ou ele me finava. Finou ele, graças a Deus.

Os outros que mandei matar, não foi por gosto, nem foi por medo. Eram gentes longínquas, com que tinha pendengas nas lutas dessa vida. Gentes que me ofenderam, como o filho da puta daquele paulista prepotente. Gente ruim de raiz, torta de nascença, judiadora dos humildes, como aquele Ludovico e sua geração de bandidos acoitados aqui nesses Laranjos. Aquilo, já disse, foi mais uma limpeza, um serviço público que prestei na defesa da propriedade. O serviço que fiz foi pôr a justiça e a polícia goiana no cumprimento da lei. Acabei com um coito de bandidos, com um refúgio de preguiçosos, para devolver essas terras a seu legítimo dono: eu.

O fim dos índios xavantes, mortos de veneno, de bala e de facão lá no morro redondo do Capão do Ovo foi mais serviço do Cazé e de Catalão que meu. Só consenti. E ele, por que quis fazer aquele estropício? Será porque precisava mostrar à Mariá, prenha dele, que era homem macho? Tanto que acabou se enforcando.

Aquilo talvez fosse coragem, seu padre. Seria? Um homem que não acha força em si para acabar com o comborço que está comendo a mulher dele é um covarde. Mas um homem que, de pura vergonha, se acaba dependurado numa corda, na travessa de uma porteira, não é covarde não.

Cazé tinha ao menos estas duas coragens que tenho de reconhecer. A de matar aquela indiada daquele jeito medonho; serviço que me embrulharia o estômago. E, sobretudo, a coragem maior que também me falta, de buscar de cara a sua própria Morte, sem medo da Eternidade. Eu acabava com o mundo; matava gentes e bichos; mulheres e crianças; mas a mim mesmo não matava, não, nunca. Jamais.

Aí está meu pecado que confesso, seu padre. Demasia de medo covardia é. Medo é o pecado de que me arrependo e, mais ainda, me envergonho. Sem medo eu talvez estivesse morto, mas não teria finado tanta gente. Com um pouco de coragem fria, eu podia até estar vivo, como estou, deixando outros também viver. Matei pra não correr o risco supremo de morrer à toa; de puro pavor é que tenho matado. O que me faltou na vida, reconheço agora, foi coragem para enfrentar minha sina, confiante em Deus nosso Senhor, para o que desse e viesse.

Fosse eu um homem reto, firme, e Lopinho talvez tivesse morrido de velho. Ou morrido na mão de outro porque ele não prestava mesmo. O Baiano teria enricado de tanto roubar soldo de cabo e sargento, vendendo quinquilharia. Dominguim não, este me matava frio. Morreu porque era o dia dele apagar, e porque tinha coragem demais. Quis brincar comigo, mangando, gato atentando rato e se fodeu. Coragem demais é veneno.

Como o senhor vê, foi sempre o medo que me salvou e me perdeu. Num caso só eu tinha mesmo de acabar com um homem: Dominguim. Os outros todos, eu não sei, não. Só se foi pela santa vontade de Deus que, na verdade, é quem compõe a sina de cada um. Quem sou eu pra julgar a Deus? Só por isso não me arrependo totalmente dos meus malfeitos. Seria soberba. Mas me envergonho demais de minha covardia. Sem o vexame desse sentimento de pecado pelos meus medos mortais, eu hoje me sentiria um pobre filho de Deus de suja sina sofrida, mas de alma limpa de culpa. Amém.

Sou mesmo é carnal. Bobagem pensar que minha pasta é osso duro ou barro de Adão. Qual! Sou é de carne mole, frouxa. Minha carnação é porosa, trêmula, vivente, sensível, amorosa. Carne de tremer de dor. Carne de arder de amor. Carne corrupta no pecado. Carne corruptível na podridão. De carne sou.

Carne doída a minha. Não só para dores pequenas, de dentes, de cabeça; mas para dores maiores. Agoniadas. Penso é na frustração dolorosa da carne sôfrega de gozo carnal, impedida por impotente. Incompetente. O corpo inteiro vibrando do desejo mais desenfreado e a parte própria, a carne da hombria, não respondendo, fria.

Que vergonha maior pode padecer um homem? Atirar num cristão, perder o tiro e cair na mão dele, suplicante, não doerá tanto. Isto fiz com aquele menino de Corruptela, anos atrás, caído nos meus pés, implorante. Mas foi briga de homem. Errou. Podia ter me matado, devia ter morrido. Mas o cristão aquele, eu, perdoando condenou o desgraçado a carregar pela vida inteira a vergonha de sua ilusão de que era um macho, forrado de coragem.

Nada se compara ao fracasso do macho fodedor. Não tanto por vergonha diante da mulher querida. Ela mesma há de suspeitar que talvez tenha culpa no falimento de seu homem. Broxura é ruim demais. Um homem pode rejeitar uma mulher porque não quer, sem vexame nenhum. Mas broxar, isso não pode. A desgraça maior está em que quem broxa é o homem mais cheio de desejo fervente. Broxura é demasia de desejo escaldando no peito, explodindo na cabeça. Mata a tesão que não desce pra esquentar a moleza das partes que deviam estar mais afogueadas. Acho até que dor de corno é melhor. Ofende demais, mas não dói com tanto desespero.

    Pensa o senhor que estou aqui especulando à toa? Não, seu padre, estou é contando, relatando, o que hoje passei, o que hoje sofri. Se o senhor quisesse ver hoje um homem infeliz, desaventurado, era só vir aqui, sentar ali na minha frente e olhar pra mim. Não pense também que o meu medo de hoje é o de todo dia: medo da morte. Nada disso. Estou carpindo é dor maior, morro de dor de Maria Rosa. Aconteceu o impossível e não aconteceu. Aí está toda a minha desgraça. Ela veio a mim, seu padre, eu fui a ela e fracassei, merdei, broxei.

    Sei que não virá mais, nunca mais. Assim como não sei por que veio, trazida pela mão de Lula, o irmão, que logo achou jeito de ir caçar mocó na morraria com Antão. Deixou a menina-moça aqui, na minha mão. Não tenho dúvidas, seu padre, malicio que ele trouxe Maria Rosa pra mim. Por quê? Pra quê?

    Ela também, vi bem, meditei, veio oferecida demais. Ficou aí, uma hora inteira, falante, se penteando, sentada na minha frente, com os grampos no vão do vestido, entre as coxas, deixando eu ver os joelhos nus e o sovaco raspado. Depois, me vendo, decerto ofegante, veio mais oferecida, querendo fazer pra mim um cigarro de palha dos que faz pro velho Prates, o pai. Fez mesmo. Picou o fumo bem picado, desencordooou na palma da mão, lambeu a palha nos beiços, em beijos de donzela. Donzela? Saiu durinho, cheiroso, só não acendi com medo de um acesso de tosse agônica, ali na frente dela.

    Enquanto eu palpava o pito, veio ela meio de lado como que distraída se encostando e se encostou mesmo, a coxa dura na minha mão que agarrava no espaldar da cadeira de balanço. Fiquei com aquela mão acesa, como se tivesse fogo em cima. Foi ela, também, que saindo dali me convidou pra irmos à capela. Queria ver outra vez minha santa, disse. Comigo.

Lá fomos, entramos, ela na frente, se ajoelhou e como se fosse de hábito, me ofereceu por trás, a mão para eu agarrar e me puxou mais pra junto dela. Fiquei ali em pé, meio de lado, encostando nela, mão na mão. Mais logo, animado, comecei a alisar o cabelo, depois o cangote de Maria Rosa. Emocionado. O coração me batia aos pulos, o senhor saberá como, quanto. As pernas bambas tremiam. O pau, graças a Deus, formigava, se esquentando. Aquilo durou, demorou. Ela rezava, eu bolinava. Heresia? Sim, seja. Seja o que o senhor quiser, mas deixa eu contar.

Ela aí se levantou e já de frente, se pregou em mim, abraçada, descarada. Recuei, para sair do clarão da porta aberta, com medo do Lula me aparecer. Fui guiando Maria Rosa, procurando parede lateral para encostar. Vi a do caixão de um lado, repeli, desviei pro outro lado.

Lá me atraquei com ela, ela comigo, tesuda, apertando os seios no meu peito, a boca no meu queixo e eu nem tinha feito a barba. Beijei aquela boca impossível de macia e me cheguei mais, metendo minha perna entre as coxas entreabertas dela. Fui palpando os seios, a cintura, a bunda de Maria Rosa. Aí foi aquele fogo, ela ofegante, gemia, gostando demais da bolinagem. Eu sofria e gozava. Roncava do peito e de desejo. Quis tirar os seios dela pra fora, para chupar, e tirei e chupei. Quis levantar as saias para tocar as partes dela, e levantei e toquei. A agonia foi adiante. Que digo, agonia? Eu não queria outra coisa, pagava até pra tudo me suceder outra vez. Sofri demais, é certo. Sofrer também é viver.

Contava ao senhor que mergulhamos naquele fogo fogoso, eu com a mão na seda do vão das coxas dela, logo na calcinha, sentindo através do pano o escovão estufado e escondido, debaixo dele, o rego dos gozos. Aquela hora eu só queria, seu padre, era ter mais boca para mais beijar, mais mãos para mais bolinar. E tirar as calças dela e desabotoar minha braguilha, que tirei e desabotoei.

Até aí foi o mel. Depois veio o fel. Fel do mel. Eu, com o coração latejando na boca e a mão na pica imprestável, esfregando aquela lingüiça frouxa na racha melenta dela. Era emoção demais, eu tremia todo, ela também tremia. Quem não tremeria?

O senhor estará aí me julgando, imprudente. O que é que um padre pode saber disso, se não é femeiro? Negócio de homem e mulher carrega muita emoção. Quanto mais se quer, mais se broxa. Mas como dói.

Não pense que eu estava forçando, violentando ninguém. Maria Rosa queria, seu padre, ajudou, arregaçando o vestido com uma mão, me abraçando com a outra. Eu lá, pau na mão, apenas morno, esfregando desenfreado, sôfrego, na busca suspirada de uma tesão que me empinasse inteiro, para entrar todo enorme, duro, dentro dela, nela. Nada. Por mais que eu empurrasse com os dedos aquela carne frouxa pra entrar um pouquinho, nada. A vontade na cabeça, a emoção no peito e a dorzinha besta na cabeça da pica esfolada, arranhada, daquela esfregação nos pentelhos.

Aí foi tomando conta de mim um sentimento triste, vergonhoso, uma vontade de acabar com aquilo, de pôr fim naquele suplício, de sair dali, de sumir. Veio então, pra me salvar e me perder, o que veio arrematar a minha aflição, foi um acesso de tosse convulsa, cavernosa, que me sacolejou todo. Quando dei por mim, Maria Rosa já tinha vestido a calça. Eu guardei, abotoado, o mijador imprestável e sem palavra saí atrás dela, lá pra fora, pra tarde clara.

Saímos andando no meio das galinhas cacarejando, dos patos bicando, nós dois tropeçando. Na varanda, só tive força pra pedir duas redes que Bilé veio trazer correndo e armou pra nós. Deitado já, tomei o chá adoçado com mel que Calu me trouxe. Mel no fel. Maria Rosa ficou também ali, deitada na rede ao meu lado. Assim passamos calados bem uma hora. Ela puxou assunto à-toa, perguntando se eu não ia montar uma antena de rádio como a que o pai tinha posto lá no Sumé pra pegar melhor as novelas de rádio. Ia sim, logo, logo, disse sucinto.

Tem o senhor aí, seu padre, o que hoje me sucedeu. Castigo imerecido, se foi da vontade de Deus. Pode ele se assanhar assim sobre um cristão, para cobrar em vida, adiantado, pecados que sejam devidos? Que pecado valia essa dor, fina e grossa do falimento? Nenhum. Nem a da morte que dei àquele cachorro, e de que tanto me arrependi. Mas Deus Nosso Senhor não tem nada com isso. Fodas são convulsões humanas. Esse fracasso é meu, só meu. Do doido que sou, pensando que, com esses bofes podres que nem me dão ar pra respirar, teria alento pra acometer e comer uma moça-mulher bonita como a menina Maria Rosa.

Será que ela volta? Não. Sei que não. Jamais. Diferente seria se eu tivesse conseguido. Não digo que ela viciasse; mas podia cair aqui, uma vez ou outra, sabendo que tinha aqui nos Laranjos um macho cativo. Entenderá ela que ali onde eu fali, muito outro homem falia, que a emoção era grande demais? Toda aquela beleza a mim ofertada, um milagre, milagre impossível de Deus que se realizou. Aconteceu aqui, a mim, dado e oferecido, de graça. Sem tanta tosse, talvez ela voltasse, mas com minhas ronqueiras e palpitações. Maria Rosa deve ter tido é muito medo de me ver morto, ali, engatado nela.

Tenho de pensar naquela hora última, derradeira. A primeira que verei da Eternidade. Hora de encarar Quem me há de julgar: Deus. Qual! Ele não se ocupará pessoalmente de gentinha que nem eu. Decerto delega isso a algum empregado do Céu.

Temo e tremo de pensar naquela Hora em que, em espírito, estarei ali, imortal, diante do Anjo Julgador para ouvir a sentença derradeira: purgar não sei quantos milênios de pena no Purgatório. Ser metido diretamente nos Infernos para todo o sempre.

Não há condenação desse mundo que se compare com as demasias da Eternidade. É tanta e tamanha que até duvido que possa mesmo existir. Sem repartições de dias, de noites, de semanas, de meses, de anos, de nada. A Eternidade não escorre como esse tempo nosso de provações. Está lá estatelada, como uma lagoa de vidro, espelhando um céu limpíssimo. Haverá algum sofrimento que agüente tanta imensidade e continue se sofrendo, pelos tempos afora? Não se pode saber.

Eu não tenho paciência nem para pensar em tanta grandeza vã. Tenho é medo, pavor, Daquilo que me espere lá, seja O Que for, seja Quem for, para me julgar e me cobrar eternamente. Ou me pagar, quem sabe? Também podia ser, mas não tenho essa esperança, ilusão.

Só me vejo Ali com medo, nu como nasci. Mais nu ainda, nuelo, porque despido de tudo que vim sendo, que fui e sou. Meu papel nesse mundo. Minha importância de coronelão. Minha riqueza fazendeira. Meu poder de mando. Minha empáfia e soberba. Tudo que sou nesta vida será Nada. Lá estarei grande, até Eterno, pra que meu Deus? Pra gozos celestiais que rejeito? Padecimentos infernais e glórias do paraíso me assustam igualmente. Tesconjuro!

Seu padre, Calu endoidou, está maluca. Veja o senhor, eu aqui sozinho, doente, com essa negra doida dentro de casa. Que faço? Está doidinha. Até agora mansa, por quanto tempo?

Vi que endoidou quando Calu, tão respeitosa sempre, saiu do sério e me faltou o respeito. Sem mais nem menos, parou ali na minha frente e me olhando nos olhos se abriu em risadas debochadas. Aquela boca banguela, rindo e se rindo de mim no seu riso guinchado, me deixou nervoso.

Isso não foi nada. Ela mesma parou de rir e correu pra dentro, pra cozinha. Eu recomecei a tomar café, meio assustado, quando ela voltou. Aí, com a cara mais séria, Calu se colocou outra vez no mesmo lugar, bem ali na minha frente e sem dizer nada, diante da mesa em que eu tomava café, tirou a roupa toda. Ficou pelada.

Eu, estatelado, olhava aquele tição frio, negro, encarquilhado, seco, triste, ali na minha frente. Magra demais, o que eu via mesmo era um esqueleto mal empelicado de couro pretíssimo, encarquilhado.

Doida, a velha Calu! Começou de repente; teve juízo bastante pra coar o café, pôr a mesa, tudo direitinho, com o beiju quente como gosto e, ao lado, o pires de nata de ontem. Aí, endoideceu de estalo, na minha frente, sem palavra. Quando saí do assombro, nem passei pito, só disse: calma, siá Calu, vai lá pra dentro. Ela foi. Apanhou do chão as roupas espalhadas e saiu com elas na mão, pelada, lá pra cozinha, no seu andar de urubu.

Logo veio Bilé me dizer que é caduquice. Será? Contou que às vezes ela não dorme de noite, preocupada com Isa, a filha que já vai parir de um parto que pariu e de que morreu, há mais de dez anos. Outras vezes, disse ele, na luz do dia, pega a falar bobagens, como se estivesse lá no Roxo Verde, conversando com o povo dela. Fala dialogado, como se os irmãos estivessem ali, um cortando lenha, outro dando milho às galinhas.

Triste coisa é envelhecer. Mais triste é caducar. Pior ainda é eu aqui com essa velha doida e o marido dela caduco, tomando conta de mim. Quando eu começar a caducar, se começar, que será de mim?

Qual nada, quem me dera caducar; pra caducar eu precisava viver muitos anos mais, e tanto sei que não duro. Essa velha Calu, aliás, é muito mais nova que eu. Caduca é de desatinada. Nunca ouvi falar de caduquice tão precoce assim. Será só caduquice mesmo, mansa, sem perigo de cair em fúrias de doida possessa, ou de louca envenenadora?

Sempre ouvi dizer que os velhos voltam à meninice, dizem bestagens, brincam com os netos como se fossem da mesma igualha. Mas uma coisa assim, uma mulher velha, recatada, ficar nua pelada, na minha frente, nunca esperei. Só me lembro do velho Íssimo, santarrão, esquisitão, doidão, como eu não serei, nem quero. Graças a Deus, caducar, não caducarei.

Preciso, agora, é buscar outro casal, pra cuidar da casona e de mim. Quem lá do Roxo Verde aprendeu a cozinhar com Inhá? Como Calu, ninguém. Ela é cria da sem-vergonha, cozinheira de mão cheia. Por que será que Calu envelheceu tão depressa? Será nova, muito mais nova do que eu. Isso sei bem, me lembro demais dela, menina, quando eu destampei. Chamava Camila. Era mais arisca do que as outras. Eu gritava Mila, vem armar minha rede; ela vinha, amarrava as cordas, sempre pronta pra saltar longe, se eu chegasse perto. Um dia largou a saia na minha mão e saiu correndo com a bunda de fora, estava sem calça. Voltou, eu fodi.

Como o senhor vê, não é da idade que vem a caduquice dela. Caduquice de gente erada é diferente. Calu está é doente, doida, doida mesmo. Tomara que melhore e dure ao menos até que o compadre Militão me mande alguém. Quem? A nora dele é que me serviria. Meio metida a besta; mas me serviria bem. A idéia não é ruim, não. Vou dar a entender ao Militão que isso é o que espero dele.

Uma preta nova, gorda, bonitona, podia até alegrar esta casona. Penso também no caso improvável de eu dar de caducar fora de tempo, como Calu. Melhor será estar nas mãos da gente do Militão. Conto, nesse mundo, é só com aqueles pretos meus, mais chegados, lá das Águas Claras.

Seu padre, sonhei outro sonho doido. Acordei suado, agoniado. Foi com a Mula-sem-cabeça, outra vez. Sonho de desejo e de vingança. Disparate.

Já me vi na camarinha dela puta. Sabendo eu que a puta era Inhá. Ela também sabendo de mim. Adivinhou de estalo, viu que eu era eu mesmo.

Não precisei falar. Com um gesto disse o que queria: meter. Adestrada na vida puta, Inhá cobriu a Santa e começou logo a tirar a roupa e a se lavar, pra me servir. Eu também me despi. Nuelo, fiquei olhando, aflito, ela se lavar na baciinha.

Contida no seu ofício, Inhá se relavava, tranqüila. Pra me servir.

Afinal, chegada a hora, nus um na frente do outro, só tínhamos de nos atracar. Lá ficamos estatelados. Eu refreado, inerte. Ela esperando, olhando, me vendo desvalido.

Aí, seu padre, de besta caí no choro. Chorando fui ao monte de roupa pegar minha navalha. Via, afinal, o que tinha de fazer: castrar o grelo dela.

Inhá me sentou, me acalmou, me apalpou. Eu de navalha aberta, deixei. Aí, acordei suado, chorando.

Foi só isso. Ou só disso me lembro. Mas sei que demorou demais. Uma eternidade passei vendo, reconhecendo nela de agora a Inhá de então. Tempos sem fim levou ela tirando a roupa, cobrindo a santa. Eu fiquei séculos vendo a puta se lavar. Obediente e poderosa, discreta e prostituta.

Aqui estou eu, agoniado.

Destrambelhei. Hoje só penso bestagem. A cabeça não dá sossego. Desatinou. Desde cedo, estou nessa agonia de cobrar razões ao mundo. Nessas maquinações descobri que só três coisas existem e importam. Esse mundão aí de fora, que Deus nos deu por morada. O corpo de cada um, sede dos gozos e dores. A alma eterna, guardando a memória das culpas que terá de purgar.

 Tudo isso vagando no mar do tempo. Sendo e esperando. O mundão não sabe de ninguém, nem de nada. Deixa cada qual marcar nele sua gleba, grande ou pequena, boa ou ruim, segundo a força que tem: me fazendo uma cova. O corpo é bicho inconsciente, pau-mandado de suas fomes, medos, tesões, frios, ilusões. A alma é luz que sai pelos olhos, olhando, enxergando; pelos ouvidos, ouvindo, escutando; pelo entendimento, indagando, sabendo.

 Isso, enquanto dura o tempo de viver. Depois, o mundo esvaziado da gente fica aí amanhecendo e anoitecendo à toa. O corpo apodrece logo, se acaba. O mais que pode sobrar de mim é minha prótese de ouro, até ser achada, derretida e vendida por algum ladino. A alma, essa, escorraçada, dispara para a vida eterna do tempo parado. Aonde? Nele é que vou ficar, lembrando de mim, arrependido, esticando essa carpição de culpas, por todos os tempos dos tempos redondos. Para quê?

 Muito bem feito, esse mundo não é, não. Tanto espaço vazio no universo, no mundo esse aperto. Tão pouco tempo de vida, tamanha eternidade de expiação. Que pode contra tudo isso um confessor, o senhor, seu padre?

Perdoar, talvez, fazendo Deus esquecer. Apagar todo o culposo, só deixando registrado desta minha vida vivida a memória que está nessa escritura. Enquanto ela durar.

O corpo, meu corpo, é só uma bola de pele, cheia de carne e de sangue, pronta para derramar, apodrecer. Minha alma alada, o que será? Se fosse de metal, gastava, enferrujada. Não é. Se fosse, seja lá do que fosse, se acabava um dia. Tudo que é, acaba. Não é nada. Nem é, talvez. Ou será só Deus pensando, tomando conta, como um fiscal. Guarda-livros divino, espiando, mentando, para cobrar.

Não. Bestagem minha. Deus tem mais o que fazer. Montar um serviço de vigilância destes, à toa, é insano. Seria um Criador depravado no vício de mangar de suas criaturas.

Como Deus, eu crio meu gadinho nesses campos dos Laranjos. Mas não brinco com minhas criaturas, não. É verdade que capo os bois, que fazer? Mas dou pasto, dou água, zelo dos meus vaqueiros quando dá bicheira ou alguma peste. De tudo levo conta de ponta do lápis, no caderno competente. Mas não sei, nem quero saber, das intimidades de cada vaca ou novilha, de cada garrote, touro ou boi. Nem culpo nenhum deles de nada. Só me importa manter o negócio rodando, enquanto duro. Depois, o que se há de fazer? Tudo fina. Podia bem parar logo de criar, ir vendendo, até estancar o criatório, para não ter trabalho. O dinheiro que vale é mais do que eu podia gastar na vida que me resta. Não vendo, não. É dinheirama demais e me dói deixar à toa essa pastaria minha. Aceito, conformado, meu encargo de vaqueiro de meu confessor: vou vender os garrotes e comprar novilhas de cruza e recria.

Deus também será assim. Fazendeiro do mundo, criando seu gado humano como eu cuido do meu, bovino. Pra quê? Pra nada. O meu, ao menos, vendo aos marchantes que matam, para carnear e vender a quem compra carne cara. O dele, não, uma parte apodrece, enterrada em carne, perdida. A outra, que sobra, sofrida, fica penando em espírito não sei onde, à toa. Desembestei, meu padre. Abismei! Destrambelhei! Que será de mim? Um homem desvairado, eu, rege um pedaço do mundo. Enquanto dura e espera. Amém.

O badalo do sino da capela foi roubado. Quem foi? Ninguém. Descobri hoje, por acaso, ao olhar para a capela. Estranhei a falta de alguma coisa, na torreta que fica do lado de fora. Não sabia o que era. Primeiro dei pela falta da corda. Aí descobri: badalo e corda se foram.

A corda não vale nada. O badalo, sim, é que foi roubado. Mas o que vale um badalo sem o sino? Foi ruindade, malvadeza. Heresia. Embora meu, não foi só de mim que roubaram o badalo. Foi da Santa, foi de Nossa Senhora da Boa Morte. Quem será o ladrão?

Tico, filho do finado Cizio, que cuida o terreiro, não sabe de nada. Calu e Bilé, assustados, ficam olhando feito bestas, pensando que foi o próprio demônio que roubou. Antão estranhou muito. Estaria com medo de ser despachado? Qual o quê! Ele bem sabe, adivinha, que não tenho forças nem para me livrar dele.

Morto, serei sepultado, sem toque de sino, se não acharem logo meu badalo.

Já é de tarde e continua o mistério. Ninguém sabe de nada, nem explica. Mistério.

Aqui, ninguém de fora entra. Nenhum estranho. Só pode ser gente daqui. Deve ter sido trabalhoso desentortar o gancho do badalo para desprendê-lo da argola de dentro do sino. Alguém desenganchou. Uma pessoa. Isso não é serviço da competência de bicho nenhum. Pessoa mesmo, maligna. Herética. Um inimigo que tenho aqui nos Laranjos, embuçado. Quem? Inimigo meu, figadal, daqui, íntimo. Quem?

Pra que roubar um badalo? Era até mais fácil tirar o sino inteiro que não é tão pesado. Só está preso no batente com o amarrilho de couro cru, fácil de ser cortado. Mas lá está o sino, bem amarrado. Ou será que o badalo caiu? Algum bicho carregou? Cachorro? Impossível! Macaco, não há por aqui. Qual o quê! Foi gente. Não posso me enganar. A verdade está aí, na cara.

Já fui cinco vezes lá verificar, com esperança de estar enganado. Ando até desejando um milagre de Deus, de Nossa Senhora da Boa Morte: que o badalo apareça. Nada! Lá não vou mais.

Terá sido algum matador da jararaca, querendo me assustar, antes de matar? Ou me matar de susto e medo? Só se for com a conivência de Antão. Impossível! Mas meu badalo se foi, sumiu, com corda e tudo; deixando o sino pendurado, vazio, parado. Imprestável.

Não escrevo há dias, semanas. Vou mal. Não é a doença que me mortifica. É coisa pior: pesadelos. Dei de ter pesadelos. Eles me apavoram toda noite, às vezes a noite inteira.

São meus mortos que retornam, seu padre. Um a um vêm me atentar. É só fechar os olhos e entrar na madorra para saltar fora, apavorado.

Lopinho me aparece sempre cinzento com aquela meia barba esbranquiçada dele e minha; a boca aberta mostrando a falta dos dentes da frente, rindo. Sim, seu padre, se rindo. Decerto rindo de mim, e do prego que preguei nele, de que morreu e que ele trás na mão pra me mostrar, devolvendo. Um pregão grande, enorme, como um cravo de trilho. Não sei é por que virá a mim se rindo, o desgraçado.

O Baiano, seu padre, eu pensava que tinha esquecido, qual o quê! Vem com a cara dele, mesmíssima, como se fosse retrato vivo de fita de cinema. Aparece de costas, mas com a cara voltada pra mim. O pesadelo é sempre assim. Ele, o Baiano que eu mal vi, duas vezes, mal-e-mal nessa vida minha e dele, vem sempre assim do Além: olhando pra mim, com sua cara fechada, me empurrando com as costas, como se quisesse me espremer contra uma parede inexistente. Suo frio, com a visão viva desse homem morto, finado. Será a alma dele penando culpas, que me aparece assim, pedindo missa?

O pior pesadelo que tenho, que mais me assombra, é do Medrado. Ele me vem estatelado de susto, urrando, com os olhos azuis, zarolhos, olhando um para cada lado. Berra como se tivesse medo de mim, um medo medonho. Mas sou eu que quase morro de medo. Até me cago, seu padre, digo aqui. Cago, na verdade, como ontem me caguei, na zoada daquele berro horroroso.

Os mortos que matei estão me matando. Nas últimas semanas emagreci quilos. Tantos que Calu só fala disso, querendo que eu mande buscar médico e remédios; que eu coma, sem apetite, a canja que ela cozinha. A idiota, ignora que meu mal não é doença. Nem é fome. É pavor.

Esses mortos que finei, voltando de noite, sempre na mesma ordem, acabam me matando. Primeiro vem Lopinho, cinzento, rindo aquele riso desalmado, banguelo, barbado, nojento. Tremo assustado. Quando não agüento mais de sono e me entrego, vem o Baiano, com a cara sisuda, fechada, carrancuda; mas sem ferocidade nenhuma, me olhando dentro dos olhos e me empurrando com as costas. Me apavoro. Aí, se cochilo outra vez, por mais que não queira cochilar, com medo, quem me acorda é o finado Medrado, com aquele berro medonho na cara zarolha. Me cago.

Assim tenho passado noites e noites em agonia, já sabendo, depois de um, qual é o outro que vem. Recebendo meus mortos que vêm aqui me atentar noite adentro. Só no azulão da madrugada, cansado e fedido, acho às vezes um pouco de paz.

Por que Deus consente numa agonia destas? Não digo que ele comande, mas consente, permite a um homem sonhar fazendo do seu sonho uma casa de assombração.

Sei, com certeza quase certa, que não são almas do outro mundo. Certamente, procuro me convencer. Se fossem verdadeiras assombrações apareceriam também estando eu acordado, de dia e de noite, mas não. Sempre vêm à noite, e só vêm quando estou dormindo. Quando caio no sono. São pesadelos mesmo, me dirá o senhor, procurando consolar. Que me importa? Seja o que for, essas aparições fantasmais me assombram. Principalmente a do filho da puta do Medrado, com aquele berro medonho. Ele terá gritado assim quando, cagado, eu o matei à bala aquela madrugada? Sei não, não me lembrava. Nada sei. Também achava que não me lembrasse da cara viva de nenhum dos três, e elas me vêm, perfeitas, como se eu tivesse visto um a um, todos os três, não digo ontem, mas hoje mesmo.

Não atino é saber por que não me aparece Dominguim, que eu também matei, com essas minhas mãos. Nem os outros que mandei matar. Tantos. Ou que consenti que matassem. Quais? Por quê? Não pense o senhor que eu queira vê-los. Tesconjuro. Só pergunto, como quem quer saber, por que uns vêm, outros não.

Não são aparições, estou certo, são pesadelos, loucuras minhas, engendros de minha alma, que me perseguem, me mortificam. Deve ser uma doença de meu sono. Um sonho, nunca se sabe, se não pode ser verdade.

Não seria um castigo do Céu? Um preço adiantado que Deus me cobra, por esses crimes meus de morte que cometi, nesses meus mortos das aparições, e de que não consigo me arrepender? Seria uma espécie de multa por minha confissão malfeita? Multa com penitência que pago aqui, com minha carne em suplício, para não pagar com minha alma eterna em sofrimentos também eternos?

Seja o que for, rogo ao senhor, seu padre, que rogue por mim a Deus, que me socorra. Não agüento mais esse castigo. Com mais pesadelos desses não se purga minha alma, nem se salvam aqueles mortos; eu é que estarei morto. Eu mesmo, morto, assassinado por assombrações.

Tenho visitas em casa. Chegou aí meu velho amigo Calango. É a primeira vez que vem aqui me ver. Vai gostar. Passou a manhã conversando comigo, na varanda. Creio que já falei do Calango ao senhor. Falei sim. É amigo velho, do tempo do finado Nam. Homem que aprecio, muito.

Viúvo, a primeira pessoa que quis ver foi ele. Saindo do estouro da tocaia do Godo fui bater no Quem-Quem atrás dele. Ele talvez já soubesse, mas não disse nada. Me deixou ficar, descansar naquele dia e no outro, com o jeito dele de falar e calar. Assim é Calango, conversa mais calando que falando.

Chegada a hora, contei a ele por minha boca um pouco do que tinha passado com siá Mia e com o Godo explicando assim a cara que levava. Calango nem comentou, não falou de pêsames, nem de nada. Só me disse no outro dia: vai ficando aí, seu Filó. Passa uns dias aqui, comigo. É tempo das rolinhas criarem. Elas ficam aí no quintal, ciscando, arrulhando. Para quem quiser ver, elas são a paz deste mundo. Fiquei dias lá escutando rolinhas. Vendo como encostam as cabeças uma na outra; arrulhando debaixo dos limoeiros. Não sei quantos dias passei lá. Bastantes.

Hoje, quem me cai aqui, antes do almoço? Pois foi meu amigo Calango. Ficamos horas sentados na varanda, convivendo calados. Ele me olhando, sorrindo. Gostei. Falamos pouco. Tanto eu como ele. Visita boa essa. Disse a Calango o mesmo que ele me disse daquela vez: fica uns dias aqui comigo, me fazendo companhia, compadre. Prometi que amanhã, se o tempo der, levo ele para conhecer o laranjal velho.

Calango me trouxe a leitura de que mais gosta: almanaques antigos, cheios de casos e de sabedorias sobre lavoura, criação e muita reflexão sobre a vida e sobre a morte. Por que não fazem mais almanaques como os de antigamente? Esses de Calango estão desfolhando de tão velhos. Vou me distrair muito lendo os almanaques dele.

Uma conversa de Calango ficou rodando na minha cabeça. Ele disse que não é só o gado que cria a gente, como eu costumo dizer. Disse também que os negros é que nos criam. Comentou até que quem fez o que tenho, foram meus negros.

Mostrei a ele que é e não é bem assim. Esse mundo é da troca: do toma-lá-dá-cá. Trocamos. Eu é que salvo aqueles negros. Sem meu amparo e proteção contra os abusos da polícia e os desmandos deles mesmos, eles negros se acabavam em brigas e intrigas sem fim.

Fui eu quem fiz essa pretada toda do Roxo Verde se habituar na obrigação do trabalho, sem berros nem ferrão demais. Sem mim eles mal produziam o que comem. Estavam perdidos.

Os muitos deles que se aprumaram na vida, foi na minha mão. Veja aí o Militão, está é rico. O Juca, se não morresse, eu deixava remediado. Esse Nheco, que veio com Calango, é quase um homem de negócios. Penso até contratá-lo para a compra e venda de meu gado. Calango acha que não. Pra ele nós fazendeiros, grandes e pequenos, vivemos é do suor dos menorzinhos e pouco repartimos com eles. Opiniões.

Somos diferentes. O que ele quer na vida é melhorar o mundo para o bom convívio dos homens. Eu não, minha missão é azeitar a máquina do mundo: botar pra rodar. Sem gente como eu, o que seria desse mundo? Gente como Calango também faz falta.

Na morte principia a Eternidade. Longuíssima e indesejada. Toda a minha vida eterna eu dava por uns anos mais dessa minha vida escassa e ruim, mas tão querida. Não quero é a Eternidade. Troco até por uma morte derradeira, terminal, acabada.

Estamos condenados à Vida Eterna, Deus seja louvado, seja nos Céus de Deus, seja nos Infernos, também de Deus. Vastos mundos de Além-Mundo. Ignorados. Quem recusa o Céu? Quem quer o inferno?

Minha carne mortal não tem nenhuma vocação de Morte nem de Eternidade. Só quer durar. Queria é ficar eternamente viva se fosse possível. A carne da minha alma, névoa imaterial, quererá, também ela, durar eternamente. E durará. Inutilmente.

Não posso nem conceber meu espírito desvestido desse meu corpo, despojado de mim, para ser eu na Morte. Estou cansado de mal viver, de mal respirar, de mal comer. Mas tremo do pavor de desaparecer na Morte. Ou pior ainda: sobreviver esvoaçante fantasma andejante.

É espantoso que tudo isso suceda a mim. Comigo. Compreendo que um bicho morra, desgastado de viver. Compreendo que os outros morram. Não compreendo é que eu morra. Sei de um negro meu desgostoso de viver, que morreu consolado pedindo o Céu. Eu, nem o Céu queria. Sofro a idéia de minha Morte como uma injustiça. Um crime contra a natureza. Crime de Deus Matador: dador da vida; dador da Morte.

Breve vida minha que se esvai roubada de mim, para sobejar como sombra do meu corpo ausente, à luz negra do além-túmulo. Naquela sombra estarei eu resumido, com os meus pecados todos impressos nas suas dobras, para serem vistos, julgados e purgados. Eternamente.

Pecados do meu corpo efêmero, cobrados na minha alma imortal. Entenda quem puder, eu não! As razões que Deus me deu pra especular não chegam para compreender que almas puras, alentos de Deus, purguem eternamente pecados de sujos corpos corruptos.

Só ela, minha alma, será eu depois da minha Morte. Um eu reverso, olhando para trás e renegando seu criador: eu. Será assim, meu padre? Como será? Quem me dirá aqui, na hora de minha Morte, a palavra de consolo que estou pedindo: vá, meu filho Mulo, vá em frente. Coragem! A Morte é a vida eterna. Amém!

Militão morreu. Só agora entendo a visita de Calango, seu padre. Agora vejo o que veio fazer: me consolar. Hoje quando vim tomar o café já achei ele e Nheco me esperando sentados, os dois, na varanda. Nheco foi desenrolando devagar a história que veio contar. Eu desvendei logo e desmascarei os dois. Vi que ele tinha passado pelo Quem-Quem em busca do Calango pra me ajudar a suportar o peso da notícia: Militão morreu. Estou peado e aleijado.

Foi aquele filho da puta do Chiquinho que matou. Sempre pensei que aquele infeliz ia fazer uma desgraça. Nunca pensei foi numa desgraça desse tamanho e tão contra mim. Logo o Militão, meu pé e minha mão, meu olho e meu ouvido nesse mundo. Estou perdido. Até para buscar o senhor, seu padre, quem eu tinha era só Militão. Não choro. Choro, sim senhor. Lá por dentro estou esvaído em lágrimas.

Militão morto é coisa que nunca jamais pensei que pudesse me suceder. Estou nas mãos do Nheco que não presta pro que eu preciso. Quem pegará meus papéis de confissão e sairá, depois de minha morte, em busca do senhor, seu padre? Calango? Não conto com ninguém como contava com Militão. Com ninguém.

Que é que vamos fazer, seu padre? Mandar matar Chiquinho já mandei. Isso só não resolve. O senhor há de concordar que nós não podíamos fazer outra coisa. Deus foi servido de que eu esteja vivo para acabar com aquela cobra do Chiquinho. Esta foi a ordem que dei incontinenti, a Antão: saia daqui hoje mesmo e não me volte cá sem ter acabado com aquele peste. Que é mais que podíamos fazer?

Não me venha o senhor com bestagens de pecado. Nem Deus havia de querer de mim que eu não vingasse Militão. Quem é que eu ponho no lugar dele, seu padre? Ninguém. Militão não tem substituto. Estou é fodido. E o senhor também, comigo. Estamos fodidos.

Nheco contou a desgraça. Chiquinho desde a outra briga decidiu que ia matar Lauzim, filho de Mariá. Afinal bateu lá pra casa dele e, do lado de fora, começou a gritar, esbravejar, desafiar. Lá dentro, Mariá agarrada no Lauzim, não deixava ele sair. Foi juntando gente. Militão, chamado, teve que fazer o que devia: impor ordem.

Quando chegou e mandou Chiquinho pra casa, o corno, sem palavra, apontou e disparou dois tiros no fígado dele. Militão morreu ali, encolhido de dor, na hora. Os pretos avançaram todos, uns para acabar com o Chiquinho; outros para socorrer Militão. Na confusão, o desgraçado se mandou. Sumiu. Antão há de achar. Isso há. Não se preocupe: achará. Matará!

Seu padre, por caridade, das missas que me deve, reze duas pela alma de Militão. Aqui estou eu, besta, distribuindo missas que nem sei se terei. Terei ou não?

Meu preto entrou, sozinho, na escuridão da Morte. Alma de preto será preta?

Tremo de pensar no Militão mergulhado naquela escuridão, desarmado, desvalido. Sua alma cega se esbatendo como jequitiranabóia doida.

Ele foi na minha frente. Será que a gente ainda se encontra n'algum pasto do céu?

Vamos, juntos, Militão, criar nossos carneiros pretos, castrados, nos campos da Eternidade. Eternamente.

Se você gostou deste livro e
deseja tomar conhecimento de outros
grandes lançamentos da Editora
Record, escreva para **RP Record**
**(Caixa Postal, 23052 — Rio de Janeiro / RJ.
CEP 20922)** e faça uma assinatura,
inteiramente grátis, do jornal NOTÍCIAS
DA RECORD.
Uma publicação da Editora Record com
todas as informações e comentários sobre
os grandes lançamentos e **bestsellers**.
Entrevistas com autores nacionais e estrangeiros,
livros que fazem sucesso em todo o mundo,
notícias e as seções: carro-chefe, quadrinhos
e orelhão.

Impresso na
ERCA Editora e Gráfica Ltda.
Rua Silva Vale, 870 - Cavalcante
Rio de Janeiro - RJ